LA FAMILLE

Anthony Lee

LA FAMILLE

Traduit de l'anglais (États-Unis)
par Isabelle Chapman

SONATINE ÉDITIONS

Directeur de collection : Arnaud Hofmarcher
Coordination éditoriale : Marie Misandeau et Jeanne Evrard

Titre original : *Martin Quinn*
Éditeur original : William Morrow, New York

Sonatine Éditions
32, rue Washington
75008 Paris
lisezsonatine.com

Ouvrage réalisé par Cursives à Paris

ISBN 978-2-35584-951-0
N° d'édition : 951 – Dépôt légal : octobre 2022

À Helia

Je ne te laisserai point aller, que tu ne m'aies béni.

Genèse, 32, 26

PREMIÈRE PARTIE

1

Tu vas pas le tuer, se répéta-t-il une fois de plus.

Avec, chaque fois, l'impression de se réveiller. La sensation d'émerger du fond des bois dans la lumière crépusculaire d'une clairière. La paix qui descend sur terre.

Felix, surprenant son sourire, lui lança une double œillade.

« Pourquoi tu fais cette tête ? C'est quoi ton trip, Kool Aid Quinn ? »

Le regard rivé sur l'herbe, Martin Quinn sourit plus fort. Tu ne vas plus le tuer, se dit-il, et il ne se doutera jamais, Felix, combien avait été proche sa fin. La fin de la vie enchantée de Felix Pasko.

Ils se dirigèrent vers la remise.

C'était un innocent, Felix. Loyal, brutal et naïf. En treize ans, il n'avait pas pris une ride.

Felix changea son fusil de main et se tâta pour trouver ses clés. Afin de garder la même distance entre eux, Martin ralentit son pas en songeant : Prends garde de ne plus jamais le sous-estimer.

« Qu'est-ce qu'on fait pour le dîner ? interrogea Felix.

– Il y a de quoi manger dans la maison ?

– Je pensais qu'on s'arrêterait en route ou en arrivant en ville. » Il sortit ses clés. « Y a rien à se mettre sous la dent ici.

– En ville, alors.

– T'as faim.

– Un peu.

– Moi aussi. »

Il marchait plus lentement, Felix, en faisant sauter son trousseau dans le creux de sa main afin de dégager la clé du cadenas.

Puis, soudain, il se figea, se retourna pour planter son regard dans celui de Martin. Lequel s'arrêta à son tour. Soutint ce regard. Notant que leurs chaussures faisaient du bruit, à croire que l'herbe devenait sonore à la tombée du jour.

« Tu sais à quoi je pense ? » jeta Felix.

Felix, les traits tirés, comme s'il souffrait. Derrière lui, la blancheur du mur luisait dans l'ombre avec, au-dessus, un ciel qui virait au violet maintenant que le soleil était couché. Martin contempla le tableau, puis fixa de nouveau Felix, ou plutôt son propre reflet dans le verre des lunettes de Felix.

« Tu sais à quoi je pense, Quinn ?

– On va se la couler douce après le deal. Ça fait des semaines que tu me serines ce refrain. »

Felix se détourna et se ramassa sur lui-même tel un personnage de dessin animé au bord de la crise de nerfs.

« Vas-y, dis-le, Felix. T'as les carreaux qui fument.

– Ce qui me fiche les jetons, ce sont les ramifications. Et s'il se passait un de ces trucs qu'on imagine même pas ? Des circonstances inattendues, quoi. Qu'on aurait pas vu venir.

– Et qu'on pourra pas se la couler si douce que ça ? »

Il se dépêcha de baisser les paupières, Felix – s'efforçant de rester impassible. Faisant sauter ses clés dans le creux de sa main.

« C'est pas… Je plaisante pas, là, merde, bredouilla-t-il, de plus en plus énervé.

– Et moi, si, peut-être ? »

Felix tourna vers lui un regard que Martin esquiva tandis que la même pensée les traversait tous les deux.

Une pensée étrange. Quand la vie se met à se dévider d'instant en instant, rien ne semble plus avoir de sens. Quelques minutes plus tôt, il était en train de guetter le moment propice pour coller son pistolet derrière l'oreille de Felix, putain ! Et le voilà à présent remis de son coup de folie. La vie avait repris son cours. *Business as usual…*

« On est vraiment des cons, marmonna Martin tout haut, s'adressant à lui-même, au crépuscule.

– Qu'est-ce que tu racontes ?

– J'ai dit : non, je plaisante pas, répliqua-t-il toujours sans le regarder. Mais tu sais très bien ce que j'ai derrière la tête.

– Ouais, et j'en ai rien à battre. Mon père, il n'est pas commode mais il ne me refuse rien. T'as pas encore pigé ?

– Tu fais un beau gangster, va ! Qui vit toujours aux crochets de son paternel. »

Il se tut, attendit. Pas de réponse. Cette fois, il se tourna pour dévisager Felix.

Et constata que ce dernier préférait ne pas entendre.

Son père continuait à lui sucer les neurones, à lui bouffer son entrain... même avec tous les plans qu'il avait mis au point ces derniers temps. Tout ce qu'il avait fait.

« Tu sais, Felix, il s'en foutra.

– Advienne que pourra.

– Voyons, qu'est-ce qu'on est venus faire ici déjà... ? »

Moi, te tuer, se dit Martin. Il y a des siècles de ça, les minutes passant comme des semaines.

« ... Je croyais qu'on était là pour se changer un peu les idées, se mettre au vert dans les Catskills... Un petit bol d'air frais de la montagne, tu te rappelles ? Ton idée, merde ! Tu vas me faire marcher encore longtemps ?

– C'est pas mon problème.

– C'est pas mon probl... blablabla... Même s'il te laisse sans un kopeck, t'auras plus besoin de ton vieux après le deal. Jamais plus. Tu peux pas te fourrer ça dans le crâne ? À partir de là, c'est toi qui mènes la danse, tu traites avec lui d'égal à égal. »

L'œil glauque, Felix. Mais intéressé. Il finirait par se calmer.

Attention, se raisonna Martin Quinn. Vas-y mollo. T'as déjà eu ta dose de conneries pour aujourd'hui.

« Faut que surmontes ça, mon vieux.

– C'est pas si simple, déclara Felix en chassant de la main une mouche invisible. Toi, t'as déjà trahi ton père ? Pas une fois de son vivant, je parie.

– Comment j'aurais fait pour le trahir ? Putain ! J'avais neuf ans quand il est mort.

– Je veux dire en toi, à un niveau élémentaire, dans le fin fond de ta cervelle. Que t'en as les couilles qui se serrent, tu vois ?

– Ouais, mais là tu déconnes. D'un point de vue technique, tu ne le trahis pas. Et ensuite...

– D'un point de vue technique. Qu'est-ce que tu veux d... ?

– D'abord, t'as enfin pris une initiative et décidé que ton père n'a pas besoin de savoir à chaque instant où t'es et ce que tu peux bien foutre. T'as bientôt trente balais, merde ! Ensuite, si tu as envie de flipper, t'as de quoi faire avec ce que tu t'es mis sur les bras. T'es dans la dope jusqu'au cou, mon vieux. Surveille plutôt tes arrières... tes acolytes... » Martin leva son poing fermé et déplia d'abord le pouce, puis l'index, puis enfin son majeur. « ... Monya... Bunny... et cette pute de Terry Hugues. C'est qu'une bande d'enculés, faut que tu les aies à l'œil. T'as pas intérêt à les lâcher une seconde. Sinon... » Il fit mine de lui tirer dessus en émettant un *pop*. « ... C'est plutôt eux qui devraient te faire flipper.

– Tu te fous de ma gueule ? riposta Felix. Tu m'as bien dit "Tout baigne" avant qu'on vienne ici, non ? Je t'ai posé exprès la question...

– Te frappe pas, y a pas de lézard. Mais avec l'héro, on n'est jamais trop prudent, mate-les de près, tes associés. Et pour ton vieux, largue-le un peu, merde. Pense à la belle vie qu'on va mener. Monya, Bunny, Terry, tous les trois, ils sont couverts. On y a veillé. J'y ai veillé, en tout cas. Je sais pas vraiment ce que tu fiches depuis quelque temps... »

Martin marqua une pause, pour voir si Felix avait bien pris la mesure. Mais Felix contemplait les bois : tout ce qu'il voulait, en fait, c'était qu'on le rassure.

« Je sais, ajouta Martin, Penny est encore furax contre toi. Mais avec ta femme, c'était prévisible. »

Felix laissa glisser son regard jusqu'à lui. Et lui sourit. Un sourire en coin, pas convaincu. Lèvres crispées. Puis il se détourna et respira bruyamment.

« Si le vieux ne m'assassine pas, c'est elle qui me fera la peau. »

Martin haussa les épaules en levant les paumes vers le ciel – Qu'est-ce qu'on y peut ? Tout en se disant qu'elle avait dû téléphoner dix fois depuis le temps qu'ils traînaient dans ces bois. Elle devait être affolée. Ou folle tout court.

« Je parie qu'elle a appelé dix fois », laissa tomber Felix.

Martin se contenta de sourire.

« Le moment lui paraissait mal choisi pour une virée à la cambrousse », continua Felix en l'inspectant de la tête aux pieds. Puis de nouveau il leva les yeux pour le dévisager avec une expression dure.

Martin ravala son sourire. La communication se passait parfois de mots. Felix tenait toujours les clés et la Remington. Martin avait toujours les mains dans les poches de son blouson, l'une fermée sur elle-même, l'autre sur le Glock.

Si seulement il pouvait être tranquille un instant pour s'en débarrasser. Lorsque Felix entrera dans la remise, se disait-il.

« Il est pas parfait, notre mariage, mais il est pas plus merdique qu'un autre. »

Felix secoua la tête. Regarda de nouveau au loin, vers le sommet des arbres, vers les lueurs du couchant.

Martin opina. Il préférait ne pas remettre ce sujet sur le tapis – Felix devenait trop sérieux. Même si c'était lui, Martin, qui avait prononcé en premier le nom de Penny. Alors, il s'attendait à quoi ?

« Au fait, tu sais comment est mort le capitaine Crochet... ? » Felix le fixa d'un air méfiant. « ... Non ? En se grattant les couilles. »

Felix sourit. Ferma les yeux et s'arrêta.

« Qu'est-ce qui te prend ? Tu retournes à la maternelle ou quoi, Quinn ?

– Peut-être, mais j'ai réussi à t'arracher un sourire.

– Et alors ? Tu nous prends pour des pirates ou quoi ? On n'est même pas des arnaqueurs...

– Ça va pas, Felix, t'es malade ou quoi ? T'es tellement obsédé par ce deal qu'on peut même plus blaguer ?

– Un gigantesque marché libre, l'héroïne, c'est ce que t'as dit toi-même, et pas qu'une fois...

– T'es cinglé ! »

Martin leva la main, conciliant, s'éloigna de quelques pas, puis revint vers Felix.

« Tu pigeras jamais rien, c'est sûr et certain. Tu connaîtras jamais ton bonheur. Tu passeras toujours à côté.

– Pendant qu'on y est, ça m'en rappelle une bonne », dit Felix, ouvrant le cadenas, poussant la porte de la cabane.

Martin l'entendit ranger le flingue dans le râtelier. Puis remuer des objets, les cogner un peu partout contre les murs. Vu son état de nerfs, il n'était pas près de ressortir.

Dégainant son Glock, Martin écouta, brièvement, puis rengaina : quelque chose clochait.

« Felix, te fiche pas en rogne, merde, sois un peu cool.

– Je suis pas en rogne. »

Ils parlaient normalement, l'un et l'autre : excuses présentées, et acceptées. Puis les coups dans la cabane cédèrent la place à un bruit d'eau courante. Felix remplissait un récipient quelconque sous le robinet. Il vociféra pour se faire entendre :

« Il est en train de se blanchir, mon vieux. Après tout ce qu'il a fait. Et nous, c'est le contraire. On reprend au niveau de la rue. Ça me fait flipper, c'est tout. Parce que c'est bancal.

– Il sera fier au contraire ! »

Martin avait parlé plus fort. Il se figurait Felix debout devant l'évier, la tête branlante, toujours dans l'incertitude, avec sous les yeux un seau qui débordait et, dans l'esprit, la colère virtuelle de son père.

Le bruit de cataracte cessa. Felix sortit avec un arrosoir. Matière plastique rose bonbon. Il passa devant lui.

« Tu m'entends, Felix Pasko ?

– Cinq sur cinq. »

Felix amorça la traversée de la cour.

« Il sera enchanté de te voir au boulot », insista Martin sans le quitter des yeux.

Felix ne releva même pas. Il fit le tour d'un massif de rosiers flétris, puis s'immobilisa et les contempla bêtement.

« J'ai promis à ma mère d'arroser. C'est pas qu'il reste grand-chose. »

Il pencha légèrement l'arrosoir et répandit quelques gouttes par-ci par-là, histoire d'essayer, comme si c'était un jeu. Un vrai gamin, Felix. En souriant, Martin lui tourna le dos et, avec des gestes rapides mais détendus, dégaina son Glock. Prenant garde de le coller contre son ventre pour amortir le cliquetis, il fit glisser le chargeur, juste un poil, et sortit la balle du canon qu'il rangea ensuite dans son autre poche avec l'idée qu'il la remettrait plus tard. Puis il jeta négligemment un œil dans le canon et referma la culasse. « Sécurité assurée, sergent instructeur ! » Pas croyable, songea-t-il en hochant la tête, comme ça vous colle parfois à la mémoire, un souvenir. Il vérifia une fois de plus le cran de sécurité. Considéra le flingue. Moulé à sa main. Puis exhala un soupir et fixa une touffe d'herbe devant lui, la vision soudain floue. Une terre si paisible, songea-t-il. Un homme de courage ne vous tire pas dans le dos ; il vous dit la vérité en face et vous laisse déduire que son seul recours est de verser votre sang.

Et s'il est amoureux de la femme de son meilleur ami, et que son amour est payé de retour, eh bien, il avoue avant de tirer...

Martin rangea son arme. Remonta la fermeture Éclair de son blouson, de deux centimètres, puis la redescendit, la tête ailleurs. Il avait déjà, tout à l'heure, dans les bois, éprouvé une sensation analogue, au moment où il avait su qu'il n'allait pas le tuer. Il fallait que quelque chose change. D'ailleurs, quelque chose avait déjà commencé à changer.

Vas-y, avoue, se dit-il. Il discutera, il discute toujours.

Comme il ne savait que faire de ses mains, il les replongea dans ses poches. Puis, dans un soupir, il ferma les yeux en serrant les paupières pour les écarquiller aussitôt en se disant : T'allais le tuer pour Penny ? Pour une gonzesse ? Et il se retourna pour le regarder, Felix, piétinant délicatement la terre autour des rosiers. Si jeune encore. Et musclé, trop musclé. Mal équipé pour s'attaquer à cet inoffensif échantillon de nature. Felix a toujours été réglo avec toi depuis l'époque où tu n'étais qu'un gamin nerveux qui jouait aux affranchis. Depuis le lycée. Treize années. À ton tour de te montrer réglo avec lui, tu lui dois bien ça.

Mais alors, dans un coin de sa tête, il se disait : Oui, mais... Penny. Garde ton flingue à la main. Pour elle, ça vaut le coup de tuer.

« Felix.

– Je suis là. »

Felix, toujours à ruminer devant ses rosiers, des végétaux rachitiques. À faire gicler de l'eau çà et là autour.

Martin parvint seulement à articuler :

« Felix.

– Quoi ? fit Felix en levant la tête. Qu'est-ce qui te travaille ?

– La réponse est oui. À ce que tu disais... Avant qu'on vienne ici.

– Oui, quoi ? repartit Felix en haussant les épaules. On parlait de quoi, de bouffe ?

– J'ai menti. Je l'aime encore. »

Felix se redressa.

Plus que de toute sa hauteur, si un tel exploit était possible.

Comme si toutes les fibres de son corps se dépliaient peu à peu sous l'effet du choc.

Mais délicat quand même.

« Elle est encore ma femme.

– Je sais.

– T'as couché avec elle ? »

Plutôt deux fois qu'une.

Mais son instinct lui soufflait de ne pas le dire tout haut.

Il suffisait qu'il ne l'ait aimée qu'une seule fois, une seule. L'unique, la vraie transgression. Tout comme le fait qu'il ait été le premier à coucher avec elle avait engendré la suite.

Il venait de trouver la seule raison qui l'avait poussé à se réintroduire dans leur vie, se rendit-il compte subitement. Cette volonté farouche de les séparer.

« C'est important ? lança Martin.

– Pour ça, je devrais te tuer.

– Avec un arrosoir ? J'allais te tuer dans les bois tout à l'heure, mais je me suis ravisé. Je veux pas que ni l'un ni l'autre...

– C'est toi qui es malade, voilà, quoi, le coupa Felix en avançant d'un pas vers lui. T'allais vraiment me buter... ? »

Il fit un deuxième pas... à travers les rosiers. Oublieux de tout, les yeux exorbités. Il montra du doigt son propre visage.

« Tu sais ce que tu vois là ? Eh bien, c'est un mec qui trouve ça dégueulasse. Pas croyable. Qu'est-ce que j'entends, que t'allais me buter ?

– J'ai toujours le pistolet dans la poche, mon vieux. Tu l'as vu. Je l'ai encore dans la main. On bouge plus... » Sauf que Martin ne referma pas les doigts sur l'arme, se contentant d'y appuyer sa paume. « ... Tu me fous la trouille, Felix. Je te jure. Tu pousses, là, merde ! C'est pas ce que j'avais prévu. »

Un temps. Felix répliqua :

« Ce que t'avais prévu ? Tu couches avec Penny, bordel ! Et tu dis que tu me tuerais ? Qu'est-ce...

– Je l'aime depuis plus longtemps que toi. Je l'ai aimée en premier. J'allais tout te raconter et te laisser prendre ta décision. Je pensais pas que tu l'aimais comme moi... » Martin pointa un doigt vers le sol – pour de bon, pour la vie. « ... et je le pense toujours pas. Je vais te dire. Sinon je crois pas que tu réagirais comme tu le fais.

– Va te faire foutre.

– C'est vrai. C'est mon tour, quoi. À partir de cette seconde. Je l'aime depuis plus longtemps, répéta-t-il pour être sûr de s'être bien fait comprendre. On remet tous les trois les pendules à zéro. Cette fois c'est moi qu'elle épouse. Je me suis engagé dans l'armée, j'ai bossé, j'ai fait des études, et puis, voilà, j'ai reçu ta putain d'invitation pour ton putain de mariage et, quand je suis revenu, j'étais sûr que je te haïssais. Je sais, c'est moi qui suis parti. Et puis je t'ai jamais détesté – ça, on le sait tous les deux – alors m'oblige pas à te sortir des conneries... Je l'aime. Tu comptes plus pour moi que mon propre frère, mais c'est mon tour. J'ai pas l'intention de la perdre une deuxième fois. »

Ni de te perdre, toi, ajouta-t-il en son for intérieur.

« Ton tour...

– À partir d'aujourd'hui. Jusqu'à ce que la mort nous sépare. Je mérite bien ça. Tu pourras venir nous rendre visite, le week-end, pour dîner. Ou tous les soirs, pour ce que j'en ai à foutre, mais... Dis quelque chose. »

Il réfléchit, Felix. C'était beaucoup pour un seul homme.

« Sors tes mains de tes poches », finit-il par ordonner.

Martin le jaugea d'un coup d'œil. Cinq mètres au moins les séparaient. Si Felix avait l'intention de lui foncer dessus, il aurait deux bonnes secondes pour dégainer. Il obtempéra. Les mains en suspens dans les airs. Style voyou boudeur.

« Comment tu peux dire ça, que tu me tuerais ?

– Pourquoi tu l'as épousée d'abord ?

– Comment t'as pu dire ça ?

– Je suis en état d'arrestation, ou quoi ? »

Felix hissa l'arrosoir à la hauteur de ses yeux. Le mit en joue. Martin leva les mains plus haut. Felix jeta un regard vers la maison. Plissa les paupières, comme s'il avait perçu un mouvement de ce côté-là. Martin se tourna à son tour. Aperçut leurs reflets dans les vitres noires et puis vit Terry. Le reconnut tout de suite, sans comprendre néanmoins ce qu'il faisait là, là où il n'avait rien à faire. Terry la Terreur, se détachant rapidement du coin de la maison. Avançant en braquant un pistolet sur eux et en criant :

« À genoux ! Tous les deux ! »

Et Martin se dit : Bon dieu, il est ici pour nous faire la peau ; Bunny l'a envoyé ici afin de nous tuer, de nous liquider. Sans y penser, il plongea la main vers son Glock. Terry criait plus fort, beuglait :

« Les mains en l'air… Non ! »

Martin avait déjà sorti son pistolet, pressant la détente avant même de viser. Mais l'arme était sécurisée. Terry pointa la sienne sur lui.

Martin entendit le coup partir, vit l'éclair et sentit sa tête tourner. Vit le sang qui giclait sur la façade de la cabane. Sensation de chute.

Trou noir. Quand il reprit connaissance, Terry Hugues marchait dans sa direction, visant de biais Felix, les regardant tour à tour. Martin ouvrit l'œil à demi. Son Glock gisait hors de sa portée. Bordel, il l'avait lâché ! Il vit Terry se pencher et le ramasser. Il n'allait pas être long à défaire le cran ; il connaissait l'arme. Terry se retourna pour s'occuper de Felix de l'autre côté de la cour, faisant glisser la culasse pour armer le flingue. Martin ferma les yeux et retint son souffle ; respirer était trop douloureux. Terry disant : « Bouge pas, connard, bordel de merde. » D'une voix de plus en plus ouatée et lointaine. Quand Martin rouvrit les yeux, Terry traversait la cour en direction de Felix, le Glock au poing, Felix sur le point de piquer un sprint. Ou alors pétrifié. Avec un air de dire : Putain, je te connais à peine, mec. L'arrosoir à ses pieds, gargouillant dans l'herbe. Terry qui disait : « Fais pas ça. M'oblige pas à te courir après… » Mais Felix détalait déjà, fonçait vers les bois. Terry se mit en position et tira. Felix tournoya sur lui-même – un danseur ivre – mais continua quand même. Une course molle. Titubante. Mais déterminée. Terry tira de nouveau. Felix, projeté en avant, trébucha et s'étala par terre, Terry courant toujours derrière lui. Felix se remit sur ses genoux avec des gestes de plus en plus paresseux. Se laissa tomber les mains sur le sol et se traîna à quatre pattes. Vers les bois toujours. Puis s'arrêta. S'écroula sur le flanc en gémissant

– très fort. Roula sur le dos. Terry s'approcha tout près et, le dominant de toute sa hauteur, lui dit des mots à voix basse, des mots durs. Puis il tira à bout portant.

Martin Quinn détourna les yeux. Contempla son propre sang sur le mur de la cabane. Regarda le ciel. Ferma les yeux. Sa nuque baignait dans un liquide poisseux. Il entendit les battements de son cœur et le grincement de l'herbe sous les semelles de Terry qui traversait de nouveau la cour dans sa direction. La peur inonda sa poitrine, déchira ses entrailles, fit rugir le sang sous sa boîte crânienne. Tu vas crever de trouille, pensa-t-il. Terry penché sur lui – son corps absorbant tous les sons – de plus en plus près, s'accroupissant avec des craquements de genoux. Posant quelque chose dans la main de Martin et refermant ses doigts dessus : un flingue. Terry se leva. S'éloigna.

Martin ouvrit les yeux. Vit dans sa main son Glock et, au-delà, le dos de Terry, large, puissant, solide. Alors, subitement, l'étau paralysant de la peur se relâcha. Il empoigna l'arme, mit en joue, tira en se redressant à moitié. Terry chancela, se retourna pour lui faire face. Martin tira de nouveau, dans le haut du corps, le faisant reculer, tomber par terre. Puis, bondissant sur ses pieds, il parcourut les quelques mètres qui le séparaient de Terry. Pila devant lui. Visa son visage. Attendit. Si effrayé par ce type que, même à présent, même alors qu'il le tenait au bout de son flingue, il était partagé entre l'envie et la peur de le tuer.

Terry ricana. Il avait du sang sur les dents.

« Alors, comme ça, on se prend pour Billy le Kid, Quinn ? On menace ? Bon sang… »

Il tourna la tête et promena autour de lui un regard étrange – des yeux d'abord comme des soucoupes, puis plissés :

« Espèce de petit con… »

Un geignement, un braillement de douleur. Martin se disant : Terry qui a mal, qui peut ne serait-ce que sentir quelque chose, comme c'est bizarre…

« Espèce de… Bon Dieu… »

Terry s'exprimant avec douceur. Presque comme s'il parlait tout seul. Ou à sa douleur. Mais c'est à toi qu'il parle, se disait Martin. Laisse-le terminer. Écoute-le. Ça doit être un péché de ne pas faire gaffe à ce que raconte un mourant.

Terry prononça :

« T'es toujours dans mes pattes. Tu fous tout en l'air. Tu peux pas rester dans ta niche de sale petit branleur... »

Il le fixa droit dans les yeux. Émit un nouveau mugissement de douleur. Incroyable qu'il puisse autant la sentir, se dit Martin. Incroyable de penser qu'il puisse l'exprimer.

« Nom de Dieu, qu'est-ce que t'attends, tapette ? Même là tu merdes. Vas-y ! Fais-le ! »

Martin pressa la détente. Tint le doigt, par inadvertance, appuyé deux coups d'affilée. La première emporta le visage de la Terreur, la seconde manqua son but. Ébrécha le sol. Souffla un léger panache de poussière.

Il regarda derrière lui. Aux alentours. De l'autre côté de la cour. Felix à plat dos bougeait encore. Jambes arquées, agitées de soubresauts. Comme s'il cherchait une prise sur le sol. Chorégraphie de l'agonie.

Il se mit en route. Traînant les pieds sur la pelouse, se demandant ce que le bruit de ses chaussures prendrait comme signification dans la tête de Felix. Peut-être l'apaiserait-il. Ou au contraire le mettrait-il hors de lui. Le remplirait d'une peur toute nouvelle.

À son approche, les jambes de Felix cessèrent de s'agiter. Martin abaissa son regard vers lui, vers ses yeux animés encore d'une conscience, mais une conscience abêtie, terrorisée. Une balle logée quelque part dans les replis de son cerveau. Et au-dessus de l'œil, un petit trou qui pissait le sang. Les lunettes en bataille. La tête roulant de droite et de gauche. Une vie qui se cramponnait, élémentaire, animale.

Le bruit d'une voiture – plus haut, derrière la maison. Martin se rendit compte que cela faisait en réalité déjà un bout de temps qu'il l'entendait approcher sur le chemin. Il regarda Felix mourir. Des portières s'ouvrirent, des voix crièrent son nom. Lui ordonnant de poser son flingue. Des flics. Surgis comme de nulle part. Mais dont la subite apparition n'avait néanmoins rien de surprenant. Il jeta un coup d'œil de leur côté et en vit deux, costard-cravate, jambes écartées, aboyant des ordres. Des agents en mission.

Il déposa le Glock près de la tête de Felix en prenant soin d'éviter la trajectoire de la flaque qui s'élargissait. Les yeux de Felix à présent, finalement privés de lumière. Son souffle tari, sa peur éteinte telle la flamme d'une bougie.

Mets les mains en l'air et marche vers eux, fils de pute, à genoux, visage contre le sol. Les mains derrière le dos et croise les doigts. Une douleur inimaginable. Il avait sans doute l'oreille arrachée.

Il coucha son autre joue sur l'herbe et écouta le grondement de la terre et, au-dessus, celui du sang qui remplissait le trou qui avait pris la place de son oreille. Le sang débordait, ruisselait sur son visage, dans son cou. Les flics progressaient avec mille précautions comme une meute de chiens sauvages talonnés par la faim.

Avec l'impression de disparaître, il perçut le lent et sourd battement des chaussures se rapprochant sur l'herbe.

Dans l'ambulance, il pleure. Il se surprend à pleurer alors qu'il est en train de remuer d'autres pensées, il n'a pas le souvenir du moment où il s'est mis à verser ces larmes. La tristesse s'élève en lui, une fontaine de souffrance, comme si son cœur s'était dégonflé. Une douleur lui vrille les bras et le dos, une douleur générée par la peur, parce que la peur fait mal, alors qu'il ne sent rien à l'endroit où l'a atteint la balle du Sig Sauer de Terry – une totale insensibilité à cet endroit où aurait dû être son oreille, seulement la pression du pansement que lui ont appliqué les secouristes. L'un d'eux encore à côté de lui alors qu'un peu plus loin dans l'ambulance, tassé sur un tabouret, les coudes sur les genoux, il y a un agent du FBI. Pas de compassion chez celui-là, seulement de l'impatience. Prêt à le cuisiner, à lui coller la lampe dans la gueule. Une gueule si vulnérable à cet instant. À moitié éclatée par le Sig de Terry. Mais ce n'était pas une raison pour pleurer.

Il regarda à son côté le secouriste : un adolescent.

« J'ai pas mal », l'informa-t-il.

Puis il se dit : Et si c'était parce que je vais mourir ?

L'agent intervint :

« Quoi ? »

Puis une autre voix, plus âgée :

« Qu'est-ce qu'il a dit ? »

Ils étaient deux. L'un plus jeune que l'autre.

« Il dit qu'il n'a plus mal... C'est normal, monsieur, après le choc que vous venez de subir. Votre organisme réagit en se défendant. »

Qu'est-ce qui me fait pleurer comme ça à chaudes larmes ? se demanda Martin.

« C'est normal ?

– C'est le choc, je vous dis.

– Vous m'avez rien donné ? »

Il tenait à savoir tout à coup. Il fallait qu'il sache. C'était important. Tous ces détails.

« Ils vous donneront de la morphine à l'hôpital. Sûrement. Une blessure par balle. Moi, je n'ai pas le droit.

– Bien sûr », fit Martin.

Et il acquiesça comme pour dire à ce gamin – presque un enfant : Je comprends et je te pardonne. Puis il se détourna, contempla de nouveau le plafond. Métal pointe de diamant.

La sirène de l'ambulance hurla et ils prirent un virage si large qu'il lui sembla qu'ils revenaient en arrière. La route devint peu à peu plus lisse. Et ses larmes suivirent un autre trajet sur ses joues, glissant sur la croûte de sang séché qui avait un goût métallique – une petite pièce jaune sur la langue. Une manie de gosse, songea-t-il, de fourrer de l'argent dans sa bouche. Et puis un beau jour, on ne le fait plus : on s'aperçoit sans qu'on ait besoin de vous le dire que c'est sale.

Y a-t-il un âge pour cela ? S'en rend-on vraiment compte tout seul ? Et venait-il vraiment de voir Felix mourir sous ses yeux ?

2

Il avait cogité, tout reconsidéré à partir de zéro. C'était Bunny, sans aucun doute, ce qui lui allait très bien; Terry était l'homme de main de Bunny et, si Easter Bunny Pasquale avait envoyé la Terreur en éliminer quelques-uns du deal, c'était son choix. J'aurais peut-être dû le voir venir mais, de toute façon, merde! Qu'il aille se faire foutre, Bunny. Le FBI n'avait qu'à le cueillir. Il avait joué banco et il avait perdu. Les fédéraux préféraient coffrer un caïd comme lui que toi. Martin Quinn. Kool Aid Martin.

C'était le point numéro deux. Si les agents du FBI se farcissaient Bunny au lieu de lui, ils lui proposeraient sûrement à lui, Martin, un marché dans le cadre du programme de protection des témoins. Ou bien le relâcheraient purement et simplement. Bunny constituait la seule vraie menace. Il était le type même du jeune truand (vingt-huit ans à peine) aux dents longues, racketteur, dealer, faussaire, que le gouvernement se vanterait volontiers d'avoir mis hors d'état de nuire.

Sinon – s'il n'y avait pas de marché possible, s'ils ne voyaient pas la différence entre lui et Bunny au banc des accusés ? – mieux valait passer un bout de temps dans une prison fédérale pour complicité dans un trafic de drogue qu'un seul week-end dans une maison d'arrêt d'État.

C'était son troisième sujet de réflexion, et pas le plus serein. Il devait trouver le moyen de s'assurer un minimum de sécurité.

De toute façon, pour le moment, il n'avait pas le choix : il fallait voir ce que les agents du FBI voulaient de lui et quel châtiment ils envisageaient pour un premier délit d'adulte dans une affaire de trafic de drogue sans autre preuve à retenir contre lui que des appels téléphoniques codés.

Ces chiens du FBI. Avec leurs ordres, leurs costumes sombres, leurs cheveux si courts qu'on ne pouvait pas les louper. Le plus vieux ressemblant presque à un mafioso tant il avait l'air italien, le plus jeune originaire de quelque part à l'ouest de l'Hudson, n'importe où à l'ouest, en tout cas pas de New York. La balle se trouvait dans leur camp.

Alors, du calme, tu n'y peux rien, songea-t-il. Les dés sont jetés.

Mais il avait beau s'efforcer de se vider l'esprit, deux pensées s'obstinaient à le titiller. Primo, Penny lui avait lancé un jour qu'un garçon dont le père avait été junkie devrait se garder de vendre de l'héroïne. Elle avait peut-être raison, mais bon, il n'était pas superstitieux. Dans la même veine, en plus grave, lui-même avait déclaré à Penny qu'on était responsable de tous ses actes sans exception. Du meilleur comme du pire.

Une philosophie un peu rude, d'accord, mais honnête.

Et qu'est-ce qu'il en avait à branler, après tout ? Si Bunny tenait à négocier à coups de flingue, c'était sur lui qu'allait retomber la responsabilité des morts et des blessés, non ? Alors, qu'il aille se faire mettre.

Voilà pour la première pensée. Laquelle menait à la seconde.

Bunny a peut-être agi en réaction à une de tes décisions, se disait-il. Un merdier de ton propre cru. Deux jours plus tôt, il avait changé de casier l'argent du deal. Une ultime précaution, et il était le seul au courant. Au cas où les choses tourneraient au vinaigre pour lui et qu'il lui faudrait faire main basse sur le pognon avant de se tirer. Bunny était peut-être allé vérifier le casier – parce qu'il n'arrivait pas à dormir ou avait lui aussi l'intention d'assurer ses arrières. En le trouvant vide, il aurait appelé Terry… Et voilà le travail. Tout ce gâchis alors que le fric se trouvait juste un peu plus loin dans la même rangée.

Au cas où t'aurais été obligé de l'embarquer, se dit-il.

Bravo, beau travail, connard.

La voix de sa mauvaise conscience, bien sûr. Parce qu'il en avait réchappé. « Le syndrome du survivant », comme ils disaient à l'armée. Pire que la mort, ils disaient aux bleus. Alors, les p'tits gars, veillez à être toujours les premiers à vous ruer au casse-pipe. Ces enculés.

Si son hypothèse était juste, si Bunny avait envoyé Terry, cela signifiait que Terry leur avait collé aux fesses dès le départ. Donc, bien fait pour sa gueule.

Mais en constatant la disparition du magot, Bunny aurait été stupide de liquider ceux qui l'avaient volé sans les avoir interrogés. Voilà où ça clochait. Le fait que Terry ne les ait même pas questionnés impliquait que Easter Bunny n'était pas au courant. Martin revoyait Terry émergeant du coin de la maison en leur criant : « À genoux ! » Le seul avec une arme au poing. Il avait attendu le moment propice. Pas question de prendre de risque, le lâche. Et puis Bunny n'était pas un impulsif ; son sang-froid était déjà notoire dans la cour de récréation. Il ne les aurait abattus que s'il savait où se trouvait le fric. Simple comme bonjour. Pourtant, il l'avait fait. Il avait envoyé la Terreur tuer et la Terreur avait tué. Il était comme ça, Bunny. Très bien, maintenant, les agents du FBI allaient pouvoir l'épingler.

Il suffisait qu'ils l'interrogent.

Martin ouvrit les yeux pour les lever vers la glace sans tain en face de lui. Il se figura les agents debout derrière, comme au cinéma. Le miroir avait des reflets plus sombres que la réalité qu'elle vous renvoyait.

Une réalité, en l'occurrence, plutôt glauque. Une pièce vide, sans un grain de poussière, qui faisait résonner jusqu'au moindre bruit. Chaque crissement des pieds de la chaise, chacun de vos reniflements. Vos paroles s'y répercutaient, glissaient en un murmure sur le plafond pour se transformer en salmigondis prétentieux en se heurtant contre cette fichue glace. Cet amplificateur de solitude.

Il se détourna devant l'image que lui renvoyait avec une netteté douloureuse le miroir sans tain. Il n'était pas encore prêt pour ce cirque. L'homme nouveau avec un avenir flambant neuf. Un homme pansé, emmailloté. Même plus un homme. Totalement éveillé à présent, il estima que cela faisait plus d'une journée qu'ils le tenaient. D'abord l'hosto, puis ici. Il serait temps qu'ils se mettent au boulot.

Qu'est-ce qu'ils attendaient, merde ?

« Martin ? »

La voix de Frito. Se déversant, affectueuse, dans sa bonne oreille à travers la bande qui maintenait en place la compresse sur l'autre, celle qui n'était plus là.

« Martin ? Tu m'entends ? »

Chaude, lointaine. À l'autre bout de plusieurs centaines de kilomètres de câble, à Manhattan. Répétant son nom.

« Martin.

– Je suis là, p'tit frère.

– Ces silences me tuent. C'est pas facile pour moi. »

Martin s'excusa, dit qu'il n'était pas dans son assiette.

Bon, il avait quand même les idées plus claires que dans l'ambulance, ça c'est sûr.

L'effet de la morphine, un trip plutôt sympa. Même si la sensation commençait à s'estomper, car il lui revenait dans la bouche ce goût de métal, de petite cuillère oubliée dans une tasse de thé – sucre et fer.

« Je suis dans le coaltar, Frito, pardonne-moi. »

Il appuya sa tête contre le mur à côté de lui, doucement. Ferma de nouveau les yeux.

« Prends ton temps, dit Frito. De toute façon, j'en ai besoin pour comprendre ce qui s'est passé. Et puis c'est toi qui as mis la pièce, c'est ton fric, hein ? » Petit rire. « J'arrive pas à croire que Felix est mort. Qu'il n'est plus là du tout, tu sais. Mais tu disais que t'avais des tonnes de choses à me raconter. Alors, je t'écoute. »

C'était bien vrai, il avait vraiment beaucoup de choses à lui communiquer – il acquiesça en silence. Puis se rappela que Frito ne pouvait pas le voir.

« Oui, souffla-t-il. Beaucoup. »

Il hocha de nouveau la tête. Une sensation agréable. Le frottement, très léger, contre le mur. La douce pression subie par son cerveau.

« Martin.

– Oui.

– Ils te donnent un truc fort, hein... ? Contre la douleur ? »

Martin sourit. Toujours gentil, Frito. Il était patient avec lui. Parfois un peu condescendant, mais jamais méchant, ni cruel. Ce n'était pas dans sa nature.

Quel imbécile il faisait à l'appeler dans un état pareil alors qu'il pouvait à peine articuler trois mots.

Mais ça le rassurait, rien que d'entendre le son de sa voix. De savoir, même rien que pour une minute, qu'il était là. Frito pouvait patienter encore un peu pendant qu'il profitait de sa présence, non ?

« Du Roxanol. »

Martin n'en dit pas plus.

C'était quand même ironique. Le mal par le mal. Votre pote dans un deal de drogue décide de vous buter et, à l'hosto, les voilà qui vous injectent de la morphine dans les veines sous prétexte de calmer votre douleur. Vous prendrez bien un peu de morphine contre tous les maux engendrés par la diacétylmorphine. La poudre. La blanche. La dope.

Et ça marchait du tonnerre. Il ne voyait même plus très bien pourquoi on lui en avait donné au départ – Je suis défiguré, et après ? Ça fait pas si mal que ça.

« Martin, voyons... s'il te plaît. »

Ce goût métallique dans sa bouche et ses idées qui s'éclaircissaient. Parle à Frito, se dit-il. Mets-le au parfum.

« Je t'ai informé que c'était un coup de filet du FBI ? Hein ?

– Oui.

– Bon, eh bien, ça c'est la bonne nouvelle.

– Ils ne peuvent pas te mettre en taule pour ça, tu veux dire ?

– Si.

– Alors quoi, la bonne nouvelle ? Si tu peux aller en taule.

– Y a des trucs pires dans la vie.

– Comme quoi ? Tu es en train de me parler de la prison, Martin.

– Sans blague, p'tit con... »

La douleur reprenait. Comme un gros nœud qui remontait vite le long de sa tête. Explosant dans ses orbites. Il avait les yeux en feu.

« Sans blague, répéta-t-il.

– Je suis désolé. »

Un temps. Puis il répliqua :

« T'excuse pas. J'ai pas été ta nounou pendant toutes ces années pour t'entendre me demander pardon. »

Martin garda les paupières mi-closes. La douleur devint moins vive. Il prit une inspiration. En se concentrant très fort sur la sensation. Ses poumons se gonflèrent dans sa cage thoracique.

« Et excuse-moi de t'avoir traité de p'tit con. Je sais que t'es plus un môme. Ma langue a... Je veux dire, t'es marié et tout, bordel.

– Je l'ai cherché, pas de problème.

– Bon, on tourne la page. Ce que je veux dire, c'est que tu revois tes priorités quand il te tombe une tuile pareille. Tu croyais que t'avais une vie et tout d'un coup tu te retrouves dans un autre trip, avec tout qui se réorganise autour, style tableau des départs à Grand Central. Toutes les indications qui se décalent à la chaîne, *flipflipflipflip*, et te voilà avec une nouvelle vie toute tracée, tu vois ?

– Je vois », dit Frito.

Le dioxyde de carbone de ses poumons changé en oxygène.

À l'école, ils avaient été infichus de lui expliquer ce tour de magie. Comment le corps transforme ces substances chimiques.

Ni d'ailleurs comment se fait la conception. Le sperme pénétrant l'ovule. Un nouvel être qui se forme. Ça semblait incroyable qu'un miracle pareil ne s'accompagne pas d'un éclair, au moins de l'apparition d'une lumière surnaturelle.

« T'as droit à ton opinion, Frito. Avoue que tu m'en veux, que t'es plus furax qu'inquiet. Il serait temps que tu penses un peu à toi. Comme ça, tu seras comme toute la famille. L'égoïsme, on a ça dans le sang. J'avais peur que tu restes un saint toute ta vie.

– Avec toi, on aurait du mal. »

Martin ne put s'empêcher de sourire.

« Mais t'as raison, pour la taule, c'est pas comme si j'y retournais de mon plein gré.

– Seigneur, souffla Frito.

– T'avais oublié. Je sais. Moi aussi, j'ai tendance.

– Je suis pas sûr de me le rappeler. Je crois que je me souviens seulement qu'on m'a dit que t'étais en taule. Le reste, je l'ai imaginé.

– J'ai tiré une semaine. Maman a attendu que tu grandisses pour te le dire. On m'avait enfermé dans une prison d'État. C'est pourquoi je suis bien placé pour savoir que je serais mieux dans le système carcéral fédéral. S'ils me bouclent pour un bail ? Même à Attica ou à Sing Sing, t'es pas tout à fait un numéro. Alors que dans n'importe quel centre de détention de l'État de New York, t'es noyé dans un océan… »

Un océan de merde, les putains d'égouts de la terre. Il leva le bras en arrière. Tâta pour trouver la fente dans l'appareil et y inséra une des pièces qu'il serrait dans son poing. Il l'entendit tomber au fond. Métal contre métal. Ressentit dans son corps jusqu'aux plus petites vibrations. Toujours les yeux fermés.

« T'es dans une cabine ? » s'enquit Frito.

Martin ne répondit pas. C'était le genre de question qu'on pose quand on ne sait pas quoi dire d'autre.

Il serait mieux chez les fédéraux, à n'en pas douter. De prononcer tout haut cette affirmation avait achevé de le convaincre.

Il tirerait sa peine et témoignerait contre Bunny, puis sortirait et disparaîtrait du paysage avec Penny. Peut-être même parviendrait-il, si le FBI ne lui mettait pas des bâtons dans les roues, à récupérer l'argent. Après tout, ils n'étaient au courant de rien. Et le pognon attendrait sagement dans son casier.

À la condition que Penny règle chaque mois le loyer de la consigne ; faudrait qu'il se débrouille pour lui transmettre le message. Ils étaient tranquilles pour encore trois bonnes semaines, mais mieux valait se montrer prévoyant.

« Mon plan a échoué, c'est tout, reprit-il. Dans un sens, je suis presque soulagé. Le pire scénario en ce qui te concerne, c'est que je te demande de vendre la voiture que Felix t'a offerte. Pour payer ma caution. Quoique j'aie pas l'impression que le problème va se poser. En revanche, fais gaffe à Bunny Lamentia. N'essaye pas de l'éviter mais, s'il t'emmerde, jure-lui que tu sais rien. Il te croira, il sait que t'es clean, que t'as rien à voir avec rien. D'accord ? Frito ?

– D'accord.

– Bien. »

Désormais il serait obligé de prendre son mal en patience, Bunny. Pendant quelques mois, il allait avoir l'impression que toutes les bagnoles le filaient et que toutes les camionnettes étaient des antennes de surveillance. Il ne pourrait même pas se permettre d'aller inspecter le casier. Et si c'était déjà fait, il devait s'arracher les cheveux en se demandant où se trouvait le putain de pognon. Son brushing à la con.

Frito respira – on aurait dit un soupir. Une seule fois. Martin écouta. Son premier souvenir de son petit frère. Bébé. Tout juste débarqué de la maternité dans les bras du vieux, puis dans son berceau. Martin promettant de ne pas faire de bruit si on lui permettait de le regarder dormir. Petit corps allongé, immobile, rose, fripé. Minuscule poitrine se soulevant légèrement.

« Je suis désolé, prononça-t-il tout haut. Mais je crains que ça recommence. Ma vie... qui déborde sur la tienne. »

Nouveau bruit de respiration. Comme si Frito cherchait à la retenir. Pas un mot. Mais il était là.

Il n'y avait rien à ajouter.

L'effet de la morphine décidément s'estompait.

Martin leva le bras pour réintroduire une pièce de dix cents.

À force de se sentir flotter à un centimètre du sol, il finissait par avoir la nausée.

« Ça fait si longtemps qu'on parle ? s'étonna Frito.

– Sans doute pas... » Il contempla au creux de sa paume l'agglomérat de métal gris argent. « Le shérif du coin m'a donné une montagne de petite monnaie, alors je me suis dit : payons-nous cette folie, pourquoi pas ? »

Frito continua à se taire.

« Il faut le voir pour le croire, moi qui pensais qu'un poste de police à la campagne ressemblerait à celui de *Mayberry* à la télé. Le vieil ivrogne cuvant son vin dans sa cellule, les flics avec les pieds sur la table. Mais c'est impeccable. Clair, propre. Ils ont pas lésiné avec l'argent du contribuable. »

Silence à l'autre bout du fil.

« Puisque je te dis que ça va aller, articula Martin.

– Comment tu peux savoir ?

– Eh bien, je le sais, c'est tout...

– C'est ridicule, mais j'ai la trouille. Pour toi, pour moi, pour Juliet, pour maman.

– Je comprends. »

Impossible de supplier son petit frère de vous croire sur parole. La confiance, on l'a gagnée ou pas...

« J'ai peur pour nous tous, insista Frito. Ça me dit rien qui vaille. »

Essaye donc de lui en foutre plein la vue, se dit Martin, même... surtout au moment où il se prépare à lire en toi à livre ouvert. Il faut que tu lui montres qui est l'aîné.

« Frito, tu sais ce qui est bizarre ? Quand tu m'as posé la question tout à l'heure, je t'ai répondu qu'ils m'avaient donné du

Roxanol pour la douleur. C'est de la morphine. Je suis chargé. Comme le vieux. Qu'est-ce que tu penses de ça ? »

Du tac au tac, Frito rétorqua :

« Et toi, comment ça te semble ?

– Plutôt cool, murmura-t-il. Tu le mélanges à de l'anhydride acétique et tu obtiens la came du vieux. Super cool, je te jure.

– Je sais.

– Quand tu redescends, ça craint même si t'es pas accro... »

Il s'interrompit, puis reprit :

« Qu'est-ce que ça veux dire, ce "je sais" ?

– Je me rappelle.

– Tu te rappelles !? »

De quoi parlait-il ? Martin était perplexe.

« Je me rappelle », répéta Frito.

Et puis la mémoire lui revint. Frito sous perfusion, Frito dans le coma. Pendant des jours. Une blessure bien pire que la tienne !

Il baissa le ton. De honte.

« Bien sûr, je suis désolé... »

La douleur battait de nouveau dans sa tête – une vague élevant un barrage aux pensées – mais ne l'empêchait pas de parler.

« ... J'ai pas fait gaffe à tous ces détails à l'époque où t'as reçu cette balle, ton traitement. Ils m'ont dit que tu allais t'en tirer. Y a que ça que j'ai retenu.

– Ça va, Martin, ça va.

– Mais je suis quand même désolé. Tu le sais. Je m'en veux pour la vie, tu vois.

– Je suis sûr qu'un jour ou l'autre, je vais merder et j'espère que tout le monde alors...

– Ça m'étonnerait.

– Pas moi.

– Y a des conneries que les gens te pardonnent sans trop de difficulté. Ton genre de conneries. Pas le genre qui nécessite des tonnes de bonté pour être pardonnées. De ce côté-là, je ressemble au vieux. T'as hérité de son talent pour la musique, moi de son jusqu'au-boutisme. »

Frito se tut de nouveau.

Parfait. Martin n'avait plus envie d'entendre un autre son de voix que la sienne.

« Martin, qu'est-ce qui va t'arriver ? » s'enquit Frito.

Dieu seul pourrait répondre. Martin garda le silence.

« Martin ? Allez, quoi ?

– Tout va bien se passer. Quand ce sera fini, Felix va me manquer, mais je préfère pas en parler...

– T'as peur ?

– Je suis chargé, j'te dis.

– T'as peur ? »

Oui, songea-t-il. Et comment. Qui n'aurait pas les jetons ? L'agent de New York – celui à la gueule d'Italien – pourrait aussi bien ordonner à son collègue « Casse-lui la tête » ou « Casse-lui les côtes » ou « Casse-lui les jointures ». Ou bien ils allaient juste le boucler en lui disant : « Merci de nous avoir aidés à coffrer Bunny Lamentia, passez une bonne décennie à saigner derrière les barreaux. »

Sauf que leurs seules pièces à conviction étaient ces enregistrements de conversations téléphoniques. Il ne fallait pas qu'il l'oublie. Ils étaient tombés sur des circonstances sans doute totalement inattendues : l'apparition brusque de Terry abattant ses acolytes. En outre, l'héroïne ne se trouvait même pas sur le territoire américain. Et n'y arriverait jamais sans un ultime appel des trois protagonistes principaux : Bunny, Felix et lui. Le FBI se contenterait de ce qu'il avait. Lui, Martin, n'avait qu'à jouer l'imbécile. Qu'ils viennent donc le trouver, qu'ils lui demandent sa collaboration.

Et côté brutalités policières ? Le pire jusqu'ici s'était résumé aux sarcasmes du vieux Rital – pour la galerie – et aux airs sardoniques du cadet, des poses d'usage de militaires à la manque. Lui avait l'impression de les connaître déjà, dans un sens. Pourtant ils ne se conduisaient pas du tout comme prévu. Rien ne se passait comme dans un putain de film.

Alors de quoi as-tu peur ? se répéta-t-il.

Il ouvrit les yeux. Se redressa.

« Je suis seul dans une salle d'interrogatoire, dit-il tout haut à l'adresse de son petit frère. Pas de menottes, un téléphone payant, une pile de pièces de monnaie. Ils m'ont demandé si je voulais du café, ou à manger, puis ils m'ont laissé seul pour passer mes coups de fil et réfléchir un peu. J'en ai profité pour faire les deux.

– T'as appelé un avocat ?

– Le commis d'office fera l'affaire. Il suffit de répondre à quelques questions. Le reste, c'est que des formalités.

– T'es sûr ?

– Sûr. »

Frito se tut. Puis :

« Bien. Comme tu veux.

– OK. »

Puis plus rien.

Il n'y avait plus rien à dire.

Il voyait à présent son image nette dans la glace. Le poli de la boîte du Publiphone et le cadre arrondi, blanc, brillant, du pansement contenant son visage, jeune-homme-grand-frère-amant, se disant : Voilà qui tu es maintenant, un jeune gangster qui vient de réchapper à un règlement de comptes. Un fait divers banal. Un flagrant délit du FBI et, maintenant, ils sont là juste derrière ce miroir. Si tu regardes bien, tu verras se dessiner leurs silhouettes fantomatiques. Les épaules carrées de leur costume, leurs cheveux en brosse.

Mais il ne voyait que lui-même et il songea : Même quand on ne sait plus qui on est, on reconnaît sa propre voix intérieure.

« Je suppose qu'on devrait raccrocher ? » interrogea Frito.

« On est responsable des conséquences de tous ses actes », c'est bien ces putains de paroles qu'il avait prononcées un jour devant Penny. Debout sur le quai d'une gare, à Westchester. Sa ville à elle. Banlieue cossue. Il lui avait confié sa philosophie. Un peu dure à supporter, mais foncièrement honnête. Et il était assez costaud pour s'y tenir. C'est vrai. Les retombées judiciaires de ce qu'il avait fait. Mais pas le remords. Le remords pour Felix. Intolérable, pour la bonne raison que le coupable, c'était Bunny. Et pour ça, je vais le balancer, Bunny. Je retrouverai ensuite Penny, je prendrai le pognon, et ce sera reparti.

« Martin ?

– Ouais. Oui, on devrait se quitter. »

Une nouvelle vie. De l'autre côté de cette glace. Raccroche et les agents vont entrer, vont t'aider à planifier ton avenir.

« OK, dit son petit frère.

– OK. »

Il leva le bras, glissa une autre pièce de dix cents dans la fente, l'écouta tomber. Résonner dans l'amplificateur de sa solitude. Écouta son frère se taire. Se permettant tout juste de respirer.

Tant de choses que tu ne peux pas lui confier, pensa-t-il. Des choses que t'aurais jamais confiées qu'à Felix. Des choses si simples.

Son petit frère se taisait.

Il écouta sa respiration.

Oh, non, non, non. Putain de merde.

Ses jambes se contractèrent, tout comme ses couilles, sa poitrine, sa gorge – la crispation de la peur. Il voyait à présent où ils voulaient en venir. Il comprenait. En un éclair, mais trop tard pour revenir en arrière.

L'aîné des agents – le Rital – Corso. Il avait l'air étonné, ouvrant ses mains sur le bois de la table ; un bouquet de doigts. Un geste exprimant une sincérité bidon.

« Si nous n'avons pas été clairs d'emblée, je vous présente mes excuses. »

Non, non, non. Merde. Va te faire foutre, pensa Martin ; ceci est une affaire de drogue…

« Vous êtes accusé de meurtre avec préméditation. On vous a pris sur le fait. Vous avez assassiné deux personnes.

– Terry, laissa tomber Martin Quinn. J'ai seulement tué Terry. C'était lui ou moi. Je vous ai raconté. De la légitime défense.

– Vous nous avez raconté des tas de choses, ce qui pourra peut-être vous aider, le moment venu. Nous allons y réfléchir. Mais pour le moment, ce que nous savons, c'est que vous avez abattu deux de vos associés, et nous avons des preuves ; le shérif d'ici en a, ou devrais-je dire "en aura" ? Car c'est son affaire, après tout. Nous, on est là pour lui donner un coup de main, avec nos rapports, nos fichiers. Les résultats des examens balistiques ne vont pas tarder – nous les attendons d'un instant à l'autre – et, franchement, je crois qu'on n'aura besoin de rien d'autre. Ou plutôt, le shérif n'aura besoin de rien d'autre. Quand on va lui refiler l'affaire. Ce qui ne saurait tarder. Dans quelques heures, peut-être. Ou demain. Avec toutes ces paperasseries. Peu importe pour vous de toute façon. Ça vous concerne pas.

– Je...

– Quoi ? Vous quoi... ? »

Il lui avait coupé la parole, l'agent. Mais sans impatience.

« Je... », bredouilla Martin.

« Je ». Ce mot, à lui seul, semblait d'une importance capitale. Il rappelait au monde entier comme à lui-même qu'il n'avait pas été englouti d'un seul coup par une erreur judiciaire.

« Vous pouvez pas raconter des... conneries, enchaîna-t-il. Vous pouvez pas comme ça accuser un pauvre type d'un acte qu'il n'a pas commis... »

Pourtant si, rien de plus facile ; et il le savait, mais peu importait. La vérité était la lanterne qui éclairait son esprit, ses pas.

« ... Bien sûr que si, vous pouvez, bien sûr... vous pouvez inventer n'importe quoi. Mais c'est ma vie ! Le fait est que quelqu'un m'a tiré dessus, et merde... qu'il a tué l'autre. Ensuite il a interverti les flingues pour se disculper. Il s'est débrouillé pour effacer ses traces. Il était... »

Malin. Il ne se serait jamais figuré que Terry puisse l'être à ce point. Il avait attendu le bon moment derrière le coin de la maison, attendu d'être le seul à avoir le doigt sur la gâchette.

Plus, à présent, ce détail supplémentaire : les agents du FBI avaient trouvé un Sig Sauer sous le dos de Felix. C'était pour ça qu'il gigotait autant, Felix, que Dieu ait son âme. Il avait été gêné dans son agonie par cet objet dur qui lui rabotait la colonne vertébrale. Le FBI avait conclu, bien sûr, qu'il l'avait lâché puis qu'il était tombé dessus. Terry avait bien travaillé, le salaud. Il l'avait sans doute essuyé, jeté par terre et flanqué d'un coup de pied sous le dos de Felix. Bloqué pour de bon.

Pauvre Felix.

« Je ne vous crois pas, rétorqua l'agent. D'abord, je n'ai aucune raison de vous croire et ensuite je vais vous dire pourquoi. Ce que j'ai vu ne laisse aucun doute... »

Martin Quinn regarda autour de lui – en quête de soutien – pour fuir le regard de l'agent. Ce que l'agent voyait, il le savait déjà ; restait à le persuader, lui, de cette « vérité ». Après tout, ils cherchaient seulement à bien faire leur boulot ; ils ne voulaient pas qu'on se foute de leur gueule. Alors que c'était clair comme de l'eau de roche. Le plus jeune, Dolan, juste derrière, à peine accoté au mur, les mains invisibles, décontracté – beaucoup plus jeune que l'autre. Et le shérif dans le coin. Bras croisés, un homme mûr, mince, le couvre-chef un peu de travers. Petit chapeau de cow-boy. Ses yeux et ceux du cadet des agents disant les uns comme les autres : Cause toujours, tu m'intéresses... Rira bien qui rira le dernier...

« ... et vous étiez le seul encore debout. Le dernier vivant, si l'on peut dire », prononça le dénommé Corso qui n'arrêtait pas de parler, parler, parler.

Martin croisa son regard ; un regard droit et acéré comme une épingle prête à le river sur place. Martin, le souffle coupé, s'exhorta : Reste honnête. Sois clair.

« Vous avez surgi alors que je venais de sauver ma peau et que j'allais porter secours à mon ami. Dans un sens, c'est pas vos oignons. Mais je ne me lasserai pas de vous répéter. J'ai rien fait. Vous ne pouvez pas me punir pour m'être défendu. »

L'agent Corso se leva avec une lenteur calculée, comme si cela faisait partie d'un scénario écrit à l'avance.

Il attend que j'aie fini, songea Martin.

L'agent rangea sa chaise contre la table, puis déclara :

« Nous sommes dans une impasse, à ce que je vois. Restons-en là.

– Si vous comptez me punir alors que j'ai rien fait, dans ce cas, s'il vous plaît, procurez-moi un avocat avant de continuer. »

Mû par une soudaine impulsion, Martin se leva à son tour. Une étrange sensation. Lui et l'agent récitant leurs répliques. Dressant entre eux une barrière de mots.

Mais à mi-chemin vers la sortie, l'agent s'arrêta. Contempla le sol. Releva la tête. Le regard dur mais franc. Style, rien de personnel là-dedans.

« Si vous voulez procéder de cette façon, ça vous regarde. C'est votre vie, comme vous le dites si bien. Mais écoutez-moi. Si vous plaidez non coupable, et même si la légitime défense passe auprès du tribunal, que va-t-il arriver s'ils peuvent quand même prouver que vous les avez tués ? C'est la perpète qui vous attend. »

Corso se pencha de côté et pianota sur le bois de la porte. Cette dernière s'entrouvrit et il murmura quelque chose par l'entrebâillement. Écouta ce qu'on lui répondit. Fit oui de la tête... oui... oui... Avança une main et prit ce qu'on lui tendait. Un gobelet en carton. Et avec l'autre, des comprimés : Martin entendit leur faible cliquetis au creux de sa paume. La porte se referma. Corso lui passa le gobelet et pinça entre ses doigts les comprimés, prêt à les laisser tomber. Martin tendit la main sous la sienne.

« On vous a mis sous médicament. Une dose moins forte. Demain, ce sera du Demerol. On vous enlèvera la perf. Vous avez mal ? »

Martin ne répondit pas...

« Dites-le surtout si vous souffrez. »

... avala les comprimés et but toute l'eau. Pourvu qu'ils soient aussi efficaces que les piqûres. La douleur montait comme une fièvre, au départ à peine perceptible, puis de plus en plus aiguë. Il se sentait sur le point de hurler.

L'agent Corso reprit le gobelet. Serviable. Puis il leva les yeux au plafond. Le regard rivé.

Il veut que je la joue cool.

Eh bien, non.

« Il manquait une balle au Sig, précisa l'agent. Une balle introuvable alors qu'on a compté sept balles tirées avec votre Glock. On en a retrouvé trois dans le corps de Felix Pasko. Une dans son rein gauche, une dans sa colonne vertébrale, une dans sa tête, à bout portant. Trois dans le corps de Terry la Terreur. Ventre, poumon droit à travers le dos et front, à bout portant. Une dernière balle dans le sol, à côté de son visage... »

Regardant l'autre agent à travers la pièce, il ajouta :

« Pas mal, non ? »

Martin répliqua :

« Il avait collé ses empreintes partout sur cette arme, bon sang. Je l'ai vu la ramasser par le canon. C'est pas comme s'il avait eu un chiffon sur lui. Il ne se doutait pas que vous alliez débarquer. Il a agi vite. L'imbécile, il s'est dit qu'il faudrait faire croire qu'on s'était entretués et vous, vous tombez dans le panneau ? C'est pas croyable. Faites votre boulot. Examinez les empreintes. Nom de Dieu !

– Vous pouvez répéter ? »

Quand il avait prononcé « Faites votre boulot », il avait vu l'œil de l'agent devenir noir. Martin insinuait-il qu'il avait bâclé son travail ?

« Vous ne pouvez pas me reprocher de me défendre », déclara Martin en soufflant fort.

Et en se disant : Vas-y mollo.

L'agent se détourna. Souffla à son tour. Posa ses mains sur ses hanches et expira. Un gamin qui réfléchit. Le petit gobelet en carton écrabouillé entre ses doigts, oublié. Martin songea : Comme s'il y avait personne d'autre que lui et moi dans la pièce.

« Votre avocat est là, Quinn, autant que vous sachiez tout de suite ce qu'il va vous sortir, que vous sachiez où vous en êtes, et où j'en suis, moi. Sans oublier la police locale. Passez aux aveux et vous vous en tirez. Braquez-vous et vous êtes condamné à perpète. Vous comprenez ? Si vous plaidez non coupable, avec ce qu'on a contre vous, vous êtes bon pour être cité à comparaître, le grand jury et le reste. Si vous avouez pour les deux meurtres, vous avez une chance. Voilà les faits. Votre vie à partir d'aujourd'hui ? Vous ne trouverez pas plus peinard en notre agréable compagnie. »

Martin ouvrit la bouche. Sa gorge émit une sorte de sifflement rauque. S'il essayait de parler, sa voix allait se casser, tout son corps allait être secoué de tremblements. Mais il fallait qu'il le dise :

« Vous êtes tombés sur un truc qu'était pas vos oignons... » Tremblant. « Deux morts et moi... » Pensées tourbillonnantes, mots qui s'embrouillent dans sa tête, avec cette voix qui lui répétait : Qu'on me débarrasse de cette douleur, de cette putain de douleur. « J'ai rien fait que de descendre un tueur. Vous devriez me remercier pour ça... » Cette douleur, qu'on m'en débarrasse. « Vous pourriez avoir la politesse de me demander : "Que vous est-il arrivé, monsieur Quinn ?" Vous n'avez pas à me dire ce que j'ai fait ou n'ai pas fait !

– Ils vont vous inculper. Vous ne serez même pas présent. Ils vous convoqueront demain et vous reviendrez ici et attendrez dans une cellule avec un pervers qu'on a surpris en train de se faire une vache et ils déposeront ce qu'on leur donnera au tribunal. Dans une semaine, vous serez à Attica à égrener vos souvenirs. Après ça, c'est la roulette. Ce n'est un secret pour personne. Mais avec ces pièces à conviction, vous êtes cuit. À vrai dire, il nous manque seulement un mobile. Et croyez-moi, j'en trouverai un. Avant de laisser le dossier. Peut-être que vous en pincez pour l'épouse de quelqu'un. Un truc aussi simple que ça. Aussi stupide. Je ne plaisante pas. On finira par trouver. Je vous promets... »

Martin répéta :

« Vous n'avez pas à me dire ce que j'ai fait ou n'ai pas fait. »

Des mots tremblés. Et dans sa tête, un mur qui vacillait. Cet agent en savait décidément trop.

« Martin, permettez-moi de vous poser une question et réfléchissez bien. Même s'il se produit un miracle, si le ciel s'entrouvre tout à coup et qu'un Dieu miséricordieux déclare aux jurés que vous dites la vérité, cela vous mènera où ? Je ne vous crois pas, de la même façon que celui qui a envoyé Terry Hugues ne va jamais vous croire. Et, écoutez-moi bien, le père de Felix Pasko, Lexi, il ne vous croira pas non plus. Vous comprenez ce que je vous dis là ? Ne répondez pas tout de suite. Réfléchissez ! Vous comprenez ce que je vous dis ? »

Martin resta sans voix.

Il posa sa main sur ses genoux. Plia ses doigts. Contempla ses ongles. Un geste qu'il n'avait encore jamais fait de sa vie. Il l'avait observé quelque part. Des années plus tôt, chez un mafioso du quartier ou au cinéma quand il était petit. Ce n'était pas naturel, ce geste, mais il n'avait ni la force de lever les yeux ni celle de laisser tomber sa main. C'est ce qu'il avait voulu au départ, cacher son regard.

Ce Corso en savait long.

Lui, Martin, n'avait rien à ajouter.

« Réfléchissez bien à votre histoire, continua Corso. Je suis convaincu que vous pouvez vous en tirer. »

Puis, jetant un coup d'œil à son collègue, il lança :

« T'es prêt ? »

L'autre répliqua par un silence. Corso se tourna alors vers le shérif.

« On vous le laisse ? » dit-il avec un sourire.

Il tambourina sur la porte, qui s'ouvrit en laissant entrer le brouhaha du poste de police. Comme s'il avait prévu toutes les scènes du film.

Soudain Martin Quinn eut une illumination. Il murmura :

« Bon sang. »

Il le dit pour lui, et aussi pour Corso. Tout en ne sachant pas encore tout à fait pourquoi. Effrayé à l'idée de savoir.

Corso referma le battant.

Martin regarda autour de lui, comme pour chercher de nouveaux points d'appui. À croire que le monde s'était tout d'un coup désaxé.

Le shérif, lui, n'avait pas bougé. Le deuxième agent – le jeune con – s'approchait à son tour de la porte. Mais, à présent, le voilà qui revenait en arrière, vers sa place près du mur, derrière. Hors de sa vue, de nouveau. Corso patientait.

« J'ai besoin juste d'une minute à moi, déclara Martin. Tout seul. Avant l'arrivée de l'avocat. Le temps que ces comprimés fassent leur effet.

– Prenez une minute, une heure, le temps qu'il faut », répliqua Corso.

Martin acquiesça de la tête.

« C'est tout ? » lança l'agent Corso.

Martin savait que ce type savait que la réponse était non. Il répliqua :

« Qu'est-ce que ça peut bien vous foutre ? »

Le regard de Corso s'éteignit. Ce n'était pas la réponse qu'il espérait. Mais il ne broncha pas, attendant la suite.

« Vous vous fichez bien que je sois pas coupable, hein, espèce de salaud ! »

Tout en prononçant ces mots, il entendit le jeune agent qui se rapprochait de lui dans son dos et il banda tous ses muscles, prêt à accuser le coup, priant le ciel pour que celui-ci ne tombe pas sur son oreille manquante.

Mais Corso leva la main pour arrêter son collègue. Comme ça, en un clin d'œil. Paume en avant, rapide mais avec un côté Jésus-Christ.

Puis tout se figea de nouveau.

Quoique l'ambiance ait subtilement changé. Il y avait comme un bourdonnement dans l'air. L'impression que, sans cela, tout s'effondrerait dans l'instant.

Une balance, se dit-il.

Unebalanceunebalanceunebalanceunebalance, jusqu'à ce que les mots, perdant leur sens, ne forment plus qu'un seul son prolongé. Ils l'emmenèrent, de la salle d'interrogatoire jusqu'à un bureau où il devait rencontrer son avocat – Corso et Dolan marchant sur ses talons, le shérif à son côté le conduisant par le coude. Il avait de nouveau les menottes. Un pas incertain ; les flics lui permettaient de traîner les pieds. La morphine en petits comprimés rouges quand même efficace. La maison d'arrêt telle une image floue, fluorescente, passant au ralenti sous ses yeux indifférents car ses pensées, désormais tournées vers l'avenir, guettaient les contours de la nouvelle réalité. Il voyait le carrelage par terre devant lui et sentait le rythme saccadé de ses pas faisant vaciller sa vision des choses, le poussant à continuer.

Il avait eu sa minute de réflexion, dans la salle. Une minute pour décider qui il pouvait bien balancer. Le FBI l'avait privé du plaisir de livrer Bunny en échange de sa propre remise en liberté. Dommage. Bunny ayant montré à quel camp il appartenait, il aurait pu aisément s'en prendre à lui. Et aucun des gars du quartier ne serait venu le lui reprocher. « Bunny a essayé de te buter pour que dalle ? auraient-ils soupiré. L'enculé. N'oublie pas de lui dire d'aller au diable quand tu le croiseras en sortant du tribunal. » Mais le FBI t'a dépossédé de cette petite vengeance, songea Martin. Ils pensaient sans doute : « Quinn ? Il bosse pour nous. C'est une balance. Notre témoin. Notre meilleur indic. Notre pute. » La balance et sa minute de réflexion. Il s'était déjà aperçu qu'ils ne s'intéressaient pas à lui. Mais, à présent, il savait qui ils voulaient coincer. Pour qui ils étaient prêts à lâcher tout le reste. Sur qui ils bavaient d'avoir des informations. Un coup d'œil à ses livres de comptes. Des infos de la part de quelqu'un qui savait de quoi il s'était rendu coupable. « Le père de Felix Pasko, Lexi, avait prononcé l'agent, ne vous croira pas non plus. Vous comprenez ce que je vous dis là ? Maintenant, trouvez un moyen de vous sortir de là. »

Ils voulaient Lexi. Même s'il n'avait rien à voir avec cette histoire.

Et ils se disaient que je pouvais le leur livrer.

Et ils avaient raison.

Il en savait assez sur des douzaines de types pour provoquer leur mise en examen mais, concernant Lexi, il connaissait aussi des secrets. Des vérités simples. Pendant cette minute, il avait calculé le plus vite possible ce que ces secrets pouvaient bien rapporter, un exercice qui l'avait épuisé, vidé, déprimé. Il avait déclaré à la glace – de travers – sans la regarder en face : « Où est ce commis d'office ? » Il savait qu'il y avait toujours quelqu'un là derrière maintenant. Aussitôt ils étaient entrés, lui avaient passé les menottes. Expliqué que l'avocat l'attendait dans une pièce insonorisée à l'autre bout du couloir, de l'autre côté du bâtiment. Et il s'était laissé conduire.

Tu croyais que t'avais une vie et tu te retrouves avec autre chose, avait-il déclaré à Frito. Tous tes plans sont chamboulés.

Cela s'était produit si souvent au cours des dernières semaines, jours, heures, qu'il commençait à avoir l'impression que c'était normal. Un destin en soi. Accablant. Rien en ce monde, à cet instant, ne correspondait à aucun de ses rêves.

Le shérif lui fit éviter de peu une poubelle. Il fonçait droit dessus.

Jamais il n'aurait imaginé qu'il se serait traîné ainsi comme un misérable camé. Ou qu'il sortirait d'une salle d'interrogatoire avec la honte au front. Il s'était toujours figuré qu'il resterait de marbre. Quand, au cinéma, il voyait un type sur le gril, il se disait toujours : Moi je ne me mettrais jamais à table; tout ce que je leur servirais, à ces ramollis du bulbe, c'est un sourire. Mais à présent, il se trouvait entre les mains de ces mariolles qui l'emmenaient – patients, sans états d'âme, pas l'air gênés par sa nervosité – à l'autre bout du couloir, pour consulter un avocat alors qu'il ne savait plus trop ce qu'il allait pouvoir lui raconter, à celui-là. Il abordait une autre vie. Une autre réalité. Défoncé mais quand même conscient. Un monde brutal, neuf, mais non irréel. Pas du tout irréel.

Et quand il atteindrait l'autre rive, avec un peu de chance, il retrouverait Penny et un magot qu'il ne pourrait peut-être jamais récupérer. Un sacré nouveau départ, si elle voulait toujours de lui.

Seigneur, pensa-t-il, pour l'amour de Dieu, ne pas perdre espoir.

Il se rappela ces quelques mots qu'elle avait prononcés et qui lui étaient revenus en mémoire quand on lui avait passé les menottes. C'était il y avait deux semaines de cela, ils se trouvaient au lit, allongés sur le dos après l'amour. La cargaison d'héroïne était sur le point de traverser l'Atlantique et il n'arrivait à penser à rien d'autre. Elle lui avait tapoté la tempe en disant :

« Est-ce que j'ai encore une petite place dans tous ces rouages qui font *tic-tac* là-dedans, monsieur le Cerveau ? »

Il avait tourné la tête vers elle sur l'oreiller. Dans la chambre striée d'ombres noires. Elle souriait. Il lui avait dit :

« Quand on a enseigné toute sa vie *ad majorum gloriam Dei*, ça met Dieu où ? À condition de pas rester planté au milieu de Washington Square à tendre des fleurs aux clodos en leur assurant qu'ils sont aimés du Très-Haut.

– Alors c'est pour moi ? Pour me rendre gloire ?

– Tout bien considéré, oui.

– Mais, en attendant, il faut que je sois sage, que je supporte toutes tes cachotteries.

– *Ad majorum gloriam Penelopum.*

– *Penelopeum* », corrigea-t-elle, satisfaite, en levant les yeux au plafond.

Elle s'était replongée dans ses réflexions, s'était-il dit en reprenant lui-même le fil des siennes, sachant que sa réponse avait été aussi vague que le mystère de l'eucharistie. Leur histoire n'était peut-être pas tout pour elle, ou peut-être que si. De toute façon, le moment n'était pas propice à ce genre de méditation. Les yeux sur son coin de plafond, elle prononça d'une voix douce, presque enfantine, comme si elle se murmurait à elle-même :

« Je peux attendre. »

Deux semaines seulement. Et cela lui semblait déjà un autre monde. Le soleil, les minces ombres qui s'allongeaient sur les murs de la chambre. « Je peux attendre. » N'empêche que, mettons qu'il émerge dans un ou deux ans de leur programme de protection des témoins avec un costard de collaborateur de justice, voudrait-elle encore de lui ?

Il n'en savait rien.

Tout ce qu'il avait, c'était un plan, un plan avec, à l'intérieur, des trous gros comme des cratères.

Mais, pour le moment, il n'avait pas le choix. Pour le moment. Il allait s'y tenir, jusqu'à ce que d'autres opportunités se présentent.

Ne pas savoir, c'était pire que tout. Jamais il n'avait encore sauté à pieds joints dans un merdier pareil.

Ils s'arrêtèrent. Une porte identique à toutes les autres. Le shérif le fit reculer dans le couloir, Corso se pencha pour pousser le battant puis s'écarta d'un pas pour leur laisser le passage. Martin entra en se disant que Lexi Pasko était un personnage dur et froid qui ne l'avait jamais traité comme un fils alors qu'il l'avait regardé grandir et devenir un homme. Lexi s'était borné à lui accorder un respect silencieux, à cause de Felix. Parce qu'il adorait Felix. Violemment. Son seul fils encore en vie. Son enfant unique. Gangster endurci, père aimant.

On lui ôta les menottes. Il regarda ses mains, puis le shérif. Lequel lui indiqua une chaise avant de s'éclipser. Cow-boy taciturne. Il ferma la porte derrière lui.

Martin resta sur place. Debout. Dévisagea l'avocat assis devant lui en train d'écrire. Lunettes, chemise à manches courtes. Des feuilles éparses autour de lui. Un nouveau prof qui a le trac le jour de la rentrée. Des piles de papiers bien ordonnées, mais trop nombreuses.

« Une seconde. Monsieur Quinn ? » fit-il comme s'il s'agissait d'une question, la main courant encore sur sa feuille.

Peut-être s'employait-il à classer les faits ou bien à mettre au point une stratégie. Toujours est-il qu'il était conscient de l'importance de son rôle dans cette affaire. Ça sautait aux yeux.

Il était zélé, ce type. Aimable, sympathique.

Cela ne disait rien qui vaille à Martin.

Il aurait préféré le style requin. Un salaud aux dents longues avec assez de couilles pour deux. Car bientôt, il ne lui en resterait plus à lui, Martin.

Il s'assit.

« Je m'appelle Jason Davis... monsieur Quinn... » Sans cesser d'écrire, pressé de terminer. « J'ai été désigné pour assurer votre défense et je vous représenterai lors de l'audience de mise en accusation demain matin. Et, si tel est votre souhait... » Il laissa tomber son crayon. « ... pour une... »

L'avocat leva les yeux. Se tut brusquement.

Sans doute surpris par la tête bandée.

« Je sais en quoi consiste votre rôle, maître Davis. Quel est votre degré de responsabilité. Cela me va. On peut commencer.

– Bien.

– Je saigne encore ?

– Non », répliqua l'avocat en se ressaisissant. Il secoua la tête puis ajouta : « Désolé. Je savais qu'on vous avait tiré dessus. Mais j'étais absorbé par le dossier. Il est déjà épais. Pardonnez-moi.

– Pas de problème. »

Un type jeune, intelligent. Bien élevé. Une quinzaine de kilos en trop, peut-être. La moitié sur sa figure. De bons yeux honnêtes enfouis dans les replis de chair derrière les verres de ses lunettes. Des cheveux frisés comme ceux de Felix. Mais pas de brushing.

« Vous souffrez ? dit-il. D'après eux, la douleur devrait décroître. Ils vont vous diminuer chaque jour vos doses. Ils vous ont bien donné vos analgésiques ? »

Martin acquiesça. Résolu à lui procurer son appui. Même dans les échanges de politesse.

« Et ils ne vous ont pas maltraité ? Un peu malmené ? Non ?

– Je suis si amoché que ça ? Non.

– Bien. Vous avez l'air d'avoir eu assez d'ennuis comme cela. »

Il sourit. Consulta de nouveau ses notes. Biffa quelques mots.

« Je ne ressens aucune douleur, précisa Martin. Et je n'ai pas été maltraité. Pourrait-on… »

Il laissa sa phrase en suspens, esquissant un geste circulaire de la main comme pour dire : Et si on avançait un peu ?

« Bien sûr. »

Il balaya la pièce du regard, l'avocat. Histoire de se mettre en train, sans doute. Puis il posa la main à plat sur la pile de papiers devant lui, comme si la vérité s'y trouvait consignée.

« D'abord…

– Écoutez, coupa Martin, irrité par cet étalage de candeur mollassonne, cela vous gênerait de me donner quelques renseignements sur vous ? Je veux dire, qui vous êtes ? vos études ? vos titres ? Quand ils m'ont ramené ici, je pensais savoir où j'en étais, et puis tout à l'heure, ils ont fait tourner les tables… et ma tête avec. Je… »

À mon tour d'avoir l'air d'une chiffe molle, songea Martin. Merde.

« J'ai fait mes études de droit à l'université de Georgetown, répondit le type. Je suis sorti major de ma promotion. J'ai cru comprendre que vous estimiez ne pas avoir besoin d'un avocat. Loin de moi l'idée de m'en offusquer.

– J'ai pas d'argent… », commença Martin.

Il se tut. C'était vraiment trop dur, cette phrase. J'ai pas de fric sur moi, avait-il envie de hurler, mais en fait je suis plein aux as.

« … Je suis fauché pour le moment, ajouta-t-il après une pause.

– Je pense que vous serez content de mes services », rétorqua l'avocat comme s'il pensait que cela promettait de ne pas être du gâteau. Encore un mauvais signe. « Au fait, je suis du New Jersey. Si ça vous importe. »

Martin haussa les épaules. Il s'en foutait.

« Pour vous dire que je ne viens pas du fin fond de l'Ohio, précisa l'avocat.

– Je suis de New York.

– Je sais, fit l'avocat en louchant sur ses notes.

– Ils ont réussi à me tournebouler, mais ça y est, je suis de nouveau sur mes pieds. Et j'ai un plan. Voilà. Je voudrais qu'on en parle.

– Bien. Avant tout, je veux que vous me disiez la vérité. Ces messieurs m'ont déjà fourni un certain nombre d'éléments, pas vraiment dans les règles, vu leurs méthodes, mais ça ira pour l'instant. Ce dont j'ai besoin maintenant, ce sont des faits. Vous allez me raconter ce qui s'est passé dans la maison de campagne de Felix Pasko et je vous poserai des questions à mesure, entendu ? monsieur Quinn ? »

Martin se détourna – une boule de fiel s'était formée dans sa gorge à la seule mention du nom de Felix. Mort depuis deux jours et on parlait déjà de lui au passé. Alors que la vie, elle, continuait. Felix, plus qu'un cadavre dans un procès.

« Pour votre gouverne, je n'ai pas tué Felix. Ne me posez jamais cette question. C'est Terry qui nous a tiré dessus. »

L'avocat hocha la tête. Martin le vit du coin de l'œil. Il refusait de le regarder en face.

« Pourquoi vous a-t-il tiré dessus, monsieur Quinn ? »

Parce que c'était une bête. Martin revoyait la scène. Terry le braquant en hurlant : « M'oblige pas à te courir après... »

« D'après les agents, dit l'avocat, Felix était le fils de Lexi Pasko ? Y a-t-il un rapport ? »

Martin sourit.

Maintenant qu'il avait compris, il avait sa réponse et son plan tout prêts.

« Ils vous ont parlé de ça, hein ?

Lexi, c'est tout ce que la vie de Felix signifiait pour eux.

Et la tienne, ajouta-t-il en son for intérieur. Qu'est-ce que c'est que ta vie pour eux, monsieur Quinn ?

« Et ils ont ajouté quoi d'autre ? s'enquit-il tout haut.

– On y arrivera. Et...

– Ils vous ont informé de ce qu'ils faisaient là, les fédéraux ?

– Non. Mais je ne leur ai pas encore posé la question. C'est programmé, évidemment.

– Ils font peur. Je sais. Les autorités fédérales, on se figure qu'ils ont quelque chose de plus que nous. Mais je vais vous préciser tout de suite ce qu'ils ont et ce qu'ils n'ont pas. Ce que mon petit doigt me dit. Vous êtes prêt ? Ils nous filaient le train, à Felix et à moi, pour une histoire de trafic de stupéfiants. Ils montaient un dossier. Et les voilà débarquant au beau milieu d'un règlement de comptes... » Martin se détourna, une seconde à peine. Un afflux d'images. Il les enfouit. Regarda de nouveau l'avocat. « ... Et comme ils n'avaient rien dans leur fichu dossier, quand ils ont vu Terry tirer, ils ont pas su quoi en penser. Et maintenant, pour sauver la face, ils veulent se servir du règlement de comptes comme prétexte pour ouvrir une nouvelle enquête. »

Davis haussa un sourcil étonné, sous-entendu : Bon, en effet, il y a eu mort d'hommes.

« Ils savent qu'une balle a été tirée avec l'automatique de Terry, continua Martin en ignorant la moue dubitative de l'avocat. Faites étudier les traces de poudre sur les mains de Terry et sur Felix, y a pas photo. Toutes les balles tirées avec mon arme, le Glock, ont été retrouvées. Il est logique que j'aie été touché par cette balle. Il a peut-être laissé une ou deux empreintes sur le Glock. Je l'ai vu le ramasser par le canon. Je suppose qu'il l'a essuyé avant de me le fourrer dans la main. Tout s'est passé si vite. »

L'avocat posa son crayon et opina en silence.

« Ils ont besoin de moi pour autre chose, conclut Martin.

– Bien.

– Je connais Lexi Pasko depuis que j'ai quatorze ans. À part le temps que j'ai fait à l'armée et une ou deux années après ça, je l'ai vu presque tous les jours de ma vie pendant dix ans.

– Bien.

– Vous savez pourquoi ils vous ont dit que Felix était son fils ?

– Ils soupçonnent peut-être qu'il est impliqué dans le trafic de drogue, non ? Est-ce exact ?

– Non. Il n'est même pas au courant. Et s'ils pensaient qu'il était impliqué, pourquoi me déclarer que les chefs d'accusation retenus contre moi étaient un double meurtre ? Comme s'ils roulaient par hasard au fin fond des Catskills et qu'ils avaient entendu des coups de feu en passant. Ils font semblant de fermer les yeux sur les stupéfiants en se disant que s'ils me menacent d'un procès pour meurtre, je vais témoigner. Des menaces, un point c'est tout. C'est de ce putain de Lexi Pasko qu'on parle ici, mon vieux ! Lexi qu'a même jamais été en garde à vue. Savez-vous à quel point ça les emmerde... ? »

Les yeux de Davis à présent rivés aux siens, avec, derrière, des idées qui bouillonnaient.

« ... Si je suis en fin de compte accusé seulement de trafic de drogue, je purgerai une peine, disons, d'un an tout au plus. Pas vrai ? Et mettons qu'on y ajoute un meurtre, je ferai quoi ? Trois ans dans une prison fédérale, et non pas dans une prison de l'État de New York. Une détention protégée. Plus, j'ai jamais buté personne. Sauf en légitime défense. Je trouve que ce doit être plus facile à prouver – la vérité – que ce qu'ils ont derrière la tête. Ce qui est votre boulot, bien sûr... »

Il sourit à l'avocat, un sourire poli, forcé, puis ajouta :

« Voilà. C'est comme ça que je vois la situation. Si cela vous semble raisonnable, on peut aborder la prochaine étape. Si je ne me trompe pas sur mon temps d'incarcération. Qu'on me colle plus de trois ans et je joue les passe-murailles. »

Sourire. Forcé.

« Ils ont pu mentionner Pasko pour diverses autres raisons, rétorqua l'avocat d'un air absent, ses pensées ailleurs.

– Il n'a rien à voir dans cette affaire, à aucun niveau, décréta Martin en appuyant ses paroles d'un geste de la main. Il voulait même pas qu'on deale de l'héro. Il ne le savait même pas.

– Serait-ce pour cette raison qu'il vous aurait abattus ?

– Qu'il nous aurait *quoi* ?

– Pour se venger d'avoir été trahi. Il a la réputation d'être un homme impitoyable.

– Il n'a rien à voir avec tout ça. S'il vous plaît, m'obligez pas à vous prendre pour un con, soupira Martin en fermant les yeux.

– Mais c'est ce qu'ils pourraient supposer. La police le surveille depuis le jour où il a débarqué ici d'Odessa. Les rumeurs concernant sa carrière remontent à son enfance. »

Il avait lu l'article, songea Martin. Le *New York Magazine*. « UN PARRAIN ROUGE ? Comment un individu qui n'a jamais été même interpellé par les autorités de notre pays peut-il être un de nos criminels les plus redoutés ? » Etc., etc.

Martin serra les dents, s'exhortant à la patience, un sourcil levé.

« Si j'ai raison pour la longueur de la peine, on peut discuter de la suite des opérations, d'accord ?

– Et si vous avez raison pour la condamnation, ce qui est probable…

– Je pourrais terminer mes études en prison et profiter des bourses pour vétérans. Ça réduirait encore ma peine…

– C'est vrai, mais il nous faut quand même examiner les faits. »

Martin attendit, le regard fixe.

« Pourquoi étiez-vous tous les trois dans la maison de campagne des Pasko ? Pourquoi Terry Hugues vous a-t-il tiré dessus ? Sur vous deux. »

Martin joignit les mains – doucement – et se pencha au-dessus de la table. Il sentait la déception s'infiltrer dans toutes ses fibres.

« Je commence à en avoir ras le bol, maître Davis, alors… »

Mais en voyant que le type devant lui était complètement à l'ouest, Martin continua sur un autre ton :

« … je veux que ça soit bien clair entre nous. Soit ils viennent à vous, soit vous allez les trouver, mais nous devons passer un marché. Vous m'écoutez, chef ?

– Bien sûr.

– Vraiment ?

– Monsieur Quinn…

– S'ils tiennent à ce que je témoigne contre le vieux, je le ferai. Vous entendez ce que je vous dis ? Regardez-moi droit dans les yeux. Je le connais depuis que j'ai quatorze ans. J'ai vu largement de quoi foutre Lexi Pasko au trou… »

Martin sourit, un sourire qu'il tenta en vain de ravaler. Se prit la tête dans les mains, fixa le bois de la table. Mais le sourire persistait, car, maintenant, il savait, sans l'ombre d'un doute, qu'il ne dénoncerait jamais Lexi. C'est en affirmant, pour la première fois, le contraire tout haut qu'il avait compris qu'il ne le ferait pas.

Lexi l'avait toujours traité avec respect. Jamais comme un fils, plutôt comme le gardien de Felix. Comme un homme. Même à l'époque où ils étaient gamins.

« Je peux faire inculper Alexi Pasko. Je connais tous ses plans. »

Il posa ses mains à plat sur la table, les idées de nouveau bien en place. Le sourire oublié. Il avait menti, c'était fait. Et il allait vivre dans le mensonge jusqu'à ce qu'il ait purgé sa peine ou qu'ils l'aient obligé d'une façon ou d'une autre à passer aux aveux. Ou jusqu'à ce qu'il se produise un coup de théâtre. Il s'en produisait toujours.

Mais le fait est que le mensonge était le bouclier derrière lequel il avançait.

Il aurait voulu en cet instant se regarder dans un miroir. Le faux Martin. L'imposteur.

Il survivrait.

L'avocat le contempla pensivement, puis détourna les yeux. Timide. Impressionné ?

« Alors, comme ça, maître Davis, on est ébloui par les vedettes ? Je sais que vous avez lu cet article.

– Peut-être un peu... » Toujours sans lever les yeux. « Dans un sens, j'aimerais bien pouvoir me détacher du présent. Contempler l'histoire en marche. Vous seriez le premier à témoigner contre la mafia russe. Je me demande comment vous vous sentiriez.

– Comment je me sentirais ? Vous vous préoccupez de ma conscience ? De mon âme ? Et mes intérêts, alors ? Obtenez-moi ce putain de marché, chef... »

Davis, les yeux sur le plancher, répliqua à voix basse :

« Pardonnez-moi. Vous avez raison. Je m'excuse.

– Mon âme ou mes intérêts ?

– Seulement votre rôle là-dedans, dit-il, pressé d'en finir.

– Et le vôtre. »

Davis leva les yeux.

« Vous pouvez décider de changer d'avocat à n'importe quel moment.

– On ne va pas se disputer, mon pote. Je veux juste savoir si c'est possible, ce marché... »

Un temps de pause. Puis Davis déclara :

« En attendant l'audience de mise en accusation demain, nous devons examiner les autres options. Quoi qu'il en soit, j'ai besoin que vous m'expliquiez ce qui...

– Dites-moi seulement si...

– Monsieur Quinn, je vous en prie. Laissez-moi terminer. D'accord ? »

Martin le dévisagea intensément quelques secondes. Fit oui de la tête. Baissa les yeux sur la table.

« D'accord.

– Nous ne pouvons rien négocier avant l'audience de mise en accusation. Le shérif... ou plutôt les agents... Ils ont besoin de vous garder au chaud. Et le chef d'accusation aura, d'une façon ou d'une autre, à voir avec la mort de ces deux hommes. Nous allons au départ déclarer que nous plaidons non coupable, expliquer que c'était un geste de légitime défense, qu'ils ont arrêté un innocent et que le coupable, lui, est mort, *et cetera*, et essayer ainsi d'obtenir votre mise en liberté sous caution. Quoique je doute fort qu'on y parvienne.

– À moi, cela paraît impossible.

– Rien n'est impossible dans l'appareil judiciaire. Quelquefois, on a l'impression de nager en pleine science-fiction. Mais c'est peu probable. On pourrait peut-être réduire votre temps de détention provisoire, si tant est qu'un miracle se produise.

– Ça m'étonnerait. Ils ont trop envie de me cuisiner. Ils vont me garder.

– Si le gouvernement vous veut vraiment, oui, je crois en effet qu'ils ne vous lâcheront pas de sitôt. »

Martin retint une seconde sa respiration puis souffla doucement. Il se sentait un peu plus détendu, tout à coup, avec ce type en face de lui qui se montrait enfin coopératif, au moins d'accord avec lui. Un associé, en quelque sorte.

« J'ai été arrêté pour coups et blessures, quand j'étais gamin. Mon premier délit », déclara Martin en se calant dans son siège.

Comme l'avocat prenait note, Martin l'arrêta :

« N'écrivez pas ce que je vais vous dire maintenant. »

Davis posa son crayon, à l'écoute.

« Ils ont prétendu qu'ils allaient m'envoyer dans un établissement de garde en milieu ouvert, un foyer, si vous préférez, en attendant la tenue de mon enquête préliminaire. Mais comme j'avais été serré un vendredi...

– Vous êtes passé le lundi.

– Je devais. Seulement je ne suis jamais arrivé dans ce fameux établissement de garde. Je me suis retrouvé dans un bus pour Spofford. Quand ma mère a téléphoné au foyer, ils lui ont répondu qu'ils avaient jamais entendu parler de moi. Vous connaissez Spofford ? Officiellement le centre de détention pour mineurs de Hunts Point Avenue, dans le Bronx... »

Davis hocha la tête, il connaissait.

« Trois cents gamins pour deux cents lits. Des cafards dans la bouffe et les gardiens qui vous tapaient dessus quand c'étaient pas les grands. Et le vacarme là-dedans. Je vous dis pas... »

L'enfer ne devait pas être plus bruyant.

« Elle a mis une semaine, ma mère, à me localiser. Je pouvais pas téléphoner, tous les appareils étaient cassés. Il y en avait toute une rangée avec une pancarte "Lignes enregistrées", mais quelqu'un avait barré "enregistrées" et écrit "cassées" à la place. Ça lui a pris toute une semaine pour retrouver ma trace... »

Durant laquelle il n'avait pas dormi en tout plus d'une plombe. Une vraie foire d'empoigne.

« Alors, vous vous assurez que c'est bien une taule fédérale, hein ? J'ai dû me bagarrer chaque minute que j'ai passée dans cette putain de prison d'État. Croyez-moi. Ça me fatigue rien que d'y penser.

– Je ferai ce que je peux.

– J'ai commis aucun crime, c'est ça que vous devez garder en tête, maître Davis. Un type qui me fait des crasses depuis vingt ans m'a arraché l'oreille d'une balle puis a tué mon meilleur ami. Je l'ai descendu en légitime défense. Je pouvais pas deviner ses intentions. C'est tout. Alors, m'accuser de meurtre ? C'est pas correct... »

Pas juste, se dit-il. Il devait à tout prix convaincre cet avocat pendant qu'il le tenait.

« Trouvez un moyen de le leur dire. Mais ne dévoilez pas notre jeu surtout. Laissez-les venir. Ensuite, acceptez que je collabore. Ils me mettront sous protection. Et à partir de là, je pourrai refaire des plans. Réfléchir... »

Martin se détourna un instant, comme pour flairer dans l'air la présence de cette seconde chance. Puis il fixa de nouveau son interlocuteur.

« C'est un vrai gueuloir, une prison, vous pouvez pas savoir. »

Et, en son for intérieur, il ajouta : Quand vous perdez votre liberté, vous avez le choix : soit vous entendez la voix implacable de votre conscience, soit les crissements incessants de cette machine en folie qu'est le système carcéral.

L'avocat griffonnait sur sa feuille.

Martin se prit à songer : Il est plutôt sympa, ce type. Je suis content qu'il soit là.

« Vous voulez un café ou quelque chose, maître Davis ? » dit-il tout haut.

Davis opina, toujours griffonnant.

« Oui, merci. »

Martin se renfonça dans son siège en précisant :

« Il vous suffit de demander au gardien à la porte. »

Davis opina de nouveau, mais distraitement. Il était trop désireux de faire avancer leur affaire à sa convenance pour aller chercher du café.

Et puis, après tout, qu'est-ce que ça peut bien foutre ? conclut Martin. J'en ai marre. Vide donc ton sac. Laisse-le faire son boulot.

Martin pencha la tête de côté et étendit ses jambes devant lui, une cheville sur l'autre. Croisa les doigts. Bien, il allait pouvoir parler à ce type maintenant. Le jeune Jason Davis. Son avocat commis d'office. Un type de son âge, ou juste un peu plus vieux. Sorti major de sa promotion. Ils boiraient du café plus tard. Ils avaient tout le temps. Car sa vie de gangster était terminée. Il était temps de passer à la suivante. Temps de conjuguer la sécurité à la tranquillité. Et de paresser au lit auprès de Penny, les yeux au plafond.

Il attendit la première question de son avocat.

« Que s'est-il passé exactement dans la maison de campagne de Felix Pasko ? Pourquoi Terrence Hugues vous a-t-il tiré dessus ? »

Il songea : Pour la thune. Pour quelle autre raison ? Un jour Penny et lui se vautreraient dedans…

« Monsieur Quinn ? Martin ? »

Il leva le menton, vite.

« Quoi ?

– Pourquoi vous a-t-il tiré dessus ? »

Martin réfléchit. Et finit par conclure qu'en réalité il n'en avait pas la moindre idée.

3

L'infirmière était pleine de doigté et de compassion, le visage penché pile au-dessus du sien, les yeux sur ce qu'elle faisait. Elle découpait son pansement. Parfois, ses avant-bras traversaient son champ de vision. Son uniforme moulait ses seins.

Elle était immaculée et lui crasseux. Il humait son propre arôme. Cela le gênait. Il avait un peu honte. Sa peau aussi était propre. Et, surtout, elle n'exhalait aucune odeur à travers le cocktail olfactif nauséabond du désinfectant et de ses propres bactéries.

Il avait été aussi impeccable qu'elle chaque jour de sa vie jusqu'à son adolescence. Alors, ses courses à travers le quartier l'avaient rendu puant. Il rentrait après la tombée de la nuit et les filles de Thompson Park se mettaient à le reluquer de leurs yeux durs, comme si elles le voyaient pour la première fois. Il acheta un déodorant, une brosse. Il s'habilla avec soin. Même à l'époque, il avait conscience d'être beau gosse.

Mais, bien entendu, l'infirmière ne pouvait pas s'en rendre compte.

Elle était jeune. Vingt-deux ou vingt-trois ans. Consciencieuse. Indulgente. Il la respectait pour cela.

« Désolé pour l'odeur, lui dit-il en essayant de la regarder sans bouger la tête.

– Pardon ?

– Ils m'ont pas laissé prendre une douche. »

Elle sourit par-dessus son avant-bras.

« Je n'ai rien remarqué. Ne vous inquiétez pas. »

L'infirmière regarda au-delà, derrière lui, vers l'agent Corso. Marqua une pause. Reprit son travail.

Personne ne parlait.

Corso et Dolan se tenaient derrière lui, un toubib de l'autre côté de la table.

Au bout d'une minute, elle s'arrêta de nouveau :

« Ça va faire mal. »

Elle détacha le dernier carré de gaze et le déposa sur le plateau, s'écarta d'un pas, les yeux rivés sur sa tête. Puis elle le regarda vraiment – son visage, ses yeux. Cherchant à faire coïncider la blessure avec le reste.

Il lui sourit.

Elle se renfrogna.

La peur ? Le doute ? Une moue de petite nana.

Le médecin se planta entre eux, ne fixant pour sa part que le côté de sa tête. Il leva lentement la main pour le toucher. Martin suivit des yeux la main avec le visage du toubib qui se rapprochait derrière et s'exclama :

« Attendez ! »

Sa propre voix lui déplut. Martin sentit tout à coup la morsure des menottes sur ses poignets, vit en gros plan la trogne du toubib, se figura le trou qu'il avait à la place de l'oreille, béant.

Il répéta :

« Attendez ! »

Il lui aurait volontiers tordu le cou.

Le médecin leva les yeux mais ne le regarda pas. Il fixa Corso. Ni hostile, ni compatissant. Aussi impassible qu'un macchabée.

« Mes mains, dit Martin. Libérez-les... Les menottes.

– Qu'est-ce qui vous prend ? lança Corso en contournant la table d'examen.

– Ôtez-moi les menottes, allez, faites-moi cette faveur.

– En quel honneur ? »

Sur son oreille comme chauffée à blanc sembla souffler une petite brise.

« C'est pas normal… cette torture.

– Personne n'a levé la main sur vous. Qu'est-ce que vous racontez ? »

Martin regarda derrière lui le visage de marbre du toubib. Comme si les morts revenaient pour le toucher. Mais l'infirmière comprit. Il le vit dans la lueur qui fit étinceler ses yeux.

« Dites-le-lui », lui murmura Martin.

Elle fronça les sourcils. Croisa le regard de Corso. Mais se tut.

L'agent Corso se tourna de nouveau vers Martin.

« Enlevez-moi ces menottes, dit Martin, s'il vous plaît. Vous savez très bien de quoi je parle.

– Vous les garderez, rétorqua l'agent du FBI.

– Alors laissez-la me laver. »

Il pouvait le supporter, venant d'elle. La douceur de cette femme. Sa jeunesse. Il éprouvait pour elle une sorte d'admiration.

« Pas question, dit Corso. Docteur ? »

Il fit un pas de côté. Le médecin s'avança.

Martin bondit.

Corso le rattrapa. D'abord par le col de sa chemise, puis par la gorge, le plaquant sur la table d'examen. Quelqu'un d'autre – le plus jeune des deux agents, Dolan – lui maintenait les bras. Le soulevait par les menottes. L'infirmière s'écria, les mains devant la bouche :

« Non ! »

Corso hurla :

« Sortez ! »

À présent, il l'étranglait. Le shérif et son tout jeune adjoint entrèrent en trombe, le gamin la main sur son holster.

Martin n'arrivait plus à respirer. Il voyait le visage de Corso et ses yeux, butés, puis il ne fut plus conscient que de la douleur, fulgurante, se répandant partout dans son corps. Il ne pouvait pas crier. La douleur, et les ténèbres.

Il s'était évanoui. C'était la même pièce, la même lumière, la même ombre sur le mur, mais lui n'était plus le même. À plat dos. Du temps s'était écoulé. Pas trop, mais assez. Quelqu'un lui soutenait la tête, une main derrière sa nuque, une main petite et forte. Il jeta un coup d'œil. Une autre infirmière. Plus vieille. Un peu plus corpulente. Affichant un air indifférent. Et à côté d'elle, le toubib, qui s'employait à lui panser la tête. Corso était là lui aussi, dans le fond. Seul son visage reflétait sa colère. Il n'esquissa pas un geste.

La douleur s'était envolée.

Cela expliquait peut-être pourquoi il avait repris connaissance. Il se demanda s'ils lui avaient injecté du Demerol ou de nouveau de la morphine.

Le médecin termina. S'en alla. La nouvelle infirmière posa sa tête sur le lit. Rangea un peu puis sortit à son tour. Corso lui ordonna de se lever. Ils allaient être en retard.

4

Personne ne parlait dans la voiture. Ils étaient cinq, mais aucun d'eux ne prononçait un mot. En tournant le coin de la rue devant le palais de justice, ils virent la foule. En tout, ils devaient être une cinquantaine. Des péquenots en chemise de flanelle, boots, casquettes de base-ball. Une poignée de bonnes femmes, en chemise en jean. Il les regarda les uns après les autres, autant que possible, les inspecta avec soin.

« Vous pouvez ralentir, shérif, s'il vous plaît ? »

Ils se tournèrent tous vers la voiture. Ils l'attendaient. Il savait ce qu'il cherchait. Une expression calme et froide dans des yeux qui ne pourraient pas mentir, ou bien quelqu'un qui tiendrait les siens baissés de peur de se trahir. Mais tous avaient l'air de regarder droit devant eux.

« Nous sommes arrivés », déclara le shérif en freinant à la sortie du virage puis en coupant le moteur.

Des visages rustiques, usés. Au pire, indignés. Ça avait l'air d'aller.

Dolan le prit par le coude. Martin se tourna vers Corso.

« On sort ?

– Oui.

– Vous me sortez comme ça dans la rue ? Dans cette foule ? »

Pour se rendre à l'hôpital, ils avaient quitté la maison d'arrêt par la porte du garage.

« Y a pas d'entrée réservée aux artistes, ici, c'est l'Amérique profonde.

– Sans blague ? Vous portez un gilet ?

– Non.

– Vous mentez. »

Il avait vu le haut du gilet pare-balles dépasser du col de la chemise de l'agent quand celui-ci avait bougé son cul.

« Alors comme ça, on a des visions, Quinn ? Ce sont des agriculteurs. Vous allez encore chialer ? »

Il jeta un coup d'œil par la fenêtre, encore une fois – les observant tant que c'était possible. Le shérif était descendu de voiture, il dégageait le passage vers le portique. Dolan ouvrit la portière. Corso poussa Martin de l'épaule. Dolan lissa sa veste et se retourna pour l'aider à s'extraire de l'habitacle.

Ils marchèrent vite, d'un pas décidé.

Martin gardait la tête baissée, jetant des coups d'œil à droite et à gauche, vérifiant tous les visages à portée de vue. Des expressions pétries de haine et de peur, tranquillement perplexes.

L'escalier à présent. Dolan ouvrit la porte et Martin jeta un regard par-dessus son épaule, vers la rue en contrebas. La foule scindée en deux ne le quittait pas des yeux mais gardait ses distances. Une fois qu'ils furent à l'intérieur, l'avocat, qui les attendait derrière la porte, se mit à marcher à leurs côtés, demandant à Martin : Comment ça va ? Le hall d'entrée, vaste, tout en boiseries et marbres. Dolan le guidant par le bras vers une énorme porte à deux battants.

« Martin ? fit l'avocat en hâtant le pas pour rester à sa hauteur.

– Ça va, répondit Martin avec un sourire. Et vous, maître Davis ? Vous avez l'air nerveux. »

Dolan s'arrêta et ouvrit la porte d'un geste brutal. Un vent chaud sortit de la salle. Serrant plus fort le bras de Martin, il le poussa sur le côté.

« Du calme », fit Martin en lui donnant un coup de coude.

Dolan ignora ses protestations, continua à le tirer en avant.

La salle d'audience était déjà pleine à craquer. Violemment éclairée. Toutes les têtes sans exception se tournèrent vers lui.

Les fenêtres laissaient passer de larges rayons de jour où dansait la poussière. Il contempla calmement ces rangées de visages, un peu comme s'il cherchait une place pour s'asseoir. Ceux-là, ils sont arrivés drôlement en avance, songea-t-il.

Dolan l'installa devant la barre, sur un siège derrière une assez grande table, le bureau de la défense. L'avocat s'assit à côté de lui, lui murmura quelques mots incompréhensibles. Dolan s'éloigna. Martin ne le suivit pas des yeux. Dans son dos, les conversations reprenaient. Il se tourna vers le siège du juge, la place du témoin, les drapeaux.

« Le procès du siècle, souffla Martin.

– Pourquoi êtes-vous en retard, je vous le demande encore une fois ?

– Il y a eu un petit incident en chemin, à l'hôpital.

– Qu'est-ce que ça veut dire ?

– Pourquoi vous êtes si inquiet, Davis ?

– Que s'est-il passé à l'hôpital ?

– J'ai disjoncté. Ils ont voulu me nettoyer ma blessure sans m'ôter les menottes. Une vraie torture... » Il rit, un rire gêné. « Je suis tombé dans les pommes.

– Et ça va mieux maintenant ? Vous êtes d'attaque ?

– Je vais très bien. Je respire de nouveau. »

La foule commençait à entrer dans le fond de la salle. Il les entendait qui cherchaient des places, chuchotaient. Martin regarda les fenêtres. Le ciel bleu dehors, loin, ignorant. Un brouhaha s'éleva derrière lui. Il glissa à Davis :

« Incroyable, hein, tous ces gens ? On pourrait penser que je suis une star.

– Le meurtre est une chose rare à la campagne, déclara Davis sans lever le nez de ses notes.

– C'est sûr qu'il y a surtout des accidents de chasse. Quand j'étais dans l'armée, j'en ai fréquenté, des péquenots. »

Il avait un moment envisagé de tuer Felix avec la carabine et de prétendre que le coup était parti tout seul. Puis il avait acheté le Glock, supposant que d'ôter la vie serait chose facile et que seul serait coton le nettoyage après.

« C'est ce qu'ils racontent aux flics, acquiesça Davis avec un sourire en coin. "Enfin, shérif, je l'ai pris pour un ours !" »

Martin lui jeta un coup d'œil étonné. Un avocat plein d'humour... Les mains immobilisées par les menottes, Martin lui donna un coup de coude :

« Vous voyez ? C'est pas si mal. Changement de décor. On oublie cette foutue salle. On oublie Corso. L'existence redevient supportable.

– Au fait, où est l'agent Corso ?

– J'en ai rien à foutre. Il était dans la bagnole tout à l'heure. Vous croyez que vous devriez leur dire que c'était un accident de chasse ? »

David baissa les yeux sur son bloc-notes.

« Pour l'instant nous allons coller au plaidoyer qu'on a répété. Ensuite, nous verrons.

– Le plaidoyer qu'on a répété ? Ces quatre mots à la gomme. J'espère que je vais pas foirer. Qu'est-ce que vous en pensez, vous, l'avocat ? »

Ce dernier fit la sourde oreille. Martin laissa ses yeux courir sur l'inscription en latin qui décorait le banc devant lui. Davis tourna une page. Des nuages parcoururent le ciel derrière les carreaux des fenêtres. À leur droite, un homme lisait ses propres notes à une table.

« Le procureur ?

– En bleu ? fit l'avocat sans lever les yeux.

– Ouais. »

L'avocat fit oui de la tête.

Martin jeta un regard en coulisse. Costume bien coupé. Cheveux bien coupés. La quarantaine.

Puis il contempla de nouveau la fenêtre en disant : « J'en peux plus. »

Il sentit les yeux de l'avocat se poser sur lui. Au bout d'un moment, Davis déclara :

« C'est un premier pas. On en a déjà discuté. Vous acceptez ce qu'ils vous offrent, on s'en va et on décide comment tourner leur proposition à notre avantage. »

Martin acquiesça. Ces paroles lui semblaient tout d'un coup très vagues. Pourtant, hier soir, il avait eu l'impression qu'ils avançaient sur du solide.

Une porte s'ouvrit sur le côté du mur derrière le banc, laissant le passage à l'agent du FBI Corso.

« Et ce salaud se dit exactement la même chose ! s'exclama Martin. Il magouille pour nous griller.

– Qui ? demanda l'avocat, puis apercevant l'agent : Merde, il était dans le cabinet du juge. »

Davis fit mine de se lever.

« Il lui aura brossé un joli portrait de ma pomme, ironisa Martin.

– Le juge sait déjà qui vous êtes », rétorqua l'avocat en se rasseyant.

Il regarda Corso passer sous leur nez sans daigner leur accorder un regard. L'avocat émit un juron et griffonna quelques mots sur son bloc-notes.

Le juge fit son entrée. Balayant le public des yeux, il hocha la tête et souleva sa robe pour monter sur l'estrade. Gros crâne chauve. Sans lunettes. Martin aurait pourtant parié pour un binoclard. La salle se leva au signal de l'huissier. Martin murmura :

« Pas de sueurs froides, maître Davis. »

Et regarda du côté de Corso et de la foule derrière lui – tous les visages tournés vers le juge. Il se retourna. Le juge lui semblait pas mal, il avait l'air impartial.

Martin prononça ce mot dans sa tête. Impartial. Qui ne prend pas parti. Équitable.

Tous se rassirent, en silence. Puis le juge le pria de s'avancer. L'avocat l'accompagna. Le procureur les rejoignit, se postant à côté de Davis, l'huissier tendit la main à la hauteur du ventre de Martin pour lui signifier de s'arrêter là, puis il s'éloigna.

« Vous m'entendez, monsieur Quinn ? » articula le juge.

Il montra d'un mouvement du menton Martin. La tête bandée.

« Celle-ci marche encore très bien », répondit Martin en haussant une épaule vers sa bonne oreille.

L'avocat émit un bruit. Comme s'il avait un truc coincé dans la gorge.

« Vous êtes accusé d'avoir assassiné deux personnes, monsieur Quinn. Comprenez-vous ce que je vous dis là ? L'accusation qui est portée contre vous ?

– Oui. »

Davis l'avait obligé, la veille, à répéter comme un enfant après lui les réponses aux questions rituelles.

« Et comment plaidez-vous ?

– Non coupable, Votre Honneur. »

Le juge le fixa quelques instants avant de se tourner vers l'avocat :

« Maître ?

– C'était un acte de légitime défense. Mon client a maintenu cette déclaration depuis l'arrivée du FBI sur les lieux. Il s'est trouvé contraint de se défendre contre un criminel notoire, un homme dont il connaissait la dangerosité et qui avait tiré sur lui le premier, l'atteignant à la tête, avant de tirer sur l'autre victime, Felix Pasko. M. Quinn n'a opposé aucune résistance quand les agents du FBI ont voulu l'emmener, persuadé de n'avoir rien fait de mal, ce qui est le cas. Et il a clamé son innocence au cours de tous les interrogatoires avec la police... Votre Honneur, on a affaire à un vétéran de l'armée de notre pays. Il a seulement eu quelques démêlés avec la justice quand il était adolescent...

– Il a été incarcéré pour coups et blessures.

– Il a été gardé en détention jusqu'à son procès... Ensuite, il avait déjà purgé sa peine... Mais vous connaissez la procédure.

– En effet, ironisa le juge avec un bref sourire. Si je comprends bien, vous avez établi qu'il a un passé de jeune contrevenant au comportement violent. Continuez.

– Il n'était qu'un gamin à l'époque. Et ces faits n'ont rien à voir avec l'affaire. Je tenais juste à montrer que je ne cherchais pas à cacher quoi que ce soit.

– Très bien, fit le juge avec un geste de la main montrant qu'il acceptait l'argument. Monsieur Carling ? Votre avis ? »

Martin regarda le procureur – Carling – puis de nouveau Davis, lequel, le nez en l'air, avait l'air d'attendre le bus.

« Sur la question de savoir s'il faut lui accorder la mise en liberté sous caution ? avança le procureur. C'est non ! Aucune. Pas de libération possible. Il s'agit d'un crime abominable, Votre Honneur, un double assassinat. Il n'est pas question de légitime défense ici. Toutes les études balistiques indiquent le contraire. Sans compter qu'il est aussi impliqué dans un trafic de stupéfiants... »

Je le savais, songea Martin, ils déballent la totale. Ce qui signifie qu'ils n'ont rien contre moi.

« Il n'a été accusé de rien », protesta Davis.

La main se leva de nouveau – celle du juge – pour enjoindre le calme à la défense.

« Ses acolytes sont des gangsters notoires à New York, italiens et russes..., déclara le procureur.

– Et alors ? s'éleva Davis. Votre Honneur, s'il vous plaît. »

La main de nouveau, mais cette fois le juge agita son index.

« D'après son casier, l'accusé est une figure du crime organisé en puissance. Il a jusqu'ici échappé à la justice. Il n'a pas d'emploi stable, pas de revenus, pas de domicile, pas de famille. Il risque de nous filer entre les doigts si nous le relâchons. Il a déjà essayé ce matin à l'hôpital.

– Quoi ? » s'écria Davis.

Oh, merde, pensa Martin en se tournant pour chercher furieusement Corso des yeux.

Au premier rang. Le visage composé, le regard neutre posé sur le juge, comme s'il ne voyait ni Martin ni l'avocat.

« Votre Honneur, je ne suis pas au courant de cet incident, avança Davis. Mon client a été hospitalisé à cause de sa blessure...

– Et il a fait une tentative de fuite.

– D'après qui ? Mais c'est... absurde !

– D'après tous ceux présents dans la chambre d'hôpital, maître. Je suggère que vous interrogiez votre client à ce propos quand...

– Il faut que je lui parle tout de suite », coupa Davis.

Martin revit en pensée l'infirmière avec les mains sur sa bouche alors que Corso l'étranglait. Il déclara :

« Il ne s'est jamais passé une chose pareille, Votre Honneur. »

Ses jambes se dérobaient sous lui. Il se doutait de ce qui l'attendait.

« Silence, s'il vous plaît, monsieur Quinn. Maître Davis, je vous conseille à la fin de cette audience de vous mettre au travail sur ce problème. Mais pour le moment, il me semble que vous deux, maître Carling et vous, avez été assez clairs dans vos recommandations... »

Ils voulaient sa peau, se dit Martin.

« ... Je demande qu'il soit remis aux services correctionnels de l'État. »

Pour le punir de leur avoir fait perdre la face – pour leur avoir dit : « Faites votre boulot ! » – ils allaient l'enfermer dans leur système carcéral et le lui faire regretter. C'était déjà le cas... « C'est un vrai gueuloir, une prison, vous pouvez pas savoir », avait-il confié à son avocat. Davis. Le type qui fulminait à présent à ses côtés.

– ... le droit à certaines informations !

– Maître Davis, vous aurez l'obligeance de veiller à votre attitude et à tenir votre place dans cette cour.

– Ma place a été dénigrée... »

C'en est fini de ma liberté, pensa Martin avec une sensation de tremblotement dans la poitrine. Il fallait qu'il s'asseye.

« Maître Davis, je vous invite à garder le contrôle de votre client sans mettre à l'épreuve la patience de la cour. Nous allons suivre la procédure et...

– Je dois m'asseoir », déclara Martin en tournant les talons.

L'huissier l'attrapa par le bras.

« Monsieur Quinn... ?

– Je dois m'asseoir...

– Huissier ! dit le juge.

– Merde », souffla Martin en sentant ses jambes se dérober sous lui.

Il se pencha vers le bureau de la défense. Allait-il pouvoir l'atteindre ?

« Huissier, raccompagnez l'accusé à sa place.

– Je m'en charge, lança l'avocat en prenant Martin par la taille.

– Maître Davis, revenez ici tout de suite, ordonna le juge.

– Je dois parler à mon client, Votre Honneur, répliqua l'avocat en serrant la taille de Martin tandis que l'huissier pour sa part refusait de lâcher son bras. Martin recula, se cogna au bureau, penché en avant.

– Maître Davis ! » s'écria le juge.

Davis plaqua presque son visage contre celui de Martin, les yeux interrogateurs derrière les verres de ses lunettes.

« C'est vrai ? »

Martin agrippa d'une main derrière lui le plateau de la table, s'y appuya de tout son poids.

« C'est vrai, cette tentative de fuite ?

– Non.

– Maître Davis !

– Je dois parler à mon client.

– Huissier, veillez à ramener maître Davis ici. »

L'huissier obtempéra.

Martin fit volte-face dans l'intention de contourner la table pour aller s'asseoir sur la chaise de l'autre côté tandis que la voix de l'avocat résonnait dans la salle : « C'est une honte... être traité comme un criminel... », puis celle du juge : « ... traité comme vous le méritez, maître Davis... » Avec la foule qui se délectait de la scène – tous ces visages orientés vers le banc, sauf deux : deux ovales pâles et immobiles que Martin observa du coin de l'œil, car ils étaient tournés vers lui. Corso et le shérif. Tout d'un coup, il les vit lever les yeux pour porter leur regard derrière lui. Plissant les paupières, comme des hommes voyant la mort approcher. Puis ils se levèrent de conserve, leurs corps émergeant en entier derrière la barre. Alors Martin se retourna. Un jeune homme se ruait vers lui en brandissant quelque chose dans son poing.

Merde, se dit-il – non ! Il voulut lancer les bras en l'air. Mains menottées dans le dos. Il haussa les épaules de frayeur. Une pointe lui transperça l'aisselle. Douleur à hurler. Le gamin frappa une deuxième fois, le releva, une troisième, le releva. Encore et encore. Émettant des mots. Un sifflement. Lui trouant la peau. Martin, dos à la table, à moitié écroulé. Son agresseur sauta par-dessus la barre en tenant son arme à la hauteur de sa hanche pour la lui enfoncer à travers le corps. Il fut enfin maîtrisé.

Un cyclone de costumes sombres s'abattit sur lui, qui empoignaient, poussaient, tombaient. On trébuchait sur lui, on s'étalait par terre. Il se traîna en rampant sous la table, laissant dans son sillage une bave sanglante. Si seulement il avait pu se réapproprier ce sang en le raclant avec sa main contre le parquet. Un pied écrasa sa cheville. Il replia les jambes. Les gens criaient. La douleur prit un instant le pas sur tout le reste, l'envahit, puis disparut. Une voix répétait en hurlant le même mot avec un accent qu'il connaissait, du russe. Un seul mot vociféré, que le gamin répétait. « *Suki... Suki...* »

Le vieux avait envoyé un tueur. Pour éteindre tous les incendies. Fermer toutes les bouches.

Ou assouvir une vengeance destinée à adoucir son chagrin ?

Oh, merde, se dit Martin tout au fond de lui. Il s'entendit pleurnicher. Je suis désolé, désolé.

Tout ralentissait – ses pensées, ses sensations. La douleur reprenait. Intolérable.

« Traître, avait dit Felix. Salaud. Ordure. Ça signifie beaucoup de choses. Le russe compte pas beaucoup d'insultes, donc on se contente de ce qu'on a. »

Ils étaient jeunes alors, quatorze ans. Felix lui enseignait la langue. Martin avait observé :

« On croirait le prénom d'une Chinoise. Suki. Viens, ma petite Suki, ma poule.

– C'est une insulte grave, je te garantis. Prononce jamais ce mot devant mon père.

– Pour qui tu me prends ? »

Il n'avait pas rencontré le vieux souvent, mais il avait entendu les histoires de Felix. Et il suffisait de jeter un coup d'œil sur Lexi pour comprendre qu'il ne mentait pas.

« Tu t'es déjà fait une Chinoise ? » avait lancé Felix.

5

Drôle, dans un sens. Cette sensation retrouvée d'être en vie. Après tout, son cerveau l'avait su tout du long. Il n'en avait jamais douté. Il te répétait : Tu es vivant, tu es en vie, tu respires... Tandis que quand tu es mort, ton cerveau ne s'en rend même pas compte.

Alors pourquoi cette horrible peur ? se demanda-t-il.

La pièce était plongée dans une pénombre tranquille. Une longue barre en acier s'étirait à côté de lui. Derrière, un rideau d'hôpital ouvert. Une fenêtre au store baissé. L'écran noir d'une télévision dans le coin en hauteur. Et puis une présence, ou des présences, à ses côtés. Endormies, d'après le bruit, ou plutôt l'absence de bruit. Ou bien, on l'observait avec attention. Peu lui importait. Il tourna doucement la tête.

Une religieuse. Vieille, maigre. Sommeillant dans le fauteuil. La tubulure d'une perfusion pendait entre elle et le lit, aboutissant quelque part dans son corps, sous les couvertures. Bordées trop serré. Mais il n'allait pas essayer d'y remédier. Il se contenta de fermer les yeux. Songeant à une série de peintures sur les murs du couloir de l'appartement de Lafayette Street des Pasko. Une école juive hérétique, lui avait déclaré la mère de Felix. Il y avait près de deux ans de cela. Au début de toute cette histoire. Des tableaux de prophètes. Fuyant le Seigneur à toutes jambes. Lequel Seigneur ne se montrait jamais en Personne. Toujours sous forme de nuage, ou de vent, ou d'arbre courbant ses vilaines branches pour attraper les pauvres connards qui se carapataient. Tous jetant un œil par-dessus leur épaule. Pour voir s'ils avaient une chance de s'en tirer. Leurs barbes blanches flottant comme des bannières derrière eux.

Les gens regardaient toujours derrière eux pour voir leur poursuivant, songea Martin. Pas comme les bêtes, qui ne jetaient un regard qu'après s'être mises en lieu sûr. Les humains ne croyaient jamais qu'on pût les prendre en chasse. Surtout Dieu.

Pourquoi ne pas les armer eux aussi de la foudre ? se demanda-t-il.

Mais que feriez-vous d'un éclair ? S'Il avait l'intention de vous tourmenter, Il y parviendrait. Vous traquer ? Idem. Et s'Il ne voulait que vous donner l'occasion de réfléchir, Il vous tirerait dessus, vous poignarderait, vous bourrerait de morphine, vous borderait trop serré dans un plumard et vous abandonnerait en compagnie d'une épouse du petit Jésus, comme si vous étiez de nouveau en maternelle. Car Il ne manquait pas de sens de l'humour. Sauf que Son but n'était manifestement pas de vous faire rire.

Martin soupira. Un spasme de douleur étreignit sa poitrine. Son corps était sur la voie de la guérison, indifférent à ce qui se passait dans son esprit. Se foutant bien que la mort l'habite même s'il était vivant. Une sorte de mort dans la vie. Et la guérison en marche.

Il ferma les yeux. Tout à fait réveillé cependant.

Comment sombrer de nouveau dans l'inconscience ? Dissoudre la lucidité une fois qu'on l'a recouvrée ?

Il fit une tentative.

DEUXIÈME PARTIE

6

Quelques années plus tard, à l'époque où Felix et lui auraient leur club, il comprendrait que la villa pieds dans l'eau de Porto Rico servait tout autant aux affaires qu'aux loisirs, comme presque tout ce qui concernait la vie du vieux. Il apprendrait que des douzaines de mafiosi, des petits comme des gros, y avaient acheté des baraques, le vieux ayant choisi ce qu'il y avait de mieux. Il avait engagé un décorateur et donné une ou deux fêtes somptueuses. Puis convoqué une réunion avec les Italiens, à propos des livraisons d'essence, afin de décider qui serait un partenaire pour la vie et qui devait être éliminé. Une réunion au sommet qui commencerait à faire de lui un des hommes les plus riches du monde. Et de ses enfants, pour les générations à venir, des princes. En ce temps-là, tout ce que Martin y trouvait à redire, c'est que tandis que Felix effectuait sans cesse la navette entre New York et San Juan, lui-même n'était jamais invité. Alors qu'ils étaient en première, Felix était rentré de ses vacances de printemps en disant qu'il avait rencontré là-bas deux filles de Westchester qui avaient besoin de cavaliers pour le bal de fin d'année.

« Deux sœurs. Canon, avait-il dit, t'as pas à flipper. »

Martin l'avait bien regardé en ne l'écoutant que d'une oreille – son bronzage, son air détendu de plagiste, son coup de soleil sur le nez – bien fait pour lui. Trois séjours au soleil en deux mois.

« Elles sont belles, tu vois, avait continué Felix. Leur père est un Sicilien qui tient Westchester et la moitié du Bronx, alors personne leur parle jamais, on les invite encore moins à sortir. Tu te rends compte ? Les mecs ont tellement la trouille. J'ai une photo d'elles. Elles sont trop... » Il avait laissé tomber son sac de voyage par terre pour ouvrir la fermeture Éclair d'une poche extérieure. « Leur vieux m'adore. Il savait déjà qui est mon père. Sauf que lui, mon père, il prétend que ce type est un mariole. Il raconte qu'il a invité Frank Sinatra à dîner dans les années 1950. Tiens... »

Il lui avait montré la photographie. Trois filles à la plage. Se tenant par la taille et les épaules et riant aux éclats – style les inséparables. Éclatantes de santé, minces, des corps parfaits. Bronzées à point. Toutes les trois en bikinis à fleurs. Les deux sœurs étaient brunes, l'autre blonde.

« Elles sont dans la même classe ? avait interrogé Martin. Elles sont jumelles ?

– Non... Ce serait trop mignon, hein ? Mais non. Elles ont deux ans de différence. Mais la plus vieille est un peu bête alors que la plus jeune a sauté une classe. Je prends l'aînée. Je me la suis déjà faite là-bas. Sa sœur était dans l'autre lit. Elle arrêtait pas de gémir : Qu'est-ce que tu fais, Gina ? Tu es réveillée ? Et Gina, elle me taillait une pipe, elle pouvait pas répondre. »

Martin étudia la photo.

« Alors moi j'hérite de la geignarde.

– Mais elle est super. Je te jure. Regarde-la, voyons.

– Et celle-ci, la blonde ?

– Penelope. Elle est pas mal. Elle était invitée chez elles. Elle sera au bal, mais elle a déjà un cavalier. Leur frangin, un balaise, tu peux pas savoir, ah, l'abruti. Il arrête pas de me demander combien je soulève sur le banc. "J'oublie tout le temps", qu'il fait. Un vrai con.

– Elle est plutôt mignonne.

– Ouais, pas mal. Mais les sourires, c'est plutôt rare chez elle. Elle serait plutôt du genre chipie.

– Elle est avec leur frangin pour de vrai ou juste pour le bal ?

– Il a genre vingt-deux berges et il veut aller à un bal de fin d'année de lycée. "J'ai jamais été", qu'il dit. Tu vois, il a décroché avant le bac. C'est pas croyable, un mec pareil. Dire qu'il aura tout Westchester sous son contrôle un jour. »

Martin s'était contenté de déclarer qu'il viendrait.

La prochaine fois que tout ce joli monde embarquerait pour Porto Rico, il faudrait qu'ils l'invitent.

Quant au balaise de frangin, il avait sa petite idée en ce qui le concernait. Il en connaissait une bonne douzaine de ce gabarit dans son quartier. C'était juste que Felix était habitué à un autre style de gangster.

À côté des cabines d'essayage chez le loueur de smokings, un peu à l'écart du salon, ils attendaient que le tailleur revienne avec le pantalon de Felix. Le costume de Martin, préalablement emballé, était déjà suspendu près d'un miroir à trois pans, pour la simple raison que ses mensurations n'avaient pas posé de problème particulier, tandis que Felix avait les hanches et les jambes comme des cure-dents et le torse et les épaules chaque jour plus massifs, depuis que son père lui avait installé des appareils de musculation dans l'appartement attenant qu'il lui avait donné. Il avait aussi acheté des lunettes, Felix. Il commençait enfin à ressembler à un jeune homme, et à se comporter comme tel. À temps plein. Il rattrapait le coche, songeait Martin. Lui-même avait toujours eu l'impression d'être un peu trop vieux pour son âge, un peu trop cool. Mais Felix, lui, était presque à point.

Ce qui, dans un sens, avait quelque chose d'inquiétant.

Felix s'inspecta, de près, dans le miroir, en tee-shirt, caleçon, chaussettes mi-mollet et mocassins en velours de location. Martin le regardait en souriant quand, dans le miroir, il vit un client entrer dans la boutique et passer derrière eux. Quelque chose chez ce type l'intrigua et il le suivit des yeux.

« Des jambes amochées par l'accident de bagnole, disait Felix, des épaules presque démises à force de lever des haltères... Et mes yeux. À force de me branler. Le rabbin avait raison.

– Tu serais aveugle à l'heure qu'il est, rétorqua Martin. Crois-moi – un vieux libidineux comme toi... »

Le nouveau venu patientait au comptoir. Un look d'Irlandais, petite quarantaine, moustache. Veste de complet sur une chemise ouverte au col. Impatient. Un air que Martin connaissait bien. Impatient, et blasé à force de regarder tourner le monde. Les casseurs de pouces de son quartier avaient cet air-là dès qu'ils montaient au nord de Houston Street. Il souffla à Felix :

« Mate un peu, un tueur à gages. »

Felix se déplaça devant le miroir de manière à obtenir un meilleur angle.

« J'ai besoin d'un smoking, déclara le type au tailleur. C'est pas pour moi. Du soixante-deux.

– Merde, fit Martin. C'est bien ce que je pensais.

– Un garde du corps, ou un chauffeur, rectifia Felix.

– Tu parles d'un chauffeur ! C'est un tueur, j'te dis.

– Un tueur, un gorille, un *byk*, qu'est-ce que ça peut foutre ? C'est un toutou à son maître, c'est tout. »

Le tailleur disparut dans l'arrière-boutique. Le client-tueur fit mine de flâner devant les rayons. Sans sortir les mains de ses poches. Martin ne le quitta pas des yeux.

« Si, ça fait une différence, ce qu'il est, objecta Martin.

– Rien à foutre », répéta Felix en se retournant vers le miroir.

Il n'était plus curieux de rien, Monsieur avait d'autres chats à fouetter. C'était là une autre composante de sa transformation en cours.

« Ton père a des gardes du corps ? s'étonna Martin. C'est comme ça qu'il les appelle ? Des *byki* ?

– Pourquoi ? T'avais l'intention de lui flanquer une raclée ? De faucher la bonne ? La télé à écran géant ?

– Il a quoi ?

– Rien.

– Personne ? »

En y repensant, il n'avait jamais vu le vieux qu'en compagnie des membres de sa famille. Lexi conduisait lui-même sa voiture. Voyageait seul. Un jour, ils l'avaient déposé à l'aéroport Kennedy, pour un vol de nuit à destination de la Russie; il était parti seul. Sourire aux lèvres. Et Felix qui lui demandait s'il n'avait rien oublié.

Ils étaient rentrés à New York en roulant à tombeau ouvert sur l'autoroute dans la Lincoln, Felix le seul des deux à avoir son permis. Martin voyait dans ses yeux pour la première fois le souvenir de l'accident qui avait coûté la vie à son frère aîné et l'avait cloué pendant trois mois sur un lit d'hôpital juste avant sa rentrée en sixième. Juste avant qu'ils se rencontrent. Son grand frère qui gardait toujours sur lui une photo de Sean Connery, lui avait une fois confié Felix à l'époque où ils ne se connaissaient pas encore très bien mais où Felix commençait à s'ouvrir. Il avait même pleuré un peu. Le grand frère avait l'habitude de fixer cette photo au coin de tous les miroirs devant lesquels il passait un peu de temps. Il portait un blazer et des cols roulés en cachemire. Conduisait une voiture de sport européenne.

Martin considéra Felix dans l'écrin des miroirs. T'es plus vieux que ton frère le jour de l'accident, songea-t-il.

« Mon père travaille seul depuis toujours, reprit Felix. En Russie, c'est comme ça. Chez les Italiens, il faut que chacun ait sa part de gâteau. Qui un boulot. Qui une gonzesse. T'as toujours un millier de gens qui te tournent autour et tu les envoies au turf en restant le cul vissé sur ta chaise comme un pape. C'est idiot. On n'est jamais mieux servi que par soi-même. Et si tu peux pas le faire, tu loues les services d'un tiers. Comme chez les cow-boys. Les gars en Russie, ils ont encore une confrérie. Ils vivent à l'âge de pierre, tu vois. Mon père, lui, il était comme... un virtuose du marché noir. Le meilleur. Il l'est toujours, d'ailleurs. Oublie la confrérie. Toutes ces obligations. Toutes ces bouches à nourrir. »

La description allait comme un gant à son propre quartier, songea Martin. Avec Rocco au sommet, Joe Moon et Peter, Charlie Mirra, Marzolino, juste en dessous, puis tout le menu fretin. Les ramasseurs de miettes. Felix avait raison. Même s'il n'avait jamais eu à traiter avec eux. Il prétendait les avoir rencontrés, une ou deux fois, avec le vieux. « Je vous présente mon fils, Felix. »

C'était ce qui les distinguait, lui et Felix. Ce dernier ne s'intéressait pas aux luttes de pouvoir, seulement au pouvoir tout court. La course, c'était pour les autres.

« Des gagne-petit, voilà ce qu'ils étaient, ajouta Felix. Les traditions se perdaient. Après la Seconde Guerre mondiale, il s'est plus rien passé là-bas. Mon père n'a pas appris à lire avant l'âge de quatorze ans.

– Tu me l'as déjà dit. Dix fois.

– Tous les chefs de la pègre – les *vori* – étaient en taule. Tous. Le gouvernement les avait bouclés sans procès ni rien. Les nouveaux devaient tout reprendre à zéro. Et si jamais ils sortaient, il fallait les buter, les vieux. Mon père, il a tout fait tout seul.

– Buter les vieux, répéta Martin. Parle pas comme ça, Felix. Ça jure avec tes mocassins.

– Je disais juste.

– Un garde du corps, ça lui serait utile. C'est qu'il joue maintenant dans la cour des grands. Des caïds.

– Des caïds, pourquoi ? Si on le menace, il enverra mon oncle, Monya, régler les petits différends. Il est arrivé jusque-là sans l'aide de personne. Sauf peut-être de Monya qu'il entretient pour avoir la paix, mais il n'a pas de *famiglia*... »

Les mains sous le menton, il agita les doigts, style, qu'ils aillent tous se faire foutre. Puis il sourit, se retourna pour regarder le client-tueur comme un gosse inquiet.

« Je parle pas fort, reprit-il tandis que le tueur se dirigeait vers l'autre côté du magasin. Ici, on n'a pas besoin d'une organisation d'enfer. Il touche sur chaque *zapodlo*.

– Les affaires louches, traduisit Martin.

– Bravo. Et il joue les médiateurs dans certains conflits et les conseillers aussi, parfois. Et il a le feu vert des Italiens, à cause de leurs huit pour cent de prime de risque à la noix. Mais il sort jamais dans la rue. Tu vois, il vit à Manhattan, mais s'il doit retrouver quelqu'un à Brooklyn, il le fait dans sa bagnole. Tout le monde sait qu'on touche pas à un mec dans sa voiture. Il a toujours l'avantage. S'il veut vous inviter dans la sienne en revanche, c'est le genre "Je suis prêt à vous tuer mais entrez donc..." :

Martin haussa les épaules – d'accord – mais il tenait quand même à affirmer son point de vue :

« Il devrait se montrer plus prudent, c'est mon avis. Les gars meurent comme des mouches dans mon quartier. Il devrait se méfier. Et... merde... il se méfie déjà. Tu peux pas prétendre le contraire.

– De quoi tu parles ?

– T'as dit toi-même qu'il avait pris un flingue pour aller à la synagogue.

– Juste le holster, tu sais bien, je t'ai raconté. Et c'était il y a trois ans.

– Mais c'était une synagogue, nom de Dieu.

– Il ne l'a fait qu'une seule fois. La première fois qu'il y retournait depuis trente ans, et la dernière pour les trente années à venir. Une seule fois. Quand les tests pour ma mère se sont révélés négatifs. Il a voulu dire un petit merci.

– Tu crois que chez les Ritals, quand les caïds vont à la messe de Noël traînés par leur belle-mère, ils y vont avec leurs *pistolas* ?

– Les Italiens sont des potes à nous maintenant, d'après mon père. Quelquefois y a un peu de grabuge, histoire de pimenter l'ordinaire. Des guéguerres de territoire. Quelques jeunes à peine plus vieux que nous qui s'entretuent dans une boîte de nuit. Des vioques mis en taule pour refus de témoigner dans des affaires qui remontent à dix ans. Ils en sortent en prétendant avoir lu Machiavel toute la journée dans leur cellule. Six mois pour se farcir un fascicule de cinquante pages. Qu'est-ce que tu veux, c'est la mode en ce moment. Et en plus, ils se prennent au sérieux.

– Tu t'es pas pris au sérieux quand on l'a étudié en classe ? T'arrêtais pas de répéter que c'était le mode d'emploi du pouvoir absolu. Tu te prends pour le prince.

– J'en suis un. Seulement, pas un italien. Et ce que t'enseigne Machiavel, c'est comment lutter contre tes faiblesses. Puis il te montre ce qui logiquement s'ensuivra. Il t'apprend par l'exemple. En parlant du fond d'une terre d'exil... Tu te rappelles ? »

Il haussa les épaules, Felix. Comme pour dire qu'il n'était en rien responsable de l'état des choses.

« Ce sont des cons. »

Le genre de phrase qui revenait souvent sur ses lèvres ces temps derniers. Ce n'était pas uniquement de la fanfaronnade de sa part. Il était vraiment persuadé que son père allait faucher la place des Ritals. Et avec le sourire, en plus !

Felix ôta ses lunettes, les essuya avec son tee-shirt. Se rapprocha de la housse de costume suspendue, examina le logo du magasin.

« C'est ce qu'on fait de mieux. On va être beaux comme des dieux. Le tien te va du tonnerre... » Il rechaussa ses lunettes. S'inspecta de la tête aux pieds. Se pencha pour passer un doigt sur le velours de ses mocassins. « Tu connais l'histoire du type qui a des migraines à en crever ? Il va chez son docteur. Le toubib l'ausculte et dit : "J'ai une bonne et une mauvaise nouvelle. La bonne, c'est que je peux vous guérir de vos migraines. La mauvaise, c'est qu'il faut que je vous enlève vos parties génitales." "Mes parties génitales ?" s'écrie le pauvre type. "Oui, la totale", affirme le toubib. Bon, comme son mal de crâne l'empêche vraiment de vivre, il accepte l'opération... » Sans cesser de contempler ses pompes, Felix se redressa. « Et, miracle, plus de migraines, le toubib avait dit vrai. Alors quand il sort de l'hosto, il se dit que pour célébrer son retour à la vie, il va se payer une nouvelle garde-robe. Il file tout droit chez le meilleur tailleur en ville et lui dit : "Il me faut un costume, le plus beau que vous ayez." D'un coup d'œil le tailleur prend ses mesures et dit : "Parfait. Vous faites du cinquante-huit." Le type s'étonne : "Comment avez-vous deviné ?" Le tailleur de répondre : "J'ai un demi-siècle de métier. Voulez-vous aussi une chemise ? Du quarante et un ?" Alors, là, le type est vraiment bluffé. "Vous voulez une tenue complète ? continue le tailleur. Chaussettes ? Caleçon ?" "Oui, pourquoi pas ?" fait le type. "Et le slip… quelle taille ?" La question piège ! Le tailleur répond du tac au tac : "Quarante-six." Alors le type lui dit : "Pas tout à fait. Vous y êtes presque. Quarante-quatre." Et le tailleur lui dit : "Non, un quarante-quatre, c'est trop juste, ça va écraser vos testicules et vous aurez des migraines." »

Ils échangèrent un regard et s'esclaffèrent. Un deuxième et ils rirent de nouveau. Voyant que le client-tueur jetait un œil de leur côté, Martin recula hors de sa vue pour continuer à se tordre. Puis s'arrêta net. Posa la question qu'appelait la présence de ce tueur dans la boutique :

« Alors c'est ton oncle qui se les fait ?

– Qui se les quoi ? Monya fait rien. Il picole, c'est tout.

– Les contrats ?

– Qui s'en charge, ducon ? T'as dit que ce sévère nazi…

– Shevarnadze…

– Je rigole. T'as dit qu'il vous avait flanqué hors de Russie et que ça a coûté tellement cher à ton père que vous avez débarqué ici avec rien. Il y a neuf ans de ça. Ton père d'abord gardien dans un hôtel et, deux ans après, il dirige Brooklyn ?

– C'est un homme d'affaires avisé.

– Alors… qui exécute les contrats ?

– Réfléchis deux secondes. Je t'ai dit que personne travaillait pour lui sauf Monya. Et Monya, c'est un branleur. Deux et deux font quatre, non ?

– Donne-moi un exemple. Pourquoi tout ce mystère ? »

Felix retourna à son miroir.

Il lui était venu une idée, mais il n'avait manifestement aucune intention de la communiquer à Martin.

L'idée scintillait néanmoins dans l'air. Pour la saisir, il fallait faire un pas de côté. Voir en Lexi un tueur à gages occasionnel.

« Combien il s'est fait, Felix ? Allez… »

Felix continua à se taire.

Des images fusaient dans l'esprit de Martin : l'expression du vieux s'avançant sur le trottoir, dégainant son Walther et… *bang* !

Celui qui se trouvait sur son chemin ne l'était plus. Ou celui qui l'avait fichu en rogne. Ou qui l'avait seulement déçu. Cette expression-là, Martin l'avait vue affichée sur le visage du vieux. Une fois, Felix avait piqué une bouteille de Chivas dans le buffet pour aller boire avec des copains puis l'avait remise à sa place, vide. Quelque temps après, le vieux avait voulu se servir un verre pendant que Felix lui décrivait une fille qu'il venait de rencontrer. Il avait soulevé la bouteille et s'était retourné. Le regard caressant plein d'amour paternel cédant peu à peu la place à une expression de profond dégoût. Felix s'était figé, avait bégayé quelque chose. Martin s'était alors empressé de lancer :

« C'est moi, monsieur Pasko, qui ai tout bu. »

Et aujourd'hui, voilà que Martin disait à son fils, Felix :

« Tu pourrais me donner au moins un indice. »

Felix se contempla dans le miroir à trois pans – gauche, droite –, en train de tergiverser plutôt que de regarder. Il mit ses mains sur ses hanches.

« Avant Porto Rico la dernière fois, il a tué son ex-boss et son associé. Un type débarqué avant lui pour la seule raison qu'il avait été viré avant lui de Russie parce qu'il était originaire du même coin que Shevardnadze. »

Leurs regards se croisèrent dans le miroir. Les yeux de Felix, fixes. Le regard grave.

Whoa !

Mais il y avait un truc qui ne collait pas dans cette histoire, songea Martin. Il se rapprocha de Felix.

« T'as dit que c'était Lexi le boss. Tu viens de me le dire, là !

– Maintenant, oui. Un détail technique. C'est une question de temps. Ce type était un escroc à la petite semaine, alors que mon père jouait gros. C'est lui qui avait toutes les idées et qui montait les coups tout seul en filant un pourcentage aux Italiens. Il en a eu marre, finalement, de ce connard qui n'arrêtait pas de le pomper. Il s'est dit qu'il était temps de goûter à la solitude du pouvoir. La police n'a pas encore retrouvé le corps. »

Felix haussa tout à la fois épaules et sourcils.

Martin continua à le dévisager, comme hypnotisé, fasciné à la pensée que Felix était le fils de cet énergumène. Que le même sang coulait dans leurs veines.

« Alors, t'es content ? lança Felix avec une gaieté lugubre.

– En fait, non. T'es trop bavard pour un gosse de la mafia.

– Je sais que tu le diras jamais à personne. Nous deux, on se connaît mieux que n'importe qui. C'est le destin qui l'a voulu.

– Dis plutôt que tu es un peu homo sur les bords.

– Possible. Ah, le revoilà enfin, celui-là... » Il indiqua d'un signe de tête le tailleur qui réapparaissait avec son pantalon. « Je me disais : au fond, il bosse peut-être même pas ici. Il a mesuré mon entrejambe et s'est cassé.

– Felix, combien il en a eu ? » insista Martin.

Il voulait seulement un chiffre. Histoire de savoir ce qu'il fallait pour devenir un homme qui n'avait peur de personne. Bref, à ses yeux, un homme tout court – il n'y avait pas mille manières.

Felix répondit par un nouveau haussement d'épaules.

« Allez... », le tanna Martin alors que le tailleur venait se planter entre eux, se tournant vers Felix, puis, voyant qu'ils parlaient, faisant mine d'hésiter.

Martin continua :

« On raconte qu'Al Capone en a laissé cent sur le carreau avant d'arriver au sommet. À lui tout seul.

– Un homme d'affaires avisé, fut le seul commentaire de Felix.

– Il est mort derrière les barreaux.

– Il est mort à Palm Island en Floride. Dans la villa de son frère. En plus, la personne dont on parle ? Elle paye ses impôts. »

Le tailleur regardait tour à tour Felix et Martin en souriant. Désorienté. Puis il baissa la tête et déplia le pantalon devant lui, comme s'il se rappelait tout d'un coup, à regret, pourquoi il était là. Un petit vieillard.

Felix empoigna le pantalon par la ceinture et l'enfila. Ces derniers temps, il prenait un malin plaisir à lancer des remarques de ce genre devant les gens, leur indiquant qui il était, ou serait un jour. Pour leur en mettre plein la vue, à ces gens qui ne comptaient pas. Bref, il apprenait l'art de métamorphoser un tailleur ou tout autre quidam en un valet craintif.

« Levez les bras, s'il vous plaît, monsieur... Nous pouvons effectuer la retouche tout de suite, si vous le souhaitez... »

Pas un mot de plus. Il irait sans doute se glisser dans l'arrière-boutique pour calmer sa nervosité en s'en grillant une après le départ du présumé jeune mafieux en puissance.

Martin se regarda dans le miroir par-dessus l'épaule de Felix. Se demandant s'il pourrait jamais presser une détente si l'occasion se présentait. C'était peut-être la centième fois qu'il tentait de surprendre dans son reflet le regard que verraient les autres – les mecs du quartier qui faisaient trop de barouf, les Blacks du métro qui le fixaient une seconde de trop avant de se détourner, méprisants, ne sachant ni qui il était, ni d'où il venait. Il leur disait dans la glace de sa salle de bains : « Vous croyez vraiment que vous savez qui je suis ? Vous me connaissez pas. »

Felix, interceptant ce regard dans le miroir, marqua un léger mouvement de recul.

« Cette glace n'est pas assez grande pour nous deux, déclara-t-il. Je ferais mieux de remettre mon froc et de me casser. »

Martin rougit, souriant :

« Excusez-moi. »

Et il se recula discrètement dans un coin, où personne ne pouvait le voir.

Lorsque, un peu plus tard, le nervi irlandais sortit avec, sur l'épaule, le smoking de son patron emballé dans la même housse grise que celui de Martin, Felix tourna la tête dans sa direction. Après leur avoir jeté un coup d'œil à tous les trois, l'homme ouvrit la porte et s'en alla. Pas l'ombre d'une émotion n'avait animé ses traits. Felix se tourna de nouveau vers la glace, les bras toujours à moitié levés. Jeune épouvantail musclé.

« Larbin de mes deux », marmonna-t-il.

Puis il abaissa le regard sur le petit tailleur et sourit – le bonhomme déroulant son centimètre autour de lui avec un soin respectueux et craintif.

Éminence, songea Martin Quinn, certain de faire un bon usage du mot. Il sentit son opinion sur Felix de nouveau en train de changer, de subir un léger décalage. Il avait de la thune, il avait un père. Ça vous rendait sûr de vous. Et, si vous n'y étiez pas attentif, aussi un peu con.

Juste un peu.

Felix déclara au tailleur, cette fois sans sourire :

« Monsieur, puis-je vous poser une question. J'ai tout le temps la migraine... »

Éclat de rire. Le tailleur sursauta un peu, puis sourit. Poursuivit son travail.

« Je crois que je la connais, dit-il.

– Vraiment ? dit Felix en riant et en se retournant vers Martin. Quinn, il la connaît... »

Martin hochait déjà la tête.

« J'ai entendu, Felix. »

La fille, Connie Duomo, s'avéra en effet plutôt pleurnicharde. Sur la photo de plage pourtant, elle souriait. Mais, dans la vie, l'argent, les voitures et le luxe de Westchester dans lequel elle baignait, tout cela semblait gaspillé sur elle. Elle était tenaillée par une angoisse qui la mettait perpétuellement au bord des larmes. Cela dit, Martin s'en fichait comme de l'an quarante ; il y avait tant de nouveautés à absorber en un seul soir.

La sœur aînée, Gina Duomo, la cavalière de Felix, était un pot à tabac, mais bon, plutôt sympa.

Quant au frère, Marco, c'était ce que, dans son quartier, on appelait un débile mental. Pas vraiment atteint médicalement parlant, mais qui vous gâcherait tout plaisir et la réputation d'un quartier parce qu'il n'en avait rien à foutre de rien. Et savait que vous saviez que rien ne pouvait l'arrêter sauf si vous le tuiez. Ce qui tentait certains, parfois, mais pas trop souvent. Car il était si bien entouré que vous ne pouviez pas l'approcher sans autorisation spéciale : son père était un parrain. En plus, il avait vingt-deux ans, donc il était un homme. La meilleure politique consistait donc à l'éviter.

Une politique qu'on aurait dû pratiquer à l'égard de l'ensemble de la fratrie Duomo, décida Martin.

Il regarda le soir tomber sur Westchester à travers la vitre de la limousine, la maison où se déroulait la fête se dessinant sur le ciel à mesure qu'ils grimpaient la colline en suivant la longue allée circulaire – bâtiment fluorescent blanc tout en colonnes et terrasses. Un palace sorti du néant. Un mirage, sauf que c'était vrai. Il sortit de la voiture et tendit la main à Connie pour l'aider à descendre, sans quitter des yeux la façade. Puis il l'accompagna à l'intérieur, jusqu'à la table, sans prononcer un mot, poursuivi par l'impression que la présence de ce lieu perché sur cette colline était la preuve du divin. Comme s'il l'avait attendu depuis le jour de sa naissance. Sauf que cette nuit finirait par se terminer et qu'il retournerait au lycée fourguer de l'héro pour Peter et Joe, organiser des soirées avec Felix et faire des courses stupides pour Rocco. Mais, cette salle de bal avec chandeliers et centres de table, ces belles nanas italiennes qu'il escortait en limousine vêtu d'un smoking... Cela faisait désormais partie de sa vie. Il fallait qu'il trouve un moyen de prolonger le rêve, dès aujourd'hui. Pour l'instant, il lui suffisait de rester là, les yeux à l'affût. Il devait à tout prix se montrer cool avec ces gens, être gentil avec la nana qu'il escortait. Mais c'était ainsi qu'il voulait vivre ; ainsi que...

Quelque chose interrompit le fil de ses pensées. La blonde, celle de la photo, qui regardait aussi autour d'elle, avait fixé ses yeux sur lui. Elle avait vu comment il regardait autour de lui.

Elle lui sourit. Hocha la tête. Comme si elle lisait en lui à livre ouvert.

Dans les toilettes, il tomba sur Felix, à qui il n'avait pas parlé depuis que Gina l'avait entraîné au milieu de la piste de danse dès les premières mesures de l'orchestre – une de ces danseuses non-stop, Gina, faisant swinguer sa permanente et ses petits poings serrés.

« Te frappe pas, Felix, mais j'ai bien l'intention de me marrer sans Connie. T'as déjà vu quelqu'un emmitouflé dans un châle ?

– Elle est frileuse.

– Pourquoi elle danse pas, alors, pour se réchauffer ? » Il ne l'avait pas invitée à danser, mais là n'était pas la question. « Un châle de grand-mère en plus. Tu crois que ça me plaît de me retrouver avec une mémé en train de claquer à mon bal de fin d'études !

– C'est pas ton bal de fin d'études. T'es prêt ? On retourne à table.

– On va avoir l'air de quoi à sortir tous les deux ensemble ? De gonzesses ? D'avoir sniffé de la coke ?

– On est déjà ici ensemble tous les deux, non ?

– Le hasard a voulu qu'on se retrouve ici. Tu sors en premier. Et n'oublie pas... » Le doigt pointé en signe d'avertissement. « T'en mêle pas si je la jette.

– Tu fais ce que tu veux, répliqua Felix en soutenant son regard. Gina m'a prévenu. Elle veut faire semblant de perdre de nouveau sa virginité le soir du bal. Voilà pour mon plan. Débrouille-toi de ton côté. On verra bien comment on rentre chez nous après... »

Et là-dessus, il disparut.

Martin se regarda dans la glace. Méditatif. Pouvait-il risquer le coup avec la blonde, ou le moment était-il mal choisi ? Dix minutes plus tôt, il l'avait regardée planter Marco Duomo sur la piste pour se diriger vers le hall d'entrée, et il l'avait suivie. Loin derrière, prudent. L'avait suivie des yeux alors qu'elle sortait sur le porche, la main dans son sac à la recherche d'une cigarette. Dans un halo de lumières blanches. Elle avait allumé la cigarette et descendu l'escalier vers l'allée circulaire. Fumant et marchant. Sans se presser, se regardant de temps à autre dans les vitres noires des limousines. Martin n'avait pas bougé, décidé à attendre qu'elle revienne vers lui pour l'aborder. S'était accoté de l'épaule à une colonne du portique, l'oreille tendue vers le chuintement de ses mules en satin sur le gravier. Puis le frère, Marco, était sorti à son tour. L'avait interpellée.

« Où vas-tu ?

– Je me promène.

– Reviens. Tu ne devrais pas te promener sans moi. »

Elle s'était arrêtée.

Martin avait risqué un œil de derrière sa colonne. Elle souriait, flirteuse. Taquine.

« Pourquoi ? Tu avais l'air content de danser avec cette pétasse de Sandra Ricci.

– Jalouse ? avait-il dit en se rapprochant.

– T'es fou ? »

Elle avait reculé. Jeté un coup d'œil par-dessus son épaule à la limousine derrière elle, épousseté un coin de carrosserie et s'y était appuyée.

« La jalousie, pour vous, les filles, c'est le sel de l'amour, avait continué le balaise avec quelques coups de reins, façon danseur disco, coudes repliés sur les côtés, poings serrés.

– T'es pas cinglé, t'es débile, oui. »

Elle avait tiré sur sa cigarette, soufflé un nuage de fumée et éclaté de rire, comme ça, en l'air. Le balaise avait laissé ses bras retomber sur ses flancs. Il souriait toujours. N'avait pas perdu espoir.

« T'es encore là ? » lui avait-elle lancé en le regardant de nouveau.

Le sourire du balaise s'était évanoui. Il faisait soudain son âge. Il s'était rapproché d'elle, avait penché la tête sur le côté et l'avait dévisagée. Une brute sans un pet d'humour.

Elle avait fait bonne figure mais au bout d'un moment, elle s'était mise à frissonner de peur. Martin, lui, se sentait comme pétrifié. Comme si c'était lui que ce type matait comme ça.

« Tu as une jolie robe, tu roules en limousine, tu te crois où, à Hollywood ? Tu penses que sous prétexte que c'est une nuit de rêve, je vais me laisser traiter comme un chien ? Je suis pas un rêve, tu sais. Tu crois que je peux pas te jeter dans cette limousine et dire au chauffeur d'aller voir ailleurs si j'y suis pendant que je te fais faire ce que je veux... » Il s'était tu, mais il restait planté devant elle. Quelques voitures – trois, quatre – passèrent sur la route en contrebas, balayant la nuit des pinceaux lumineux de leurs phares. « À ton âge, on n'est plus une petite nana pourtant, tu devrais avoir plus de jugeote... »

Elle avait acquiescé de la tête comme saisie d'un spasme musculaire.

« Dis à mes frangines que j'ai pris la limousine. Je vous la renverrai... si j'en ai envie. »

Sur ces paroles, il avait cherché des yeux la longue voiture sur le parking. Quelques instants plus tard, la lumière de ses phares avait disparu dans le dernier virage au bas de la colline. Le vieux mec s'était cassé.

Elle n'avait pas bougé, les yeux dans le vide. Sa robe claire floconneuse contre le dur éclat de la carrosserie noire. Une mince volute de fumée remontait le long de son bras depuis la cigarette qui brûlait entre ses doigts presque posés contre sa cuisse.

Martin était rentré. Il avait envie de pisser et, dans les toilettes, était tombé sur Felix. Il avait déjà décidé de plaquer Connie pour inviter à danser celle qu'ils appelaient Penny. À condition qu'elle veuille bien revenir à l'intérieur. « Tu fais ce que tu veux », avait dit Felix.

Il inspecta sa peau dans le miroir. S'aspergea le visage d'un peu d'eau, se recoiffa avec ses doigts. Puis il retourna à sa place. Connie s'excusa et quitta la table. Il s'en fichait. Ne la regarda même pas. Il espérait que Penelope allait revenir. Penny, se corrigea-t-il.

En revanche, Gina lança à sa sœur :

« Dis donc, lâche-moi un peu, Connie ! » Sans lever le nez des verres de Coca qu'elle s'employait à arroser de rhum – du rhum de la flasque qu'elle avait apportée. « Désolée, Quinn. T'en veux un ?

Gina fit glisser un verre vers lui. Il la remercia, but une gorgée. Elle continua à distribuer son rhum pendant que Felix, souriant, surveillait du coin de l'œil les chaperons. Puis Penny entra. S'approcha de leur table.

« Je crois que j'ai fait peur à Marco. Il m'a dit qu'il nous renverrait éventuellement la limousine. »

Gina leva les yeux vers elle, souriante. Peut-être attendait-elle un bon mot.

« Désolée, ajouta la fille, Penny, qui venait de traiter de débile le fils d'un caïd.

– C'est pas vrai ! s'écria Gina, l'air soudain stupéfaite. Ils sont tarés dans ma famille, ou quoi ? »

Felix se tourna vers lui, style : On devrait peut-être intervenir ? Menacer le vilain ? Martin se tourna vers Penny. Elle souriait. L'air distraite toutefois. Renifla.

« Tu pleures ? l'interrogea Gina.

– Je me suis mis de la cendre dans l'œil. J'étais sortie fumer une clope.

– Parce que, tu sais, mon frère, il vaut pas une larme. Il est encore plus débile que moi. »

Tous partirent d'un éclat de rire. Gina tendit un verre à Penny.

Il lui téléphona la semaine suivante de l'appartement de Felix et elle vint le chercher en voiture à la gare de Bronxville, à Westchester.

« Ma mère me croit en train de faire du shopping. On peut pas aller trop loin. »

Il perçut dans ses intonations une pointe de mélancolie. Au téléphone, elle avait pourtant été cool. Comme si elle avait été occupée à se vernir les orteils. Ce qui lui allait fort bien, si c'était sur cet air-là qu'elle voulait le jouer. Il pensait tout le temps à elle dansant avec lui. La robe sans bretelles qu'elle devait sans cesse remonter, ses yeux qui étaient vraiment bleu marine quand on les regardait de près. Et la chaleur qui irradiait de toute sa personne. Et maintenant, cette subite mélancolie. Ce n'était pas bon signe.

Il avait fait un trop long voyage pour qu'on le fasse tourner en bourrique.

Ils roulèrent quelques minutes. Jusqu'à un petit parc en pente. Un lac rond. Ils garèrent la voiture et continuèrent à pied. Elle le guidait, mais lui se tenait à son côté, avec une légère avance, l'épiant du coin de l'œil. Sans talons, elle était plus petite qu'il avait cru.

Ils s'assirent sur un banc. Martin prit soin de mettre une vingtaine de centimètres entre eux et, appuyant ses coudes sur ses genoux, regarda Penny, puis le lac.

« Felix a eu ton numéro par Gina.

– Elle ne dira rien à Connie. Elles se haïssent.

– Raison de plus pour lui dire.

– Elle aime trop se moquer d'elle derrière son dos. Connie l'apprendra de toute façon. La pauvre.

– Tu veux aller faire ton shopping ? Je t'accompagne, si tu veux.

– J'en ai pour cinq minutes. »

Elle consulta sa montre.

« Tu viens jamais à New York ?

– Parfois. Avec Gina. Ma mère l'aime bien.

– À cause de son vieux. Un caïd de la mafia. »

Elle le dévisagea.

« Les gens lui font confiance, dit-elle.

– Et toi, non ?

– Si, d'une certaine manière. Cela dit, elle est cinglée, Gina.

– Oui, mais ses parents ne le savent pas. Et elle est sympa avec Felix.

– Ouais, lui aussi, il est cinglé. »

Pas vraiment cinglé, plutôt à côté de ses pompes. Mais à quoi bon essayer d'expliquer ?

« Vous êtes bons copains tous les deux », avança-t-elle.

Il esquissa un geste vague. Sans doute…

« Il parle tout le temps de toi.

– On est copains, c'est vrai.

– Mais vous êtes différents.

– Nous venons de mondes différents.

– C'est ce qu'il m'a dit.

– Qu'est-ce qu'il t'a dit ?

– D'où tu venais.

– Il parle beaucoup.

– Je sais tout de toi. Et aussi de lui. Surtout de lui, bien sûr.

– Comme ?

– Sa famille. Son frère qui est mort. Son père.

– Qu'est-ce que tu sais sur son père ? »

Il aurait secrètement préféré qu'elle lui avoue ce qu'elle savait sur lui, mais là, il n'insista pas. Les yeux fixés sur le lac.

« Il suffit que je regarde autour de moi. Le luxe de ma ville. Felix savait que j'avais déjà ce genre de secret.

– Que fait ton père ?

– Il a une cimenterie. »

Martin sourit :

« Il est dans le bâtiment ?

– Mon père n'est pas dans la mafia... » Plus bas, voix tendue. « Il travaille comme un fou. C'est un saint. Six jours par semaine, il rentre à des heures indues, lessivé.

– Le père de Gina et Connie possède la moitié du ciment de New York, dit-il.

– Des cimenteries. Au pluriel. Plus d'une. »

Il haussa les épaules : d'accord. Mais pour sa part, il ne percevait pas la distinction. Elle ne voyait pas ce qu'elle avait sous le nez. On disait donc vrai – la pègre italienne cachait ses activités à ses filles.

Comme elle se taisait, au bout d'une minute, il se décida à utiliser ce silence contre elle. Il lui déclara que son père était mort.

Elle répliqua qu'elle ne savait pas ; Felix ne lui avait rien dit.

Mais elle ne lui demanda pas comment. Et elle n'avait manifestement aucune envie de lui poser la question. Cela plut à Martin.

« Felix n'est pas vraiment au courant, pas de tous les détails en tout cas. En fait, il ne sait pas grand-chose de moi. Qu'est-ce qu'il a bien pu te raconter ?

– Tu viens de Greenwich Village, de Thompson Street. Une rue sur laquelle je sais beaucoup de choses pour la bonne raison que ma mère y habitait avant de venir vivre ici. Elle logeait au-dessus du Social Club. C'était Joseph Lamentia qui l'aidait quand elle voulait téléphoner. Elle n'arrivait pas à se servir d'un Publiphone, Dieu sait pourquoi.

– C'est là que j'habite en ce moment, au-dessus du club.

– Non.

– Parole. Je connais le petit-fils de Lamentia. Bunny.

– Bunny ? Il s'appelle comme ça ?

– Oui, son vrai nom est Pasquale, mais... »

Elle éclata de rire, comme si c'était encore plus drôle.

« Easter Bunny, le lapin de Pâques, dit-elle. D'accord, j'ai pigé. »

Il opina. Pencha la tête de côté, histoire de voir s'il pouvait continuer maintenant. Même s'il n'avait encore jamais fait le rapprochement. Il s'était toujours demandé d'où venait ce surnom.

« Ouais, on était à l'école ensemble.

– À l'école élémentaire.

– Ouais.

– Tu vas dans un lycée privé avec Felix maintenant ?

– Ma mère m'y a envoyé. »

Poussant une brindille du bout de sa chaussure. Il sentait son regard sur lui. Elle attendait qu'il se tourne vers elle. Ce qu'il fit.

« Tu préfères aller en classe avec une bande d'abrutis ? Marco Duomo et compagnie ? »

Il sourit en guise de réponse, puis se détourna. C'était du vif-argent, cette fille. C'est ce qu'il avait espéré. Tour à tour chaude et glaciale. Brûlante sur la piste de danse puis froide sur le parking.

« Felix m'a dit, reprit-elle. Je sais... »

Nonchalante. L'air de ne pas y toucher. Il se mordit la lèvre pour empêcher son sourire de s'élargir.

« Comment tu as débarqué le jour de la rentrée sur la défensive. Quatorze ans et sappé en *guido*. Cravate en cuir et pompes assorties. On pouvait pas faire plus décalé.

– Ils sont tous riches dans ce bahut. Je suis pas un des leurs. Et je n'ai pas envie de le devenir.

– Felix est riche. Tu couches chez lui cinq jours par semaine, non ? Tu dînes avec lui et ses parents. Tu flirtes avec la bonne polonaise.

– Il est pas comme les autres. C'est ce que son père lui a appris qui le rend différent.

– Pourquoi ta mère t'a inscrit dans ce lycée ?

– Felix t'a pas raconté ?

– D'après lui, tu as eu des ennuis dans le quartier et elle ne voulait pas que tu ailles au lycée avec ces garçons qui traînaient dans la rue.

– C'est plus ou moins ça.

– Qu'est-ce que t'as fait ? C'était quoi, ces "ennuis" ? »

Martin décida de mentir :

« Je me suis fait choper en train de vendre des feux d'artifice. Un de trop. Le juge pour enfants a appelé pour dire qu'ils allaient me faire comparaître. Ma mère a flippé, je te dis pas. Elle en a parlé autour d'elle au bureau et a pris conseil, et m'a décroché une bourse pour cette école… »

La fin était vraie, assez pour qu'il la regarde en face.

« … C'est tout.

– Et tu as comparu ?

– Non. Ils ont dû m'oublier. Ou alors ils me cherchent encore. »

Ils sourirent.

« Tu fais toujours des conneries ? s'enquit-elle.

– C'est une question, ou Felix t'a déjà dit ?

– Selon lui, tu trafiques au lycée.

– Il se prend pas pour de la merde. Il essaye de t'épater.

– Sûrement. Mais ce qu'il dit est vrai ?

– On organise des fêtes et on fait payer l'entrée. Il faut louer des lofts et faire courir le bruit avant le week-end et imprimer des prospectus, acheter de l'alcool qu'on revend en faisant quatre fois la culbute. On organise aussi des parties de cartes. Ces gosses de riches, l'argent leur brûle les doigts. J'ai essayé de lancer des paris, mais personne ne savait de quoi je parlais.

– Tu vends du shit ?

– Non. Il t'a dit ça aussi ?

– Je me demandais juste. C'est ce qu'ils font par ici pour gagner des ronds.

– On touche pas à la dope. C'est malsain, à la longue. »

Autant mentir jusqu'au bout, se dit-il. Mais elle le regardait comme si elle attendait quand même un aveu.

« Les Lamentia ne tiennent plus le haut du pavé dans Greenwich Village. C'est un type qui s'appelle Rocco DiNabrega. Il a tabassé à mort le père de Bunny il y a quelques années. »

Il était plus à l'aise sur le sujet de la mafia. Il y avait plein d'histoires à raconter, et les gens adoraient les entendre.

« C'est quoi, tes plans, pour plus tard ? »

Comme il restait interdit, elle ajouta :

« Tu veux devenir gangster ?

– Non, pourquoi ? »

C'était son désir le plus cher, mais la façon dont elle levait le sourcil l'incitait à garder pour lui ce que spontanément il lui aurait confessé : il s'employait justement à en devenir un, mais cela prenait plus de temps quand on n'était pas sicilien.

« C'est ton vocabulaire, "choper", "flanquer une dérouillée", je sais pas...

– Felix t'a peut-être pas dit que nous sommes tous les deux en tête de classe derrière deux polarisés. Je peux faire ce que je veux de ma vie.

– C'est pourquoi je te pose la question.

– Qu'est-ce que t'as contre moi ?

– Rien du tout. Je veux pas sortir avec un voyou, c'est tout.

– Je n'ai rien d'un voyou.

– Je sais, sinon je ne serais pas ici.

– Ni moi. »

Ce qu'il venait de dire n'avait aucun sens, mais tant pis, il ne voyait rien d'autre à lui répliquer.

« Regarde-moi. »

Il s'exécuta.

« Écoute, reprit-elle. Je vais te faire une confidence... » Ses intonations sous-entendaient que s'il écoutait attentivement, ils seraient sur la même longueur d'onde. « Comprends-moi bien. Mon père est... impliqué. Comme tout le monde autour de moi. Mais il n'a rien d'un assassin. Il investit dans leurs opérations. Il n'a sans doute plus le choix maintenant. Le racket, c'est à ça que ça se résume, non ? Il a des gens qui dirigent une équipe pour lui... Le bâtiment, c'est un domaine où on ne s'en sort pas tout seul. Tu sais bien... »

Elle marqua une pause, le contempla avec de grands yeux, guettant son approbation. Il se contenta de hausser les épaules : Bien sûr.

« En fait, si, c'est lui qui a choisi, reprit-elle. J'en suis persuadée. C'est ce que je voudrais que tu comprennes. Il aurait pu prendre une meilleure orientation. Je ne sais pas. Peut-être est-il un de ces immigrants mafieux débarqués la faim au ventre et je suis candide. Mais toi et moi ? On appartient à la deuxième génération. On n'a pas besoin d'être comme ça. Je n'ai pas envie de sortir avec toi si tu as l'intention de suivre leur exemple. »

Cela lui rappela une scène du *Parrain* dont il n'avait jamais saisi le sens profond – Marlon Brando déclarant à Al Pacino : « Je voulais que tu sois sénateur. » Qui voudrait être sénateur s'il peut être un Don de la mafia ? s'était-il toujours demandé.

« Tu comprends ? insista-t-elle.

– Bien sûr.

– Alors je vais t'embrasser. D'accord ?

– Non.

– D'accord. »

Elle l'embrassa – prit son visage entre ses paumes et le tourna doucement vers elle, plongeant son regard dans le sien, fermant les yeux et prenant ses lèvres avec les siennes. Puis elle rouvrit les yeux et lui sourit. Comme il ne lui rendait pas son sourire, elle s'étonna :

« Qu'est-ce qu'il y a ?

– Tu te conduis comme si tu me connaissais, répondit-il, faussement fâché.

– C'est que c'est vrai, je te connais.

– Felix t'a dit que lorsqu'on s'est rencontrés pour la première fois, je l'ai menacé ? Un jour, je me suis trompé de salle et il était là avec une bande de gosses de riches qui m'ont toisé avec mépris, et lui, il s'est tordu de rire jusqu'au moment où je lui ai dit de la fermer. Tu savais ça ?

– Oui. Et il m'a aussi précisé que tu joues les videurs dans les fêtes mais que tu n'as jamais cogné personne. Tu es très persuasif, paraît-il. Tu lui as plusieurs fois sauvé la mise dans la rue quand il avait trop bu et qu'il faisait l'imbécile. Tu t'es dénoncé à sa place quand il a volé une bouteille de vodka à son père, et ensuite son père lui a interdit de te voir. Après quoi son père t'a invité lui-même chez lui pour te dire que tu étais un cœur loyal... » Elle attira son visage vers elle pour qu'il la regarde en face. « C'est vrai, cette histoire ?

– C'était du scotch. »

Elle fit mine de lui donner une petite claque puis embrassa l'endroit sur sa joue.

« Alors, tu vois, je te connais.

– Tu m'as rencontré, c'est certain.

– Ne fais pas le malin. Je te connais ? Répète après moi.

– Je te connais.

– Et le point d'interrogation ? »

Il la taquina encore un moment puis céda, ce je-te-connais n'étant tout d'un coup plus qu'une minable suite de mots. Mais ce qu'il ignorait toujours, c'est ce qu'elle savait vraiment. S'il devait se fier à son visage, elle n'ignorait plus rien de lui. Il se dit alors que cette idée lui plaisait. C'était comme une libération. Une fin.

Et un commencement aussi, peut-être. Il eut soudain la sensation que la vie valait peut-être la peine d'être vécue.

La bonne sœur se déplaçait dans la chambre. Apparemment elle rangeait. Il devinait qu'il était tard. Le soleil était déjà couché.

Il n'avait presque pas ouvert les yeux depuis des heures, des jours peut-être, et encore seulement entrouvert. Pour mieux entendre Corso dans le couloir. Corso qui allait l'obliger à reprendre ses esprits s'il ne le faisait pas tout seul. Un flic gardait la porte vingt-quatre heures sur vingt-quatre.

La bonne sœur toussa – une petite toux sèche.

Elle était vieille et s'exprimait avec un accent prononcé. À sa façon de s'adresser à Corso, il avait compris qu'elle n'aimait pas non plus l'agent du FBI.

Il l'écouta se déplacer.

Ses mouvements s'accompagnaient d'un extraordinaire silence.

Drôles de personnages, ces religieuses, se dit Martin. Si patientes, si humbles. Il se souvenait combien elles s'étaient montrées révérencieuses à l'époque où tout le monde à Saint Anthony, dont lui-même, était convaincu qu'il était destiné à entrer au séminaire. Un garçon avec un bulletin pareil, quel autre chemin pouvait-il suivre ? Puis les Italiens l'avaient remarqué. Et pour un gamin, ce qu'ils avaient à offrir était plus alléchant. Les bons pères et les bonnes mères eurent tôt fait de voir qu'il tournait mal et lui avaient battu froid. Cela faisait d'ailleurs son affaire.

Il rentrait en courant de l'école pour déposer son cartable et changer de chaussures, puis allait s'asseoir sur un banc en lisière du parc en attendant qu'ils aient besoin de lui. « Dis donc, petit, viens par ici. Va chercher ma veste dans la voiture… Va m'acheter un sandwich… Va chez Arturo's me prendre une pizza… des cigarettes… qui en veut… ? Deux L&M, deux Camel, un Parliament. Et ce que tu veux pour toi. » Il n'achetait jamais rien pour lui. Il revenait tout de suite sans perdre de temps, sans s'arrêter pour bavarder avec les copains qui glandaient sur le trottoir. Il n'acceptait une tranche de pizza que lorsque la bouffe à la cantine avait été trop dégueulasse. De septembre à mai, il faisait le coursier et, au début de l'été, il vendait des feux d'artifice. Tenait des stands à la foire organisée par la paroisse, dans les sous-sols transformés en tripots clandestins pour la saison du foot et des courses hippiques. Il apprenait à fourguer sa came. D'ailleurs, à partir de l'âge de quatorze ans, il avait travaillé clandestinement pour Joe Moon et Sweet Peter Hugues, se faisant, une fois leur confiance acquise, cent dollars par livraison, puis deux cents lorsque les affaires se mirent à tourner. Pendant trois ans, jusqu'à ce qu'ils disparaissent tout d'un coup et que Rocco le convoque pour lui déclarer : « T'es viré. La boutique est fermée. »

Ensuite il n'avait pas dessoûlé de la semaine, enfermé dans l'appartement de Felix.

Felix qui s'habillait le matin en le prévenant qu'il partait au lycée sans lui.

Ce pauvre mec du New Jersey, il l'aurait battu à mort si Felix ne l'en avait pas empêché. Il avait cogné, cogné, se disant : Quand il sera crevé, je serai plus en colère, j'aurai plus de souci à me faire. Je m'inquiéterai plus pour lui ou pour personne d'autre parce qu'il va crever et que je cogne. Mais Felix l'avait empoigné et, en fin de compte, personne n'était mort.

La bonne sœur marqua une pause. Elle se tenait penchée sur lui. Soupçonnant qu'il était réveillé. Elle vérifia sa perfusion. S'attarda environ une minute. Puis s'éloigna.

Felix l'avait arraché au mec puis avait pris l'argent dans le coffre et l'avait poussé dans la voiture pour rentrer à New York. Pendant que lui, Martin, gisait encore dans un demi-coma, il avait compté les biffetons sur le sofa. En émergeant enfin le lendemain matin, Martin avait trouvé Felix envolé. La bonne lui avait apporté son petit déjeuner. Elle avait posé le plateau à pieds dépliants sur le lit au bord duquel il se tenait assis, le visage dans les mains. Il avait grignoté du bout des dents. Regardé un film de guerre à la télé. Coupé le poste et pris une douche puis le métro jusqu'à

Times Square et s'était engagé dans l'armée. *Bastogne*, le film avec Van Johnson. Le sergent recruteur avait parcouru les formulaires qu'il venait de remplir, l'avait remercié de s'être engagé et lui avait serré la main en lui souhaitant un joyeux anniversaire : il avait eu dix-huit ans ce matin-là, au bord du lit, le visage dans les mains.

Il contemplait l'écran noir du poste de télévision.

« Vous être réveillé », dit-elle.

Quel accent... Vieille pingouine.

Il hocha la tête. Avec l'impression qu'il serait inconvenant de répondre à haute voix. Comme à un enterrement où l'on a peur de dire un mot de travers. Il ferma les yeux, puis les rouvrit, las de faire semblant de dormir.

« Ils n'être pas là. C'est tard... »

Elle borda ses couvertures au pied du lit. Une minuscule vieille toute rabougrie, toute ridée, en robe de religieuse. Mais en bonne forme. Ne prenant appui sur rien. Des petits yeux noirs.

« Vous avoir pas faim du tout ? »

Il fit signe que non.

« Être très maigre, vous, à cause tube.

– C'est bon, finit-il par articuler.

– C'est sûr. »

Il tourna la tête pour regarder la perfusion. Une douleur fulgurante le fit ciller.

« Vous avoir encore mal. Pas cicatrisé en profondeur. Mais vous beaucoup de chance... » Elle continuait à le border, remontant le long du lit. « Un couteau à papier de la CIA... » Elle prononçait laborieusement. « C'est avec ça que vous être blessé. L'agent a tout raconté à moi. En plastique. Arme du gouvernement. »

Il sourit. Cela ne l'étonnait pas. Il avait bien senti que ce n'était pas du métal. Quand le gamin avait levé le poing, il n'avait distingué aucun éclat. Les portiers de l'Anastasia's s'en servaient, ainsi que des coups-de-poing américains en plastique que l'on trouvait partout dans le commerce sous l'étiquette « presse-papiers ». Son propre pistolet était en plastique, et il pesait aussi lourd qu'un mug de café. Ce qui lui fit penser qu'à l'heure qu'il était, Corso regardait sans doute par-dessus l'épaule du technicien du service scientifique pour s'assurer qu'il n'y avait pas d'incohérence dans la série d'empreintes.

« On les achète par correspondance sur catalogue, ma sœur. La dernière page des magazines. »

Elle fit claquer sa langue contre son palais. Souleva sa tête blessée, regonfla son oreiller, reposa sa tête. Inspecta son pansement, le toucha du bout des doigts. Elle avait une figure pincée. L'infirmière de Saint Anthony, une bonne sœur bien sûr, avait un jour inspecté sa tête pour voir s'il avait des poux – son visage tout près du sien. Et même à l'époque, il avait trouvé louche qu'une créature aussi patiente, aussi humble, aussi ignorante, puisse être apte à vous soigner. Et ces braves filles ne devenaient pas plus savantes avec l'âge. Elles ne gagnaient pas en expérience.

« Elle aller beaucoup mieux, votre oreille. Hier soir, je l'ai vue. Ils peuvent faire chirurgie esthétique, nouvelle oreille.

– Vous venez d'où ?

– De Hongrie.

– Depuis quand vous êtes ici ? »

À l'entendre, on l'aurait crue tout juste débarquée. Il avait du mal à comprendre ce qu'elle racontait. Ce qui l'irritait. Comme si cet effort tirait sur ses points de suture.

« Cinquante ans.

– Vous avez entendu parler de Maria Ouspenskaya ?

– Non.

– La diseuse de bonne aventure dans les vieux films d'horreur.

– Non.

– Y a pas de soirée cinéma au couvent ? »

Un temps de pause. Elle continua à tournicoter autour de lui, mais sans le regarder.

« Attention au loup-garou, finit-il par lancer.

– Ils vous ont pas donné coups de couteau, les agents FBI ?

– Non. »

Elle remit droit le petit coussin sur son fauteuil.

« Alors c'est loup-garou ? insista-t-elle en s'asseyant.

– Vous êtes bien curieuse pour une pingouine. »

Elle baissa le nez, sans doute de honte. Il lui dit de ne pas s'en faire, il avait mal à la poitrine. Il lui demandait pardon.

« Vous m'avez bien soigné, hein ?

– Quatre jours, l'informa-t-elle.

– Vous travaillez ici ?

– Je suis bénévole. Infirmière diplômée. »

Elle ne répondit pas à ses remerciements.

« Il y a d'autres infirmières ? s'enquit-il. J'ai vu que vous.

– Une autre. L'agent aime moi que je reste.

– Corso ?

– Oui.

– Il doit se dire que vous risquez pas de vous laisser attendrir… »

Elle le contempla, l'air perplexe.

« … Vous faites votre devoir, un point c'est tout… »

Elle se détourna, cherchant sans doute un prétexte pour se lever.

« Comme maintenant, dit-il. Attendez. Je vous connais, vous, les religieuses. Vous ne vous mouillez jamais.

– Vous… »

Elle laissa sa phrase en suspens.

« Quoi ? J'ai connu un grand nombre de religieuses, ma sœur. Corso aussi, vous pouvez en être certaine. Je n'ai rien contre vous. Mais j'aimerais mieux parler à quelqu'un qui sait qui est Maria Ouspenskaya. Quelqu'un qui a vu autre chose que des mélos avec Spencer Tracy.

– Vous êtes assassin.

– Non, ma sœur, sourit-il. C'était de la légitime défense. Lisez le journal. Vous allez regretter de m'avoir mal jugé.

– Je suis pas juge.

– Oui… Le Tout-Puissant seul… Vous n'êtes pas responsable. Pourquoi vous n'allez pas chercher l'autre infirmière ? Prenez un peu de repos.

– Vous êtes assassin.

– Seigneur Dieu ! » Ses poumons lui brûlaient tout à coup. « C'était de la légitime défense. Il ne faut pas croire tout ce que vous racontent les prêtres et les agents fédéraux.

– Dans vous… À l'intérieur de vous… vous… assassin. »

Il la fusilla du regard :

« Vous rigolez ? Allez me chercher l'autre infirmière.

– Vous grossier et arrogant. Et ça tatouages…, dit-elle en montrant d'un geste ses avant-bras.

– Ça tatouage. Allez me chercher l'autre.

– Je cherche docteur.

– Non.

– Vous réveillé… » Elle se leva. « Docteur voir vous.

– Ma sœur, s'il vous plaît.

– Vous plus pouvoir faire semblant dormir.

– Ma sœur… Je serais encore endormi si vous… Je les verrai demain, d'accord ? Et tous les jours, pendant longtemps, croyez-moi… »

Elle posa une main sur le dossier du fauteuil.

« Laissez-moi tranquille. Je peux pas réfléchir quand ils sont là. Ils entendent ce qu'ils veulent.

– On doit examiner vous.

– Je vais bien. Mieux. Je le sens. Ne me les envoyez pas. Vous les connaissez, ma sœur. Je vous ai entendue leur parler. »

Elle jeta un coup d'œil hésitant vers la porte. Comme si elle allait d'un instant à l'autre s'ouvrir pour livrer passage à Corso. Mais le battant resta fermé.

« Asseyez-vous, ma sœur, dit-il, je vous en prie. Je ne vous connais pas. Je suis désolé. »

Il les avait vues prétendre se sentir insultées quand il était petit – elles étaient incroyablement lunatiques. Quoique celle-ci avait l'air beaucoup plus intelligente que les autres. À croire qu'elle avait une âme. Une histoire personnelle. Peut-être même des doutes sur les encycliques. Ce n'était pas sa faute si elle avait un accent qui le hérissait. Bons baisers du bloc soviétique.

Elle se rassit. Enfin. Détourna les yeux et se tut. Elle était à moitié assise sur un journal qui avait glissé entre sa jambe et le bras de son fauteuil. Tout à l'heure, dans son demi-sommeil, il l'avait entendue tourner des pages.

« On parle de moi, dans votre canard ? demanda-t-il.

– Ils disent que vous êtes dans coma et état critique. Soupçonné de meurtre. Membre mafia. »

Il détourna son regard qu'il fixa sur le battant de la porte. Il pensait à Rocco, à Peter Hugues, à Joe Moon, à Bunny Lamentia. À Terry Hugues. Il pensait héroïne, racket et faux billets. Passages à tabac. Batte au poing. Règlements de comptes. Le tout comme contenu dans une masse compacte, solide. Image mentale d'une tumeur qui achèverait de le ronger sans qu'il puisse s'en débarrasser.

Plus, se dit-il, ces tatouages.

Mais il ne sourit pas.

Regarda du côté de la bonne sœur. Sentit qu'elle allait parler.

« Je suis un assassin. »

Le visage fripé resta impassible.

« Nous sommes tous de pauvres pécheurs », dit-elle, l'œil fixe.

7

Il avait dix ans. Son père était mort depuis un an. Et il avait deux sujets de perplexité. D'abord, sa mère qui avait l'air de fuir un fantôme : ils avaient déménagé trois fois en un an. Ensuite la façon dont elle établissait une distinction entre, d'une part, les familles avec qui ils partageaient l'immeuble, les Angotti, Polnicetti, Acumano, qu'elle appelait des Italiens, et, d'autre part, les types qui passaient leur temps sur le trottoir en bas dans des fauteuils en toile, en chemise hawaïenne, fumant le cigare ou tapant le carton sur le coffre de leurs voitures garées en deuxième ou troisième file, bavardant ou s'éclipsant dans les profondeurs de la salle du club au rez-de-chaussée pour boire un café – carreaux opaques peints en vert, entrée dans un renfoncement, jamais une lumière pendant la journée si bien qu'il n'avait jamais vu ce qui se passait à l'intérieur – ces gens-là, elles les appelait *les* Italiens. Trois ou quatre fois par jour, lui, Martin, se frayait un chemin entre les fauteuils en toile et leurs jambes, et ils ne semblaient jamais le remarquer. *Les* Italiens.

Un jour, vers la fin de l'année scolaire, celui qu'ils appelaient Joe Moon était en train de retourner des grillades sur un barbecue qu'ils avaient monté à même le trottoir, près de leur porte d'entrée, quand il voulut passer devant lui pour rentrer chez lui. Joe lui lança :

« Attends une minute, petit. »

Et sur ce, il piqua une saucisse sur le gril et la lui tendit avec un quignon de pain. Martin se contenta de regarder.

« Qu'est-ce que t'as ? T'aime pas le quignon ? Je croyais que les gosses n'aimaient que ça. Mange. »

Il avait les biceps et les triceps aussi gonflés que ceux des vieux Blacks ahuris du gymnase. De vrais boulets de canon. Et il était toujours en marcel. Plus aujourd'hui, un tablier.

Tous les Italiens les observaient, ayant interrompu leurs conversations et leurs parties de cartes. Même le dénommé Rocco qui, d'après ses camarades à l'école, était leur chef alors qu'il n'avait que trente ans – toujours en lunettes noires – daigna tourner la tête, à peine, vers lui.

Celui qui se trouvait le plus près de lui, assis de trois quarts, posa son jeu en éventail contre sa poitrine et se tordit le cou pour déclarer en souriant :

« Les gosses détestent le quignon, connard. T'aimais ça, toi, quand t'étais petit ? »

Et s'adressant spécialement à Martin, il précisa :

« Il a jamais été petit. »

Peter Hugues, surnommé Petit Pete, avait des yeux bleus comme les siens et des cheveux blonds coupés en brosse. Comme lui. À moitié irlandais. Son frère, Terry, était dans la même classe que lui.

« Tu peux le manger », insista-t-il.

Il finit par mordre dans le pain, mais il n'était pas pressé. Ça lui plaisait trop d'être le centre de l'attention, tous ces hommes suspendus à son prochain geste, avec Sweet Peter qui lui souriait droit dans les yeux et Joe Moon les dominant de tous ses gros muscles...

« Ce fichu gamin va finir par me vexer ! » soupira Sweet Peter.

Quand, enfin, il mangea, ce fut de bon appétit et en souriant, car il n'avait jamais goûté de hot dog aussi délicieux. Et Joe de s'exclamer à la ronde :

« Vous voyez, il sait ! »

Sur ce, il retourna à son barbecue.

Il passa cet été-là à jouer dans le parc. Sa mère ne fit aucune allusion à un nouveau déménagement. Elle acheta des choses pour la maison : des serviettes de bain, un bol pour le sucre, un vase. Le temps fraîchissant, Peter Hugues et le reste de la bande rentrèrent avec leurs cartes à l'intérieur, allumèrent la lumière et fermèrent la porte et le store qui cachait les carreaux poussiéreux du battant. Il était heureux. Il s'amusait dans le parc tous les après-midi. Sur le chemin du retour de son travail, sa mère passait prendre son petit frère, Frito, et, quand ils traversaient le parc, Martin les rattrapait pour monter avec eux. Les jours raccourcirent et le froid s'installa. Parfois il avait les cages à poule et les balançoires pour lui tout seul. Alors il surveillait le monde du haut des jeux, se donnait des ordres, descendait les exécuter. Chaque jour il reprenait le fil des aventures de la veille.

Un après-midi, alors qu'il parlait tout seul, il se tut brusquement en voyant deux filles surgir à côté des bancs. Des grandes de troisième. Il savait qui elles étaient. Mais il prétendit ne pas les avoir vues. Elles avaient sans doute un rendez-vous avec des garçons. Toujours dans leur uniforme d'écolière, les bras croisés, mains dans les manches de leur pull pour se tenir chaud. Leur haleine faisait un peu de vapeur. Comme la sienne d'ailleurs. La barre de métal sous ses paumes lui parut soudain glaciale. Il grimpa un peu plus haut, se suspendit, sauta en bas. Escalada de nouveau, sauta... Il les épiait, attendant de voir si elles allaient de nouveau le regarder. Mais elles gardaient obstinément les yeux détournés. En plus, elles parlaient si bas qu'il n'entendait rien de ce qu'elles racontaient. Finalement, il se percha de nouveau en haut de la cage à poule et se contenta de les contempler. La très brune, la plus « italienne », celle que tout le monde évitait parce qu'on la disait méchante, et l'autre, la moins brune, une jolie fille. Elles allaient bien finir par être gênées par l'insistance de son regard. Il imaginait que la méchante était capable de lui lancer : « Tu veux ma photo ou quoi ? »

Quelqu'un approchait du coin de Sullivan Street. Un garçon plus vieux. Vingt ou même vingt-deux ans. Démarche élastique. L'air de se trouver en terrain conquis. Martin ne l'avait jamais vu.

Apercevant Martin perché là-haut, il s'approcha et lui donna une petite tape sur le pied qu'il avait laissé ballant.

« Qu'est-ce que tu fricotes, mon bonhomme ? Ça va ? »

Mais ses yeux, eux, étaient fixés sur les filles. De leur côté, après avoir jeté un coup d'œil dans leur direction, elles s'étaient détournées. Ce n'était pas celui-là qu'elles attendaient.

Le garçon leva de nouveau son visage vers lui, lui sourit et haussa les sourcils. Martin se rendit compte qu'il n'avait pas encore répondu à sa question.

« Ça va. »

Avec un hochement de tête, le garçon retourna à son observation des filles.

« Voilà qui est parfait », dit-il en extrayant une cigarette de son blouson.

Il se dirigea vers elles et leur demanda du feu. Elles n'en avaient pas. Il fouilla dans ses poches et finit par trouver son briquet. Il alluma sa clope sans faire mine de s'éloigner. L'heure ? Elles ne savaient pas non plus. Il fit remarquer que ça caillait et la gentille hocha la tête. La méchante, la brune, le fusilla du regard mais se tut : c'était tellement évident qu'elles étaient réfrigérées. Tu te fous de nous ou quoi ? avait-elle l'air de dire. Il leur offrit une cigarette et elles firent non de la tête. Il les inspecta de haut en bas. Puis lança en souriant comme s'il venait de s'apercevoir de quelque chose :

« Saint Anthony, hein ? »

Il montra du doigt leurs jupes. Elles confirmèrent.

« Super bahut. J'y suis allé. Mme Musante, sœur John Bosco, Mme Montemurro...

– Elle est morte », laissa tomber d'un ton sec la gentille en essayant de jouer à la méchante.

Car le garçon était tout émoustillé maintenant ; il avait trouvé un prétexte pour bavarder avec elles.

« Qui ?

– Mme Montemurro, elle est morte.

– Vraiment ? »

Il afficha une mine attristée. Elle lui fit un signe du menton : Oui, la mort, c'est terrible. Incapable de rester méchante longtemps. Sans doute, les bonnes sœurs lui avaient appris à ne pas l'être, sauf que chez elle, la bonté semblait une seconde nature. Il y a des gens comme ça. Surtout des filles.

« C'était une salope », jeta la très brune.

Le garçon ne savait plus avec laquelle il devait tomber d'accord. Il les regarda tour à tour.

« C'est vrai qu'elle était garce, déclara la gentille.

– Oui, c'était un vrai chameau, approuva-t-il.

– C'est ce qu'on disait », approuva la très brune avec une expression amadouée en lissant l'arrière de sa jupe avant de s'asseoir sur le banc.

Mais le type regardait l'autre. La moins brune, la gentille.

Martin fit le cochon pendu pour observer en toute tranquillité : il voulait voir si ce type allait parvenir à ses fins. Si elle accepterait de sortir avec lui. Il avait déjà assisté à ce genre de scène. Le type s'y prenait comme les autres. Posant des questions, prononçant quelques mots d'une voix feutrée. Il se présenta. Elle lui dit aussi son nom et il s'exclama : Comme le monde est petit et comme c'est extraordinaire qu'elle soit la petite sœur d'Untel ou la cousine de Machin. Maintenant, elle était bien obligée de parler avec lui. Lui, la tête penchée de côté. Elle, lui rendant son sourire. Mais elle ne voulait pas fumer, précisa-t-elle en indiquant d'un geste les rangées de fenêtres sur Thompson Street. Il s'obstina – « Fais pas attention à eux ! » – en agitant des mains désespérées. Tout se déroulant en version muette désormais. Une pantomime en tout cas pour Martin tête en bas qui n'entendait rien avec le sang qui rugissait à ses oreilles. Mais il comprenait tout. Il pouvait rester suspendu dans cette position pendant des heures. On aurait dit que ces trois personnages se mouvaient à l'intérieur d'un globe en verre qui étincelait dans la lumière. Il n'entendait plus que des bribes : « Prends une cigarette... Allez... Tu veux un verre... Et toi... ? » Le type avait une flasque dans la poche intérieure de son blouson. Et les voix des filles de troisième s'écriant : « T'es cinglé ! » Et lui de répliquer : « Bon, alors venez près des jeux. Personne nous verra. » Les murs des immeubles de Sullivan Street étaient aveugles de ce côté et les fenêtres de l'autre côté avaient la vue bouchée par les arbres, une clôture en grillage, les cages à poule.

Elles le suivirent. Le type distribua des cigarettes. Martin remonta sur sa barre et vit les deux filles se pencher vers le briquet. En contrebas, juste devant lui. Elles fumèrent un moment. Tenant leur cigarette presque collée contre leur cuisse et soufflant la fumée en se tordant la bouche. Le mec demanda à Martin s'il fumait. Martin répondit que non. Et le type de déclarer : « Bravo. Après quand on est vieux comme nous, c'est trop dur d'arrêter. » Ils rirent – tous les trois. Le type ajoutant : « Je parie que tu bois pas non plus. » Puis sans lui laisser le temps de répondre, il se tourna vers la gentille et lui souffla : « Je parie que tu bois un coup de temps en temps. » Elle sourit. « Tu vois, je le savais », dit-il en sortant sa flasque. Martin remarqua qu'elle avait des reflets dorés dans les cheveux. « Pas question ! » s'exclama-t-elle en agitant les mains devant elle. Elle s'éloigna de quelques pas, puis revint. Le type la charria : « Allez. » Elle riposta : « Pas ici. » Il suggéra : « Viens contre moi, personne nous verra. » La laissant à ses réflexions, il prit la méchante par le bras et l'attira vers lui, puis répéta le manège avec la gentille. Elles échangèrent un regard, les filles, puis d'un commun accord regardèrent à l'intérieur du blouson pendant que le type débouchait la flasque. « Toi d'abord ? » fit-il en s'adressant à la gentille, laquelle haussa les épaules et pencha la tête pour boire. Il leva la petite bouteille et tous trois firent en même temps un bond en arrière. Puis ils éclatèrent de rire. Quelques gouttes d'alcool avaient giclé à côté. Elle s'essuya la bouche, le devant de sa veste. « Une autre ? »

s'enquit-il, et elle leva la main – Attends – en continuant à se sécher. Il se tourna alors vers l'autre en disant : « Et toi ? » et la très brune ferma les yeux, comme pour lui faire comprendre qu'il n'était pas près de la convaincre. Il se détourna d'un air dégoûté et ne s'occupa plus que de la moins brune.

Elle était folle de rage, la très brune. Les joues empourprées. Elle l'attendait au tournant, ce type qui à présent contemplait les fenêtres de Sullivan Street et attirait contre lui la gentille presque blonde, il était prêt à lancer un nouvel assaut. Elle plia un peu les genoux, rapprocha son visage de son cou tandis que la très brune lançait : « Je me tire. Tu viens ? Tu vas avoir des emmerdes.

– Pourquoi ? » interrogea la presque blonde, tout en le sachant parfaitement. Martin le savait aussi. Le type lui sourit, sûr d'avoir fait sa conquête, puisqu'elle jouait la comédie à sa copine. Et que cela poussait l'autre à se casser. Et Martin avait envie de la voir partir. Comme il avait souhaité que la presque blonde accepte de boire, et elle l'avait fait. C'était un jeu marrant. Tout le monde était content sauf cette méchante…

Cette gâcheuse qui répéta : « Tu vas avoir des emmerdes. » Mais le type assura à la presque blonde qu'il la protégerait et, croisant les doigts derrière sa nuque, fit gonfler ses biceps en lui demandant de les toucher.

Elle en toucha un seul puis retira vivement sa main comme si elle s'était brûlée en disant : « Oh, là, là ! C'est d'un dur ! » à sa copine qui lui tourna le dos en lançant un dernier « Je me tire ». Elle sortit du parc.

Martin la vit longer le grillage. Quand elle eut disparu, il abaissa de nouveau son regard sur les deux autres. Le type s'était accroupi sur un genou et faisait semblant d'essuyer sa chaussure, alors qu'en fait il buvait au goulot en avançant la lèvre inférieure pour retenir les gouttes. Elle rit. Il ressemblait à un gorille comme ça. Martin sourit. Ils permutèrent de manière que son corps de jeune homme la dissimule aux yeux de la rue. Et il mit de nouveau ses mains derrière sa nuque, gonflant ses muscles et lui proposant de boire. « Encore une fois. » Puis une autre encore. Elle avala en faisant la grimace. Après quoi elle se redressa. La bouteille dans une main et la cigarette dans l'autre, sans prendre la peine de la cacher. Étourdie. Elle contempla ce qui restait de la cigarette, prit une bouffée, puis laissa le mégot tomber par terre. « Comment t'as fait pour te faire ces muscles ? J'ai le visage qui brûle », dit-elle.

« Neuf mois de push-up, sit-up, chin-up… Ça c'est les chin-up, les tractions à la barre. » Il sourit. Se tut. Les yeux soudain ailleurs. « Ce qui me fait penser : c'est le premier jour depuis un bail que j'en ai pas fait. » Il regarda autour de lui comme s'il cherchait quelque chose. Puis leva les yeux vers les barres supérieures de la cage à poule. Vers Martin. « Attention, mon bonhomme », dit-il en sortant la flasque de son blouson et en buvant une longue gorgée avant de la ranger à sa place. Il se trouvait à présent juste au-dessous de Martin. « J'ai dit : attention. » D'un bond, il fut en haut, l'attrapa par son revers de veste et le projeta en l'air.

Martin fit un atterrissage forcé sur la figure et les mains. Le reste de son corps suivit. Il sentit une odeur de sang. Le goût de caoutchouc des dalles de sécurité de l'aire de jeux. Il leva les yeux. Elle se tenait plaquée contre le mur. Un visage de petite nana. Une petite fille. Terrorisée. Derrière lui, le type faisait des chin-up sur les barres. Soutenant un bon rythme. Soufflant régulièrement – de petites respirations courtes. « Enculé ! » hurla Martin avant de détaler. Il courut vers Thompson Street, jetant un coup d'œil par-dessus son épaule en tournant le coin de la palissade grillagée. Le mec toujours à l'œuvre. Il entra en trombe dans son immeuble, monta l'escalier quatre à quatre. Prit un coussin du sofa et se mit à arpenter le couloir en le frappant. Il vit le sang qui dégoulinait sur son pantalon, sur sa veste. Il enfonça le bout de ses doigts dans la chair douloureuse de sa gencive. Dans la cuisine, il se pencha sur l'évier pour se rincer au robinet et c'est là qu'il la vit. Par la fenêtre. Tout au fond du parc, derrière la salle de billard. Par un interstice entre deux immeubles. Il n'avait encore jamais remarqué qu'il apercevait ce coin de mur en ciment au fond de l'espèce d'impasse formée par trois murs aveugles. C'était bien ses cheveux. Une lueur brune blonde. Et le type qui la poussait devant lui. La main à plat sur son dos. Il s'arrêta, la fit pivoter sur elle-même, l'embrassa. Elle eut l'air de résister, de se ratatiner. Il recommença. Embrassa son front, ses joues, son cou. Il la prit par la main et s'appuya dos au mur tout en la serrant contre lui. Enleva son blouson et le déposa par terre, posa sa main sur son épaule et l'obligea à se baisser. Elle tomba à genoux. Il défit sa ceinture. Les bras de la fille plaqués contre ses flancs. Ses cheveux semblaient plus bruns à l'ombre. C'est alors que quelqu'un surgit et que tout se mit à bouger très vite. Elle parut se soulever du sol et tourbillonner dans les airs, les jambes toujours repliées. Rocco DiNabrega la tenait sous les aisselles, la faisait tournoyer. Puis ils disparurent. Martin était sûr et certain qu'il s'agissait de Rocco – il avait reconnu les lunettes de soleil et la clope au coin des lèvres, la mine blasée. Le type était toujours là. Toujours dos au mur. Contre le mur avec autour de la gorge une main qui n'était pas la sienne alors que ses deux mains à lui s'agrippaient aux poignets de son agresseur. La deuxième main le frappa. Joe Moon, crut voir Martin, et le type fut parcouru d'un spasme, puis son corps devint tout mou. Joe entra dans le champ, fit glisser sa main plus haut sur sa gorge, le frappa de nouveau. Encore et encore. Un troisième s'en mêla – Peter Hugues – et se mit à son tour à cogner, frapper, taper, jusqu'à ce que Joe lâche prise et qu'il se mette à balancer des coups de pied dans le type. Joe se joignit à lui. Ils étendirent leurs bras en croix pour ne pas perdre l'équilibre tandis que, pliant le genou, ils projetaient leurs talons en arrière en visant bien, dix, vingt fois. Puis ils observèrent le résultat. Attendirent. Joe poussa d'une main Peter, se pencha un peu, encore une seconde, puis déguerpit.

Le mec ressemblait à un sac-poubelle éventré sur le trottoir. Sa tête rappelait à Martin l'intérieur d'un fruit exotique. Une grenade. Il ne respirait plus, c'était évident. Il n'était plus qu'un tas de tissus qui se refroidissaient, un amas de cellules qui mouraient les unes après les autres. Du sang s'écoulait, la flaque s'élargissant au rythme de l'aiguille des minutes.

Martin avait souhaité la mort de ce type, et ils l'avaient tué. Tels des héros de légende, ils avaient comme surgi de nulle part. En blouson de cuir et tee-shirt en velours. Des guerriers venus d'un autre monde.

Il ne quitta pas la fenêtre. Ne coupa pas le robinet. Pas besoin. Il se trouvait à l'endroit idéal. Il n'y en aurait jamais de meilleur.

Les flics débarquèrent. Tournèrent en rond en silence, leur agitation accentuant par contraste l'immobilité du mort. Martin se demanda s'il avait déjà commencé à se décomposer. Et combien de temps cela prendrait. Ne resterait-il plus de lui à la fin que ses fringues ? La petite bouteille ?

Ils partirent tout à coup, laissant le type tout aussi mort qu'avant leur arrivée. Seule la lumière, plus oblique, sur son cadavre avait changé.

D'autres hommes firent leur apparition. Deux en costume et un autre en imperméable clair – un grand homme maigre qui s'accroupit devant la tête du type et parla sans tourner la sienne. Les deux autres opinèrent, répondirent, lui dirent quelques mots puis, au bout d'un moment, pointèrent le bout de leur crayon à droite et à gauche, comme pour montrer des détails intéressants. Mais il ne leva pas le nez, le troisième homme. Il réfléchissait. Il se mit à balayer la scène de crime du regard, à regarder de près, puis à s'éloigner pour la voir de loin. Il élargissait peu à peu le cercle de ses recherches sur le ciment du sol, puis sur le mur, puis plus loin, vers les toits, sa nuque pinçant le col de son imperméable. Il pivota lentement sur lui-même, scannant les toits et les fenêtres des immeubles et les escaliers de secours, jusqu'à ce que Martin distingue nettement son profil – long et anguleux. En pleine réflexion. Puis, d'un seul coup, il tourna la tête, comme si quelqu'un derrière lui l'avait interpellé, ou qu'il s'était rappelé un détail qu'il s'empressait de vérifier, et regarda les immeubles derrière lui – droit vers Martin derrière sa fenêtre, ses yeux perçant les carreaux en dépit du reflet.

Mais Martin s'était déjà volatilisé. Il avait reculé à toute vitesse. Puis avait foncé dans le couloir pour se recroqueviller dans un coin. En attendant le retour de sa mère.

Elle l'aida à se nettoyer et à se changer. L'écouta lui expliquer dans les termes les plus clairs possible ce qui s'était passé dans le parc – ce qui lui était arrivé, ce qu'il avait vu. Elle se crispa, arrangea les épaules du pull qu'elle l'avait aidé à enfiler, ses mains soudain plus dures et cette dureté remontant le long de ses bras et de son cou jusqu'à son visage.

« Les types d'en bas ? Martin, regarde-moi... »

Il la regardait déjà.

« Les Italiens ? »

Il fit oui de la tête. Et pensa tout bas : Peter est à moitié irlandais. Son frère Terry se trouve dans la même classe que moi. Je ne l'aime pas.

Elle regarda au loin, toujours accroupie devant lui, puis le dévisagea en souriant avec ce sourire que les adultes adressent aux enfants quand ils ont des pensées qu'ils n'ont pas envie de leur communiquer.

« Tu es fatigué ? Tu veux te coucher ? Je sais qu'il est encore tôt. »

Et il se coucha. Ce qu'il n'aurait jamais fait en d'autres circonstances. Mais dormir lui semblait la seule solution possible.

Il rêva que la police sonnait à la porte. Sa mère sortait dans le couloir pour ne pas le réveiller, mais parlait d'une voix forte quand même, alors qu'elle lui avait toujours dit « Parle doucement dans les couloirs » et « Sois un bon voisin ». Elle leur déclarait qu'il n'était pas sorti de l'après-midi. À son retour de l'école, il était allé tout droit se coucher. Il était malade. Il dormait.

Le lendemain matin, elle resta avec lui quelques instants dans l'entrée de l'immeuble. La main dans la sienne. Elle s'évertuait à scruter la rue. En se tenant prudemment à l'écart de la vitre, faisant semblant de ne pas regarder.

« Je vais être en retard », dit-il, ignorant sa peur.

Il se savait à l'abri du danger. N'avait-il pas rêvé que la police ne reviendrait pas ? Et les Italiens, Joe Moon et Peter Hugues, ne faisaient-ils pas tout ce que lui, Martin, voulait ?

« Vas-y, mais... »

Elle avait ouvert la porte mais pas encore lâché sa main. Quand enfin elle le libéra, il sortit dans l'air glacé et se dépêcha vers l'école. Rien ne se passa. Jamais. Comme il devait le dire à Penelope sept ans plus tard. Dans la rue, des gosses se mirent à murmurer sur son passage, puis ils l'escortèrent jusque chez lui quand il rentrait de l'école en lui demandant son opinion sur tout et sur rien ; les joueurs de base-ball ; un film qu'il avait peut-être vu. Ils se joignirent même à ses missions imaginaires dans les cages à poule.

Il devait par la suite préciser à Penny : « Dans un rectangle allant de West Fourth Street à Canal Street, du nord au sud, et de Lafayette Street à Hudson Street, d'est en ouest, j'ai su qui j'étais avant de savoir que je le savais. »

Il était désormais « un des leurs ».

8

Libotani, alias « Libby » avait quinze ans, Raganisi, alias « Ragu » quatorze et lui en comptait treize. Les Blacks avaient leur âge, plus ou moins, entre douze et seize. Mais eux, ils étaient cinq. Et avaient l'air de se foutre royalement de ne pas se trouver sur leur territoire. Ils étaient du quartier de Chelsea, d'après Ragu – qui en avait affronté deux au basket à la City Wide League.

« Vaut mieux les avoir à l'œil, dit Libby, on sait jamais ce qui peut se passer. »

Ce n'était pas dur de deviner.

Tout au bout de la foire organisée par la paroisse, avec Ragu, il lançait des balles contre des boîtes de lait, leur pote Philly qui bossait au stand leur ayant fait un prix, quand Libby s'était faufilé au petit galop jusqu'à eux à travers la foule.

« Viens », ordonna-t-il à Ragu, qui le suivit après un dernier lancer.

Martin l'imita, se disant que si sa présence n'était pas désirable, mettons, à cause de son jeune âge, ils le lui feraient vite savoir. Et dans ce cas, il pourrait toujours revenir démolir quelques boîtes supplémentaires. Pour le moment, ils maintenaient leurs distances avec ces cinq loubards qui parlaient trop fort et se trouvaient égarés trop loin de Chelsea pour se sentir vraiment à l'aise – avec des bonds de chèvres spasmophiles, ils lançaient les bras sur les côtés comme s'ils cherchaient à piquer un sac ou serrer le cul d'une gonzesse. Derrière eux, Libby menaçait : qu'ils s'avisent d'allumer leur putain de radio, et ils auraient affaire à lui ! ici et maintenant ! Il n'attendrait pas qu'ils soient sortis du périmètre de la foire.

Martin pria secrètement pour qu'ils gardent leur grosse radio muette.

Surgi des profondeurs du presbytère, Augie les rattrapa en lançant :

« Marzolino demande qu'on leur file un peu le train dans les rues avant de leur casser la gueule. »

Martin pensa : Avec Augie, on est quatre. L'union fait la force.

Ils les suivirent, sans échanger un mot, sans les quitter des yeux. Les jeunes Blacks se donnaient des claques dans le dos, se moquaient de ceux qui perdaient dans les stands et jetaient des défis à ceux qui gagnaient, se défilant l'instant d'après en prétextant que c'était pour rire. Ils se conduisaient comme eux-mêmes, les gars de Greenwich Village, se seraient conduits à Chelsea, pensa Martin. Peut-être même les sentaient-ils sur leurs talons.

« Si Marz t'a dit ça, ça veut dire que c'est Rocco qui l'a dit, raisonna tout haut Libby.

– Et alors ? demanda Augie.

– Ce qui signifie qu'on le fait pour Rocco.

– Tu le ferais pas pour Marz ? objecta Augie. Tu crois que t'as le choix ?

– Je dis juste.

– Alors, ferme-la… et fais-le. »

Les Blacks se baissèrent pour passer sous la barrière qui fermait la foire du côté de Houston Street. Après quoi, ils se retournèrent pour contempler les lumières le long de Sullivan et les virent qui remontaient la rue. Martin se demanda : Que fait-on s'ils s'arrêtent là ? Il fallait attendre d'être un peu à l'écart pour leur… et, de toute façon, pouvait-on casser la gueule comme ça à une bande de mecs qui pouvaient aussi bien vous casser la vôtre ? Certains avaient l'air de vrais durs. D'autres moins.

Martin serra très fort les lèvres pour se donner un air coriace.

Le plus grand des Blacks lança à l'adresse de Tommy Ragu :

« Salut.

– Salut, fit Ragu.

– Tu es dans l'équipe des SoHo Fuel, pas vrai ?

– Ouais.

– Shooteur ?

– Ouais.

– Vous avez fini combien, l'an dernier ?

– Cinquième.

– Nous, septième. Avec ceux du Bronx qui se partagent les places au championnat, c'est pas mal, septième. Cinquième, c'est vraiment bien. Tu joues cette année ?

– Non.

– Comment ça se fait ?

– J'ai d'autres trucs.

– Je sais ce que c'est.

– Vraiment ? Et tu sais quoi ? » rétorqua Augie.

Le Black pencha la tête sur le côté et le dévisagea un instant avant de sourire :

« Vous préparez quoi ?

– Il te demande ce que tu sais, intervint Libby.

– Il sait à qui il parle », s'en mêla un autre Black, le rondouillard à la radio, la face de porc que Martin avait estimé au départ du même âge que lui mais qui, d'après le son de sa voix, devait en réalité avoir au moins quinze ans.

Martin était de loin le plus jeune.

« Et toi, tu parles à qui ? riposta Augie.

– Nous, on vous parle à vous, et vous, vous nous parlez. Alors qu'est-ce que vous avez à nous dire ? clama Face de Lune en posant la radio et en ouvrant les bras à la façon d'un prédicateur. Y a quelque chose qui vous plaît pas ? Qu'est-ce que vous avez à dire, les mecs ? »

Il était le chef. Décidément, Martin avait tout compris de travers. Ils carraient les épaules en affichant des mines de durs, sauf le plus grand qui n'osait même pas se redresser de toute sa hauteur et roulait des yeux apeurés de cheval de flic pris dans un embouteillage.

Martin se joignit au chœur des questions-réponses, des Pour-qui-vous-vous-prenez ? Retournez-d'où-vous-venez… ! et puis des Vous-avez-qu'à-rentrer-en-Italie... en-Afrique... Martin concluant son chapelet d'insultes par un : « Rentre chez toi, espèce de trou-du-cul obèse ! » À quoi le chef répliqua : « Répète voir ! » en le regardant pour la première fois. Ils formaient deux rangées face à face à trois mètres de distance. Le chef déplaça sa radio un peu plus loin sur le côté et se glissa sous la barrière puis, ouvrant de nouveau les bras, lança :

« T'as quelque chose à me dire, petit merdeux ? C'est entre toi et moi. Juste entre toi et moi… »

Personne ne pipait mot. Martin brûlait de regarder Augie ou Libby, même Tommy Ragu. Pour voir ce qu'on attendait de lui. Sauf qu'il le savait déjà. Il voulait seulement voir s'ils le croyaient capable de… Tout ce qui lui restait à faire, c'était d'avancer d'un pas et de lui foutre une beigne, à ce trou-du-cul. S'il essayait de lui répondre, à ce connard, tout ce qui sortirait de sa bouche serait sans doute un couinement.

Et s'il se barrait ?

Il avança d'un pas en serrant les fesses pour ne pas se mettre à chialer comme un gosse. Les bras le long du corps. Le gros avança à son tour, les bras en croix. Martin envoya un direct du droit en plein dans le mille, puis allait lui envoyer son poing gauche dans la figure quand l'autre le frappa. Après quoi, ils se rouèrent de coups. Et tout à coup, il sentit quelque chose qui sautait dans sa cervelle, comme un fusible qui grillait. Il n'entendit plus rien ; puis de nouveau des cris. Il se trouvait à plat ventre. Sous la barrière. À côté de la radio. Avec, sous le nez, quantité de baskets qui piétinaient le sol à un tempo hypnotique soutenu par les hurlements au-dessus de lui. Il ne sentait plus sa mâchoire. Il recula en rampant et se trouvait presque debout quand le gros lui asséna un coup de pied au cul en aboyant : « Tu te relèves pour quoi faire ? » Son visage heurta de plein fouet la barrière. En cherchant à retrouver son équilibre, il trébucha sur la grosse radio. Martin tomba puis se releva puis ne fit ni une ni deux : il ramassa l'appareil par la poignée et, tout en se relevant, pivota sur lui-même et l'envoya dans la tête du gros, lequel chancela un instant, l'air ahuri. Martin frappa de nouveau. « Merd'alors ! Barrons-nous ! » s'exclamèrent les autres. Sauve-qui-peut de baskets sur le pavé. Il avait défoncé la tempe du gros, qui s'écroula par terre. Indifférent à la débandade générale, aux silhouettes des deux flics qui se rapprochaient à toute vitesse, Martin se prépara à porter le coup de grâce quand l'appareil qu'il balançait au bout de son bras percuta les côtes d'un des flics.

C'était lui qui gisait à terre à présent, épinglé par les genoux des flics qui s'enfonçaient dans son torse. Il avait fait un vol plané avant de se retrouver à plat dos. Ça faisait un mal de chien. Côtes disloquées. Il n'arrivait plus à respirer. Et puis il se mit à rire. Il ne pouvait plus s'arrêter de rire. Et il pouvait encore moins respirer. Au moins il ne pleurait pas.

Derrière les mines écœurées des flics se multipliaient les visages familiers des gens du quartier. Les flics le retournèrent sur le ventre pour lui passer les menottes. L'obligèrent à se lever. Il prit une profonde inspiration, puis fit « Aïe »... Encore une inspiration, « Aïe » et puis un ricanement. D'autres flics aidaient le gros à s'asseoir. Le gros qui se frottait la tête en disant : « Où est ma radio ? Y a un con qu'a cassé ma radio. » Mais il ne jeta même pas un coup d'œil vers Martin. Comme s'il avait oublié jusqu'à son existence. Il ne le regarda même pas quand les flics le poussèrent dans la voiture de police. Il ne regarda pas une fois le garçon qui l'avait tabassé.

Martin dira par la suite à Penny : « Il ne pensait qu'à sa fichue radio. »

La voiture prit par Houston Street vers l'est. Au croisement avec Lafayette Street, Martin reconnut le grand Black qui marchait d'un bon pas dans la même direction qu'eux, tout seul, comme s'il venait d'arrêter de courir. Son visage d'enfant était mouillé de larmes. Les passants qu'il croisait le regardaient d'un drôle d'air.

9

Recroquevillé contre la tête du lit – genoux remontés, baskets sur la couverture qu'il n'avait même pas soulevée une fois pour essayer de dormir – en attendant de subir la prochaine agression de la part de ces cinglés de gamins, il crut reconnaître la voix de sa mère l'appelant d'en bas, du trottoir de Hunts Point Avenue :

« Martin Quinn... ? Martin... ? Vous connaissez Martin Quinn, les enfants ? »

Elle s'adressait à ceux qui, debout aux fenêtres, discutaient à tue-tête avec leur famille, leur petite amie, les gosses du quartier qui se foutaient des gosses d'autres quartiers qui avaient été assez cons pour se faire prendre. Mais aux oreilles de Martin, plus clairs que ce flot ininterrompu de hurlements, il y avait toutes sortes de bruits – des filles qui criaient, des chiens qui aboyaient – dont la source semblait provenir du lit voisin du sien. Six jours qu'il n'avait pas fermé l'œil. N'empêche, il avait bien entendu « Martin Quinn » et la voix de sa mère. Il en était presque sûr.

Il monta sur un radiateur pour se hisser à la hauteur de la fenêtre et se glisser au milieu de la cinquantaine de gamins qui s'y tenaient, suspendus au grillage comme au zoo.

C'était bien elle. Elle n'eut pas l'air étonnée de le voir. Comme si elle était convaincue de sa présence dans ces murs. Alors il sut que son calvaire se terminait.

Elle lui demanda si ça allait. Il répondit :

« Ça va ! Sors-moi de là ! »

Elle répondit oui, bientôt.

« Sors-moi de là ! » hurla-t-il.

Un peu plus loin, comme en écho, lui parvint un geignement moqueur :

« Sors-moi de là, maman.

– Aujourd'hui ! » reprit-il sans se laisser démonter.

Elle rétorqua que maintenant qu'elle l'avait retrouvé, elle posterait l'argent de la caution, mais qu'elle n'avait pas encore réuni toute la somme.

« Va voir les Italiens !

– Je monte te voir...

– Va voir les Italiens ! répéta-t-il.

– Je monte ! »

Sur ces paroles, elle se rapprocha de l'entrée du bâtiment et sortit de son champ de vision. Il descendit de son radiateur et prit le chemin du dortoir. La même voix geignarde que tout à l'heure l'interpella :

« Va voir les Italiens, maman, achète-moi une pizza. »

Il pivota sur ses talons pour fixer un seul visage parmi toutes les faces hilares qui se tenaient tournées vers lui. Sauf que, sachant sa mère si proche de lui, le courage lui manquait de lui flanquer une dérouillée.

C'était le même gamin avec qui il s'était bagarré à peine une heure plus tôt à propos d'une boîte de lait. Le voilà à présent qui descendait de son perchoir en miaulant d'un ton railleur :

« Maman, maman... »

Jusqu'à ce qu'un deuxième saute devant lui en soufflant :

« Ta gueule, trouduc, c'est de la mafia qu'il cause, pas de pizza. »

Alors le gamin se tut puis, après avoir bien réfléchi, esquissa un sourire, très pâle.

L'affaire était réglée.

Martin reprit le chemin de la sortie en jetant un dernier coup d'œil aux fenêtres grillagées et en priant le ciel qu'ils n'amènent pas sa mère le voir ici.

Mais quelques minutes plus tard, lorsqu'un gardien vint le chercher, il regretta qu'ils ne l'aient pas fait.

10

Il se réveilla à l'aube et se leva pour allumer la télé dans le salon. Puis se rendormit sur le canapé. Pour se réveiller seulement le soir. Sa mère lui annonça qu'elle avait annulé son passage à la Xavier High School pour la rentrée prochaine. Elle avait réussi à l'inscrire dans une école privée dans le nord de la ville, la seule qui ait encore une place libre à cette date. Plus question de traîner dans la rue avec les voyous du quartier, avait-elle dit.

Il s'en foutait.

11

Ses relations avec le voisinage furent désormais strictement commerciales : Marzolino lui offrit un job dans un stand de boissons à la foire suivante ; Charlie Mirra le posta à un endroit stratégique de la sortie du Holland Tunnel pour vendre des feux d'artifice, lui offrant, à lui comme à une poignée d'autres gamins, le privilège d'opérer dans le vaste marché que représentait la marée des voitures en provenance du New Jersey ; et il ne pouvait pas entrer ou sortir de chez lui sans qu'un de ces petits malins vienne l'alpaguer pour l'envoyer en mission... « Quinn le Kid, va nous chercher la gazette des courses... Va nous acheter une pâtisserie... Tiens, grimpe chez moi... Prends mes clés... Sors la Nitro du frigo. Moi et ma putain d'angine de poitrine... » Mais dès qu'ils le voyaient avec sa mère, ils faisaient semblant de ne pas le connaître. Pour dire s'ils étaient cool. Ils ne lui en parlaient jamais ; c'était un fait entendu. Et ils lui disaient poliment bonjour à elle, à cette gentille dame qui vivait dans l'immeuble. « Bonjour, madame, vous allez bien ? » – sous-entendu : Nous ne nous intéressons pas du tout à votre fils aîné. Et sa mère de ne se douter de rien. Elle qui menait toujours de front deux boulots.

Il se retrouva donc dans cette école privée. Avec pour seul ami Felix, qui prétendait que son père était un gangster. Et, en effet, sa maison était bourrée de flingues, dans les tiroirs, les placards, mais, à côté de ça, il était si innocent, si bizarre et si honnête à propos de tout, peu importait si son père était Don Corleoneski ; c'était pas un dur, Felix. Il ne quittait d'ailleurs presque jamais son appartement. Quel genre de réputation on acquiert en restant chez soi ?

Au mois de novembre, en rentrant à pied de chez Felix, Martin avait empêché les *guidos* de Brooklyn de faucher la Cadillac DeVille de Rocco. Au péril de sa vie, puisqu'il avait manqué de se faire renverser.

Sa réputation en sortit renforcée, même s'il ne s'en rendit pas compte tout de suite.

Quelques semaines plus tard, en montant l'escalier du métro pour se rendre à l'école, il vit garée dans le virage la camionnette Light Duty de Joe avec, dedans, ce dernier et Peter. Il trouva curieux qu'ils aient à faire dans le nord de la ville de si bon matin, mais comme cela ne le regardait pas, il passa devant eux sans songer à les saluer, par peur de les gêner. Entre deux passages de voitures, il entendit un seul mot, à peine un murmure : « Irlandais. » Alors il s'arrêta net et pivota sur ses talons pour croiser leurs regards à travers le reflet des buildings sur le pare-brise de la LD. Ils l'attendaient au tournant. Quinn le Kid. Martin l'Irlandais.

Felix prétextait toujours l'accident. La mort de son frère, son propre coma de quelques heures, les semaines de rééducation, la présence constante de sa mère. Cette dernière l'ayant couvé pendant deux ans au bout desquels il avait décrété : C'est assez ! et, avec le soutien de son père, Lexi, M. Pasko, réussi à la persuader de le laisser sortir tout seul. « Alors, on sort ? » disait-il à Martin.

Martin l'emmena à Chinatown et, après lui avoir fourni une fausse carte d'identité, dans un strip-tease, dans un bar d'étudiants et à une soirée sur invitation seulement dans Desbrosses Street. Avant que Martin ait ouvert la bouche, Felix, comme s'il avait resquillé tous les jours de sa vie, déclara au videur, un type habillé en beatnik, mais au physique de catcheur :

« Nos invites ? Ah, oui, je crois qu'elles sont dans cette poche. »

Il entrouvrit le revers de son manteau de manière à cacher sa main aux yeux des gens derrière eux et graissa la patte du malabar de deux couches de dix.

« Je t'avais dit que je m'en chargeais », lui reprocha Martin tandis qu'ils enfilaient le couloir en direction de la pièce principale. Felix ôta son manteau, regardant autour de lui comme à la recherche de quelque chose.

« Je voulais essayer. Pourquoi, j'ai merdé ? souffla-t-il, l'air un peu inquiet.

– Non, tu t'en es tiré comme un chef.

– Bon, la prochaine fois, ce sera ton tour. »

Il dressait déjà des plans pour la suite.

Est-ce que ça me dérange tant que ça ? se dit Martin.

En fait, non, conclut-il, cela ne lui déplaisait pas tant que ça, cette idée de sortir avec lui. Quand on débarquait avec des gars du quartier, il y avait toujours un de ces étudiants qui terminait sur le tapis, avec sa copine qui poussait des cris de truie qu'on égorge. Avec Felix, c'était paisible. Il se conduisait de façon tout aussi bizarre et drôle à l'extérieur que chez lui. Il ne faisait pas de manières, Felix.

Felix jeta un coup d'œil à droite, à gauche, puis par-dessus son épaule.

« Où c'est ? s'enquit-il.

– Où c'est quoi ?

– Le vestiaire.

– Dans ce genre de soirée, Felix, y en a pas. Ils louent l'endroit, juste pour une nuit. Et, pour se refaire, ils te font payer la peau du cul pour les boissons. Un point c'est tout. Vise donc le bar... » Il montra du doigt la foule agglutinée comme un paquet de colle dans un coin de la piste de danse. « Une planche sur des tréteaux. Tu veux vérifier s'ils ont bien leur licence ? »

En avançant dans la pièce, ils jetèrent des sourires aux filles, de brefs saluts de la tête aux garçons. Polis. Civilisés. Personne n'était majeur.

« Je suis déjà en nage. Il faut que je me trimballe mon manteau toute la nuit ? Il devrait y avoir un vestiaire. »

À leurs soirées, il y avait toujours un vestiaire. Un éclairagiste et deux DJ. Ils louaient des baffles géants, des bars portables, des fauteuils. Des cigarettes qu'ils revendaient quatre-vingts pour cent plus cher que dans le commerce. Et seulement des Marlboro Lights. Ça suffisait quand on avait quelques verres dans le pif. Les films de Russ Meyer en boucle toute la nuit sur les deux écrans de télévision accrochés à des coins opposés de la pièce. D'après Felix, leur inconscient buvait comme du petit-lait ces images de nichons géants et de violence. « J'en sais quelque chose, après deux ans cloîtré entre quatre murs ! »

Ils avaient monté leur business à quinze ans en investissant chacun deux mille cinq cents dollars. Martin avait gagné les siens en fourguant de l'héro pour Joe et Peter alors que Felix semblait les avoir trouvés sous son oreiller, grâce aux bons soins de Lexi. Peut-être son père les lui glissait-il subrepticement quand il dormait… Toujours est-il que cette fête à cinq mille dollars leur avait rapporté quatre fois plus, soit vingt mille. Au rythme d'une par mois, ils avaient fini par afficher un palmarès de plus d'une vingtaine de soirées. Et ils prenaient encore le même pied. Comme si ça devait durer toujours. Comme si cette expérience les avait façonnés, et soudés.

Mais, ce soir, rien n'allait plus. À cause de la présence de Penny, bien sûr, mais aussi parce que Felix arrangeait d'autres deals pendant la fête. Martin avait les nerfs à vif rien que de le voir arpenter un côté de la piste de danse en pianotant sur son téléphone cellulaire.

Martin se tourna finalement vers Penny, assise à côté de lui sur la table qui leur servait de caisse près de la porte.

« Tu t'amuses ? »

Elle se pencha un peu vers lui dans le vacarme de la musique.

« Tu t'amuses ? » répéta-t-il.

Elle hocha la tête. Une enfant heureuse. Puis se tourna de nouveau vers les danseurs.

Il se leva pour aller se planter devant elle. Écarta les jambes de manière à placer ses yeux à la hauteur des siens. Elle sourit. L'embrassa. Devinant qu'il avait quelque chose à lui dire.

Il ne savait pas trop ce que c'était. Mais elle avait raison. Il avait lui aussi cette sensation.

Il retourna s'asseoir au bord de la table. Elle se pencha pour déposer un baiser sur son épaule. Alors il sut ce qu'il voulait lui demander.

Le ferait-elle avec lui cette nuit ? La réponse était tellement évidente – depuis six mois qu'ils sortaient ensemble, c'était la première fois qu'elle se déplaçait à New York de nuit pour venir le voir. Ce n'était pas un sujet à aborder de front. Il aurait tellement voulu rester seul avec elle pour procéder aux dernières manœuvres d'approche. Mais comment pouvait-il savoir si elle était prête ?

Elle avait raconté à sa mère qu'elle allait à Manhattan avec Gina. Pour dîner et danser avec le frère de son amie et un copain, alors que Gina passait en fait la soirée devant la télé. Et Dieu sait où se trouvait le frangin.

Si ce mensonge n'était pas un signal, qu'est-ce que c'était ? Elle lui avait dit qu'elle voulait venir à une de ses fêtes. Bien. Cela faisait si longtemps qu'elle en entendait parler. D'un autre côté, elle lui avait déclaré qu'elle était contente d'être avec lui. Merde ! Ils pouvaient passer du temps ensemble n'importe où !

Bon sang, Felix, arrête donc de faire les cent pas ! C'est très agaçant.

Au bout d'un moment, il se leva pour se planter de nouveau devant Penny.

« Qu'est-ce qu'il y a ? s'étonna-t-elle avec une mine un peu fâchée.

– Tu voudrais pas sortir prendre un peu l'air ? Je sais que t'es venue pour la soirée, mais on pourrait peut-être marcher un peu ?

– Je suis venue pour toi », lui dit-elle.

Encore un bon signe, songea-t-il tandis qu'elle ajoutait :

« Tu peux partir comme ça ?

– Personne ne vient plus à cette heure. De toute façon, on ne les fait plus payer. Seulement les boissons. À ce stade, les fêtes, ça roule tout seul jusqu'à la fin. Mais Felix... Il est...

– C'est vrai, qu'est-ce qu'il fabrique ? Il téléphone à qui, à sa copine ?

– Son nouvel associé, dans le New Jersey. Ils essayent de monter un studio d'enregistrement. Ils croient qu'il y a un pactole à se faire dans la musique. Me demande pas. Alors, tu veux sortir respirer un peu ? »

Elle se leva à son tour. Prête. Il lui sourit :

« Bouge pas, je vais prévenir Felix. »

Il gesticula pour obtenir son attention. Felix le pria d'attendre – un doigt levé. Il était au téléphone, écoutait. Raccrocha. Se rapprocha. Martin se pencha pour lui parler. Felix tendit l'oreille vers lui. Le rituel de toute conversation entre eux en ces bruyantes circonstances. Et lorsque venait le tour de Felix de lui dire quelque chose, ils permutaient. Ce qui rappelait chaque fois à Martin les baisers sur les deux joues que s'échangeaient les Italiens de son quartier. Et il savait que Felix pensait à la même chose, même s'ils n'en avaient jamais parlé.

« Je peux sortir une minute ? Tu es aux commandes ? »

Changement de joue.

« Quelle question. Ce con. Il devrait être chez lui. »

Changement de joue.

« C'est samedi soir. Il est sans doute sorti. »

Changement de joue.

« Il devrait être chez lui. On avait un rendez-vous téléphonique. »

Changement de joue.

« Un rendez-vous gay ? »

Changement de joue.

« S'il faut en passer par là pour monter mon studio, ouais. »

Changement de joue.

« Je peux m'en aller pour de bon ? »

Cette fois, Felix se recula d'un pas avec un haussement d'épaules exagéré – bien sûr – et s'éloigna en pianotant sur le clavier de son téléphone. Levant sa main libre. Lui disant au revoir d'un geste mou du poignet comme cela se faisait, paraît-il, dans les Hamptons, rien que pour l'embêter.

Martin prit la main de Penny qui, juste avant de sortir, lança au dos de Felix : « Au revoir ? »

Mais Felix ne se retourna pas. Il ne lui avait même pas adressé la parole. Trop préoccupé par son deal.

En attendant l'ascenseur, Martin observa :

« Ç'a été plus facile que je croyais.

– C'est pas un problème, que vous ne soyez pas tous les deux présents ?

– Il se débrouillera, c'est un type super, Felix... »

Ils contemplaient le panneau lumineux indiquant les étages.

« Je veux dire, reprit-il, il n'a pas fait exprès de se montrer grossier avec toi.

– P'têt' ben qu'oui, p'têt' ben que non. »

Elle faisait ça quelquefois. Elle parlait comme les gosses en cour de récré. Mais quand ces mots tombaient de sa bouche, curieusement, ils avaient du sens.

Ils regardèrent les étages défiler en silence. Martin, comme hypnotisé par les chiffres, se rendit compte qu'ils étaient tous les deux troublés à la perspective de franchir ce pas, ce pas qu'ils étaient d'ailleurs libres de sauter ou non. L'ascenseur grimpait – quatre... cinq... sept. Leur étage.

« J'aime bien comme vous vous parlez tous les deux, fit-elle remarquer tout d'un coup. Avec la musique. À vous pencher l'un après l'autre. Des mecs super cool qui dansent un quadrille. »

Il rit, content de la voir se détendre un peu, et déposa un baiser sur le haut de sa tête. Elle leva son visage vers le sien et se hissa sur la pointe des pieds pour l'embrasser sur la bouche, les yeux écarquillés. Ses yeux bleu pâle. Le sang nordique de sa mère, lui avait-elle dit.

Elle posa sa tête sur sa poitrine. Les portes de l'ascenseur s'ouvrirent.

« Tu m'attends une seconde ? fit-il. J'ai oublié de dire quelque chose à Felix. »

Il retourna dans la salle en courant. Prit Felix, qui lui tournait le dos, par les épaules et se pencha pour lui demander :

« File-moi tes clés.

– Mon appart ou ma Jeep ? » répliqua Felix sans se retourner.

Il n'avait pas pensé à ce détail. Il lui faudrait ensuite la reconduire chez elle – elle allait rentrer tard.

« Où est la Porsche ?

– De l'appart ou de la Jeep ? répéta Felix.

– Des deux. »

Felix plongea la main dans sa poche et leva la paire de clés. Martin les cueillit.

« Je crois que je suis amoureux.

– Mec, t'es à tuer », marmonna Felix en reprenant son téléphone.

12

Penny n'avait pas paru remarquer. « Asseyez-vous où vous voulez, les mômes, j'arrive ! » leur avait lancé la serveuse, n'alignant guère elle-même plus de vingt-cinq ans. Les mômes ! Des âneries pareilles pouvaient gâcher leur soirée.

Martin serra les dents.

Penny croisa son regard par-dessus leurs menus respectifs et haussa les sourcils.

« Alors ?

– Du clafoutis et du café.

– La même chose pour moi.

– Un clafoutis à quoi ? interrogea-t-il en agitant la main pour appeler la serveuse d'un geste nonchalant.

– Je te dis pas.

– Il faut que je devine ?

– Tu verras quand je passerai la commande.

– C'est moi qui me charge de ça en principe.

– En voilà un gentleman. N'empêche, je vais lui dire moi-même ce que je veux. »

La serveuse approcha. Sourire impatient aux lèvres. Débordée par l'unique box occupé et trois clients au bar. Le crayon déjà sur son carnet. Prête.

« Qu'est-ce que je peux vous servir, les mômes ? »

Martin se tourna vers la fenêtre.

« Un clafoutis aux cerises et du thé », dit Penny.

Il ne voyait que le reflet de son tablier dans la vitre noire. Si elle avait le malheur de prononcer encore une fois ce mot...

« Et vous, monsieur ? »

Pas d'un ton moqueur. Martin, toujours les yeux fixés sur la vitre, répondit :

« La même chose.

– Très bien.

– Tu n'avais pas dit que tu voulais du café ? » avança Penny.

Elle semblait inquiète, comme si elle avait peur d'avoir fait une bourde.

« Oui, merci, opina-t-il en regardant Penny. Du café.

– Ça vient tout de suite ! » s'exclama la serveuse.

Du coup, il leva les yeux sur son visage. Elle souriait : un vrai sourire cette fois. Apparemment, elle croyait qu'ils étaient en train de se disputer. Ce qui dans son esprit les hissait au rang d'adultes.

« J'ai cru avoir aperçu dehors quelqu'un que je n'aime pas beaucoup, mentit-il.

– Ah, bon. C'est pas parce que j'ai commandé moi-même.

– Je ne… »

Il brûlait de lui avouer que jamais il ne s'emporterait contre elle en public, jamais il ne la mettrait dans un pareil embarras.

« Je ne… »

Il se contenta de secouer la tête.

« Bon, ça va », dit-elle en sortant une cigarette de son sac.

Elle souffla la fumée par le coin de la bouche, côté allée, puis, de son autre main, prit celle de Martin sur la table et la serra dans la sienne tout en la repoussant un peu vers lui. Un geste au sens contradictoire, lui sembla-t-il. Les yeux détournés vers l'allée. Des yeux vagues. Comme si elle posait pour l'objectif d'un appareil photo.

La serveuse apporta la commande. Penny ne lâcha pas sa main. Resta en fait totalement immobile. À croire qu'elle n'avait même pas vu la jeune femme. Puis, après le départ de cette dernière, elle déclara :

« La nuit, New York ne dégage pas le même genre d'énergie.

– Question d'activité.

– Non, l'ambiance est plus naturelle. Pendant la journée, tout le monde court dans tous les sens avec des mines affairées. La nuit, ils ont l'air de flâner. Ça me plaît. Si jamais je viens m'installer ici après la fac, je crois que je vivrai la nuit et dormirai le jour. Comme un vampire. Ce serait pas mal.

– Je peux te poser une question ? Surtout le prends pas de travers. Tu as déjà été seule à New York avant aujourd'hui ?

– Sans ma famille ou Gina ? Non.

– C'est ça d'avoir une vie protégée.

– Tu trouves à y redire ?

– Je suis totalement d'accord. Je protège mon petit frère. Il sait rien ni de mes activités, ni de mes fréquentations. Il va à l'école, il prend ses leçons de piano, il va jouer chez ses copains. Si jamais il se mettait à traîner en bas sur le trottoir, ces vieux gangsters ne tarderaient pas à l'alpaguer. Dis donc, le p'tit Quinn, tu voudrais pas promener mon chien... ? Tu pourrais pas charger mon flingue... ? Il leur faudrait pas un an. Alors, j'arrête pas de leur seriner que c'est pas croyable comme il est bourge, mon frangin. Comme ça, quand il aura l'âge de jouer les coursiers, ils vont plutôt le racketter que chercher à se servir de lui. »

Elle sourit. Il mit un morceau de gâteau dans sa bouche. Réchauffé. Sucré. Fondant. Un régal. But un peu de café.

« Moi, je protégerai mes enfants », déclara-t-elle.

Il hocha la tête en signe d'acquiescement tout en enfournant le reste de son clafoutis. Elle n'avait pas encore touché à sa part. Peut-être lui en offrirait-elle un bout ?

« Et toi ? s'enquit-elle.

– Y a pas de doute.

– Je crois qu'une fois mes études finies, je viendrai vivre à New York. Ou alors je m'inscrirai à une université ici pour m'habituer. Ensuite je passerai quelques années à m'amuser avant de rentrer fonder une famille à Westchester. »

Après quoi, fini la rigolade ? se dit-il.

Tout haut, il l'interrogea :

« Tu ne veux pas avoir d'enfants ?

– Puisque je viens de te dire que si.

– Mais avoir des enfants n'a rien de rigolo, c'est ça ?

– C'est différent. C'est ce qu'il y a de plus beau au monde, à mon avis. »

Il se contenta d'acquiescer de la tête. Elle continua à siroter son thé en fumant sa cigarette.

« Comme ça, reprit Martin, Gina et toi vous aurez des filles qui vous mentiront pour aller retrouver leurs copains à New York.

– Exact.

– Vous êtes marrantes, toutes les deux. Prétendre que vous allez faire du shopping et déjeuner en ville comme deux dames de la banlieue.

– D'abord, le shopping, c'est un truc qui nous plaît. Deuzio, si on leur présente pas des tickets de caisse, ils ne voudront jamais nous laisser repartir.

– Déjeuner chez Bendel, soldes chez Bloomingdale. La vie est dure.

– Ce qui me permet de te voir, toi qui n'es jamais levé avant 14 heures, le week-end.

– Je ne peux pas. Tu sais pourquoi maintenant.

– Je sais. »

Il prit une gorgée de café. Se renfonça dans son coin de box. Il aimait son regard sur lui. Désormais elle savait, enfin. Elle avait vu qu'il ne chômait pas.

« Je suis bluffée. Y a pas beaucoup de gens qui pourraient réussir un coup comme ça, un par mois en plus.

– Oh, c'est pas grand-chose. On a l'habitude. N'en parlons plus, tu veux ? dit-il en se penchant vers elle.

– Pourquoi ?

– Je sais pas. C'est bizarre.

– Pourtant tu ne parles que de ça.

– C'est fini, maintenant que tu as vu ce que c'était.

– Tu es content de toi, dit-elle en souriant.

– Sans doute, répondit-il en fixant d'un œil gourmand la part intacte de gâteau dans l'assiette de Penny.

– T'es un bosseur.

– Je me débrouille plutôt bien, paraît-il. En tout cas c'est ce que prétendent les gars du quartier, énonça-t-il en faisant mine de prendre sa fourchette.

– Je m'en fous de ce que disent les gars du quartier. »

Il posa sa fourchette.

« Juste une façon de parler.

– Je sais. »

Elle s'était tue. Elle regrettait manifestement sa réplique un peu trop vive.

« Gina sort encore avec son vieux dégueulasse de quarante berges ? » lança-t-il, sautant du coq à l'âne, peut-être un peu brutalement.

Mais cela la dérida :

« Ah, oui, ça me fait penser... J'avais oublié de te raconter. La semaine dernière, après le shopping, quand on s'est retrouvés tous les deux, toi et moi, elle avait rendez-vous avec lui... Bon, il a quarante ans, mais Gina, c'est Gina, tu vois, et c'est sa troisième semaine avec lui, alors c'est du sérieux... Eh bien, quand on s'est retrouvées à la gare, tu sais ce qu'elle m'a dit ? Ils avaient été à l'hôtel. Dans l'après-midi... tu sais.

– Le pied.

– Elle dit qu'il en a déjà des blancs, en bas...

– Beurk... J'allais te demander un bout de ton gâteau, mais là, ça me coupe l'appétit. »

Ils éclatèrent de rire.

La serveuse lui versa une deuxième tasse de café. Penny alluma sa deuxième cigarette.

« Il a les poils de cul argentés, tu te rends compte. Je préfère même pas y penser. C'est tellement dégueu...

– Vous dites "dégueu" à Westchester ? Je croyais qu'on y employait un langage plus châtié. "Ignoble" par exemple.

– Oh, tu sais, tous mes copains ont des parents new-yorkais à la base. Mettons que tu largues Gina dans le quartier italien de Bensonhurst, au sud de Brooklyn, elle verrait pas la différence, suffirait de lui indiquer le chemin du centre commercial le plus proche.

– Elle le trouverait bien toute seule, va, comme un pigeon. Le sixième sens. Zoom. En plein dans le Mall.

– Pauvre Gina. Je sais pas ce qu'elle fricote. Dommage qu'elle ait cassé avec Felix.

– Cassé ? Parce qu'il y a eu quelque chose entre eux ?

– Peut-être pas. Ils ont baisé, c'est tout. Ça lui a suffi, apparemment.

– À lui aussi, crois-moi. J'arrive pas à croire qu'elle pense que c'est elle qui l'a plaqué…

– Parce que lui, il est persuadé que c'est lui… Je sais. Les deux font la paire. On aurait pu sortir ensemble tous les quatre, dommage.

– Ouais, dommage. »

En fait, à une époque, Felix et lui sortaient ensemble avec des filles. Des filles draguées pendant les fêtes. Mais ça, c'était de l'histoire ancienne. Tant mieux d'ailleurs, pour la bonne raison que, sur ce point, ils ne se ressemblaient pas. Lui, Martin, était très pudique en ce qui concernait son intimité. Ce qui n'était pas le cas de Felix. Il lui racontait tous les détails, comment il avait baisé telle nana jusqu'aux yeux, comment il avait filmé ses ébats avec telle autre, comment il l'avait attachée et combien elle avait joui…

« Felix est un bavard, dit-il à Penny. Je préfère pas trop connaître les filles avec qui il sort.

– Pourquoi, qu'est-ce qu'il dit ?

– Peu importe. Tu sais, c'est comme ça que ça marche entre nous. Moi, je lui dis rien mais lui ne m'épargne rien. »

Elle baissa les yeux avec un petit sourire. Inutile de lui faire un dessin. Martin en ressentit un certain soulagement. Il n'avait aucune envie de s'aventurer sur ce terrain.

« Gina est une brave fille, déclara Penny, même si elle a des côtés un peu dingues. »

Il approuva de la tête.

Penny laissait souvent tomber une remarque sympathique pour clore une discussion. Un truc de catho. Un truc de fille.

« Gina a du bol d'avoir la vie qu'elle a, observa-t-il, sinon, comme elle a pas grand-chose dans le citron, elle se ferait bouffer toute crue.

– Elle a un bon fond, je te jure, un jour elle fera une mère de famille un peu écervelée, d'accord, mais quand même. L'autre soir, quand on se parlait tous les deux au téléphone, à peine j'avais raccroché avec toi qu'elle m'a appelée. Elle voulait me demander si mes parents avaient une anecdote sur mon enfance pour décrire aux gens mon caractère. Sa mère venait de raconter la sienne au patron d'une association caritative qui dînait chez eux ce soir-là...

– Et quelle est la tienne ?

– Tu veux pas connaître celle de Gina ?

– Je préfère la tienne.

– Et toi, t'en as une ou c'est réservé aux filles ? »

Comme était réservé aux filles le privilège de glisser un mot gentil à l'égard d'une copine qu'on vient d'écharper ? Il eut un sourire pensif.

« T'en as une ? insista-t-elle.

– Je crois pas.

– Si, t'en as une.

– Non, je te jure... » Rien ne lui venait. Il ne pouvait pas forcer sa mémoire. « Alors, c'est quoi, la tienne ?

– Bon, voilà celle de Gina. Quand elle avait trois ans, elle s'était coupé les cheveux toute seule. Mignon, non ?

– Moins tu veux me dire, plus je deviens curieux. »

Elle sourit. S'adossa au dossier derrière elle.

« Bien, alors, j'avais trois ans, ma mère et la bonne étaient parties faire les courses. Mon père jardinait dehors. Et moi je me trouvais dans l'atelier, juste derrière la porte du jardin, en train de jouer. Bon... À côté de moi, dans un couffin, il y a le bébé de la bonne, une petite fille de quatre ou cinq mois. Bien emmaillotée. Il fait un temps magnifique, c'est un jour tranquille. Tout d'un coup, mon père entend le bébé crier. Vraiment fort. Il rentre dans la maison en courant et me trouve par terre avec le bébé que j'ai sorti de son couffin et que je suis en train de battre comme plâtre. Mon père raconte que non seulement il a eu du mal à calmer le bébé avant le retour de la mère, mais qu'il n'était en plus pas sûr que je n'allais pas l'attaquer de nouveau. Il paraît que j'avais ce drôle de regard...

– De petite diablesse.

– Oui, je sais pas ce que c'est que cette histoire. Ils n'arrêtent pas de la ressortir et, chaque fois, je me dis : pourquoi est-ce qu'ils la racontent, qu'est-ce que ça signifie ? Mais, eux, ils se contentent de me regarder d'un air entendu. »

Il lui sourit.

Elle lui rendit son sourire, puis abaissa son regard sur sa cigarette qui lui brûlait presque les doigts. Ensuite, elle leva de nouveau les yeux.

Elle savait, naturellement.

Une anecdote lui revint alors en mémoire.

« Quand j'avais cinq ans..., commença-t-il.

– T'en as une ? » fit-elle en se penchant vers lui.

Il tourna les yeux vers la vitre avant de poursuivre :

« Je jouais dehors. C'était à Paris, avant la naissance de mon frère. Ma mère était enceinte, je crois.

– Tu as habité à Paris ? souffla-t-elle en même temps qu'un nuage de fumée tout en déposant un peu de cendre dans le cendrier.

– À cause de mon père. Je t'ai jamais raconté ? Ça marchait fort pour lui là-bas. Ses disques se vendaient bien. Donc, je jouais dehors. Dans la cour de notre immeuble. Et il y avait un chaton. Tout petit, tout noir. Très mignon, tu vois. Et au bout d'un moment, la nuit tombe et je suis obligé de rentrer à la maison. Et j'ai envie de le ramener avec moi, tu vois ? Mais il faut que je demande la permission, et je sais qu'il va s'enfuir dès que j'aurai le dos tourné. Alors il fallait que je m'assure qu'il reste là où il était... »

Il marqua une pause.

« Aïe, qu'est-ce que tu as fait ?

– J'ai posé une grosse pierre dessus et je suis monté.

– Oh, non... » Elle plia le cou et posa son front sur la table. Secoua la tête. La redressa vivement pour le regarder. Elle avait deviné la suite. « Tes parents ont dit oui.

– Bien sûr. Qui ne voudrait pas d'un chaton ?

– Et tu es descendu à toute vitesse...

– J'ai jamais dévalé aussi vite un escalier.

– Pauvre Martin.

– Oui, pauvre Martin.

– Et tu t'en rappelles même pas. Seulement ce que tes parents t'ont raconté ?

– Oui, tout comme pour toi.

– Pauvre petite bête.

– Et ce pauvre bébé. »

Elle rit.

Une semaine plus tard, il devait la plaquer pour s'engager sous les drapeaux, pour tenter de disparaître. Mais il n'était pas près d'oublier cette soirée. Car après cet échange de confidences, ils avaient baigné dans un climat de confiance réciproque absolue. Il lui avait parlé avec un abandon complet. La crainte qu'elle lui avait inspirée remplacée par une nouvelle peur, d'une tout autre nature. Une peur qui allait s'intensifiant. Être avec elle... pour le restant de ses jours ?

« Tu n'as même pas goûté à ton clafoutis, lui fit-il remarquer.

– Tu écrases toujours ce que tu aimes ? Ou tu as compris la leçon ?

– Je l'ai apprise par cœur, crois-moi. Il a sûrement refroidi. Ça se mange chaud. J'aurais dû te dire.

– Ça va… » Elle écrasa son mégot. « Je vais l'emporter. Je devrais y aller.

– Il y a un micro-ondes chez Felix. Il habite juste à quelques…

– Vraiment ?

– Oui.

– Bon. »

À la caisse, elle s'aperçut qu'elle avait oublié ses cigarettes. Elle retourna à la table. La serveuse, toujours exaspérante, rien qu'à voir sa tête – mais il s'en foutait – lui lança :

« Alors, comme ça, on s'est rabibochés ?

– Pardon ?

– Vous vous êtes réconciliés ?

– Plutôt, souffla-t-il en se mordant la lèvre.

– C'est bien. Ce sera six dollars cinquante. »

Prenant soin de tenir sa liasse repliée un peu en dessous du comptoir, il avait attendu qu'elle lui donne l'addition – elle ne la leur avait pas apportée à table.

« Six cinquante ? » répéta-t-il en glissant un doigt dans le pli des billets.

Il les plia dans l'autre sens, avec les vingt à l'extérieur, et remonta la liasse en pleine lumière. Il en éplucha plus d'une dizaine… cent dollars… deux cents… presque trois. Pour enfin tomber sur les dix.

« Super, j'ai moins gros. Garde la monnaie, ma belle. »

Il lui dit dans un murmure que la salle à manger de l'autre appartement – celui des parents de Felix – se trouvait de l'autre côté de la cuisine commune ; celui de Felix n'était qu'un studio, mais gigantesque et en duplex, avec son bureau en mezzanine et, en bas, juste un lit, un appareil de musculation et une console de jeux. Elle retira sa part de clafoutis du micro-ondes une seconde avant le bip et passa dans l'immense pièce, s'allongea sur le lit, à plat ventre, accoudée au bord du matelas.

« Assieds-toi », lui dit-elle.

Il obtempéra. Dos au sommier, fesses par terre. Leurs têtes à quelques centimètres l'une de l'autre. Tous deux le visage tourné dans la même direction.

« J'ai oublié de te donner une fourchette, lui dit-il en faisant mine de se lever.

– Bouge pas. Je sais me servir de mes doigts... » Elle cueillit une cerise. La lui mit dans la bouche. « Tu disais qu'il avait son propre appartement, mais je n'imaginais pas un truc pareil.

– Je sais. Il doit bien faire près de soixante mètres carrés avec l'étage, mais il monte jamais là-haut, il préfère faire ses devoirs à l'étude. Et puis il y a bien six mètres sous le plafond. Et je te parle pas des fenêtres. Trois mètres cinquante. Je te jure, on les a mesurées. Pour commander des stores. Mais le décorateur a oublié. On les attend toujours.

– Il prend ses repas avec ses parents.

– Il mange beaucoup au lit aussi.

– Dans ce lit ? C'est celui où vous dormez.

– Mmm...

– Tous les deux ?

– T'as pas vu la taille ? Il est deux fois plus large que long ! »

Elle lui chuchota à l'oreille :

« Il y a des gens qui vous traiteraient de pédés.

– Il y a des gens qui mériteraient qu'on leur défonce le crâne.

– Il y a des gens qui diraient *tututute.*

– Comme tu dis, *tututute,* et y a des gens qui diraient qu'on dort ensemble comme des frères. »

Elle lui pinça l'oreille et embrassa ses phalanges.

« Tiens-moi ça, s'il te plaît. »

Il tint l'assiette devant lui comme un enfant de chœur. Elle savait ce qu'elle faisait.

« Regarde si tu veux », lui lança-t-elle.

Il se retourna. C'était bien ce qu'il pensait. Elle se déshabillait.

Tout d'un coup, elle eut un sursaut :

« Mon Dieu, et si Felix rentrait ? »

Il la rassura : ils avaient la seule clé.

« Felix demandera au portier si je l'ai déposée en bas en partant. Et si nous sommes toujours là, il attendra au snack d'à côté et tuera le temps en flirtant avec la serveuse. »

Elle posa de nouveau sa tête sur la poitrine de Martin. Il soupira, moins d'aise que parce qu'il avait du mal à respirer dans cette position. C'était moins bien qu'au cinéma. Mais le clair de lune qui tombait des fenêtres mettait une ambiance romantique.

Il avait encore une histoire à lui raconter. S'agissait-il d'un récit propre à éclairer sa personnalité au sens où elle l'entendait ? Il n'en savait trop rien. Pas plus qu'il ne savait s'il ne regrettait pas ce qui s'était passé. Mais une chose était sûre : sans cet épisode, il ne serait pas en train de la serrer dans ses bras aujourd'hui.

« J'étais tout gosse. Je jouais dans le parc. Mon père était mort depuis un an... »

Et il lui décrivit la scène entre le dragueur et la jolie blonde, puis l'apparition de Joe Moon, Rocco et Peter ; puis l'inspecteur et son regard perçant à travers la fenêtre de la cuisine. Il enchaîna par le récit de ses courses pour les gangsters du quartier, la vente des feux d'artifice, ses petits boulots dans les stands des foires de la paroisse, surtout celle du jour de la Saint-Antoine.

« Et le jour de la San Gennaro ?

– Ça, c'est à Little Italy. »

Puis, au final, par la bagarre avec les jeunes Blacks – le petit gros et le grand mince et les trois autres dont il avait un souvenir flou. Tommy Ragu et Danny Libotani et Augie, dont il n'avait jamais su le nom de famille.

« Qu'est-ce qu'il lui est arrivé ?

– Overdose.

– Et Danny Libotani ?

– Accro au crack. Cure de désintox.

– Et Tommy Ragu ?

– Raganisi. Il sortira vers la fin des années 1990. Cambriolage et crime de sang. »

Il ne lui épargna pas Spofford, les gamins accrochés aux grillages des fenêtres pour hurler leurs plaintes à leurs familles piétinant en bas sur le trottoir et les gosses du quartier leur criant aussi d'en bas : « Bande d'enculés, vous avez pas intérêt à traîner par ici une fois sortis. Sinon on vous pète la gueule. » Et sa mère dans le parloir qui refusait d'aller trouver les mafiosi du quartier pour qu'ils lui donnent le fric de la caution. « Ils vont pas venir te chercher. C'est à cause d'eux que je suis ici. Ils t'aideront. Va les trouver. »

« Pour jouer les durs, toujours à contretemps », commenta Penny.

Sa mère avait passé un coup de fil du bureau de l'agent du service correctionnel, un numéro que lui avait filé le bureau du procureur, et réussi à le faire transférer dans un foyer pour la nuit. Il n'était même pas retourné au dortoir. Puis elle était allée trouver l'ancien manager de son père, un type du nom de Sugar.

« Le lendemain, je repassai devant le juge et il me permettait de sortir. J'avais déjà purgé ma peine. »

Sa mère souhaitait intenter un procès aux services judiciaires pour harcèlement, mais il l'en avait dissuadée. C'était hors de question : il aurait eu trop honte. Pour rien au monde, il ne serait monté à la barre des témoins pour dénoncer ce qu'il avait vu et entendu. Dans son esprit, son père, s'il avait vécu, aurait été fou de rage.

« J'ai jamais raconté ça à personne, et surtout pas la trouille qui allait avec. »

Il pensait que sa mère n'avait jamais remboursé Sugar. Elle avait essayé, mais Sugar avait bon cœur.

« Il est mort ?

– Non, mais ma mère est mal à l'aise avec lui et réciproquement. Ça leur rappelle trop des temps meilleurs. »

Et voilà, il était coincé maintenant, il devait aborder ce sujet à propos duquel elle n'allait pas oser l'interroger. Encore un truc qu'il s'était juré de ne jamais évoquer.

Toute cette conversation avait peut-être eu comme seul objectif de les y amener.

Alors il lui raconta. Comme sa mère lui avait raconté. Une belle histoire. L'ascension et la chute de John « Stinger » Quinn.

Elle pleura. C'était prévisible.

« Je pense tout le temps à lui, même quand tout va bien. Quand je ris, mettons, je le vois dans le coin de mon œil. Au point de me tourner pour mieux le regarder. Même au milieu d'une foule. Un jour, je l'ai même vu dans le rétroviseur de la voiture de Felix. Je me suis retourné, je te jure. Je sais que ça paraît dingue.

– Tu t'es peut-être vu toi-même ?

– Peut-être. Mais ce qui est pas croyable, c'est que, depuis qu'on se connaît tous les deux, je pense presque plus à lui. Ça me rend malade, mais c'est comme ça, c'est plus fort que moi. Ça arrivait quelquefois avec Felix. Je rentrais chez moi en m'apercevant que pendant tout le temps où j'étais avec Felix, j'avais pas eu une seule pensée pour lui. Même tout à l'heure, quand je t'ai raconté son histoire, c'est toi qui occupais tout mon esprit, pas lui. Toi et moi. Tu sais, ce chaton dont je t'ai parlé ? J'ai beaucoup pleuré après, bien sûr… J'avais cinq ans. Aujourd'hui encore, je pourrais me faire pleurer avec ça. Mais pour mon père, alors que j'avais neuf ans, je l'ai regardé se vider de son sang et j'ai pas versé une seule larme. Quand je l'ai vu dans son cercueil ? Pas une larme. Les yeux secs. Je ne comprenais pas le suicide, c'est peut-être pour ça. Mais même encore maintenant… » Il haussa les épaules. « Quand j'entends dire de quelqu'un qu'il est mort, je me dis : tout le monde meurt un jour ou l'autre. Et ça fait toujours un de moins qui viendra plus m'emmerder… Peut-être que j'ai besoin de voir un psy. »

Elle leva vers lui ses yeux rouges et lui sourit :

« C'est mon avis.

– Alors, tu vois, c'est mon histoire, l'histoire de qui je suis. Et la tienne, tu voudrais la changer ?

– Tu veux dire celle où je maltraite le bébé de la bonne ?

– Oui, celle-là. »

Elle roula sur elle-même, prenant soin de ne pas laisser le drap glisser sous ses seins, et tourna la tête vers la fenêtre.

« Non. Ça me ressemble trop. Je la garde. »

Il tendit la clé de l'appartement au portier et la reconduisit à Bronxville, la déposant au bas de sa rue. L'aube pointait. Grise.

Elle croisa les bras et se mit à remonter la côte, les yeux baissés, soit gagnée par la fatigue, soit se préparant à jouer une petite comédie au bénéfice de sa mère, au cas où celle-ci guetterait son retour par la fenêtre.

Mais lui n'était pas dupe : sous son air accablé, elle rayonnait de bonheur.

Il rentra dans la lumière glorieuse d'un magnifique lever de soleil. Après s'être garé devant la bouche d'incendie, il alla déposer la clé de la voiture chez le portier. Puis il rentra à pied jusqu'à Thompson Street et, sans faire de bruit, jusqu'à la chambre qu'il partageait avec Frito. Il regarda un moment son frère dormir. Un jour, lui aussi tombera amoureux, se dit-il, et c'était bien ainsi.

Il sortit la moitié du fric qu'il cachait dans son vieux cartable de Saint Anthony au fond du placard. Puis descendit dans le parc s'asseoir sur un banc. À 8 heures tapantes, il repartit à pied vers le haut de la ville où il attendit l'heure de l'ouverture devant Tiffany. Le vigile le salua puis déverrouilla la porte de la célèbre bijouterie. Un vieux Black maigre, un ancien GI sûrement. Le style franc et loyal, qui ne vous veut que du bien. Pas le moins du monde nerveux devant cet adolescent taciturne. Il savait faire la différence entre un cœur amoureux et un délinquant aux abois.

Le lendemain, impossible de l'avoir au bout du fil. Sans doute ses parents l'avaient-ils engueulée.

Le surlendemain, non plus.

Il partit se promener trois ou quatre heures, puis remonta chez lui pour essayer à nouveau de la joindre. Puis resta là à contempler le téléphone. Il songea à appeler Felix, il aurait peut-être un bon conseil à lui donner. Il tendait la main vers le récepteur quand l'appareil se mit à sonner.

« Rapplique, ça urge ! » lui dit Felix.

Felix lui ouvrit avant qu'il ait eu le temps d'appuyer sur la sonnette. Il le suivit, s'assit, docile, sur la chaise que lui indiqua son ami. Ce dernier tira une autre chaise qu'il installa devant celle de Martin. Il s'assit. Le bout de leurs baskets à deux doigts de se toucher.

« Ce deal, avec ces soi-disant durs à cuire du New Jersey ?

– Oui, d'ailleurs j'ai eu une idée pour toi... » En remontant la Cinquième Avenue jusque chez Tiffany, songeant que l'on n'avait souvent qu'à se pencher pour ramasser le pognon. « Si tu mets cinquante et un pour cent, il te suffit de faire grossir l'affaire en produisant plus de disques – ou de vidéos – et ensuite tu rafles le tout. Le tout légalement. Tu peux foutre les plans de ton père au panier. »

Lexi lui avait dit de faire marcher les ventes et de faire des inspections surprises au service de comptabilité, en d'autres termes, de se mettre le comptable dans la poche avant de le soudoyer en temps voulu.

« Merci pour le conseil, mais ce salaud m'a eu dans les grandes largeurs. J'ai perdu mes dix-sept mille dollars. Quand je pense que je lui ai tout donné en cash et qu'il prétend que tout est parti.

– Comment ça ?

– Il dit que le connard à qui il a acheté le local s'est envolé. Les flics ont mis les scellés pour dettes fiscales.

– De quel connard tu parles ?

– J'en sais rien... Mais le fric s'est volatilisé.

– Il sait qui tu es ? Qui est ton père ?

– Je lui ai laissé croire que c'était lui le caïd. Pour gagner du temps.

– Ce fric était à toi ? Ou en partie à ton père ?

– À moi. J'économise depuis ma bar-mitsvah. Plus tout ce qu'on s'est fait dans nos fêtes. Bordel, l'enculé ! »

Il avait beaucoup plus que cela, mais ce n'était pas une question d'argent. Felix se sentait humilié. Martin se demanda si le vieux était au courant.

« Qui est cet autre mec ? Celui à qui on a mis les scellés ?

– J'en sais rien. Je m'en fous.

– Tu crois qu'il existe vraiment, ou que ton dur à cuire a tout mis à gauche ?

– Il a intérêt à l'avoir gardé. Sinon, je lui prends jusqu'à sa chemise… »

Felix avait prononcé ces mots sans conviction, le regard ailleurs : des menaces en l'air.

« Comment, Felix ?

– Je vais le récupérer.

– Comment ?

– Je vais entrer chez lui et reprendre ce qui m'appartient.

– Un braquage ? Avec effraction ? Tu devrais d'abord en parler à ton père.

– Déjà fait. »

Martin ne put réprimer un mouvement de surprise. Puis il songea que Felix n'était allé trouver son père qu'une fois son plan mis au point. Et maintenant qu'il avait le feu vert du vieux, il était bien obligé d'aller jusqu'au bout.

« Qu'est-ce qu'il a dit ?

– Il m'a conseillé de prendre avec moi un type en qui j'avais toute confiance. Un "cœur loyal". Il veut pas savoir qui.

– Moi.

– Qui d'autre, la bonne peut-être ? Tu te rappelles, c'est comme ça qu'il t'a appelé quand tu t'étais accusé du vol de la bouteille de Chivas.

– Quand tu veux qu'on y aille ?

– Bientôt. Tout de suite, sauf que…

– T'as intérêt à te calmer avant.

– Je sais, mais il y a aussi un autre truc. »

Un temps de pause. Martin attendit la suite.

« Alors, tu viens avec moi ? s'enquit Felix.

– C'est quoi, l'autre truc ?

– Gina m'a téléphoné.

– Et alors ? »

En guise de réponse, Felix haussa les épaules.

« Si elle est en cloque, c'est pas le tien », déclara Martin.

Felix secoua la tête et posa tristement une main sur le genou de Martin.

« Le père de Penny est mort. »

Martin songea : Pourquoi ne m'a-t-elle pas appelé elle-même ? Pourquoi n'a-t-elle même pas décroché son téléphone ? Son père… mort.

« Quand ? énonça-t-il tout haut.

– Hier soir. C'est là qu'ils l'ont trouvé.

– Qu'ils l'ont trouvé ?

– Tu te souviens de Marco Duomo ? Le frangin à Gina et Connie ?

– Oui.

– Il s'est fait boucler il y a trois jours alors qu'il vendait une cargaison de flingues à des taupes. Ils vont le foutre en taule pour de bon. Ensuite le père de Penny a disparu.

– Il s'est fait buter ? Pourquoi ? C'était lui qui l'avait donné ?

– Je crois pas, mais il était sans doute impliqué. Merde, plutôt deux fois qu'une ! Peut-être que c'était l'homme de paille du père de Marco.

– À ton avis, pourquoi Marco n'a pas consulté son père pour avoir son feu vert ?

– J'en sais rien. Soit Duomo père s'en est lavé les mains, soit le vieux de Penny était juste un associé. Il y a des chances pour qu'on ne le sache jamais.

– C'est Duomo qui l'a liquidé », décréta Martin.

Felix répondit d'un ton un peu hésitant, comme si ce n'était qu'une possibilité :

« Oui... Il a envoyé quelqu'un. Et après, ça change quoi ? »

Martin se tut. Il se disait : les degrés dans la brutalité, ce sont des subtilités auxquelles on ne s'arrête pas.

« Tu sors encore avec elle, pas vrai ? lança Felix.

– Oui.

– On devrait aller à l'enterrement.

– T'as raison.

– C'est demain. D'après Gina, Penny n'a pas pu t'appeler. »

Martin hocha la tête, il n'écoutait qu'à moitié.

« Elle pensait que son vieux n'était pas dans la mafia, énonça-t-il. On s'est disputés l'autre jour sur cette question.

– Elles sont toutes pareilles. Gina et Connie ne se font pas d'illusions parce que leur père est souvent cité au journal télévisé. Mais le vieux de Penny, il n'opérait pas dans les grandes largeurs. »

Felix opina de nouveau, style le père de Penny n'était qu'un pauvre con.

« Des gus comme lui, il en disparaît tous les jours dans mon quartier », murmura-t-il.

Felix dit qu'il était désolé.

Martin ne répliqua pas.

« On n'a qu'à y aller en voiture tous les deux, suggéra Felix. On séchera un jour de bahut. »

Felix lui tapota le genou et se leva. Balaya la pièce du regard.

« J'en ai parlé à mon père, juste avant que t'arrives. Il pense pas pouvoir découvrir ce qui s'est passé. Il connaît pas vraiment Duomo. Il l'a seulement rencontré à Porto Rico, mais ils ont jamais fait affaire ensemble. D'après lui, Duomo est assez débile pour avoir disjoncté en apprenant que Marco avait été coffré. Il y a des chances pour qu'il l'ait tué pour la seule raison qu'il était mouillé dans le deal qui a fait tomber son fiston. Marco va passer un bon moment à l'ombre. Figure-toi que les flingues qu'il fourguait, c'étaient des mitraillettes ! »

Felix tâta ses poches, ramené subitement à ses propres problèmes.

« Pourquoi tu m'as appris cette nouvelle après celle de ton plan dans le New Jersey ? interrogea Martin.

– Pour que t'aies les idées claires. J'étais pas sûr si vous étiez encore proches, Penny et toi.

– Elle était à la fête de vendredi avec moi. Je t'ai emprunté la clé de chez toi.

– Je sais... C'était elle ? Je ne me...

– Tu sais que tu es un vrai con ? T'as un cœur d'artichaut.

– Les affaires avant tout, mon pote. Te fâche pas. Quand ça va mal de ce côté-là, ça va mal partout. Les nanas comptent pour des prunes. Alors te fous pas en rogne contre moi.

– Je suis pas en rogne. C'est juste que tu... Bordel ! »

Il se leva dans l'intention de s'en aller. Lexi était dans l'embrasure de la porte, l'épaule appuyée au chambranle. Avec, au creux de la main, quelque chose de petit. Luisant. Une clémentine pelée. Lexi la déchira en deux et lui en offrit une moitié.

« Une clémentine ?

– Non, merci, monsieur Pasko.

– En Russie, on passait parfois des mois et des mois sans voir un fruit. Je dirigeais le marché noir, mais il n'y avait pas de fruits.

– Je n'ai pas faim, c'est tout, je ne voulais pas vous manquer de respect. Ni pour la clémentine ni pour ce que vous venez de m'entendre dire.

– Vous en savez pas lourd, ni l'un ni l'autre.

– Je voulais pas vous manquer de respect, répéta bêtement Martin.

– Chut », fit Lexi, un doigt sur les lèvres.

Martin baissa les yeux, puis les releva, plus impatient qu'effrayé. Pourquoi faudrait-il qu'il mange une clémentine dont il n'avait pas envie ? Mange ton putain de fruit et laisse-moi sortir !

« Tu vas aller à l'enterrement de ce type. Tu es triste et en colère. Plein de respect, d'accord... Ensuite tu iras dans le New Jersey... »

Felix l'interrompit par une phrase en russe. Son père le fit taire d'un geste, puis ajouta en anglais :

« Qu'est-ce qui te prend de me couper la parole ? »

Et se tournant vers Martin, il conclut :

« Tu vas dans le New Jersey. Tu mets des gants. Tu récupères le fric que cet imbécile a jeté par les fenêtres.

– Me traite pas d'imbécile, papa.

– Je t'aime pas, peut-être ?

– Si.

– Tu t'es pas fait avoir comme un imbécile ? »

Felix répondit par un silence buté.

Il y avait tellement de monde qu'il parvenait à peine à l'apercevoir de temps en temps, assise dans la première rangée auprès de sa mère. Foule en vêtements sombres. Cercueil fermé. Un enterrement comme un autre.

Felix et lui se tenaient dans le fond, le premier redoutant d'être abordé par Gina et obligé de se montrer gentil avec elle, peut-être même de l'inviter à sortir ; l'autre soir, au téléphone, quand elle lui avait annoncé la mort du père de Penny, ne s'était-elle pas montrée disposée à flirter malgré tout ?

« Elle peut pas faire autrement, Felix. Du calme, lui murmura Martin tandis que Gina remontait l'allée dans leur direction en faisant de son mieux pour ne pas trop rouler des hanches.

– Pas question, bordel de merde », souffla Felix avant de s'éclipser.

Gina prit la main de Martin. Frotta sa joue à la sienne. Très grande dame. Puis, les yeux fixés sur la porte que venait de franchir Felix, s'enquit :

« Il a peur de quoi ? »

Martin lui répondit : Aucune idée. Lui demanda comment elle allait. Ne savait pas quoi dire à propos de Marco. Non que le sort de son frère eût l'air de la préoccuper.

« Je vais bien. Et toi ?

– Très bien.

– Penny est contente que tu sois là. »

Glissant un regard vers les premiers rangs, il déclara qu'il aimerait parler à Penny, laquelle, pour l'instant, avait la tête posée sur l'épaule de sa mère. Gina se pencha pour lui chuchoter :

« Elle veut te voir. Dans dix minutes. À côté de la voiture. »

Elle ne pleurait pas. Après une étreinte qu'elle ne prolongea pas, elle s'appuya à la voiture et alluma une cigarette. Tourna les yeux vers la bâtisse des pompes funèbres.

« J'arrive pas à croire qu'elle est venue.

– Qui ça ?

– Gina. »

Cette pensée ne lui avait même pas traversé l'esprit. Il s'était sans doute dit que ce qui s'était passé entre leurs pères respectifs n'avait rien à voir avec elles. On allait aux enterrements, un point c'est tout. Le cœur pur. Amies pour la vie.

C'était ainsi que Gina avait l'air de prendre la chose. Si elle comprenait même le rôle de son propre père dans la mort de celui de Penny.

« Tu crois qu'elle sait ? avança-t-il.

– Elle n'est pas si bête que ça… »

Sans doute, se dit-il. Personne ne peut être aussi stupide.

« On se connaît depuis qu'on est toutes petites, enchaîna-t-elle. On allait s'inscrire à la même université pour rester ensemble… »

Comme elle allait porter à sa bouche sa cigarette, celle-ci lui échappa. Aussitôt, elle en sortit une autre de son sac tout en essuyant du revers de la main la cendre tombée sur son manteau.

Cette absence totale de gêne rassura Martin. Tout comme le fait qu'elle se soit écartée de lui pour s'appuyer contre la voiture et s'absorber dans ses pensées. À croire qu'ils étaient intimes depuis toujours.

La bague se trouvait dans la poche de son pantalon. Pas question de la laisser à la maison. Il la garderait sur lui en attendant l'occasion de la lui offrir... une clé qui devait lui ouvrir, leur ouvrir à tous les deux, la porte d'un nouveau chemin dans l'existence, songea-t-il en serrant l'écrin dans son poing.

« On va être obligées de déménager. Ma mère n'a pas les moyens d'entretenir une aussi grosse maison.

– Où ça ?

– Pas loin, répondit-elle en lui adressant un sourire. T'inquiète pas. Quelque part dans Yonkers. Ou à Fleewood, là où on habitait autrefois. »

Deux stations de train de moins seulement en venant de New York, mais un tout autre monde.

« Et on ne va pas pouvoir se voir pendant un certain temps. Je vais être trop occupée. »

Il lui proposa son aide. Elle refusa.

« Pas du tout ? s'étonna-t-il.

– Ma mère a déjà assez de problèmes comme ça. Peut-être dans un mois. Je t'appellerai. Je te dirai comment ça se présente. »

Il posa doucement le dos de sa main sur la joue de Penny. Elle eut un sourire forcé et laissa tomber sa cigarette par terre. Sortit des clés de la poche de son manteau.

« J'ai quelque chose pour toi, dit-elle en se dirigeant vers le coffre de la voiture, qu'elle ouvrit. Tourne-toi. »

Il obtempéra. Entendit le coffre se refermer, puis les pas assurés de Penny sur le gravier. Il sentit qu'elle le lui passait autour des épaules. Lourd. Baissa les yeux : une veste longue, violet foncé, presque noire. L'odeur du cuir. Le car coat qu'ils avaient admiré dans une vitrine de Greenwich Village. Quand il avait dit qu'il lui plaisait, elle l'avait qualifié de veste de gangster.

« Pour ton anniversaire, déclara-t-elle. Mais comme je ne sais pas quand on se reverra... » Elle renifla. Se détourna. S'essuya les yeux. « Je pleure pas vraiment. C'est juste que c'est un enterrement, alors... Tout le monde meurt un jour, non ? C'est toi qui l'as dit.

– C'est pas dans ce sens que je l'entendais.

– Dans un sens ou dans un autre… Tiens-toi droit », lui ordonna-t-elle.

Elle lui dit que la veste lui allait bien. Il roula des épaules. Il se sentait bizarre, jeune.

« Je te l'ai achetée parce que t'avais l'air de la trouver super. Mais j'étais pas sûre si j'allais te la donner jusqu'à ce matin. Garde-la. Tu ressembles à un vrai mafioso maintenant.

– Tu ne devrais pas dire des choses pareilles. Voyons, Penny… »

Il lui semblait qu'elle admettait sa défaite, qu'elle baissait les bras. Pourtant, il ne trouvait pas la force de la prendre dans les siens. Il y avait quelque chose en elle qui ne tournait pas rond. Mais quoi ? Si seulement il pouvait la convaincre de se confier à lui…

« Y a pas de mal, répliqua-t-elle. Tant que tu te conduis en homme… en animal… en voyou… »

Elle s'essuya les yeux. Elle ne pleurait plus.

« … Marco m'a fait du gringue une fois, mais je lui ai dit bas les pattes. Je me demandais si j'avais…

– Arrête, fit-il en avançant d'un pas vers elle.

– Je sais… » Elle l'arrêta d'un geste de la main. « Je sais que c'était pas une vengeance. Mais je me demandais juste : si j'avais dit oui, est-ce que ça aurait amélioré la situation de mon père ? Sans qu'il sache d'où ça venait. De son ange gardien qui aurait taillé une pipe au fils de son boss, par exemple… » Elle leva les sourcils et haussa les épaules – Qui sait ? « Je te téléphone bientôt, promis… »

Il la regarda s'éloigner.

Sept ans devaient s'écouler avant leur prochaine rencontre.

Ils s'emparèrent de lui non loin du lycée alors que Felix était parti acheter au coin de la rue un gyrostabilisateur pour son flingue, le laissant plongé dans la lecture des titres de la presse à l'éventaire, en quête de tout ce qui pouvait concerner le père de Penny ou Marco Duomo. Charlie Mirra s'approcha par-derrière, le prit par le coude – « Dans la voiture » – l'Oldsmobile Eighty-Eight garée juste de l'autre côté du marchand de journaux, portière arrière grande ouverte, Tommy Marzolino au volant.

Il bénit la bonne idée qu'il avait eue de pisser à l'école avant de partir car, en voyant la Olds, sa vessie lui avait joué un tour. Moiteur froide du tissu au bout de sa bite. Il ajusta ses vêtements. Avec des airs de dur. Il demanda à Charlie où ils allaient. Ce dernier fit la sourde oreille. Dit à Marz de prendre par la Neuvième Avenue – « On va pas se retrouver encore coincés dans ces embouteillages de merde. »

Une fois qu'ils eurent dépassé le Lincoln Tunnel, il sut qu'ils rentraient à Greenwich Village. Ouf, ils n'allaient pas dans le New Jersey. Autrement dit, il n'était pas sur le point de mourir… sans jamais savoir pourquoi.

Ils pilèrent devant le restaurant de Rocco. Charlie sortit de la voiture et l'attendit sur le trottoir. Martin sortit à son tour.

Ils traversèrent la salle à manger, tranquille à cette heure, entre déjeuner et dîner. Quelques serveurs s'affairaient autour des tables vides. Rocco parlait au barman. Il leur jeta à peine un regard.

Une fois dans le bureau, Charlie lui ordonna de s'asseoir et resta debout derrière lui, dos à la porte. Rocco entra, s'installa à son bureau.

« Qu'est-ce que t'as fait pour Joe Moon et Peter Hugues ? » interrogea-t-il en sortant une cigarette de sa chemise et en l'allumant.

Il avait parlé au passé. Il était donc au courant. Martin haussa les épaules, discrètement.

« Rien… Pourquoi ? Y a quelque chose qui va pas ? »

Sa voix avait résonné désagréablement, on aurait dit celle d'un gamin apeuré.

« Ils sont partis. Ils reviendront plus. Vinny Miniati pareil. Qu'est-ce que t'as fait, alors ? » répéta Rocco en tirant sur sa clope.

Martin le contempla comme on contemple un plan fixe au cinéma. Le gangster immobile, qui fume, qui regarde le type qui l'a entubé. Et il se dit : C'est ici que ma route s'arrête. Dans cette arrière-boutique sordide ? Merde !

« Je poserai pas deux fois la même question, laissa tomber Rocco. T'as pas de couilles ou quoi ?

– J'ai rien fait.

– Lève-toi. »

Il obtempéra. Entendit derrière lui se rapprocher Charlie Mirra – bruits de pas étouffés par l'épaisseur de la moquette. Dès qu'il se retourna, il reçut le poing de Charlie au coin de la figure. Il se releva et resta debout devant Rocco.

« Assieds-toi. »

C'était moins une. Ses jambes ne le soutenaient plus.

« Tu peux plus les donner, puisqu'ils sont plus là.

– Pourquoi ?

– Ils étaient trop cons. Alors, fais pas comme eux.

– Quand c'est arrivé ?

– Réponds-moi.

– J'ai juste pris quelques livraisons.

– De la "babania" ?

– Tout juste.

– À Vinny.

– Tout juste. Au magasin de bonbons. Au coin de Mulberry et de Grand Street.

– Tous les combien ?

– Deux semaines.

– Ils te payaient… ?

– Deux cents. Au début cent.

– Pendant combien de temps ?

– Trois ans, je crois.

– Tu crois.

– Oui, trois. »

Ils avaient commencé à l'automne. Puis ils l'avaient attendu à l'entrée du métro, en haut de la ville. « Monte dans la bagnole, lui disait Joe, on veut te causer... Est-ce que je t'ai dit de baisser la vitre... ? Il fait froid de si bonne heure... Remonte-la. Toi aussi, Peter. » Et Peter de répliquer : « Il fallait bien que je la baisse pour l'appeler, alors ta gueule, pédé ! » « Pédé toi-même, il est dans la bagnole, alors tu la remontes. » Et aujourd'hui on était de nouveau en automne. Thanksgiving était proche. Son anniversaire aussi.

« Il y a deux mois, tu as reçu un coup de fil, de Peter.

– Tout juste.

– Et ?

– Il m'a demandé de venir vite dans la cour de l'immeuble de sa mère sur Spring Street. Ensuite, il a ouvert sa fenêtre et m'a lancé une boîte enveloppée dans du linge, je sais pas, comme un ballot de linge sale. Et il m'a ordonné de filer.

– Et alors ?

– Le FBI l'a arrêté puis relâché. Le même jour, je crois. Ils avaient pas de motif d'inculpation.

– Où est passée la boîte ?

– J'en sais rien.

– Où tu l'as mise ?

– À la consigne de la salle de billard.

– Celle de Leroy Street ?

– Tout juste. J'ai donné la clé à Joe Moon quand il est venu une semaine plus tard m'attendre à la sortie de l'école.

– Personne t'a jamais rien demandé ? T'as pas eu d'ennuis ?

– Avec les flics ? Non. Tout a été facile. Pendant trois ans. Sauf pour l'épisode dans l'immeuble de sa mère. Et il m'a assuré qu'il fallait pas que je m'inquiète.

– T'aurais dû pourtant, observa Rocco en soufflant un nuage de fumée.

– Les flics me recherchent ?

– Qu'est-ce que tu crois ? »

Rocco ne leva même pas les yeux. Écrasa son mégot. Sous-entendu : il n'était pas recherché. Sinon, il l'aurait déjà tué.

« La boutique est fermée, déclara Rocco. T'es viré. Fous le camp maintenant. »

Il était rentré chez Felix et avait vidé la bouteille qu'ils tenaient planquée derrière la console, disant à Felix que ce n'était rien – le rapt en pleine rue, le bleu sur sa joue, son œil au beurre noir. Un simple conflit de voisinage. Il ne lui avoua surtout pas qu'il avait connu une ascension rapide quand il était gamin après l'épisode de Spofford mais que, maintenant, c'était terminé. Il fallait redescendre. Il était fini, lessivé, bon à mettre au rebut.

Un peu plus tard, il sortit acheter une autre bouteille et ne rentra pas chez lui. Il préférait se tenir loin de Thompson Street.

Ils avaient mis au point tous les détails du plan avec Felix. Comment ils allaient récupérer le fric en cash chez ce salaud du New Jersey. Ce qu'ils feraient, ce qu'ils diraient – des menaces calmes. Ils devaient l'obliger à ouvrir le coffre-fort derrière le bar où Felix l'avait vu ranger son magot et lui dire de la boucler sinon personne n'entendrait plus jamais parler de lui : il disparaîtrait pour de bon. Ils partirent en expédition le dimanche soir, Martin encore à moitié soûl et continuant à boire dans la voiture, à picoler en silence.

Le type avait entrouvert le battant en laissant la chaîne et s'était enquis du bon vent qui les amenait. Martin avait défoncé le système de sécurité d'un coup de pied et l'avait rattrapé alors qu'il essayait de se débiner par la porte de derrière. Il l'avait frappé, jeté à terre. Tombant à genoux pour mieux cogner sur ce salaud. Puis se relevant pour lui sauter dessus, lui défoncer la gueule, le cou, tout ce qui dépassait des épaules. Piétinant la main qui tentait de l'arrêter, enfonçant ses talons ici, là, main droite, main gauche, les bras en croix pour ne pas perdre l'équilibre, comme s'il écrasait des bestioles affolées virevoltant sur la moquette.

À un moment donné, il sentit Felix le tirer en arrière, le repousser violemment sur le côté tandis qu'il fichait le canon du Beretta sous le menton du mec. Le mec, le souffle coupé, incapable de prononcer un mot, puis écarquillant de grands yeux sidérés. Le coffre-fort avait bien une combinaison, finalement – Doux Jésus ! disaient les yeux du mec.

Soûl. Et il le resta. Cessa d'aller en classe. Après avoir vu *Bastogne* à la télé, s'engagea dans l'armée, prit l'autocar et deux jours plus tard, se retrouva à Fort Hamilton. Il s'en était fallu de peu qu'il devienne comme eux – comme Rocco et Lexi – mais il avait mis le holà. Ils n'étaient pas nés comme ça, durs à cuire, se disait-il ; ils refusaient tout simplement de se plier aux règles de la société. Martin ne voulait pas finir comme eux. Des espèces de monstres. Il ignorait ce qu'il voulait faire plus tard, mais il ne pouvait pas se contenter de fermer les yeux. Alors, il avait pris la résolution de devenir, pour un certain temps, *personne*. Que l'armée prenne en charge les détails de son quotidien jusqu'à ce qu'il ait trouvé une solution. Ils le réveilleraient le matin, le tiendraient occupé pendant la journée. Penny aurait le temps de porter le deuil de son père et lui de se ressaisir. Dans quelques mois, il reviendrait en permission et ils reprendraient tout à zéro. Elle sera fière qu'il ait réussi à plaquer les gangsters, fière de le voir aller de l'avant. Fière de lui et fière qu'il soit revenu en ayant tourné la page de sa vie d'avant.

Il regarda par la fenêtre du car le paysage avec dans la tête les paroles obsédantes de la chanson des Shirelles : *Soldier Boy... Oh, my little soldier boy... I'll... beee... true... tooo... youuu...*

En Georgie, ils lui demandèrent de retourner ses poches. Il leur donna la bague de Penny et trouva une liasse de cinquante billets de cent dollars dans la poche intérieure de sa veste en cuir toute neuve. Il les compta, vite. Sa part dans le braquage du New Jersey. Il n'en avait aucun souvenir. Il lui restait seulement une image de Felix comptant les biffetons sur le sofa en bougonnant : « Y a beaucoup plus que mes dix-sept mille... » Lui-même gisant sur le lit, tétant le fond d'une bouteille.

Le militaire leva vers lui des yeux qui voyaient tout : la veste en cuir, l'ecchymose jaunâtre, l'œil au beurre noir, le brushing. Il ouvrit l'écrin et se mit à établir une liste de ses possessions sur une enveloppe en papier kraft.

« Pas de question, s'il vous plaît, lui dit Martin.

– Rien à foutre, p'tite frappe. »

Quels souvenirs garderait-il de ces premières semaines, de ces premiers mois ? Que choisirait-il de ne pas oublier ? Les matins. L'odeur de l'herbe, de l'herbe coupée. La caserne cernée de toutes parts par des pelouses tondues. Les matinées sportives. Après des soirées sans lettre d'elle, avec une ou deux de Felix, quelques-unes de sa mère, des poignées entières de Frito.

Il avait fini par cesser de lui écrire. Puisqu'elle refusait de comprendre quelle route il avait prise, une route solitaire – il y arriverait tout seul.

À la première heure, il sautait du lit, tirait sur ses draps, enfilait ses bottes, se mettait au garde-à-vous. Il avait hâte. Quelques bonnes et profondes inspirations. Il avait hâte, hâte d'être dehors.

« Ma sœur ? »

Il avait l'impression qu'elle ne dormait pas. Voilà des heures qu'elle n'avait pas bougé. Mais il devinait dans ce visage noyé d'ombre la présence d'une pensée active. Comme s'il était doté d'un sixième sens, d'une aptitude à percevoir les ondes de la conscience d'autrui.

« Vous pouvez appeler le docteur, si vous voulez, lui dit-il.

– Très bien, dit-elle en faisant mine de se lever.

– Je voudrais d'abord vous poser une question. »

Elle attendit, les mains sur les genoux, le buste penché en avant, prête à se remettre debout.

« Votre vie s'est-elle jamais brisée ? Et après, rien n'était plus jamais pareil.

– Quand les nazis arrivent.

– Mais vous-même, vous n'avez jamais détruit volontairement votre existence ?

– La même chose, l'arrivée des nazis.

– Je ne comprends pas.

– Je quitte mon pays, je l'abandonne à eux.

– Mais sinon, vous seriez morte, non ?

– Oui... morte, approuva-t-elle en se levant à moitié.

– Ne partez pas tout de suite. Asseyez-vous, je voudrais vous dire quelque chose. »

Elle se rassit, un peu raide.

« Quand j'étais petit, j'ai vu deux types en tuer un troisième. J'aimais bien ce type qu'ils ont tué, pendant un moment en tout cas, parce qu'en fin de compte, c'était un pourri. C'est pour ça qu'ils l'ont tué. J'aimais bien aussi ses assassins. Beaucoup même. Mais ils l'ont vraiment massacré, ce type. À coups de pieds. Il y a des gens qui méritent ce qui leur arrive. Vous avez déjà pensé à ça ? Quand on traite aussi mal les autres... Je sais ce que vous avez dans la tête, ma sœur, c'est au Seigneur tout-puissant de juger. Je veux bien, moi. Mais souvent ça se passe si vite, en un clin d'œil. Ça y est, ils ont été jugés. Et leurs juges ? Il faut examiner le cas de leurs juges pour voir s'ils connaissent assez bien le mal qu'ils ont sous les yeux. Et, même alors, qui sommes-nous pour juger les autres ? »

Pas de réponse. De toute façon, il ne savait pas s'il en voulait une. Il ajouta :

« Au fait, les assassins dont je vous parle sont morts, eux aussi, maintenant. »

Elle avança légèrement le menton. En signe de curiosité ou de désapprobation ?

« Pas à cause de ce type qu'ils avaient tué, mais pour d'autres raisons, des années plus tard », précisa-t-il.

Elle se renfonça dans son fauteuil. Sans doute satisfaite de cette réponse à sa question muette.

« Ils ont péri par l'épée », conclut-il.

Mais il n'y avait pas moyen de tirer quelque chose d'elle.

« J'ai travaillé pour eux, plus tard, quand j'ai grandi. »

Visage de marbre. Elle attendait qu'il ait terminé.

« À quatorze ans, j'ai attrapé deux types – des Italiens de Brooklyn – qui essayaient de voler une voiture appartenant à un des gars de la mafia, Rocco, qui tenait mon quartier sous son contrôle. En fait, c'était une blague – une farce – mais moi j'étais dans un parc voisin, avec deux de mes copains. On a vu ce que ces types s'apprêtaient à faire. Eux, mes copains, ils sont restés comme pétrifiés. Alors, j'ai pris le couteau de l'un d'eux et j'ai foncé droit sur les voleurs. Ils sont partis à toutes jambes. En fait, le propriétaire de la voiture s'en fichait royalement. Il m'a même jamais dit merci. Mais deux semaines plus tard, un matin, alors que j'allais à l'école, ces deux types que j'avais vus en train de tuer un troisième quand j'étais petit m'ont demandé de leur rendre un service après l'école. J'ai accepté. Et quand je suis rentré, ils m'ont donné un billet de cent dollars. J'avais quatorze ans. Ma mère était secrétaire et mon père, mort. J'avais déjà été garçon de courses pour les gars de la mafia, comme beaucoup de gosses, mais cette fois, c'était différent, je travaillais pour eux en douce. Un billet de cent à la fois. Plus quand les affaires décollaient un peu. Je bossais pour de vrai.

– Drogue.

– Héroïne. »

Elle cilla, crut-il voir dans l'obscurité. Puis elle fit oui de la tête. Garda les yeux baissés.

« Rien vous étonne donc jamais.

– On s'en sert après guerre. Pour désintoxiquer soldats de morphine. »

Elle ferma les yeux, l'obscurité l'engloutissant de nouveau.

« Pas votre faute, ajouta-t-elle en soulevant ses paupières.

– Vous en avez gros sur la conscience, ma sœur. Vous devriez vous confesser, vider votre sac.

– Et le vôtre, être vide ? Je cherche docteur... »

Elle se pencha en avant, prête à se lever.

« Encore une chose... Mon père était un junkie. Accro à l'héroïne. Il avait eu un certain succès avec sa musique, mais ça n'a pas duré et il s'est tué. Je crois qu'il était pas capable de décrocher et de faire bouillir la marmite à la maison en même temps. C'était insupportable pour lui. »

Cette fois, elle se leva et s'approcha pour arranger son oreiller. Toujours imperturbable. Elle fit quelques pas vers la porte, puis se retourna. Quelque chose au bout de la langue. Il lui dit tout bas : Me faites pas une réponse de bonne sœur. Me demandez pas ce-qu'on-veut-manger-pour-son-dîner...

« *Lorsque j'étais enfant, je parlais en enfant, je pensais en enfant, je raisonnais en enfant ; une fois devenu homme, j'ai fait disparaître ce qui était de l'enfant.* »

Ce verset, il le connaissait par cœur pour l'avoir entendu des centaines de fois.

« L'Ecclésiaste ?

– Épître aux Corinthiens.

– Alors c'est du passé ? demanda-t-il. J'ai tourné la page. Je n'en retire pas de leçon ?

– Vous penser en homme. Vous agir en homme. »

Un peu plus tard, Corso se glissa dans la chambre et resta quelques instants silencieux, sourire aux lèvres. Style porteur de bonnes nouvelles. Puis il claqua dans ses mains et garda celles-ci jointes.

« Bravo, mon pote, vous êtes bon pour le procès. »

La religieuse s'éclipsa. Sans afficher ni mépris ni dégoût, juste pour ne plus se trouver là.

« Vous l'avez gagné à votre cause, hein ? susurra Corso en allant se poster à la fenêtre pour regarder dehors. Je vous avais pourtant prévenu, je vous ai dit de plaider coupable, mais non. Votre avocat a soumis votre pistolet à un labo privé, histoire de vérifier ce que le nôtre a trouvé, une empreinte, enfin, une empreinte partielle. Peut-être bien celle de Terry Hugues, ou de Felix Pasko, ou même la mienne. Mais vous allez vous planter. Je suis tenté de vous demander encore une fois pourquoi vous les avez tués, de trouver des circonstances atténuantes mais, d'un autre côté, j'ai sacrément envie de voir le ministère public vous mettre le nez dans votre... »

Martin l'ignora – et son petit jeu, et son numéro de clown. Il savait ce que ce fumier avait derrière la tête.

Et puis, il ne valait guère mieux qu'un infirme, cloué sur ce lit d'hôpital. Tant qu'il n'était pas guéri, il leur était facile d'avoir le dessus.

Gamin, il lui aurait paru inimaginable de se retrouver un jour dans un merdier pareil. Il les avait regardés ravager le quartier, les fédéraux, les sbires du gouvernement. Quel âge avait-il alors ? Douze ou treize ans. Ce qui s'était passé ? Le gang des Siciliens ayant déclaré la guerre aux New-Yorkais, le bain de sang avait fait la une des journaux. Le FBI avait posé des écoutes. Alors, un bon nombre de mecs avaient jugé bon de rouler pour eux. À l'époque, il entendait les conversations dans le parc où il traînait, comme quoi Machin et Truc étaient des balances. Et il se disait : Eux aussi ? Les enculés ! Il ne les aurait pas crus capables d'une pareille trahison. Et puis il se disait : Les pauvres mecs, pour en arriver là, ils ne devaient pas avoir eu le choix et, maintenant, il ne les reverrait plus jamais, car ils avaient définitivement coupé les ponts. Sachant qu'autrement ils signaient leur arrêt de mort. Il se les figurait écœurés de s'être laissé persuader de donner leurs potes – de foirer – et il scrutait les coins et recoins de Thompson Street Park pour voir s'il ne décelait pas d'autres indices de cet écroulement.

Mais ces jours noirs n'avaient pas duré. Ensuite, les seuls mecs dont on causait, c'étaient ceux qui avaient purgé leur peine sans se mettre à table. Ceux-là, c'étaient les fers de lance. Et, pour tout aspirant truand, les modèles à suivre.

Tout le monde ne peut pas devenir un héros, songeait-il à présent. Ce n'est pas plus compliqué que ça. Pas plus lamentable. Parfois il faut se contenter d'être un homme. Un homme qui dénonce tous ceux qu'il connaît. Ceux qui savent, déjà, sans qu'on ait besoin de le leur dire, qu'ils ne s'en tireront pas éternellement.

La guerre de l'héroïne, c'était désormais de l'histoire ancienne. Le gouvernement avait aujourd'hui l'allure d'une sixième famille. Un des crabes du panier. Partisan d'une expansion de la merde.

Il ferma les yeux. Si leur programme de protection constituait une option, quelle était l'autre ? Car il était hors de question qu'il fasse de la taule. Cette empreinte partielle allait peut-être se révéler sa clé des champs une fois qu'il aurait conclu un marché garantissant son immunité dans le trafic de stupéfiants. Après quoi ils seraient bien obligés de le relâcher. Et il serait libre de rejoindre son âme sœur et le paquet de pognon qui l'attendaient, dehors. Sinon ? En attendant, il aurait envoyé Lexi à l'ombre. Pourquoi pas ? Avec tous les autres. Tous-autant-qu'ils-étaient-bande-d'enculés. Une opération de troc pour se payer un avenir.

Il ouvrit les yeux.

Sachant que ce Corso ne lui tendrait aucune perche, le laisserait demander l'aumône, ramper.

« ... et pour ce genre d'affaire, Dieu sait combien de temps un jury mettra », disait à présent Corso, toujours à la fenêtre.

L'agent du FBI se tut. Une idée lui était-elle subitement venue, ou marquait-il une pause pour savourer son baratin ? comme s'il y croyait ?

La sagesse se résumait peut-être à un compromis. Cette vérité, chacun la reconnaissait peut-être dans le secret de son cœur.

Une notion fondée sur l'échec, se dit Martin. Et lui, n'avait-il pas fait naufrage ?

Il songea : Vous n'auriez pas dû essayer de me tuer, Lexi. Ni toi, Bunny.

Et toute cette bande de gangsters ? Ils auraient dû me laisser devenir un homme au lieu de me traiter en gamin irresponsable.

« Monsieur Corso ?

– Agent Corso, corrigea-t-il en se tournant vers lui.

– Qu'est-ce que j'ai dit ? Monsieur… ? »

Il abaissa le menton, une fois : Oui.

« Que pouvez-vous me dire du programme de protection ? »

M. l'agent Corso lui demanda ce qu'il voulait savoir au juste.

13

La cache secrète d'un témoin en garde à vue ? Floyd Bennett Field.

« L'aérodrome près de Belt Parkway ? »

Corso répondit par l'affirmative.

« Qui était ce Bennett ? »

Corso n'en avait pas la moindre idée.

« Qu'est-ce qu'il y a dans cet aérodrome ?

– Des hangars. La tranquillité. Pas mal de débutants dans la police. »

Dolan sourit.

« Ils vont me protéger ?

– Ils apprennent à conduire, répliqua Corso.

– Qu'est-ce que c'est que cette histoire encore ? »

Ils l'emmenèrent en ambulance. Vingt minutes après le départ, il demanda à l'infirmier de lui donner un médicament pour le mettre KO. Il ne tiendrait jamais trois heures allongé à rouler en sens inverse. Et ce n'était pas comme si le sud de Brooklyn était une destination inconnue.

« Vous me réveillerez quand on sera arrivés. »

Son avocat, Davis, lui avait promis de venir le voir pour rediscuter – *pro bono* – des différentes options offertes par la jurisprudence. Mais il avait encore quelques recherches à effectuer et des coups de fil à passer. La presse allait continuer à dire qu'il se trouvait dans le coma, accusé de meurtre. Lexi devait le croire à l'article de la mort.

Avant de partir, dans l'après-midi, Martin avait réclamé à Corso un téléphone. Il voulait rassurer sa mère sur son état. Sœur Agatha veillait en silence dans un coin près de la porte. Corso brancha l'appareil. Lorsque Martin commença à composer le numéro, il alla s'asseoir à l'autre bout du lit.

« Elle n'a rien à voir là-dedans, lui lança Martin.

– Je ne peux pas vous laisser seul. Passez votre appel.

– De toute façon, je suis sur écoute, non ?

– Non… Donnant, donnant. Un peu de confiance. C'est notre politique.

– N'importe quoi !

– On essaye de se rappeler que vous êtes l'un des nôtres maintenant.

– C'est gentil, merci. Mais vous allez quand même rester ici, alors ?

– Vous n'êtes pas près de vous retrouver seul avant un bout de temps, croyez-moi. »

Elle décrocha à la première sonnerie.

« Maman, c'est moi. Je vais bien. Je ne suis pas dans le coma et je suis inculpé de rien du tout. Ni meurtre ni rien. »

Corso leva les yeux au ciel.

« Mais qu'est-ce qui s'est passé ? interrogea sa mère. Tu es blessé ? Tu as des ennuis ? Où es-tu d'abord ?

– Dans un hôpital du nord de l'État de New York. Mais je vais bien. Je suis en garde à vue. J'ai été blessé. C'est compliqué… »

(Le gamin au coupe-papier ? Un étranger en situation irrégulière, lui avait rapporté Corso. Entré par le Canada, sans doute. Ils ne l'avaient pas encore identifié, n'avaient pas encore fixé le montant de sa caution.)

« … J'ai rien fait, maman. On est en train de chercher la meilleure solution pour me sortir de là. »

(« Il y a des chances pour qu'on ne sache jamais d'où il vient, avait dit Corso. Il refuse de parler. De toute façon, impossible de mettre un nom sur celui qui l'a engagé – il y a trop d'hommes de paille – mais vous, vous savez. Et ne nous racontez pas que ça pourrait être n'importe qui. On sait, en revanche, que vous tenez une boîte de nuit bourrée de Russes. Je sais que vous savez qui est derrière cette agression. » De son côté, Martin estimait que le vieux avait donné une claque au FBI ce jour-là dans la salle du tribunal. Il aurait aussi bien pu leur lancer à la figure : « Allez vous faire foutre avec vos soupçons à la con. Je suis intouchable. Attrapez-moi si vous le pouvez. » Et ils en étaient bien incapables. En tout cas pas sans aide.)

« Qu'est-ce que c'est que cette histoire alors si tu n'as rien fait, Martin ?

– Rien, maman, c'est compliqué.

– Ne me raconte pas de salades. Qu'est-ce qu'il y a ? Que se passe-t-il ? Frito et moi, sommes-nous...

– Non, maman, c'est fini. On cherche un arrangement...

– Mon Dieu, mais que t'est-il arrivé ? Tu voudrais bien répondre à ma question ? »

Elle pleurait à présent, de rage.

« Maman... » Il jeta un coup d'œil du côté de Corso toujours immobile. « Maman, écoute, je crois que toi, Frito et Juliet...

– Allô ?

– Frito ?

– Oui. Ça va ?

– Ça va très bien. Et toi ?

– Oui, mais les journaux disent...

– Je sais, écoute-moi bien, j'ai téléphoné pour deux raisons. Pour vous dire de ne pas croire ce que vous lisez dans ces torchons, et d'autre part, pour vous supplier d'aller prendre un peu l'air ailleurs en ce moment. Je vais témoigner. C'est décidé. Mais tu gardes ça pour toi...

– Bon sang...

– Il faut que tu sois courageux, Frito. Je compte sur toi.

– Quand vas-tu témoigner ?

– J'en sais rien. Un an ? » Nouveau coup d'œil vers Corso, lequel fit oui de la tête. « Sans doute un an.

– Il faut qu'on quitte tout pour une année entière ?

– J'en sais rien. Pour l'instant, c'est la meilleure solution. Ensuite on verra.

– Et une fois que tu auras témoigné, qu'est-ce qu'on va devenir ?

– Je… Pour le moment, fais ce que je te dis. Je suis désolé. Comment va maman ?

– Bien.

– Je ne peux pas te dire grand-chose pour l'instant.

– T'en fais pas. Je m'occupe de tout.

– Comment va Juliet ?

– Bien. On va tous bien. On a essayé plusieurs fois de te joindre.

– Ç'a été la folie ici. Je t'expliquerai. Pardonne-moi. Mais surtout, prenez le large dès ce soir. Bon, je vais raccrocher maintenant. Je te rappellerai. Ce soir ou demain. Demain sans doute. Pour voir comment ça va. Et je peux te demander une faveur ? Frito ?

– Quoi ?

– Réponds toi-même au téléphone. Je ne veux plus lui parler. C'est trop pour moi. D'accord ?

– D'accord.

– Je te rappelle demain. »

Martin raccrocha. Posa la tête sur ses oreillers, leva les yeux au plafond.

« Merci, dit-il à Corso.

– De rien.

– Combien de fois a-t-elle appelé ?

– Trente ? »

Martin ferma les yeux.

« Que lui avez-vous répondu ?

– Que vous alliez bien.

– Et que vous n'étiez pas autorisé à lui en dire plus ?

– C'est cela même.

– La famille de Felix a téléphoné ?

– Pour récupérer le corps, oui. Et la famille de Terry aussi. Les autopsies sont terminées. On leur a donné l'autorisation. Ils sont venus les chercher. Vous avez une petite amie, Quinn ? »

Martin rouvrit les yeux.

« Quoi ? Non, pas vraiment.

– Il y a eu un appel pour vous. D'une cabine publique. »

Elle, bien sûr… Il haussa les épaules en guise de réponse.

« C'était la femme de Felix Pasko ?

– Quoi ? Elle n'a pas précisé qui elle était ?

– Elle a donné un nom. Mais à mon avis, elle nous menait en bateau.

– Je connais beaucoup de monde, surtout des femmes. »

D'une voix douce, Corso s'enquit :

« Vous couchez avec elle ?

– Quoi ? fit-il sans quitter des yeux le plafond. Vous êtes fou ?

– Vous la baisez, Quinn ?

– Puisque je vous dis que non.

– Pourquoi avez-vous tiré sur Felix Pasko ?

– Ah, non, vous n'allez pas remettre ça. Je n'ai même pas le droit d'être triste de sa mort ? »

Alors Corso baissa encore la voix pour lui chuchoter :

« Vous êtes triste ? À d'autres… Je ne vous crois toujours pas. Pourquoi a-t-elle téléphoné ? Pourquoi a-t-elle dissimulé son identité ?

– Comment vous savez que c'est elle ?

– Simple comparaison d'empreintes vocales, encore plus simples que celles des doigts.

– Vous donnez dans la haute technologie, je vois, ironisa Martin. Mais vous vous trompez. Je m'intéresse pas à sa femme, mais alors pas du tout.

– Dites voir son nom.

– Penelope. Je la connais depuis le lycée. C'est moi qui les ai présentés, merde. Elle pense sûrement que c'est moi qui l'ai tué.

– Et pourquoi penserait-elle ça ?

– Vous lui avez dit quoi ?

– Quand ? Quand elle a téléphoné de chez elle ou de la cabine publique ?

– Laissez tomber, je vous dis, vous êtes sur une fausse piste.

– Penelope, répéta Corso d'un ton rêveur.

– Oui, Penelope.

– Une fois que je l'aurais buté, nous serons ensemble pour la vie, Penelope chérie.

– Quand est-ce qu'on se casse d'ici ? s'enquit Martin, préférant changer de sujet.

– Demain.

– Je peux rappeler mon frère avant de partir ?

– Si vous voulez.

– Il y aura un téléphone là-bas, à Floyd Bennett Field ?

– Vous ne manquerez d'aucune commodité.

– La bouffe sera meilleure ?

– Tout vient de chez le traiteur. »

Un temps de pause. Puis, Martin demanda :

« Au fait, vous pourriez pas me faire livrer une pizza ? Il y a un italien dans la grande rue. Un truc roboratif, style Alfredo ou carbonara. Ce serait pas mal si je retrouvais des forces avant de quitter cet hosto. Je maigris à vue d'œil.

– Vous la voulez tout de suite ?

– C'est trop demander ? Je peux plus supporter ce qu'on me sert, après le goutte-à-goutte, des œufs brouillés trop baveux sur des toasts trop secs… Je préférais encore la perf. »

Comme Corso s'apprêtait à sortir de la chambre, Martin lança à la religieuse :

« Vous voulez quelque chose, ma sœur ? »

Il ne l'avait pas regardée, elle qui se tenait tapie dans un coin, tout ouïe, témoin d'un dérapage pas croyable.

Elle ne répondit pas. Il devina qu'elle s'était contentée de faire non de la tête. Deux jours plus tôt, il l'avait vue grignoter un paquet de biscuits d'apéritif qu'elle avait mis une heure à terminer.

Corso sourit, son regard pesant toujours sur Martin.

« Je tiens à savoir pour l'épouse Pasko.

– Vous m'insultez, Corso. C'est une gentille fille. On se connaît depuis dix ans. C'est moi qui les ai présentés, répéta Martin.

– Bon, bon, j'y vais. »

Une fois la porte refermée, Martin resta allongé, le regard au plafond. Il entendit la voix de Corso dans le couloir s'adressant à l'agent de faction. Puis le couinement de ses semelles en caoutchouc s'éloignant dans le couloir.

Martin se redressa à moitié pour empoigner le combiné du téléphone en étouffant un cri de douleur. De la même main, il composa maladroitement le numéro de sa mère. Frito décrocha.

« Partez en France, chez Juliet. Et téléphonez à Penny pour lui dire que je vais bien. Et de ne plus appeler, les téléphones sont sur écoute. Il faut qu'elle reste avec Lexi Pasko. Et il faut qu'elle paye le loyer. Il faut qu'elle paye tous les loyers avant l'échéance, dis-lui bien. Tu vas me manquer… »

Sur ce, alors même que la voix de Frito faisait vibrer le plastique du combiné, il coupa la communication. Puis il roula de nouveau sur le dos. L'oreille aux aguets. Le couloir était silencieux. Il souleva légèrement la tête pour se tourner vers le coin où se tenait la religieuse.

« Vous lui feriez confiance ? » lui lança-t-il.

Un silence en guise de réponse.

Un peu plus tard, au moment où ils partirent pour Brooklyn, elle avait disparu.

14

La vie réduite à l'essentiel. Pas plus mal, au fond. On lui avait confisqué ses vêtements mais rendu son porte-feuille et ses clés. Toutes ses clés, même celle du casier de Gotham Storage. Ils n'avaient besoin de rien d'autre désormais, Penny et lui. En attendant, il fallait s'armer de patience. Il n'était qu'au premier jour du programme de protection des témoins.

Le gouvernement lui fournit des vêtements civils. Ce qui le fit sourire. Dolan surgissant avec un paquet de nouvelles fringues couronnées d'une paire de chaussures noires. Blouson d'aviateur, pull militaire, pantalon en toile, tee-shirts blancs, caleçons, chaussettes, ceinture à boucle. Il avait continué à porter la même tenue après l'armée. Puis, petit à petit, il s'en était séparé, adoptant un vêtement civil par-ci par-là, en espérant ne pas voir voler en éclats son autodiscipline chèrement gagnée.

Le jeune Dolan lui tendit ses nouvelles fringues avec l'amabilité d'un sous-off mal luné. Un bon présage ? L'heure était venue de repartir de zéro. Dépouillé de tout.

Il mit le blouson sur un cintre dans la penderie du placard métallique gris qui occupait le coin de la pièce. Le pull, le deuxième pantalon et les sous-vêtements, il les plia sur l'étagère au-dessus. Un seul tee-shirt lui aurait suffi. Il faisait chaud dans cette grande pièce, une salle immense de près de quinze mètres de long, huit mètres de large et plus de dix mètres de hauteur sous plafond. Trois murs en tôle, le quatrième en parpaing et sans la moindre ouverture, tous construits d'un bloc. Destiné à cet usage dès sa conception plus de dix ans plus tôt. L'œuvre du procureur général, d'après Corso, qui s'était lancé dans un combat acharné contre les gangs et les ripous. Fermetures de bars, dénonciations... des flics s'étaient suicidés... Une histoire que Martin connaissait par cœur et qu'il était sage de taire. Il se demanda si des gars de son quartier avaient séjourné avant lui entre les murs de ce hangar.

À côté du placard, deux lits, des couvertures en laine, propres, des draps, blancs. Deux petits canapés le long du mur du fond, un fauteuil installé en face un peu de travers, soit pour faire la conversation, soit pour regarder la télévision, un gros poste démodé. Une kitchenette, un énorme frigo. Une table pliante et des chaises au milieu de la pièce et, un peu plus loin, du côté de la porte, un bureau équipé d'un téléphone et d'un fax. Corso pendu au bout du fil, prenant en sténo sur un bloc-notes jaune, depuis presque une heure maintenant d'après l'horloge de la cuisinière. Dolan affalé dans le fauteuil, grillant cigarette sur cigarette. Martin ne l'avait pas encore vu fumer, quoiqu'il eût senti sur lui une odeur du tabac. Un jeune dur à cuire, ce Dolan. Plus jeune que Martin. Un vrai pro. Avec ses qualités et ses défauts. Un brave gars, sur qui on pouvait compter. Un peu con sur les bords. Tabagiste au regard hébété de téléspectateur priant le Ciel de bien vouloir lui allumer la télé.

Pendant le programme de protection des témoins, on devait passer un temps fou devant le petit écran, supposa Martin. Ces connards avaient tout autant envie de voir sa tête du matin au soir que lui la leur. Mais voilà, personne n'avait eu voix au chapitre.

Cela lui rappela son unique année d'université. Il partageait une chambre avec un garçon de dix-sept ans. Pourtant, il avait pris soin de préciser au secrétariat : « J'ai vingt-quatre ans ; j'ai déjà une vie derrière moi. » Mais tous les étudiants devaient passer leur première année dans les dortoirs. Après quoi ce frileux garçon à sa maman – Todd ? Ben ? Ted ? – s'était en deux semaines métamorphosé en fanatique fumeur de pétards. Martin avait loué un appartement en ville, se résignant à payer en pure perte le dortoir. Le prix de la liberté.

Il y avait si longtemps, à croire que c'était un rêve. Cette année de fac… dire qu'il avait été si différent à l'époque comparé à ce qu'il était redevenu après son retour à New York.

Car il fallait bien l'avouer. Il avait repris sa vie new-yorkaise exactement où il l'avait laissée.

Le moment était venu de faire une nouvelle tentative. Il n'y aurait pas de marijuana ici. Ni d'introduction à la pensée orientale. Ni de trip super planant. Seulement des agents avec des holsters, des réunions avec des procureurs, des essayages de gilets pare-balles avant les transferts au palais de justice.

Il fit rouler le chariot de la perfusion jusqu'à la seconde fenêtre, pour vérifier s'il voyait quelque chose. La première donnait sur le tarmac et le ciel. Collant sa joue contre la vitre, il tourna la tête de côté et trouva ce qu'il cherchait : les bleus apprenant à conduire. Sirènes et gyrophares en marche. Les voitures bleu et blanc à la queue leu leu slalomant à toute allure entre les balises. Chassant de l'arrière. Une bonne scène de film.

Il était capable de juger, dès leurs premiers coups d'accélérateur, s'ils avaient des chances de devenir des as du volant ou de se planter. Mais aucun d'eux n'était vraiment mauvais.

Au-delà de la piste s'étendaient la baie et l'Atlantique. Les gratte-ciel de Manhattan et les tours du World Trade Center sans doute quelque part hors de sa vue. Battery Cove, et son appartement, à l'extrême sud de la ville. Juste avant d'arriver, au moment où l'ambulancier l'avait réveillé, il avait aperçu l'entrée d'un parc naturel et avait demandé : « Quelles espèces y a à protéger à Brooklyn ? », mais le type n'avait pas eu l'air de piger…

« Des canards ? »

Martin l'avait regardé. Le type était sérieux. Il essayait de se montrer gentil.

« Les canards de Brooklyn ? » avait plaisanté Martin.

À cet instant, Corso raccrocha en pestant avec son accent new-yorkais plus prononcé parce qu'il était en rogne :

« Ils jouent à quoi ? C'est invraisemblable, enfin ! Ils sont trop cons…

– Les emmerdeurs, enchaîna Dolan de sa voix nasillarde de bouseux. Tu les as déjà appelés il y a deux jours.

– Mais ils en ont rien à branler.

– Vous en avez fini avec le téléphone ? interrompit Martin.

– Ouais, vous le voulez ?

– Je me demandais ce qui allait se passer maintenant.

– Alors, Kevin ? fit Corso en se tournant vers le jeune Dolan.

– On attend. Encore et toujours. »

Ces deux-là baignaient ici dans leur élément, ne put s'empêcher de songer Martin.

« On attend quoi ? s'enquit-il cependant.

– La paperasse. Entre autres. La machine bureaucratique met du temps à chauffer. En plus, un toubib était censé venir vous ausculter. Plus un juriste du FBI pour discuter avec vous et maître Davis, quand ce dernier voudra bien se pointer.

– Je vais mieux. Ils ont dit à l'hôpital qu'il n'y avait plus de souci.

– Là n'est pas la question. Tout le monde s'en fout de votre état de santé. Sauf moi, bien sûr. Et Dolan, ce cœur tendre. Mais il faut faire les choses dans les règles. Et avec précision. Respecter le protocole. Comme ça, on est couverts. On veille à ce que tous vos droits soient respectés.

– Sinon, je vous colle un procès.

– Vous rigolez, c'est arrivé, et plus d'une fois.

– Bordel de merde… »

Martin se demanda si Corso comprenait sa forme d'humour de la rue. Mais il ne réagit pas. Il continua sur sa lancée.

« On a eu un jour ce tueur sicilien… »

Corso fit pivoter son siège vers l'intérieur de la pièce, comme pour stimuler sa mémoire. Martin vit du coin de l'œil que Dolan hochait du bonnet.

« … Il changeait son histoire tous les quinze jours… Et consultait par téléphone son avocat tous les jours. Il avait avoué trente-deux meurtres. Trente-deux ou trente-trois, il n'était pas sûr. En vingt ans, entre ici et Palerme. Comme il causait que trois mots d'anglais, on avait dû engager un interprète. Il devait se racler les neurones pour nous donner les détails d'un meurtre qu'il n'avait pas commis – une exception – et dont il avait juste été témoin. Nous, on se frottait les mains à la pensée qu'on allait pouvoir enfin mettre la main sur ce type de Saint-Louis qu'on poursuivait depuis des lustres. L'ennui, c'est qu'il ne se rappelait pas qui avait tiré. Il prétendait qu'il faisait pas attention puisque c'était pas lui qui appuyait sur la gâchette. Paraît qu'il était en train de sortir un truc du frigo, ou je ne sais quoi. Alors, vous voyez, ce type est scotché à une chaise et on lui coupe un à un les doigts avec un sécateur jusqu'à ce que quelqu'un se décide à lui planter un pruneau dans la nuque, et que fabriquait notre Sicilien ? Il était dans la cuisine. Et il n'avait pas non plus une bonne mémoire des noms. Au bout d'un moment, je me mets à hurler. Mais lui, il reste d'un calme olympien. Il me parle par l'intermédiaire de son interprète. Et moi je me creuse la cervelle pour traduire "sécateur" en italien, parce que j'ai soudain dans l'idée d'en acheter un pour mon propre usage, et je dis à mon collègue Dolan de me retenir ou je vais faire un malheur. L'interprète murmure quelques mots et le Rital de s'exclamer : *Como? Como?* et de se lever pour appeler aussi sec son avocat. Qui, au fait, se trouvait être à Palerme. Et il lui téléphonait tous les jours, il refusait d'ouvrir la bouche sans l'avoir consulté. Le lendemain, j'ai reçu un appel m'annonçant qu'il était sur le point de me filer entre les doigts. Tout était bon : la Cour suprême, la convention de Genève, que sais-je ? Ils m'ont retiré l'affaire. Mais ils ont quand même réussi à le convaincre de collaborer. Combien d'arrestations on a fait grâce à lui, Kevin ?

– Deux.

– Qui ont tenu leurs promesses ?

– Aucune.

– On a eu droit à une nouvelle pirouette. Les deux malfrats ont gagné en appel.

– Qu'est-ce qu'il est devenu ? interrogea Martin.

– Il a été terrassé par un infarctus dans un tribunal quelque part. Il pesait plus de cent cinquante kilos. J'aurais bien voulu voir ça. »

Sur ce, il resta là à regarder dans le vague, Corso, puis il ramassa son calepin et se mit à lire. Dolan, quant à lui, caressa du plat de la main l'étoffe du bras de son fauteuil. Le chapitre du tueur sicilien était clos, du moins préféraient-ils ne pas trop s'y attarder.

« Je suis plutôt en forme, si vous fermez les yeux sur ce petit détail, déclara Martin en pianotant sur la potence à perfusion.

– On s'inquiète pas pour vous, répliqua Corso. Vous êtes jeune, votre mémoire ne vous joue pas encore de tours. Et vous connaissez du monde, je parie. On n'a personne pour nous renseigner sur les Russes. Vous êtes le premier qu'on chope. Ensuite il y en aura un autre. Et au fur et à mesure, on constituera une chaîne d'informateurs. C'est un nouveau terrain à explorer. De quoi vous tenir toute une vie. Une carrière entière. Saviez-vous que depuis 1980 nous avons sur les bras au moins trois douzaines de meurtres non résolus à Brighton Beach ? À Little Odessa aussi ? Les flics n'ont pas réussi à trouver les coupables et nous on pensait qu'il n'y avait rien là-dessous que de la violence d'immigrants. Mais on avait tort. C'est du crime d'immigrant. La mafia russe. *Organizatsiya*, c'est ça ? *Mafiya* ? »

Martin fit oui de la tête, songeant que Lexi se plaisait à répéter que la seule mafia russe encore en place, c'était le parti communiste.

Mais il était encore préoccupé par ce qu'il venait d'apprendre sur ce gros tueur sicilien qui avait menti au FBI. On pouvait donc mentir au FBI ! Il faudrait qu'il interroge Davis à ce propos. Ce dernier saurait sans doute jusqu'où on pouvait aller.

Il se rappela que lui-même avait envisagé de mentir à ces agents. Il avait même été sur le point de le faire. À présent cette idée lui semblait tout aussi obsolète que celle de poursuivre des études universitaires.

« Quand est-ce qu'on attaque, Corso ?

– Quand tout sera en ordre. En attendant, réfléchissez bien. Si vous vous rappelez de quelque chose qui ne vous a pas paru très correct, comme un pauvre type scotché à une chaise en train de se faire tailler les doigts un par un au sécateur, vous voyez, avant de se faire trouer la peau par un autre quidam. Salopard de mes deux… On attend les dossiers de tous ceux dont on est sûrs que vous les connaissez, et une centaine d'autres sur des gens que vous connaissez peut-être. Alors réfléchissez un peu… »

Après cette tirade, Corso se replongea dans ses notes. Son baratin était au point, songea Martin. À force de suivre les règles à la lettre, on finissait par perdre son intuition. Comme à l'armée.

Corso leva le nez de sa feuille. Sans doute s'était-il senti observé.

« Au fait, tous nos témoins ont tendance à changer de disque. Mais je le déconseille. On risque de vous accuser de parjure et de vous remettre en taule. Vous souriez ? L'idée vous tentait ?

– Un peu.

– N'y pensez plus, croyez-moi.

– OK. D'où vous venez, Corso ? Si ce n'est pas indiscret.

– Je suis né à deux kilomètres d'ici.

– Et vous ? interrogea-t-il en se tournant vers Dolan.

– De l'Ohio.

– Où c'est, ça ? plaisanta Martin.

– La porte à côté.

– Dolan est un de nos meilleurs agents, intervint Corso. Ne vous leurrez pas. C'est vous, le prisonnier.

– Vous avez eu du bol.

– Je ne crois pas que la chance ait quoi que ce soit à voir là-dedans.

– Ah bon. J'aimerais bien un jour feuilleter votre dossier sur le trafic de stupéfiants, énonça Martin en regardant par la fenêtre.

– Quel dossier ?

– Donnant, donnant, d'accord ? On étale son jeu sur la table ? C'est bien ce que vous avez dit ? Je pense pas que vous soyez tout à fait franc avec moi, agent Corso. »

Les bleus avaient terminé leur leçon de conduite. Un instructeur ramassait les balises, toutes les voitures étaient déjà rentrées au garage. C'était un crève-cœur de penser qu'une journée pouvait se terminer sur une note aussi lugubre. Combien d'autres aussi sinistres allaient s'ensuivre ? Des centaines !

« Appelez-moi Paul », dit Corso avec un sourire dans la voix.

Mais Martin ne quittait pas la piste des yeux. Envahi d'une intense lassitude. Ses blessures lui cuisaient. Il avait envie de s'asseoir.

Sauf qu'il n'avait pas la force, pas encore, de faire face à une existence entre quatre murs avec pour seule compagnie ces deux-là. Ensuite, les marshalls. Et s'il essayait de dormir ? Continueraient-ils à lui parler même la lumière éteinte ? Tenteraient-ils de plaisanter à propos d'une émission télévisée ?

Penny lui manquait terriblement. Et Felix. Ils avaient dormi trois ans dans le même lit, à l'époque du lycée, comme des frères, et maintenant le soleil allait se coucher, et il était mort, Felix. Puis le soleil se lèverait, et Felix serait toujours mort. Alors qu'il y a quelques jours à peine, il croquait la vie à belles dents.

Martin se demanda si Felix aurait menti comme le gros Sicilien.

« Il y a une question que je voulais vous poser », l'interpella brusquement Corso.

Comme il n'ajoutait rien, Martin avança :

« Vous êtes persuadé que je serais capable de tuer, de préméditer un meurtre, de l'exécuter, mais vous me laisseriez partir en échange de mon témoignage contre des gangsters. Qu'est-ce que c'est que cette merde ?

– Encore un préjugé banal chez nos témoins. Comme si tout était notre faute. Je vais vous dire le fond de ma pensée. Ce qui me gêne, c'est qu'on plume à tire-larigot et à leur insu des innocents. Que des gangsters se fassent mutuellement la peau de temps à autre ne me dérange pas. En fait, je suis plutôt favorable aux méthodes expéditives. On lave son linge sale en famille, pas vrai ? C'est un peu ce que nous faisons, nous autres au FBI. Mais ce qui m'exaspère en revanche, c'est quand le bain de sang nous met des bâtons dans les roues. Non que ce soit le cas dans l'affaire qui nous occupe. Mais seulement pour que vous sachiez. »

Ainsi Corso aurait souhaité, lui aussi, revenir au *statu quo* antérieur. Pas de cadavres. Rien qui dépasse.

Tout le monde ici aurait aimé faire machine arrière. Effacer la mort de Felix. Martin secoua la tête. Quelle tragédie, songea-t-il. Tout haut, il lança :

« Qu'est-ce que vous alliez me poser comme question ?

– Depuis quand vous jouez au gangster ? Quinze ans ? Pourquoi vous n'avez pas de casier ? Il y a longtemps que vous travaillez pour ces salauds ?

– J'ai passé quatre ans dans l'armée, j'ai eu un emploi, j'ai été à l'université. Je suis rentré à vingt-cinq ans. »

Tout d'un coup, il revit tout comme dans un film : le faire-part du mariage, la route du retour, son quartier retrouvé après une si longue absence.

« Qui était avec vous ? interrogea Corso. Qu'est-ce que vous faisiez dans l'armée ? »

Martin fixa un point dans la baie, un bateau, une barge, comme pour s'aider à éclaircir ses idées, à les laver de la lie du passé.

« Écoutez, Corso, il faut que vous sachiez. À propos des Russes. Ils ont pas le chic des Italiens. Non, eux, ils ont seulement les dents qui rayent le parquet. Pas de poil de chameau pour eux. Du costard cent pour cent polyester… Vous et Dolan avez pour mission de poursuivre ces gens-là, hein ? C'est une croisade sans gloire, croyez-moi. Vous y gagnerez peut-être une place au paradis, si vous ne flanchez pas entre-temps en acceptant en guise de récompense qu'un de ces *pierogi* en polyester vous paye les traites de votre maison ou vous construise une piscine. Et c'est le seul merci que vous aurez. »

Pas de réaction chez ses interlocuteurs. Silence dans son dos. Il ne voyait même pas leurs reflets dans la vitre.

« À quelle heure vos jeunes flics commencent à piloter sur le circuit le matin ? » ajouta Martin, sautant du coq à l'âne.

Il entendit Corso tourner une page, Dolan allumer le poste.

« Est-ce que j'aurai le droit de sortir... juste pour me dégourdir les jambes ?

– Bien sûr... » La voix de Corso. « On vous organisera des promenades. Peut-être un pique-nique.

– J'ai jamais visité la statue de la Liberté. »

Martin ne plaisantait qu'à moitié. C'était vrai, alors qu'il était né à New York, il n'avait jamais vu que de loin Lady Liberty.

Il la chercha des yeux dans la baie.

15

Mme Adria Potenta Anzone
a la joie d'annoncer
le mariage de sa fille,
Penelope Amiata Anzone,
avec Felix Pasko,
le fils de M. et Mme...

Il savait où se trouvait ce faire-part encore aujourd'hui. Caché dans la couverture du disque de son père, celui que Penny avait déniché à Paris pendant son voyage de noces.

Dolan dormait, sur le canapé où il avait fini par s'effondrer. Après avoir baissé le son de la télé, Corso, une fesse sur le bureau, un pied par terre, s'était replongé dans la lecture des feuilles que le fax vomissait depuis une bonne heure. Les deux agents à présent en manches de chemise, pistolet à la ceinture, cravates de travers.

Un de ses potes de l'armée prétendait que l'Alaska était l'ultime territoire encore vierge. Cette perspective lui plaisait. Les rigueurs du climat promettaient calme et paix spirituelle. Ils avaient présenté leur candidature au service du personnel des puits de pétrole et, en attendant, s'étaient glissés dans les rangs des pionniers sur la chaîne de fabrication de l'usine de conserves de saumon. Son pote avait tenu un mois avant de rentrer chez lui en Pennsylvanie en lui laissant l'album des Rolling Stones *Let it Bleed* et la permission de fréquenter Katie, une fille que Martin connaissait déjà, quoique moins que son camarade. Elle était barmaid dans le boui-boui en bas de chez eux.

Elle ne tarda pas à passer la nuit chez lui. À monter des plats préparés. Puis sa télé. Ils avaient besoin de distractions après avoir mangé et baisé. Une brave gosse. Jeune, mais seule dans la vie depuis longtemps. Elle buvait trop et trouvait louche qu'il ne touche pas à l'alcool.

Au bout d'un moment, elle se mit à sortir avec un autre type. Et un beau jour, ce nouvel amoureux vint cogner à sa porte. Martin ouvrit pour tomber nez à nez avec un .38 Special. Rien de dramatique, juste un pistolet braqué sur lui, style haut les mains. Katie se leva d'un bond du canapé pour se planter entre eux, Martin lui marmonnant de ne pas paniquer, avec l'envie qui le démangeait de déclarer au type : « Vas-y, elle est à toi, mon vieux. Je m'en fous. » Mais Katie protestait : « On regardait la télé, c'est tout. On fait jamais rien d'autre ensemble. C'est mon ami. Il a pas de télé. » Et le type de rétorquer : « Vous êtes plus amis et la télé, elle part avec toi. » Martin avait haussé les épaules et signalé au type qu'il pouvait prendre ce qu'il voulait. « À un de ces jours, Katie », avait-il lancé à la fille en faisant mine de retourner au canapé.

« Bouge pas ! s'était alors exclamé le jaloux.

– Quoi ? »

Le type l'avait toisé. Il était plus costaud que lui, et plus vieux ; près de quarante ans.

« Alors, comme ça, si j'avais pas de flingue, tu ferais comme si j'existais pas ? »

Sur ce, il posa le poste par terre et tendit le flingue à Katie. Laquelle le contempla en le tenant des deux mains devant elle comme une petite fille chargée d'un sac à provisions trop lourd. Martin lui adressa un sourire. Jeta un coup d'œil au type, puis de nouveau à la pièce qui avait soudain l'air vide sans la présence du poste.

« Non, je crois pas, répliqua-t-il enfin.

– Viens, Larry », le pressa Katie.

En fermant la porte derrière eux, elle lança :

« Au revoir, Martin.

– À un de ces jours, Katie, répéta-t-il.

– Merde ! s'écria le dénommé Larry en rouvrant le battant.

– Qu'est-ce que tu veux encore ? protesta Katie. Tu m'as, tu as la télé. Laisse tomber. »

Non sans avoir préalablement soufflé très fort, le type obtempéra.

Martin ne jeta même pas un regard vers la porte, qu'ils avaient laissée entrouverte.

La violence ? songea-t-il. Mon vieux, dans l'armée, il avait vu des mecs se glisser entre les baraques pour donner la bastonnade, à travers sa couverture, à un môme dont les piètres performances rendaient leurs journées plus longues et plus dures – une centaine de pompes supplémentaires, deux kilomètres de plus avec le sac à dos. Ils lui tombaient dessus alors que le pauvre petit con dormait, convergeaient vers lui pour le maintenir et le rouer de coups. Coups de poing, coups de chaussettes bourrées de savonnettes. Le môme hurlait mais personne ne venait. Dès que le sergent allumait sa lampe dans sa chambre à l'autre bout du dortoir, les mecs se barraient. C'était fini. Le môme chialait. Parfois jurait, quoique rarement. Trop esquinté. Alors, la violence ? La sienne, celle de New York, n'avait pas toujours été justifiée, mais au moins elle n'avait pas été une affaire de lâcheté. Il avait vu comment d'autres la pratiquaient et, à présent, il dormait la conscience tranquille.

Et que penser du départ de Katie ? Merde, une petite dose de vie monacale lui ferait le plus grand bien.

Au printemps, il commença à travailler dans les puits de pétrole. Il apprit à craindre ces gigantesques machines de mort et jusqu'au sol sous ses pieds suintant son liquide visqueux. Lui qui avait vécu au bord de la pauvreté du temps de l'usine de conserves, en neuf mois, il se fit trente-neuf mille dollars. Mais il était trop épuisé pour en profiter. Il finit par donner sa démission. Et se mit à voyager. Se prit à dériver de plus en plus vers l'est, plutôt que vers le sud. Songea à rentrer chez lui. Où l'attendait quoi ?

Au bout d'un certain temps, il se retrouva dans l'État de New York. Il s'y installa et reprit des études à l'université. Se persuadant qu'il se bâtissait ainsi un meilleur avenir. Pas comme à l'époque où il tapait du pied en classe, l'œil fixé sur l'horloge en attendant l'heure de retourner dans son quartier faire les courses des Italiens.

À partir de la deuxième année, il se sentit de plus en plus souvent seul ; la nuit, il pensait à son père. Le matin, il se réveillait abruti, dans les brumes de rêves dont il ne se souvenait jamais mais supposait qu'ils étaient les mêmes que ceux qui l'avaient réveillé pendant des années après la mort de son vieux. Sauf quand il dormait chez Felix Pasko, bien sûr. Chez Felix, il se réveillait toujours avec les idées claires. La lumière qui tombait des grandes fenêtres était toujours belle, même quand il pleuvait. Felix papotant dès qu'il avait les yeux ouverts. Faisant basculer ses jambes sur le côté du lit pour se lever en emportant avec lui toutes les couvertures dans les chiottes.

Comment vivre si loin de chez soi ? C'était comme une transe, conclut-il. L'Amérique vous martelait qu'une maison dans la verdure et des grosses voitures, c'était ça le bonheur. Il voulait de nouveau appartenir à une communauté. Il se figurait déjà avec un boulot syndiqué, passant ses soirées au bar du coin avec les copains, ces derniers habitant tous à un jet de pierre les uns des autres. C'est dans cet état d'esprit qu'il étudiait la liste des options pour le semestre qui démarrait en automne quand le faire-part était arrivé... *Mme Adria Potenta Anzone... a la joie d'annoncer...* comme si Felix le rappelait au bercail. Lettres dorées sur papier épais couleur crème. Sur l'enveloppe, les pattes de mouche de Felix reconnaissables entre toutes. Il n'arrivait jamais à copier sur lui lors des contrôles surprises, se rappela-t-il. Après les cours, il lui passait un savon. « Tu pourrais faire un effort au moins pour écrire correctement quand le prof nous surveille. » Et Felix de répondre : « Je copiais sur toi, si tu veux tout savoir. »

Il s'accorda une semaine de réflexion. Ne vit personne de tout le week-end. Puis rendit la clé de sa location à son propriétaire, fourra le peu qu'il possédait dans sa vieille Plymouth Gran Fury qui refusait de rendre l'âme et prit la route, un jour avant la fête.

Impossible de savoir si Felix avait changé, s'ils auraient encore quoi que ce soit en commun. Tant de temps s'était écoulé. Mais il était sorti de sa transe, il avait mis ses cauchemars sur pause.

Et que fallait-il penser de son mariage avec Penelope Anzone ? Cette fille avec qui il avait couché une fois et qu'il avait projeté d'épouser, jeune et con qu'il était alors.

Mais qui était-il à présent pour critiquer l'innocence ? Une fille comme elle – sans une once de duplicité –, quand elle couchait avec toi, c'était qu'elle n'avait pas le moindre doute sur ton intention de vivre pour toujours avec elle. Alors, toi, comment pourrais-tu douter d'elle ? se dit-il.

Il roulait sur la route.

Et à quoi pouvait-elle ressembler aujourd'hui ? Après tout ce temps ? Que pouvait devenir tant de vraie bonté une fois que la vie avait laissé ses marques ?

En approchant de la frontière entre l'État de New York et la Pennsylvanie, il descendit les vitres de la voiture pour humer l'odeur des cheminées des maisonnettes qui bordaient la route. Il sut à cet instant avec certitude qu'il ne retournerait jamais à l'université, ni ne reverrait de sa vie ce paysage.

16

Après une brève inspection du placard, il conclut qu'il serait obligé de s'acheter de nouvelles fringues le lendemain à la première heure – celles de Frito semblaient sortir d'une friperie. Il repassa la main sur le sol et sur l'étagère supérieure. Autrefois, ç'avait été leur placard à tous les deux. Frito si petit à l'époque qu'il n'avait besoin de presque rien.

« T'as vu mon vieux cartable de Saint Anthony ? cria-t-il à l'adresse de sa mère qui revenait de la cuisine, où elle avait trouvé de quoi manger pour lui dans le frigo.

– Ton cartable ? Mais cela fait vingt ans !

– Pas tout à fait, rétorqua-t-il.

– On a du fromage et un reste de poulet, déclara-t-elle dans l'embrasure de la porte.

– Te casse pas la tête, j'irai m'acheter une pizza.

– Qu'est-ce que tu cherches ? Ce cartable ?

– Il a disparu. Ma veste en cuir aussi. »

Frito était monté lui rendre visite à l'université l'an passé et était tombé en admiration devant le car coat. En l'accompagnant à la gare routière, Martin l'avait enlevé pour le lui donner. Le genre de vêtement qu'un frère aîné transmet à un cadet qui montre tous les signes de vouloir le rattraper. Frito le considérait un peu comme une pièce de collection – une sorte de déguisement. Et à ses yeux à lui, Martin, comment lui apparaissait-il ? Une tenue portée jadis dans un concours qu'il avait perdu.

Mais à présent, il voulait le récupérer. À ses yeux, il était synonyme de sécurité.

Il regrettait par ailleurs de ne pas avoir les cheveux plus longs. Pour le brushing. C'était tellement bizarre d'être de retour sur Thompson Street avec un look d'ancien GI.

Il se releva pour se tourner vers sa mère, paumes en l'air.

« Tu ne la trouves pas ? s'étonna-t-elle. Il doit l'avoir mise. »

Elle lui indiqua une discothèque sur Union Square – Frito, à l'en croire, y élisait domicile chaque week-end. Martin trouva facilement la boîte et observa un moment son frère du bord de la piste. Avec la sensation d'être un espion. Le gamin – ou plutôt le jeune homme – encore innocent. Ni alcool ni tabac. Juste la danse. Et avec une seule fille, tourbillonnant de-ci de-là. Un peu bête. Les cheveux de Frito si décolorés qu'ils scintillaient comme une ampoule électrique. Et manifestement la fille lui plaisait. Il la tenait serrée fort contre lui. Une Black. Coupe courte. Une peau jeune, mais quelque chose d'usé dans le visage. Et elle était plus grande que Frito.

Martin se rapprocha. C'est elle qui le remarqua en premier. Elle sembla comprendre qu'il était là pour eux. À moins qu'elle n'ait vu une photo de lui. Quelques secondes plus tard, elle réussit à signaler sa présence à Frito, lequel s'immobilisa, le regard sur Martin alors que les autres danseurs continuaient à évoluer autour de lui. Prenant la fille par la main, il se dirigea vers lui.

« Tu uses mes frusques », lui lança Martin.

Ils s'embrassèrent, puis Frito reprit la main de la fille pour la présenter à Martin, comme s'il n'était pas tout à fait lui-même tant qu'il n'était pas en contact physique avec elle. Fou d'amour.

« Voici Juliet... » Il la contempla, une bonne seconde, avant d'ajouter : « Juliet, c'est lui. »

Elle tendit la main à Martin, une main ferme. Martin la serra, jetant un coup d'œil à Frito qui lui tenait toujours l'autre.

« Je suis heureuse de faire enfin votre connaissance. »

Il avait deviné d'avance qu'elle s'exprimerait avec un accent.

« Martin Quinn », prononça-t-il.

Elle le regardait dans les yeux. Désireuse de le trouver sympathique, sans doute, mais s'efforçant de déterminer s'il était bon ou non pour son petit frère. Son Roméo aux cheveux fluo. Elle aussi aimait Frito, mais pas du même genre d'amour. Et Frito avait besoin de quelqu'un pour veiller sur lui, c'est du moins ce qu'il concluait à présent. Il entrait à l'université à l'automne sans savoir, à en croire sa mère, quelles études il voulait entreprendre par la suite alors qu'il passait son temps à se trémousser sur une piste de danse comme un gamin.

Ils passèrent la nuit à discuter. Frito le mettant au courant des dernières nouvelles, Juliet assise sans piper à côté de lui, se contentant de le regarder. Rassurée sur le compte de Martin, elle était retournée à la contemplation de ce jeune homme dont tous les deux, le grand frère et elle, se sentaient responsables. Elle était française, annonça Frito. Ils s'étaient rencontrés lors de séances d'orientation à l'université de Columbia. Sa mère travaillait pour les Nations unies. Elle avait entendu leur père jouer à Paris en 1969. Martin les informa de la raison de son retour à New York et ils l'écoutèrent en s'abstenant de tout commentaire. Pour lui, à cet instant, ils étaient tels deux enfants certains de s'aimer pour la vie, désarçonnés devant les tourments des adultes. Martin se rappela qu'à leur âge, il gardait en permanence une bague au fond de sa poche dans l'intention de demander la main de Penny. Incroyable comme ils étaient devenus proches en six mois. Il se rappelait avoir eu l'impression que jamais il ne vieillirait, que jamais il ne changerait de point de vue sur le monde. L'épreuve de l'université pousserait sans doute ces deux-là à rompre.

Martin déclara qu'il aurait besoin de la veste en cuir pour le lendemain. S'il l'avait sur le dos, il y avait peut-être une chance pour que l'on se dise qu'il n'était jamais parti.

« Tu n'as pas changé, observa Frito en riant. Tes lettres, quand tu voyageais, étaient pleines de choses nouvelles mais toi, tu étais le même. Immuable. »

Sur le trottoir devant la discothèque, Martin et Juliet attendirent Frito qui s'était éclipsé aux toilettes.

« Tu aimes encore cette fille », laissa-t-elle tomber, les yeux sur l'entrée devant laquelle des jeunes faisaient éternellement la queue.

Elle avait passé son bras sous le sien et posé son autre main sur son avant-bras. Il faudrait qu'il s'y habitue. À ce geste tout à la fois affectueux et sophistiqué. Sûrement un truc d'Européen, songea Martin.

« Non, répondit-il dans un sourire, conscient que, sous son attitude désinvolte, Juliet était très fleur bleue. Je suis resté trop longtemps absent. Si je suis un peu anxieux, c'est uniquement parce que ça me fait drôle d'être de retour. Je me demande ce que les gens vont penser. Et si je vais avoir envie de revenir pour de bon.

– Tu étais dans l'armée ?

– Oui, mais ça fait déjà quelques années.

– On dirait pas. Tu n'as pas de souci à te faire. Tu as l'air de n'être jamais parti. Un vrai New-Yorkais. »

Elle agita une main en l'air pour montrer la ville, puis la reposa sur le bras de Martin.

« Ah, le revoilà. »

Frito descendait l'escalier.

« Tu sais ce qui lui a valu son surnom ? lui demanda Martin et comme, sans lâcher des yeux Frito, elle levait le menton, il précisa : Des Fritos, les chips de maïs, délicats et croustillants. Je l'appelais comme ça quand il était gosse.

– Exact, dit Frito d'un air gêné à la pensée qu'ils puissent parler de lui. Vous êtes prêts ?

– C'est un sacré numéro », dit Martin.

Elle caressa la main de Frito. Balaya la mèche humide sur son front.

« Pour moi, il est le plus beau. Sacré numéro ou non… »

Après avoir marché quelques minutes, ils hélèrent un taxi. Martin tint la portière ouverte. En disant au revoir, elle prit son visage en coupe entre ses mains et l'embrassa sur la bouche. Il ne lui rendit pas son baiser. Il vit que cela avait été spontané de sa part. Un baiser d'ado impertinente. Il devait laisser passer.

« Frito t'aime énormément », dit-elle d'un ton grave, presque respectueux, un peu comme si elle s'adressait à son propre père, un père à qui elle aurait refermé son col de manteau pour qu'il ne prenne pas froid.

Ensuite elle serra ardemment Frito dans ses bras avant de s'engouffrer dans le taxi.

« Je vais l'épouser », déclara Frito en regardant le taxi s'éloigner.

Comme Martin se taisait, il ajouta :

« C'est tout ce que ça te fait ?

– On en reparlera... On rentre à pied ? »

Frito fit signe que oui. Ils se mirent en route.

« Tu as dépensé mes quatre mille dollars pour la gâter ou tu les as juste déménagés de l'armoire ? interrogea Martin.

– Pour la gâter, oui, surtout pour ça.

– Autrement dit, il va me falloir trouver un boulot plus tôt que je ne le croyais.

– Tu m'as écrit que t'avais gagné un paquet dans le pétrole.

– J'ai presque tout claqué.

– En nanas ?

– Surtout, oui. »

Il n'entendit pas son réveil et émergea à 8 heures passées pour se ruer dehors afin de bouger sa Gran Fury. Un papillon était glissé sous son essuie-glace et un énorme sticker sur le pare-brise côté conducteur indiquait qu'il gênait le nettoyage de la rue. Toutes les autres voitures étaient déjà garées en double file sur Spring Street. Il la laissa sur place et prit le métro jusqu'à Delancey Street où il acheta un costume. Un costume bleu-gris droit trois boutons, demi-saison.

Le quartier était méconnaissable. La moitié des commerces avaient été rachetés par des Coréens et le vieux juif qui lui vendit son costume n'arrêtait pas de le traiter de *homeboy*. Martin lui fit rabattre son prix à deux cent cinquante, paire de chaussures comprise, mais il paya plein pot pour la chemise et la cravate – « En coton égyptien. Deux cents, pas moins. De la soie chinoise. Je n'ai pas de loyer sur le dos peut-être ? » – et rentra en flânant. Les rues étaient toutes tellement changées. Little Italy réduite à Mulberry Street. Thompson Street bordée d'un chapelet de boutiques et de salles sombres portant l'enseigne « BISTRO », écrite en français. Il y en avait même de chaque côté du club en bas de chez lui. Et partout des voitures de marque étrangère.

Quand il était petit, les Italiens avaient déjà investi les garages et s'arrangeaient avec les flics. Une manière de s'enfoncer dans la clandestinité. Mais de là à avoir cette impression qu'aucun Italien n'avait jamais habité le quartier ! À l'exception des couleurs du drapeau peintes sur le mur de la cage de handball.

Il se rappela un gangster du nom de Speed qui répétait tout le temps : « C'est plus les années 1950, les gars ; faut vous fier à rien. » La suite semblait prouver qu'il avait eu raison.

Le vieux Speed avait passé la fin de sa vie à entrer et sortir de taule, tirant six à huit mois d'affilée pour insulte. Mort derrière les barreaux, bouche cousue ; pas de confession sur son lit de mort.

Martin suspendit son costume dans le placard, enfila les chaussures pour les faire à son pied et repassa sa chemise qu'il mit sur un cintre à part. Puis il descendit dans la rue avec un rasoir pour gratter le sticker sur son pare-brise. Le club était fermé. Des gosses couraient en hurlant dans le parc. Les tours du World Trade Center se dressaient au bout de l'île de Manhattan, à croire que Thompson Street y conduisait tout droit. Martin songea qu'en fin de compte, il allait rester. Il aurait besoin d'un boulot. Peut-être dans les services municipaux de nettoyage ? Il pourrait coller des stickers sur des bagnoles. En souriant, il continua à gratter. Quelqu'un traversait la rue dans son dos. Il distinguait son reflet qui grossissait dans le pare-brise.

« Tu t'es fait avoir, hein ? »

Martin se retourna.

Bunny Lamentia. Toujours tellement cool que pour rien au monde il ne se fendrait d'un sourire. Une rencontre de bon augure. Le passé sous son jour le meilleur. Bunny n'était pas du style à lui en vouloir pour de vieilles lunes.

« Easter Bunny.

– Quinn-Quinn.

– Quoi de neuf, Pasqualito ?

– Rien. T'étais passé où ?

– Dans l'armée. »

Bunny fit un pet avec sa bouche. Bunny, c'était un truc qu'il ne digérait pas.

« Ben ça alors, pourquoi ?

– Histoire d'acquérir un peu de discipline.

– T'avais pas besoin d'aller si loin. Ici, rien change jamais.

– Oui, bon...

– Ah, c'est vrai, j'oubliais : Rocco t'a viré. »

Et a buté ton vieux, se retint de lui sortir Martin.

Dire que la mère de Bunny n'avait même pas déménagé, alors qu'elle savait que son gosse aurait un jour à se battre contre Rocco, pour récupérer ce qui leur revenait.

Bunny aperçut son reflet dans la vitre de la portière arrière. Il caressa son brushing.

« Tu te brosses toujours les cheveux cent fois par jour ? le taquina Martin.

– Et toi, t'aimes toujours les mecs ? »

Il se redressa, satisfait, et se tourna vers la rue.

« T'es parti à cause de lui ?

– De Rocco ? Non.

– T'avais un million de raisons, c'est ça ? Pourquoi t'es revenu ?

– J'en sais encore rien.

– T'es rentré pour de bon ?

– Je crois. »

Bunny monta sur le trottoir. Une voiture passa.

« Du boulot ?

– Je débarque, hier.

– Ta bagnole ?

– Ouais.

– Une épave.

– Elle a besoin de réparations.

– Tu veux dire de l'extrême-onction. Elle fait tache dans le quartier. »

Martin sourit et recommença à gratter le sticker. Il avait toujours trouvé Bunny sympa.

« Toutes ces boutiques, ça empoisonne le coin, pas vrai ? Et qu'est-ce que c'est que tous ces bistros ? Putain, c'est quoi au juste, un bistro ?

– Un trou dans le mur. Ils ont pas de licence pour la vente d'alcool. Alors les Yuppies se font un plaisir d'apporter leur pinard… J'ai entendu dire que Mirra t'avait chopé dans la rue et flanqué une dérouillée. »

Martin fit non de la tête en le regardant d'un air sidéré.

« Ta mémoire te joue des tours, Bunny. J'en garde aucun souvenir.

– C'est toi qui le dis, Quinn. Il a pris du plomb dans l'aile, ce vieux Mirra, et quelques années de taule. Marzolino a pas rajeuni non plus. Ça devient dur quand t'es vieux par ici, c'est ce qu'on dit. Et puis Richie Jinta est mort. Et Fischetti. Bobby Stella. Morello. Ray Balls. Mikey Ha Ha.

– Bunny.

– Quoi ?

– Je m'en fous.

– Bon.

– T'es en vie. Ça me suffit.

– C'est trop vrai. »

Bunny vint se planter à côté de lui, une fesse sur le capot.

« T'as besoin d'un job ? »

Martin lui jeta un coup d'œil avant de se remettre à gratter.

« Je vois, tu veux pas d'emmerdes, commenta Bunny.

– Autant que possible.

– T'es optimiste. »

Martin se redressa et s'appuya à son tour à la voiture.

« Tu n'as rien d'autre à faire ?

– Rien. »

Bunny haussa les épaules puis regarda le trottoir d'en face l'air de guetter quelque chose. Martin suivit son regard. Un gamin jaillit en courant d'une pizzeria. Il s'arrêta au coin de la rue pour ouvrir une cannette de soda et sucer les bulles, puis se remit à courir en direction du parc.

« Stop ! » s'écria Bunny.

Le gamin freina des quatre fers.

« Regarde des deux côtés. »

Le gamin lui obéit. Il traversa en courant et ralentit en passant devant eux, la cannette à la bouche

« Elle est en sens unique », lança-t-il à Bunny, qui lui donna une petite claque sur l'arrière de la tête en levant les yeux au ciel.

Le gamin, pas du tout surpris, poursuivit sa route vers le parc comme si de rien n'était.

« T'as besoin de bosser, oui ou non ? reprit Bunny.

– À faire quoi ?

– Toutes sortes de conneries, j'en sais rien, répondit Bunny en indiquant d'un bref signe de tête le club derrière eux.

– À bâtir l'empire.

– Ça ne se construit pas en un jour.

– La royauté en exil, énonça Martin.

– Tu te rappelles ?

– À l'instant.

– *Rusty James*, dit Bunny. Un bon Coppola.

– La liberté totale…

– Quatre étoiles. »

Bunny levant le menton. Encore plus beau gosse à vingt berges que lorsqu'il était ado, et c'était pas peu dire. À l'époque, les filles lui filaient le train dans la rue, s'arrêtaient quand il s'arrêtait. Bunny prétendait ne même pas les voir.

« Cet enculé de Mickey Rourke… Qu'est-ce qu'il trimbale, ce mec ? Il chuchote comme ça pour se donner l'air d'un dur, ou quoi ? Tu sais à quoi il me fait penser ? À un pédé qui essaye de t'attirer dans les chiottes.

– Il était bon dans *Le Pape de Greenwich Village*. »

Bunny opina, pencha la tête de côté :

« Pas mal. »

Silence. Des cris de gosse leur parvinrent du parc.

« Ils l'ont filmé ici, déclara Bunny.

– C'est pas vrai ? Ici, à Greenwich Village ?

– Bon, je m'en vais », décréta soudain Bunny en décollant ses fesses de la carrosserie.

Bunny imperturbable, comme si Martin n'était pas là. Ce dernier sourit.

« Je lui donne pas plus d'une semaine, à ton épave. Transmission. Starter. T'en as pour plusieurs centaines de dollars. Passe donc me voir quand ça t'arrivera.

– Où ça ?

– Au restaurant de mon père. »

Il l'avait toujours appelé ainsi, Bunny. Ledit restaurant se trouvait à une rue de celui de Rocco.

« Tu me proposes un emploi de serveur ?

– Je t'en prie. J'ai des actrices pour ça. Un vrai casting pour film cochon.

– *Les Anges du mal*.

– Linda Blair, rétorqua Bunny. T'as vu ses nibards dans la scène de la baignoire avec le gardien ? Pas mal. Regarde-moi ça… La journée commence bien… »

Sur ce, il sortit un objet de sa poche.

« T'as un bip maintenant ? s'étonna Martin.

– Et un téléphone dans ma voiture japonaise, ouais ! On est au XXe siècle ou on ne l'est pas. Y a pas que ceux qui sont assignés à résidence qui en portent. Pour eux, c'est de la frime. Ils se font biper par leur officier de probation et descendent téléphoner de la cabine du coin parce qu'ils ont pas les moyens de s'en payer un chez eux.

– Pas cool.

– T'as raison, mon pote. Tout le monde conduit pas une De Soto 52. On se revoit un de ces quatre... »

Bunny sortit une clé de voiture de sa poche et la pointa vers la berline garée à deux pas, une Mitsubishi bleu métallisé aux vitres teintées. Une calandre qui ressemblait à une tête de chouette. Une super caisse.

« À un de ces quatre, répliqua Martin.

– À dans une semaine, l'Irlandais, lui lança Bunny sans se retourner. J'espère que tu te retrouveras pas coincé dans le Bronx à chercher un poste plan-plan dans une compagnie de téléphone de merde. »

La voiture gazouilla, les phares s'allumèrent puis s'éteignirent. Bunny agita sa clé en l'air.

« T'as vu ? C'est ça, le progrès. Le savoir-faire asiatique. »

Martin arriva volontairement en retard et se gara le plus loin possible de la maison. Le bruit de ses chaussures neuves sur le pavé résonna sous l'épaisse voûte formée par les branches des grands arbres. Il sortit de l'arrière de la vieille Plymouth sa veste de costume et le car coat. Puis il inspecta la maison, les fenêtres tout illuminées et, garées à touche-touche des deux côtés, les bagnoles de luxe. Des marques américaines aussi bien qu'allemandes. Quant à la grande bâtisse, elle lui parut familière, oui, étrangement familière.

En respirant calmement, il réfléchit à toutes les réponses qu'il allait sans doute devoir fournir. Où il avait été, pourquoi il était rentré, ce qu'il avait fait toutes ces années...

Alors qu'il se dirigeait vers la maison, il rebroussa chemin et jeta la veste en cuir sur la banquette arrière. Il était probable qu'il ne reverrait plus jamais Felix et Penny après cette soirée, se dit-il. Pas question, finalement, de se présenter devant eux comme s'il n'avait pas changé du tout. Comme s'il avait attendu tout ce temps qu'ils l'appellent.

En approchant du bain de lumière éblouissant, il distingua une silhouette sur la pelouse. Un homme venait de se détacher d'un tronc d'arbre. Tout de noir vêtu. Blouson en cuir, col roulé. Jeune. L'air d'un étranger. La vingtaine. Un deuxième homme se profila près de l'arbre suivant. Martin avança de quelques pas vers le premier puis s'arrêta.

« Comment ça va ?

– Qu'est-ce que je peux faire pour vous ? »

Russe.

Un autre pas, amical.

« Rien, je voudrais entrer.

– Vous avez une invitation ?

– Oui, dans ma poche. »

Le type se raidit comme si on lui avait glissé un bâton dans le dos et enfouit sa main dans la poche de sa veste.

« Vous voulez que je vous la montre ? » s'enquit Martin.

Le type fit oui de la tête – un mouvement nerveux –, les yeux sur la poitrine de Martin. Ce dernier tira sur son revers de veste et se pencha en avant pour présenter le carton.

« Ça va ? Vous me laissez passer ? dit-il en se redressant.

– Pourquoi vous êtes retourné à votre voiture ?

– Quoi ?

– Qu'est-ce que vous avez pris, dans votre voiture ?

– J'ai laissé mon manteau. J'en avais pas besoin. C'est bon, je peux entrer ?

– Levez les mains, s'il vous plaît. »

Le deuxième *byk* s'approcha avec, au poing, une petite mitraillette dont les angles se découpaient dans l'éclat de la lumière telle une machine-outil. Martin s'adressa à celui qui se trouvait devant lui :

« Ça va pas, Ivan ? Essaye de me fouiller et tu te retrouveras à la rue. Et le vieux n'aura plus qu'à me féliciter et t'y laisser. Tu piges… ? »

Il avait prononcé la dernière phrase en russe. Tout comme il savait que *byk* – le taureau – était le terme argotique pour désigner un garde du corps. Il lui avait suffi d'entendre l'accent pour se rappeler le peu qu'il savait.

« Si vous voulez m'escorter à l'intérieur, j'y vois pas d'inconvénient, du moment que vous tenez vos distances. Sinon gare… »

Un rire mauvais fusa dans le silence. Martin songea : La honte, se faire descendre sur une putain de pelouse. De quoi gâcher la fête.

« Vas-y », ordonna finalement le premier *byk* avec un hochement de tête, moins nerveux cette fois.

Martin, le garde du corps sur les talons, gravit les marches du perron. La porte s'ouvrit sur la mère de Felix.

« Eh bien, ça alors, fit Ariana en présentant sa joue à Martin souriant.

– Toutes mes félicitations, énonça-t-il en lui donnant le baiser qu'elle réclamait.

– Oui, c'est le bonheur. »

Elle regarda par-dessus son épaule et adressa un ordre en russe au nervi. Il resta muet. D'un geste impatient de la main, elle le renvoya.

« Viens, entre, Martin. »

Elle ferma la porte et vint se planter à côté de lui. Sans lui prendre le bras. Glaciale. À croire qu'il était dans sa propre famille. Il avait toujours regretté son absence de chaleur.

« Suis-moi au salon… tu lui manques. »

Son cœur se mit à cogner très fort dans sa poitrine à mesure que le brouhaha s'intensifiait. Il sentit le rouge lui monter aux joues. Pour cacher le tremblement de ses mains, il les fourra dans ses poches. Felix se tenait debout à côté de la cheminée. Il l'avait vu tout de suite. Le voilà qui venait vers lui, vite, très vite. Martin lui tendit la main. Mais au lieu de la prendre, Felix l'empoigna par les épaules et le serra contre lui. Tout le monde les regardait. Après la petite scène sur la pelouse, maintenant ça. Il essaya de sourire. Ferma les yeux. Felix ne le lâchait pas. L'espace d'un instant, il fut pris de panique : il avait l'impression qu'il allait fondre en larmes.

Felix, lui, pleurait. L'inspecta de la tête aux pieds. Un Felix un peu vieilli, mais toujours le même. Plus large d'épaules. Le cou un peu plus épais. En forme. Heureux.

« T'as réussi à venir, dit-il en ôtant ses lunettes pour s'essuyer les yeux. Je ne sais pas ce que j'ai aujourd'hui à être ému comme ça. »

Sa mère se détourna en souriant pour expliquer aux invités qui était ce jeune homme. Les conversations reprirent. Penny n'était visible nulle part. Martin balaya la pièce du regard, puis se rendit compte que les yeux de Felix ne le lâchaient pas.

« Comment ça va, Felix ? Merci pour l'invite, mon vieux. Et mes félicitations, bien sûr, débita-t-il d'une voix neutre comme un texte appris par cœur.

– Qu'est-ce que t'as ? souffla Felix en le secouant par l'épaule.

– Rien. Je suis un peu nerveux. Ça fait si longtemps.

– Un peu nerveux, c'est rien de le dire. Tu m'as manqué, tu sais. Tous les jours. J'arrive pas à croire que t'es là.

– Ça fait un bail.

– On a pas idée de disparaître comme ça. Je fais un saut chez l'armurier et je reviens, *pffft*… plus de Martin Quinn.

– Faut pas exagérer.

– Exagérer ? À peine. Tu vas pouvoir m'expliquer ?

– Pas ce soir, s'il te plaît.

– Pas ce soir, pas ce soir, non. Tu veux un verre ? Viens, je vais te présenter… »

Mais Felix ne bougeait pas, continuait à le regarder fixement.

« Qu'est-ce qu'il y a ? Je te dois du fric ?

– Tu m'as manqué, répéta Felix. On s'embrasse encore un coup ?

– Mais qu'est-ce que t'as ?

– Juste une petite accolade !

– D'accord. »

Après tout, se dit Martin, c'était normal qu'il lui ait autant manqué.

Ensuite, Martin fit le tour de la pièce en serrant les mains des hommes, en embrassant les joues des femmes. Il alla saluer le vieux dans son fauteuil, Lexi arborant un large sourire qu'il adressait à l'air ambiant, les yeux un peu vitreux.

Il est ivre, conclut tout de suite Martin. Une première en ce qui le concernait. Son visage était inchangé pourtant – rond, brutal. Il n'avait pas pris une ride.

« Comment allez-vous, monsieur Pasko ? » Il se pencha pour lui prendre la main. « Je suis Martin Quinn. J'étais au lycée avec Felix.

– Il sait qui tu es, l'informa Felix. Il est juste soûl. Et content. Ça va, papa ? »

Lexi prit la main que Martin lui tendait, puis prononça quelques mots en russe. S'interrompit. Sourit :

« Comment ça va depuis le temps ? T'avais abandonné mon fils... »

Ses yeux avaient un peu perdu de leur opacité.

« Oui, ainsi que ma mère et mon frère. J'ai tout laissé tomber. Mais il s'en est bien tiré sans moi, non ? »

Lexi l'inspectait à présent avec attention, moins à l'écoute de ses paroles que de ce qu'il y avait derrière.

« Il y a des moments dans la vie où on est bien obligé de tout plaquer. Mais un jour, il faut rentrer, énonça Lexi en resserrant l'étau de ses doigts sur ceux de Martin.

– Oui, dit Martin en resserrant lui-même ses doigts sur la main de Lexi.

– Et tu es de retour.

– Oui.

– Vraiment ?

– Oui. »

Lexi relâcha son étreinte et regarda autour de lui comme s'il cherchait quelque chose. Son verre. Il le vida d'un trait. Puis contempla Felix avec une expression de grand vieillard. Articula quelques mots de russe. Felix se courba pour l'embrasser.

« Il est raide », murmura-t-il à l'oreille de Martin.

Lexi regarda plusieurs fois tour à tour les deux jeunes gens.

« Tu lui as manqué.

– Je sais, monsieur Pasko. Il m'a manqué à moi aussi. »

Lexi dodelina de la tête.

Felix sourit.

Un temps.

« Maintenant que t'es rentré, tu vas être gentil avec mon fils.

– Papa, je t'en prie…

– Quinn ?

– Oui, monsieur.

– Bien.

– Papa, tu veux quelque chose à boire ?

– *Da. Spaceba.*

– Je présente encore Martin à quelques personnes et je t'apporte un verre.

– Scotch.

– Je sais, papa. Je reviens tout de suite.

– Content de vous avoir revu, monsieur Pasko. »

Une fois à quelques pas de son père, Felix prononça :

« Chivas Regal.

– J'avais deviné.

– Il n'a pas oublié que tu t'étais accusé à ma place. "C'est moi qui l'ai bu, monsieur Pasko…" Quel cinglé tu faisais. Il m'en a reparlé quand je lui ai annoncé que je t'avais invité.

– J'y ai moi-même repensé, quelquefois. »

Ils restèrent un moment silencieux, debout côte à côte. Ils regardaient les autres. Puis Felix reprit :

« Tu te rappelles cette fille, Daniella ? À qui je t'ai présenté tout à l'heure ?

– En effet.

– Tu te souviens pas d'elle ?

– Non. D'où ?

– Moi non plus au début. C'est chez elle ici. Sa maison. Ça te rappelle rien ?

– Si, vaguement...

– Le bal de fin d'études. C'est ici que ça s'est passé.

– Oh, merde.

– Tu peux le dire. Le monde est petit, hein ? Tout a commencé ici, incroyable quand on y pense, non ? » Il passa son bras autour des épaules de Martin. « Je suis foutrement content que tu sois là, mon vieux... » Ses yeux fixés sur lui, insistants. « T'as l'air super en forme. Minci. T'as perdu du poids, hein ? »

Felix resserra encore son étreinte.

« Je m'étiolais sans toi, plaisanta Martin.

– Bon, alors on tourne la page... Tu connais celle-là ? Il y a un type qui va chez son toubib et qui dit : J'ai des problèmes, docteur, avec mes parties sexuelles... »

C'est alors qu'elle lui apparut. Ou plutôt elle entra dans la salle. Tout de blanc vêtue. Piqua droit sur ses amies, sans le voir à l'autre bout. Ses cheveux relevés en chignon. Plus large de hanches. Des rondeurs de femme.

Martin s'efforça de se détendre. Elle. Et le poids du bras de Felix sur ses épaules. Il pouvait à peine respirer. Il tenta de retenir sa respiration. Il avait peur de trembler.

Martin contemplait tour à tour leurs deux visages, subjugué par la vision de la silhouette unique que formaient leurs corps enlacés. Penny entourait de son bras la taille de Felix. Ce dernier la tenait par les hanches. Elle avait l'air plus petite à présent, à côté de lui.

« J'en reviens pas de vous voir, articula Martin, c'est vrai... je suis très heureux pour vous...

– T'as loupé une sacrée bonne affaire », s'exclama Felix.

Et elle de protester :

« Je t'en prie, Felix. »

Martin s'empressa d'abonder dans le sens de Penny :

« On était des gosses, pas vrai ? »

Il sourit. Ou plutôt retroussa les lèvres, la mâchoire serrée. En fait, il brûlait de frapper Felix et de la traîner par les cheveux jusqu'à la Plymouth. Mais elle, se prêterait-elle à un rapt ? Rien dans son attitude ne semblait l'indiquer. Il déglutit. S'efforça d'élargir son sourire.

« Racontez-moi un peu comment vous vous êtes retrouvés, finit-il par dire. L'histoire est bonne ?

– Pas mal », dit Felix en la serrant contre lui.

Elle leva les yeux au ciel.

« À l'université, précisa Felix, dans un concours de miss quelque chose. Je me suis dit : Mais je connais cette fille ! Comment je connais une nana aussi canon ?

– Arrête, protesta-t-elle.

– C'est vrai, Pen. C'est ce que je me suis dit. Tu le sais, d'ailleurs.

– Tu as l'esprit mal tourné, voilà.

– Pas du tout... Elle m'est apparue comme une vision céleste », poursuivit Felix en s'adressant à Martin afin de quêter son approbation.

– *Sugar, sugar...*, chantonna-t-elle. Et pourtant mon café n'est pas sucré. »

Felix était aux anges.

« Elle aime bien nos vieilles expressions russes », dit-il à Martin.

Martin se tourna vers Penny et souffla :

« T'as gagné.

– Oui, j'ai gagné, dit-elle.

– Je vais te raconter. J'ai été trouver le comité d'organisation et ils m'ont permis de lui offrir sa coupe. Je suis monté sur le podium et je lui ai dit : "Toutes mes félicitations. Tu te souviens de moi ?"

– Et, non, je ne me souvenais pas du tout de toi... » Elle lui secoua légèrement la taille. « Je rigole.

– Il y a combien de temps ?

– Quatre ans.

– Quatre longues années, commenta-t-elle.

– Elle savait que j'allais la demander en mariage. Mais il fallait d'abord que je m'installe. Je voulais être plus avancé dans mes études de droit.

– Les affaires avant tout, énonça Martin.

– Tu vois, il comprend, fit Felix en se tournant vers Penny.

– Merci, Martin, ironisa-t-elle. Je vois que tu me soutiens. »

Il sourit.

Curieusement, cette conversation lui paraissait naturelle. Comme si Felix et Penny avaient toujours formé un couple, et que lui était un vieil ami de l'un et de l'autre. Bien sûr, quatre ans... À l'époque, il se trouvait en Allemagne. Et Felix avait tout d'un coup cessé de lui écrire. De son côté, Martin lui avait envoyé une demi-douzaine de cartes postales en lui décrivant les Russes qu'il voyait un peu partout là-bas – soldats, putes. Sans jamais recevoir un mot de retour. Jamais plus.

Maintenant, tu sais pourquoi, songea-t-il.

Sur le moment, il avait conclu que Felix était déçu qu'il ait choisi l'étranger plutôt que les États-Unis.

« Vous étiez tous les deux dans la même fac et vous avez attendu la fin de l'année pour vous croiser ?

– Une année de cauchemar pour moi, convint-elle. J'avais peur d'avoir raté tous mes examens.

– Ce qui ne t'a pas empêchée de te présenter au concours de beauté, fit observer Martin.

– Je passais ma vie dans la salle de gym.

– Tu as vu ces muscles ? lança Felix en pinçant le bras de Penny.

– Tu étudiais quoi ? Le droit ?

– Ben oui, répondit-elle.

– Nom de Dieu, tout le monde dans ce pays veut donc devenir avocat ?

– Sans doute », dit Felix en se renfrognant.

Silence. Penny regardait droit devant elle. Felix lui coula un sourire mi-figue, mi-raisin. Un sujet qui fâche.

« J'ai fait une gaffe ? avança Martin.

– Non, le rassura Felix avec un pâle sourire, sous-entendu : Je te raconterai plus tard.

– Une belle histoire, donc, conclut Martin. Où est la coupe ? »

Elle lui jeta un regard noir :

« Fais pas l'idiot. Elle est enterrée. Personne ne la retrouvera.

– Miss Fac de Droit...

– Je me casse !

– Moi j'ai été M. Platoon... J'ai toujours le slip.

– T'as fini ?

– Oui, m'dame.

– Tu veux boire un truc ?

– Un soda, oui, merci.

– Oh, merde ! s'exclama Felix. Penny, tu peux apporter à mon père son scotch ? J'ai oublié.

– Bien sûr. »

Ils la regardèrent tous les deux s'éloigner, s'arrêter de-ci de-là pour murmurer un mot amical aux invités avant d'arriver au buffet. Martin s'efforçant de distiller un peu de dédain envers cette future épouse. Mais en réalité, il ne désirait qu'une chose au monde : la soulever dans ses bras, la jeter dans la Plymouth et filer sur la route sans se retourner. « Qu'est-ce qui te prend ? Tu pouvais pas attendre encore un peu ? On a toujours été ensemble. On est faits l'un pour l'autre. »

« Tu n'as rien contre ? » fit la voix de Felix.

Martin se rendit compte qu'il était en train de dévorer Penny des yeux.

« Mais bien sûr que non, tu es fou ou quoi ? C'est génial ! »

Martin se détourna en secouant la tête.

« Je sais que j'aurais dû t'écrire avant de t'envoyer cette putain d'invitation.

– Crois-moi, Felix, sept ans ça te fait changer, du tout au tout. Tu crois que quand j'étais en Allemagne et en Corée, je pensais qu'au lycée ? Le temps passe. Il y a des femmes partout. Elles vous font vieillir vite. »

Felix opina.

« Mais je ne voulais pas te vexer en te parlant du lycée : elle est super pour toi. »

Maintenant, Martin ne pensait plus qu'à se casser.

Mais sa dernière remarque avait fait mouche. Il le voyait dans l'expression de Felix. Il fronçait les sourcils, le regard fixé sur elle. Ses convictions ébranlées, soudain.

« Je ne suis pas vexé. Je sais. Alors, l'armée, c'était comment ? Pourquoi tu t'es engagé d'abord ? »

Sa bonne humeur lui revenait, à Felix.

« J'en sais trop rien. J'y pense même plus, à tout ça. Pendant trois ans, je suis resté le cul vissé dans des stations radar aux quatre coins du globe. À bouquiner. Rien que des souvenirs flous.

– Même chose pour moi à la fac. Les trois premières années. Je me suis fait chier.

– Mais ensuite tu as accroché.

– Sans doute.

– Alors, pourquoi elle a fait cette tête tout à l'heure quand il a été question de tes études ?

– Je bosse pour mon père. »

Felix lui jeta un coup d'œil, comme s'il voulait voir l'impression que ses paroles avaient produite sur Martin. Haussant un sourcil.

Martin hocha la tête, ni encourageant, ni désapprobateur. Neutre.

« Tu vois, toi aussi, accusa Felix.

– Moi aussi quoi ? Je m'en fous. Tu as toujours voulu être un gangster.

– Mais justement, c'est plus comme ça, rétorqua Felix en poussant un soupir. On est dans le bâtiment et le carburant. Des affaires tout ce qu'il y a de plus clean. Juste des histoires de gros sous. D'accord, je ne suis pas là à suer sang et eau dans un cabinet d'avocat. Les six mois que je me suis tapés pendant ma dernière année de fac m'ont suffi. Non, je peux pas faire mieux, comme je suis maintenant… » Felix baissa la voix. « Mon père va prendre sa retraite, il fait venir un type du goulag pour diriger les opérations ici. Un avocat. Ils l'appellent "le petit Mongol". Azarchik. »

Pitié, Felix, t'as pas changé d'un poil, se dit Martin. Tu causes trop, t'es trop candide.

« … Il va venir mettre au pas tous ces malfrats minables – ces *mafiyatchiks*. N'empêche qu'il sera le pantin de mon père. Pour l'avoir, il a graissé la patte d'un juge et du gendre de Brejnev. Mais il en a besoin pour prendre un peu ses distances. Il dit que c'est impossible maintenant d'organiser les choses. Il prendra la part qu'on lui offre et fermera les yeux sur le reste. Il est blanc comme neige maintenant et il deale avec les Italiens au plus haut niveau. Il est intouchable. Et moi avec lui. Au sommet, tu vois. Et je vais y rester toute ma vie. Mais Penny… elle… »

Son père. Un minable qui s'était fait descendre à cause du fils débile d'un caïd du Bronx. Martin s'abstint de tout commentaire.

« … Tu te rappelles ce qui est arrivé à son vieux ? »

Un temps de pause. Martin plissa les paupières.

« Merde, oui, je vois ce que tu veux dire.

– Ben, tu vois, je voudrais l'oublier, que je le pourrais pas. Elle a toujours cette putain de liste en tête. Qui est avec qui, qui en veut à qui. Un vrai bottin mondain des familles siciliennes. C'est pour te dire que la Sicile, c'est ancré profond chez elle. Avec la trouille, bien sûr.

– La trouille, oui, approuva Martin. Mais puisque tu dis que tout est légal. Le bâtiment, le carburant…

– Le bâtiment à cent pour cent. Le carburant pour bientôt. C'est rien.

– Rien que des histoires de gros sous.

– C'est ça.

– Alors, qui sont les voyous sur la pelouse devant la baraque ? sourit Martin.

– Qui, Vlady ? Et le petit ?

– C'est son nom, Vlady ? Je l'ai appelé Ivan.

– T'étais pas loin.

– Avec un chapeau noir, le portrait tout craché de Jack Pallance dans *L'Homme des vallées perdues.*

– Dans quoi ?

– Pourquoi il est si nerveux ? enchaîna Martin.

– Il y a eu du remue-ménage.

– Du remue-ménage. Tu vas me faire avaler ça ?

– Mais c'est rien, crois-moi. Simple précaution. Raconte-moi un peu plutôt. Alors comme ça, t'as dit à mon père que tu es rentré pour de bon ?

– Oui.

– Et tes études ?

– Tu te prends pour ma mère ou quoi ? J'y retourne pas. Pas à vingt-cinq berges.

– T'avais décroché au lycée.

– Tu veux être mon avocat ?

– Bon sang, non. Je ne le souhaiterais pas à mon pire ennemi. Qu'est-ce que tu vas faire ?

– Je cherche.

– Personne trouve de boulot sans diplôme de nos jours.

– Demande à ton père de m'engager.

– Compte sur moi.

– C'était pour rire.

– Moi, je ne ris pas.

– Felix, enfin, c'était une blague.

– Je sais… Et je sais que tu sens la même chose que moi. Tu devais rentrer. On dirait que t'es jamais parti.

– Mon vieux Felix…

– Qu'est-ce que t'as avec ton "mon vieux Felix" ?

– Tu veux que je t'appelle comment, Filoushka ?

– Tu es sous l'effet du choc, voilà tout.

– Ah, tu crois que c'est seulement ça ? Depuis combien de temps tu m'écrivais plus ? Tu crois peut-être que je me rongeais pas de solitude là-bas ?

– Je te répète que je suis désolé. N'empêche, c'est toi qui t'es cassé. Et qui refusais de rentrer. Tu as dit toi-même que tu avais choisi d'être stationné en Europe. Alors que je t'avais supplié de choisir les States.

– J'avais mes raisons.

– Je sais. Mais maintenant tu es ici. Plus rien d'autre ne compte. Tu es mon frère.

– Et toi, tu es un incorrigible sentimental. Tu vas encore m'embrasser ? »

Felix se détourna. Martin songea : Invraisemblable, comme si je n'étais jamais parti ! Le cœur sur la main…

« Dis, que faut-il penser de cet Ivan ? Ça sent pas la rose ici. Quelque chose est… quel est le mot ? *navelo.*

– Viens bosser avec moi. On est en pleine expansion.

– Je suis flatté, mais je dois refuser. Et les *carabinieri*, Felix ?

– Tu débarques ce soir au moment où ma vie démarre enfin pour de vrai. Comme si je me replongeais dans les eaux pures de ma jeunesse. Une claque à la gueule du temps. J'ai perdu sept ans à l'instant où tu as posé les pieds dans ce salon. J'ai retrouvé mon innocence. J'ai pas envie de te voir te casser de nouveau.

– Que s'est-il passé, Felix, enfin, dis-moi. Tout le monde va bien ?

– Tout le monde va bien, oui, merci, sauf mon oncle Monya. Mais lui, il compte pas.

– J'avais oublié Monya. Il est mort ?

– Non, oui, d'une certaine façon. Les Italiens lui ont tiré dessus. Six fois dans le dos. Mais il est trop coriace pour crever. Il est paralysé. Il touche une pension d'invalidité.

– Pourquoi ?

– Il a pas de fric.

– Je veux dire : pourquoi on lui a tiré dessus ?

– Pour la même raison qu'il n'a pas de fric : c'est un loser. Et un *stoukatch*. Non, je suis injuste. Il devait vingt-sept mille dollars à un type et a prétendu que c'était mon père qui leur était redevable. Bref, c'est quand même sur lui qu'ils ont tiré. Mon père, lui, il a calmé le jeu. Maintenant, ils sont associés. Et Monya se retrouve au rancart.

– C'est lui qui a calmé le jeu, ou la bande de nervis que j'ai vus dehors ? Si ma mémoire est bonne, ton père avait l'habitude d'opérer en solo.

– Il a juste discuté un peu au téléphone avec le type qui en voulait à Monya. Ces *byki* sont des cinglés. La nouvelle génération. Les enfants de la pénurie. Ils ont grandi dans le dénuement en Russie. Ils ont rien à perdre. Ils feraient n'importe quoi pour faucher une part du gâteau. Ils mourraient pour mon père, je crois. Ça vous donne la chair de poule.

– C'est pour ça qu'ils sont toujours là ?

– Sans doute. Pourquoi les renvoyer ?

– Si c'est terminé ? S'il n'y a plus de menace du côté des Ritals de Staten Island ?

– Ils étaient déjà dans les parages. On s'est contentés de les équiper de mitraillettes.

– Ah, eh bé.

– C'est vrai que ça semble effrayant quand on y pense. »

Martin songea : Pas si on se fie à ton attitude, non. Mais Felix avait déjà l'esprit ailleurs : il regardait Penny – la petite fiancée – qui revenait vers eux.

« Il abandonne ses études, lui annonça Felix.

– Bravo, monsieur Platoon.

– Merci.

– C'est du Coca.

– Parfait, merci, dit Martin en prenant le verre.

– Felix, ta mère veut te parler, un problème avec le traiteur.

– Qu'est-ce qu'elle veut ? gémit Felix.

– Il y a trop de plats italiens au menu. Elle envisage de faire venir votre ancien cuisinier de Russie… »

Elle se tourna vers Martin pour conclure :

« Si tu veux mon avis, elle essaye de dépenser plus pour notre mariage que n'importe qui…

– Notre ancien cuisinier, répéta Felix, abasourdi. Je me rappelle de lui. Il y a bien vingt ans de cela. Un gros qui suait en permanence. Ma mère regrette encore que mon père n'ait pas réussi à l'emmener dans nos bagages. Notre mariage lui sert d'excuse.

– C'est ça, la Glasnost, mon chéri, susurra Penny.

– Il y a assez de Russes dans ce pays, tu trouves pas ? s'exclama Felix en se tournant vers Martin.

– Vous êtes les seuls que je connaisse.

– Avec Vlady.

– Certes.

– Il y en a mille comme lui à Brighton Beach à l'heure qu'il est. Et il y en aura mille de plus avant la fin du mois. Plus autant de gentils gogos qui leur servent de vaches à lait. Le pays se remplit à vue d'œil d'*Homo sovieticus*.

– Que Dieu bénisse l'Amérique.

– Que Dieu bénisse Gorbatchev.

– Va lui parler, dit Penny.

– La cuisine russe est dégueu…

– Eh bien, vas-y. »

Il embrassa le haut de sa tête. Elle leva les yeux. Leurs lèvres se joignirent.

« Le mariage est dans deux mois, déclara-t-elle en regardant le dos de Felix s'éloigner dans la foule.

– C'est rapide.

– Il ne t'en a pas parlé ?

– De la date ? Non.

– Alors il ne t'a rien dit.

– À propos… ?

– Il tient à ce que tu sois notre témoin.

– Ben çà, qu'est-ce qui lui prend ? Il ne sait même pas si j'ai encore toute ma raison après tout ce temps ! Je pourrais avoir été recruté par une secte. Il m'a dit qu'il avait l'impression que je n'étais jamais parti. Et pourtant… Ça fait un bail.

– Tu lui manques.

– Combien de gens vont me répéter ces paroles ce soir ?

– Tu n'aurais jamais dû partir. Il t'adore.

– Vu comme ça tournait, à l'heure qu'il est, je serais mort ou en taule si je m'étais pas tiré à l'époque.

– Ah », fit-elle en buvant une gorgée.

Il la contempla en se demandant s'il n'avait pas loupé une allusion. Mais c'était trop tard. Trop tard pour lui demander ce qu'elle sous-entendait. Il but un peu de Coca.

« Il a beaucoup grandi… » Elle sourit, amicale. « Je l'avais en horreur au lycée. Tu te rappelles ?

– Que tu l'avais en horreur, non.

– Je le trouvais sournois.

– On l'était tous les deux. Comme tous les ados.

– Je sais. C'est ce que je voulais dire. Il a été formidable après, quand on s'est retrouvés à la fac. Je n'avais ni argent ni projet d'avenir. Et lui, il s'est conduit en prince. Il m'a soutenue. Ma mère est tombée malade, il m'a conduite tous les jours à l'hôpital. Ensuite il l'a emmenée deux fois par semaine consulter son médecin.

– Elle va mieux ?

– Elle est ici. Tu ne l'as pas vue ? »

Il fit semblant de balayer la pièce du regard, puis sourit :

« C'est à ça qu'elle ressemble ? »

Elle ne put s'empêcher de rire.

« Mon Dieu, c'est vrai.

– Je n'ai jamais posé les yeux sur elle... Si, sur l'arrière de sa tête le jour des funérailles. »

Penny secoua la sienne comme pour dire qu'elle avait du mal à accepter le passage du temps.

« C'est le genre de chose que j'oublie.

– Moi aussi.

– Et comment c'était, l'armée ?

– Rangé. »

Elle fit de nouveau sonner son rire.

« C'est tout ce dont je me souviens. Après, j'ai travaillé un peu partout. T'as la sensation d'appartenir à une secte. Tu bosses, tu bouffes de la merde, tu regardes la télé, tu te couches. Quand tu vas au centre commercial le samedi et que tu vois toutes ces tronches fendues d'un sourire, tu te dis : après tout, c'est peut-être ça, la belle vie. Mais non. Elle est moche, la vie.

– Et l'université ?

– J'en sais rien, laissa-t-il tomber dans un haussement d'épaules, las d'avance d'avoir à répondre pour la énième fois à cette question. Je m'étais imaginé que je gagnerais à faire des études. Tous ces profs qui prétendent vous inculquer les réalités du monde. Je me disais : C'est quand la dernière fois que vous vous les êtes coltinées, ces putains de réalités ? Ils touchent un salaire, peinards. Et moi sur mon cul à faire de mon mieux pour les respecter. Qu'est-ce que c'est que ces conneries ?

– Et que vas-tu faire maintenant ?

– T'as des idées ? dit Martin.

– Aucune.

– Bosser avec Felix ? » avança-t-il.

Elle le dévisagea avec le même air que tout à l'heure, l'air, de nouveau, d'avoir des arrière-pensées. Soit elle voulait quelque chose, soit elle ne croyait pas un mot de ce qu'il lui racontait.

« Que t'a-t-il dit ? lui demanda-t-elle.

– Il ne compte pas devenir avocat. Il a d'autres plans.

– Où est-il ?

– Avec sa mère. Là-bas...

– Si seulement j'avais une cigarette. »

Il songea : Et si on sortait ? Mais se tut.

« Il y a huit mois, il a eu un accident, l'informa-t-elle. Grave. On lui a collé une broche dans l'épaule, on lui a remis l'œil dans son orbite... Ça a pas eu l'air de trop le déranger, mais ses parents, eux, ont super flippé.

– À cause de son frère. L'accident.

– Ils ne voulaient plus le laisser hors de leur vue. Comme la première fois, sans doute. Je ne le connaissais pas à l'époque.

– Moi non plus. Je l'ai rencontré pas longtemps après.

– Eh bien, ils ont recommencé à le couver. Ils étaient aux petits soins, même avec moi. Et puis, un jour, son père l'a envoyé faire une course. Alors qu'il avait décroché son examen du barreau en deux mois, son père l'envoie à Long Island ramasser je ne sais quelle taxe sur de l'essence de contrebande. Maintenant, cette branche de l'affaire est à lui. C'est lui, le chef. »

Martin s'abstint du moindre commentaire. Pourtant les questions se bousculaient dans son esprit. Les réponses viendraient en leur temps, se raisonna-t-il. Il était ici pour de bon.

« Il m'a demandé de l'épouser juste après. Comme si ça lui avait permis de franchir une étape... de devenir un homme aux yeux de son père. J'ai dit oui. Il jurait que ce n'était pas à cause de ce boulot, mais de l'accident. Son plus grand désir au monde était de m'épouser. L'argent coulait à flots, bien sûr. Tu vois, personne n'a de reproche à se faire. Tout semblait rouler. C'était comme ça. Il a passé l'examen du barreau, rien que pour me prouver qu'il en était capable... Ou qu'il avait des regrets... » Elle haussa les épaules. « Je n'en suis pas sûre. Il n'a révisé qu'un seul week-end.

– Il est brillant. Il l'a toujours été.

– Oui.

– Le voilà qui revient.

– Ne te mêle pas de ça, lui souffla-t-elle en prenant une gorgée de soda. Ce n'est pas moi qui t'ai invité ce soir, c'est lui…

– Sous-entendu ? murmura Martin sans remuer les lèvres.

– Je lui parlais de ton œil, reprit-elle d'une voix claire à l'adresse de Felix.

– Celui-ci, précisa Felix en montrant son œil du doigt. Il pendait, d'après ce qu'on m'a dit. Cette bagnole, super bagnole, ma Porsche, je suis furieux de l'avoir cassée.

– Excusez-moi, je dois aller aux toilettes, déclara Penny. Je reviens tout de suite. »

Sur ce, elle les planta là tous les deux. Pas de tendre baiser cette fois pour Felix.

« Elle va s'en griller une, déclara ce dernier.

– Alors, t'es retapé ?

– Ils m'ont planté un clou dans la clavicule. Et mon œil, eh bien… ma vision est parfaite. Le pire, c'est la bagnole. De quoi j'ai l'air maintenant à rouler en 4×4 ? D'un sale bourge, oui… T'imagines ? »

Martin acquiesça, conciliant. Regarda autour de lui, pris d'un léger vertige, comme s'il avait bu. Saisi de la sensation qu'en revenant des toilettes, Penny serait plus branchée sur lui que sur Felix… Déjà de l'eau dans le gaz.

« Brejnev était un sombre connard, articula Martin. Comment est son gendre ?

– Moitié moins pire, fit Felix.

– Ce qui n'est pas peu dire.

– Ouais, lui aussi, il a les dents longues.

– Vous avez toujours des places dans le parking de LaGuardia Place ? »

Qui se trouvait entre l'appartement de Felix sur Lafayette Street et le sien, sur Thompson.

« Ouais.

– Tu vis toujours à côté de papa-maman ?

– Ouais. Et la bonne lave toujours mon linge.

– Tu cherches une maison ?

– On va peut-être acheter quelque chose dans le même immeuble. Ou garder les deux appartements s'ils émigrent au Canada. Ma mère trouve Toronto plus sophistiqué. Mon père y fait pousser des buildings comme des champignons. Appartements, hôtels.

– Au Canada ?

– T'en veux un ? On pourrait le gérer.

– J'y réfléchirai.

– Bien.

– Mais une chose est sûre, si tu te rachètes pas une bagnole, je prendrai volontiers ta place de parking. »

« Le FBI sera obligé de réexaminer l'empreinte partielle, déclara maître Davis. S'ils devaient constater que c'était bien celle de Terry, comme l'a fait le laboratoire privé, ce serait une confirmation suffisante. On aurait des arguments solides contre le ministère public... Vous pourriez rompre votre engagement concernant votre témoignage. Il resterait à vous défendre des accusations d'homicide involontaire et de trafic de stupéfiants. Vous pouvez vous en sortir. Je crois qu'à ce sujet votre instinct ne vous a pas trompé. Les fédéraux venaient seulement de commencer une enquête sur cette affaire de drogue. Et si vous n'avez pas tué Hugues et Pasko, je dois être en mesure de le prouver. Un risque que je suis prêt à courir. Si vous l'êtes aussi. De toute façon, ce ne sera pas avant des mois. Mais il est important de prévoir. Cela signifierait pour vous la perte de votre protection. C'est pourquoi il nous faut aborder la question sous un autre angle. Je vais aller chercher encore un peu de café. Vous en voulez ? Non. Il vous en reste... »

Il se leva, Davis. Se dirigea vers la kitchenette.

Martin sourit, se renfonça dans le canapé. Regarda le plafond. Songeant : Si je ne les ai pas tués. Si ce n'est pas moi, qui ? Ce petit refrain ne cessait de le turlupiner depuis quelques jours. Il aurait pu laisser Terry partir. Seulement, comment aurait-il pu savoir s'il allait s'en aller en les laissant pour morts ou revenir un peu plus tard pour les achever ? Supposant le pire, il l'avait abattu. Comme quoi la vie d'un homme tient parfois à une intuition éclair.

Et pour Felix ? Felix qui n'avait jamais connu la face hideuse de l'existence ? N'as-tu pas eu l'intention de l'anéantir, de le salir, de le souiller ?

Peut-être.

Peut-être rêvaient-ils tous de devenir des gangsters ? Terry Hugues, Felix et lui-même. Plus tous ceux que le FBI voulait qu'il balance. Tous ne faisaient que tenter leur chance. Même à l'âge adulte.

C'était sans doute là l'erreur de Lexi. Sa mauvaise influence sur Felix et sur lui à l'époque où ils étaient adolescents. Il les avait poussés à jouer aux durs à cuire, à prouver qu'ils lui ressemblaient tout en leur inspirant une sainte terreur.

Pourtant, tout bien considéré, son ascendant sur eux avait-il vraiment été si nocif… si amoral ?

Qui aurait pu l'affirmer ?

Pas lui.

Pas ce soir.

Les gens meurent et la vie continue, ce qui est injuste. Injuste et même un peu gênant. Le voilà en convalescence, pansant ses plaies en caressant l'espoir de recouvrer bientôt la liberté. Alors que d'autres venaient de pousser leur dernier soupir et que d'autres encore s'apprêtaient à moisir en taule… Davis lui disant : « Votre instinct ne vous a pas trompé ! » Ces paroles flatteuses le laissaient songeur. Si depuis que vous êtes gamin, vous avez vu tous ceux qui fricotaient dans l'héroïne casser leur pipe, n'étiez-vous pas le dernier des cons à chercher à vous y lancer à votre tour ? Pire encore, n'était-ce pas la came qui vous avait soufflé l'idée de buter votre meilleur copain… ? Deux imbéciles heureux qui avaient tenté de baiser des gros bonnets grâce un deal qu'ils croyaient tranquille. Un deal qui, soit dit en passant, l'avait rendu, lui, Martin, à sa vocation première. Un risque-tout et un tueur. Pour tout dire, un gangster. Par définition.

Une sensation tout à la fois étrangement lointaine et proche. Une seconde nature lui collant à la peau.

En fait de définition, Martin était enfin sur le point de comprendre – après vingt-sept ans de catholicisme – ce que signifiait le mot « âme » : l'enregistrement pour l'éternité de qui vous êtes et des actes que vous commettez. Mettons que vous tuez un mec ; dès lors, votre âme présente une souillure. Ce qui vous permet de vous rendre compte que, jusque-là, elle avait été pure. Brillante. Le reflet de tant de belles choses. Mais désormais, avec cette tache indélébile, vous êtes bon pour griller en enfer – s'il existe – avec les autres pécheurs ayant commis l'impardonnable.

N'empêche, il valait mieux appartenir au petit nombre qui admettait ses fautes quand l'occasion se présentait. Mieux valait errer au milieu des flammes avec les hommes honnêtes qu'avec ces éternels derniers que sont les manipulateurs et les hypocrites.

Et Terry ? songea-t-il.

Où se trouvait l'âme de ce bon vieux Terry ?

Où avait-elle échoué ? Voilà une question qui le préoccupait. Où l'avait-il, lui, Martin, envoyée, cette âme damnée ?

Car c'était bien lui le responsable. Il repensa à Felix vivant. À son propre père, mort depuis dix-huit ans. Le temps que tous deux avaient passé sur cette terre, c'était une histoire digne d'être racontée. Mais celle de Terry Hugues lui appartenait, à lui, Martin. Leurs âmes étaient liées *ad vitam aeternam*. Ne s'étaient-ils pas fait tatouer ensemble avec cinq ou six autres gars du quartier ? Chacun barbouillant sur sa peau une image virile de son choix. Ils étaient liés depuis l'enfance.

Il posa son bras sur le dossier du canapé et jeta un coup d'œil au Jésus qui en escaladait la chair – encre baveuse, peau blanche. Puis regarda le tigre qui surgissait entre ses bambous sur l'autre. Ce dernier dessin tatoué plusieurs années après. Dix jours de perm en Corée. Terry tapi derrière la maison comme un animal attendant le moment propice pour bondir sur Felix et sur lui. Il l'imaginait tendant l'oreille pour écouter leur conversation, s'en foutant totalement si ce qu'ils racontaient était important ou pas. Guettant l'instant où il serait le seul armé. *Poumpoumpoum.*

Il avait fait fort, Terry. L'abus de réflexion pouvait se révéler néfaste. Un handicap sérieux.

Car, en fin de compte, lequel des deux était mort et lequel rongeait à présent son frein en se demandant quand il serait enfin libre et riche ?

Martin retourna sa main pour inspecter l'hématome laissé par la perfusion. Il ne sentait presque plus rien. Le toubib était passé lui enlever le goutte-à-goutte et lui changer ses médicaments. La machine stationnait encore près de la porte, en attendant d'être emportée par l'agent préposé à cette tâche. Le dernier sac d'électrolyte aplati, le tuyau enroulé et suspendu au crochet du haut. Une petite flaque s'était formée en dessous. Pendant que le médecin remplissait sa paperasse, Martin l'avait regardée s'élargir en se demandant qui allait bien pouvoir nettoyer.

Dehors, il pleuvait. À la table, Corso et Dolan tapaient le carton avec deux agents *a priori* extérieurs à son affaire mais qui s'étaient incrustés au cours de l'après-midi. Il se figura les ondulations de la tôle du toit reluisantes, ruisselantes d'eau sous l'averse, et se prit à songer à une bille tournoyant dans un bol et finissant forcément par s'immobiliser au point central, là où toutes les courbes s'annulent. En théorie, ce point existait aussi à l'opposé. Mais qui serait assez débile pour faire tourner une bille dans un bol ?

Davis s'assit, soucieux de ne pas renverser le café qu'il sirotait.

« Pour l'instant, maître, il est essentiel que je conserve ma protection.

– Je suis d'accord, acquiesça Davis, toujours sirotant.

– Et à ce propos, qu'avez-vous à me dire ? »

Davis se carra dans son siège et baissa la voix :

« Ce qu'on sait depuis le départ. À moins qu'ils ne violent vos droits civils… »

Hochement d'épaules, tête penchée de côté.

« Je suis entre leurs griffes.

– Plus ou moins.

– Et rien à foutre du treizième amendement et de l'abolition de la servitude involontaire !

– Plus ou moins... »

La voix de Corso vibra soudain dans la salle :

« Bougre d'imbécile ! C'est à qui de jouer, merde ? Bon... »

Davis le considéra d'un air perplexe.

« Et s'ils ne peuvent pas se servir de mes informations ? avança Martin.

– C'est leur problème. Mais... » La mine soucieuse. « Je ne suis pas certain de ce que vous voulez révéler exactement.

– On dirait deux curés qui attendent ma confession. Ils comptent dessus.

– D'accord, et alors ?

– Ils m'ont raconté l'histoire d'un témoin qui arrêtait pas de changer sa version des faits. Un tueur à gages sicilien. »

Davis fit mine de se pencher vers lui, puis se ravisa et prit une gorgée de café. Il restait cool.

« Ils peuvent vous accuser de faux témoignage, Martin... » Il s'efforça de ne pas chuchoter, de garder un ton de conversation courante. « Ils peuvent vous inculper.

– S'ils s'en aperçoivent.

– Naturellement.

– Et moi, je me retrouverai où ?

– Où ils vous auront mis. »

Martin se tut.

« Vous pensez à quoi ? demanda enfin l'avocat.

– À rien.

– C'est ce qu'il y a de plus sûr pour vous, n'est-ce pas ? Nous devons supposer que Lexi Pasko n'en est pas à sa dernière tentative.

– Je m'en fous.

– Et... votre... famille ? »

Essayant de comprendre. Un être plein de compassion, ce Davis. Martin se contenta de le dévisager sans un mot.

« Je ne sais pas quoi vous dire, Martin. D'autres avant vous ont essayé, mais les critères sont stricts. Seulement l'épouse et les enfants.

– Pour le moment, les miens sont en sécurité. Mais je me demande où tout cela va nous mener. Dois-je faire confiance à des bureaucrates quand il s'agit de protéger ma famille ? »

Silence. Davis ne pouvait pas savoir, en effet.

« Je vais me fier à votre jugement, on suit votre plan, maître... »

Puis il décida qu'il valait mieux changer de sujet :

« Et vous là-dedans ?

– Comment ?

– Vous retournez dans votre patelin ?

– J'y passerai quelques jours, puis je reviendrai ici. Il y a encore des recherches à faire. Et les bibliothèques sont mieux fournies ici que là-bas. »

Martin fit oui de la tête. Répugnant à le remercier de peur de se confondre en remerciements.

« Dites-moi une chose. Pourquoi vous habitez ce trou perdu ?

– Quand j'étais petit, c'est là que je passais mes vacances. On avait une maison.

– Vous êtes sorti major de votre promotion. Pourquoi ne pas être allé dans le nord de l'État ? »

Davis esquissa un mince sourire, un sourire d'autodérision. Martin avait-il vu juste ?

« Mon père était avocat... un avocat très en vue.

– C'est pour ça que vous êtes devenu vous-même avocat... Pour lui.

– Exact.

– Ça vous a branché, mais pas plus que ça. Vous aviez prouvé ce que vous aviez à prouver, et puis vous avez tout jeté au panier, c'est ça ? »

Davis baissa les yeux sur son café. Puis, avec un sourire, en but une bonne lampée. Incapable de mentir.

« Mon vieux était musicien, énonça Martin. J'ai jamais même soufflé dans un mirliton.

– Qu'ils aillent au diable, hein, les pères ? s'exclama Davis.

– Mon seul regret, c'est que le mien nous ait laissés sans un sou, sinon je pourrais vous payer. Vous m'avez beaucoup aidé.

– Je vous en prie, dit Davis en secouant la tête.

– Vous avez plus qu'assez pour vivre. Et depuis plusieurs générations.

– La fortune date de mes arrière-grands-parents, énonça l'avocat d'un ton saccadé, la respiration subitement courte. Des fourreurs. Ça se voit donc comme le nez au milieu de la figure que je viens d'un milieu friqué ?

– Pas comme vous pensez. N'en faites pas un drame surtout. »

L'avocat reprit son souffle, les yeux dans le vague, l'esprit ailleurs.

« Ils venaient de Russie, reprit-il. Ma famille. Au tournant du siècle. Ils n'avaient rien. Et ils ont bâti un petit empire.

– Une sacrée trempe. Vous comprenez ce que j'ai en face de moi. Quel genre d'adversaire. »

Ils échangèrent un sourire de connivence.

« Qui aurait jamais pu envisager une chose pareille ? Une Russian Connection ! »

Martin leva les yeux au plafond, songeant soudain : Pourquoi Lexi m'est tombé dessus ? Pourquoi sur moi et pas sur Bunny aussi ?

Mais oui, bien sûr, il voyait très bien pourquoi !

Sois honnête avec toi-même, se raisonna-t-il. C'était une question personnelle et non pas professionnelle. On se fout pas en rogne contre un requin qui vous a mordu, mais quand c'est votre chien fidèle...

« Les gens aiment bien l'idée d'avoir une mafia de la même origine qu'eux, énonça-t-il tout haut. Peut-être parce qu'ils ont besoin de sentir qu'ils pourraient devenir méchants si c'était nécessaire. »

Davis resta muet.

Martin se contenta de le regarder, dans l'expectative.

« C'est vrai, admit enfin l'avocat, mal à l'aise, ou pire, honteux.

– Le prenez pas au tragique. J'ai passé ma vie à essayer d'avoir l'air d'un dur. Vous êtes gêné ? On a d'autres chats à fouetter dans la vie. Elle n'est pas trop longue, vous savez. »

Davis vida sa tasse et la posa sur la table. Le front toujours ombrageux. Il s'était trahi sur un point qu'il aurait préféré garder secret.

Drôle comme les hommes redeviennent vite des petits garçons, ne put s'empêcher de penser Martin.

« Au fait, dit-il, c'est pas votre faute si je me suis fait trouer la peau.

– Mon Dieu, soupira l'avocat, je me suis comporté comme un... »

Il retint sa respiration.

« Comme un enculé, dit Martin. Vous pouvez le dire. Ça ne me fera pas mal aux oreilles.

– Comme un enculé.

– Mais non. Je suis entouré de requins, vous savez. »

L'avocat encaissa. Lâcha l'air de ses poumons et laissa retomber ses épaules.

Martin écouta le bruit de la pluie.

« Vous devriez sortir d'ici, reprit-il. Allez au cinéma, je sais pas. Profitez-en pour vous taper la cloche. La bouffe est infecte dans votre patelin.

– Ça, c'est bien vrai.

– Mais vous reviendrez vite...

– Oui, avant de partir. Je vous transmettrai les dernières nouvelles. Voici mon numéro de téléphone à l'hôtel, si vous aviez un problème avant. On attend la proposition du bureau du procureur, vous vous rappelez. Puis on collaborera avec le FBI jusqu'à ce que cette affaire d'empreinte soit tirée au clair. D'une façon ou d'une autre, vous n'avez rien à perdre... »

Martin fit signe qu'il avait compris.

« Je leur ai parlé au téléphone, comme je vous l'ai dit, et ils affirment qu'ils n'ont pas besoin de venir vous voir jusqu'à ce qu'ils aient rassemblé tous les dossiers et que vous commenciez à vous mettre... à... témoi... Voilà que je me mets à parler comme vous !

– À me mettre à table, compléta Martin en faisant le geste de tirer vers lui, de biais, la main repliée en forme de pistolet à la hauteur de sa taille. New York, Hollywood, c'est du pareil au même. J'ai vu des types se conduire exactement comme dans les films. Je vous jure. Je les ai pas loupés. *Hep, Le Parrain... Scarface...* Tous des pantins. »

Davis posa ses mains sur ses genoux, prêt à se lever.

Martin replia son bras devant lui et contempla son tatouage de tigre. Palpa son nouveau pansement sous son tee-shirt.

« Ce gars, Terry..., marmonna-t-il, les yeux toujours sur le tatouage.

– Oui ? souffla Davis.

– Quand j'étais ado, moi et les garçons avec qui je traînais dans le quartier, on emmenait les petits au cinoche. On leur payait l'entrée. Pour vingt gosses quelquefois. Pour voir le dernier film. Mais Terry, lui, il refusait toujours de venir. Il prétendait que les acteurs étaient tous des tapettes. Son vieux était détenu dans un pénitencier au nord de l'État, et son frère Peter était un dur de dur, alors il n'avait rien à prouver, Terry la Terreur. Et nous, on répétait comme lui. C'est des tapettes... tous des pédés. N'empêche, on étudiait leurs gestes dans le moindre détail. Alors que Terry était sérieux. Ça le branchait pas. On l'accusait d'être rapiat, de pas vouloir payer son billet, sans parler de ceux des gosses. Mais lui, il se contentait de sourire. Ou il vous flanquait son poing dans la gueule, ça dépendait de son humeur... » Un autre souvenir lui revint. Martin hocha la tête. « Un jour, j'ai dit à un pote à moi que j'allais me battre avec lui, avec Terry, que j'allais lui clouer le bec une bonne fois pour toutes. On avait quoi ? Seize ans ? J'en avais ras le cul de sa frime. Et vous savez ce qu'il m'a répondu, ce pote… ? »

Bunny.

« Quoi ?

– Il m'a dit : laisse tomber, c'est pas la peine. Si je me battais une fois avec lui, que je gagne ou que je perde, je serais obligé ensuite de me battre avec lui tout le reste de ma vie. Ça vous refroidit, non ? Mais maintenant je regrette. Ça n'aurait rien changé à ma situation présente, mais au moins je me serais défoulé… »

L'avocat opina, fixa le plancher.

« Je plaisante pas. Quand j'étais jeune, on était tout le temps sous pression. La tension se relâchait jamais. Même au cinéma. Comme je vous disais. Dans votre tête, vous étiez le dur à cuire qui se mouvait sur le grand écran. Ensuite vous retourniez dans la rue, et vous voyiez les mecs qui faisaient la même chose, mais dans la réalité. Vous vous demandiez si vous alliez jamais être à la hauteur. Parce que sinon, Dieu sait ce qui allait vous arriver. Il fallait être costaud pour tenir le coup. Je pense à l'attitude qu'ils prenaient quand les flics pointaient leur nez. Mains dans les poches. Appuyés à la porte du club. Les salauds, ils jouaient les mecs débonnaires, super cool. Des vrais durs, quoi. Et ils haïssaient les flics. Vraiment, de la haine. Pour eux, c'était l'ennemi. Pas un instant, ils se seraient demandé si les flics n'avaient pas peut-être un peu raison de leur en vouloir. Jamais ils ne les auraient admirés pour le bien qu'ils faisaient. Terry était comme ça. Il voyait le monde entier comme un monstrueux emmerdement. Pas question pour lui de se détourner de cette idée… » Il perçut une question dans le regard de Davis. « Quoi ?

– Vous… vous ne vous reprochez pas de…

– De l'avoir descendu ? »

Davis fit oui de la tête.

« Il a interrompu une conversation capitale. Vous pouvez même pas imaginer. Les mots, c'était tout pour Felix. Son point faible. Alors, même si Terry nous avait interrompus en disant : "Hé, les mecs, faut que vous soyez des tapettes pour causer autant", je m'en serais pas offusqué. Relativement, bien sûr. Mais dès qu'il a débarqué, il s'est mis illico à nous tirer dessus. Alors, non, je regrette pas. J'aurais dû le faire plus tôt, quand on avait seize ans. »

Un zeste de forfanterie pour la fin, songea Martin. Quitte à mentir, autant le faire dans les grandes largeurs, non ?

La voix de Corso résonna de nouveau :

« C'est ça. Cartes sur table, mon canard. Montre ton jeu. »

Martin sourit et, s'adressant à l'avocat :

« Vous voyez, il sait.

– C'est moi qui vais les distribuer. Mate bien mes manches, si tu as peur que je triche.

– Un sacré numéro, commenta Martin à propos de Corso.

– Si on veut.

– Il bosse dur. Il m'a sauvé la vie. Et la vôtre. Pour un peu, vous passiez dans les annales. Si vous vous étiez interposé, ce petit *mafiyatchik* vous aurait découpé en rondelles.

– Certes. »

Corso, qui, manifestement, s'amusait, distribua les cartes en causant à tue-tête et en posant les cartons sur la table avec le plus de bruit possible.

« Vous devriez y aller, maître, conseilla enfin Martin.

– Vous avez raison. Bien, fit Davis en se levant.

– Tapez-vous une bonne bouffe et tirez un coup. Vous êtes pas marié, c'est ça ?

– C'est cela.

– Alors, vous savez quoi ? Puisque vous êtes à Brooklyn, vous devriez passer à l'Anastasia's. Mon club. Mon ancien night-club. Celui de Felix et le mien. Vous n'avez qu'à prendre un taxi. C'est à dix minutes d'ici. »

Il pencha la tête de côté, Davis, se préparant à refuser l'offre.

« Merci, mais...

– Ouais, peut-être pas à la réflexion. Vous vous feriez faucher votre portefeuille. N'empêche, vous devriez un jour visiter le quartier, si vous êtes d'origine russe. Tout est russe là-bas maintenant. Toutes les boutiques, toutes les enseignes, ce qu'on parle dans la rue. Comme s'il avait fallu prendre l'avion pour s'y rendre au lieu du métro. »

L'avocat ramassa son cartable, tendit la main à Martin.

« Peut-être. »

Martin lui serra la main.

« OK. Peut-être. Je me lève pas, je suis trop bien assis.

– Je vous en prie.

– À bientôt, mon vieux. Deux jours.

– Deux jours », confirma Davis.

Terry Hugues assis sans rien faire à l'autre bout de la salle de restaurant vide, le regard fixé sur lui. À vingt-cinq ans, le portrait craché de son grand frère Peter sauf que lui, il a des yeux de chien méchant. Une moue de dégoût vissée sur la gueule.

Assis là. Pas du tout patient, non, seulement oisif.

« Tu veux manger quelque chose ? proposa Bunny à Martin.

– Oui, bien sûr, lui répondit Martin en se détachant du regard de Terry pour lever les yeux vers la serveuse. Un truc léger. Une soupe de clams. Sans pain. Merci.

– Tu veux quelque chose, Bunny ? demanda la serveuse.

– Non merci, trésor. Apporte-nous ça et continue de préparer les tables. Marjorie n'est pas encore là ?

– Non.

– Bon, fais ce que tu peux. Tu n'auras qu'à partir plus tôt ce soir, les pourboires seront partagés comme d'habitude. En attendant, fais marcher, il est déjà 17 h 15, putain ! »

En chemin vers la cuisine, elle glissa un mot à un des garçons, lequel opina tout en lissant du plat de la main la nappe qu'il venait de déplier. Pas de pain, supposa Martin.

« J'en garde que trois, le lundi. Pas de gérant et une serveuse qui vient seulement à partir de 19 heures. N'empêche, quelle traînée, cette Marjorie », énonça Bunny en hochant la tête.

Martin approuva, histoire de prétendre qu'il se sentait concerné, songeant qu'il était logique que Bunny ait à présent pignon sur rue. C'était comme Terry, ça faisait plusieurs années qu'il était un gangster et il était en passe – ne lui manquait plus que quelques kilos – de devenir le paquet de muscles le plus terrifiant de tous les temps. Dès qu'une niche se libérait çà et là dans le monde, il se trouvait toujours quelqu'un pour l'occuper. Eh bien, c'était la même chose dans le quartier. Après tout, n'était-ce pas leur rêve d'enfant à tous ?

De là à venir trouver Bunny Lamentia pour qu'il lui dégote un job ?

C'était tellement bizarre, de se trouver assis à attendre dans ce restaurant. Dix ans auparavant, ils faisaient les cons au cinéma pour amuser les gosses.

Certains souvenirs, se dit-il, sont pleins de nostalgie.

Martin indiqua Terry d'un mouvement du menton :

« Et lui, il veut rien ?

– Terry ? s'étonna Bunny. Non. Il bouffe que du bio. Des graines. Des feuilles. »

Comme un gorille, ne put s'empêcher de se dire Martin.

« Et il va rester là ?

– Ouais, pourquoi ?

– Qu'est-ce qu'il a à voir avec notre affaire ? Il nous entend, d'ailleurs ?

– J'en sais rien et j'en ai rien à foutre. Il glande toujours tout seul.

– Terry la Terreur, murmura Martin. Le quartier s'est vidé, et ceux qui restent ont la pétoche.

– Ça, c'est bien vrai, soupira Bunny en s'étirant sur sa chaise avec des gestes paresseux, comme autrefois à l'école – il se faisait toujours reprendre à cause de sa lenteur. Le corps en première, Pasquale, mais le cerveau en cinquième.

– Il est venu bosser pour moi la dernière fois qu'il est sorti de taule. Il pouvait plus supporter d'être sous les ordres de Rocco après ce qu'il avait fait à son frangin mais... » Il haussa les épaules. « ... il n'y avait rien d'autre. Il reste là assis à remuer de profondes pensées. Combien de curls il va se taper ce soir avec ses haltères. Prend-il assez de vitamines ? Quelle est la meilleure manière d'étrangler un mec ? Avec les mains ou une corde ? C'est pas les sujets de réflexion qui lui manquent... Ça va-t-y, là-bas, le père Hugues ? »

Terry fit oui de la tête sans quitter Martin des yeux. Il n'avait pas l'air de les écouter. Bunny ne s'était même pas donné la peine de se tourner vers lui pour lui parler.

« Tu vois ? Il est bien, reprit Bunny en roulant sa tête sur ses épaules, puis, en baissant le ton : Tu sais ce qu'ils lui ont fait avant de le relâcher la dernière fois ? Les matons l'ont plaqué au sol et ils lui ont rasé la tête. Alors, même s'il avait essayé de se ranger... » Bunny éclata de rire, cueillit une miette sur la nappe et la jeta par terre. « Qui filerait du boulot à un mec avec un look de néonazi ? » Puis, plus fort : « Alors, qu'est-ce qui t'amène, Quinn ? » Ouvrant les mains, bon enfant. « Ta De Soto a rendu l'âme ?

– Elle tient le coup.

– T'as pas trouvé de boulot ?

– Si, j'en ai un.

– Où ça ?

– À la compagnie de téléphone.

– Enculé ! Je disais ça pour rire.

– Ah bon, ça m'a pourtant paru une bonne idée.

– *Madonna!*

– J'ai essayé.

– Vraiment ?

– Deux semaines de formation et ensuite un mois dans la rue avec leur putain de ceinture...

– Une belle ceinture. Ça va avec tout. »

Ils échangèrent un sourire.

« Voilà. Et maintenant je suis ici.

– Parfait... » Il hocha la tête, Bunny. Satisfait. « J'étais sûr que tu tiendrais pas. Une fois qu'on est dans une famille et qu'on a goûté à la belle vie...

– J'ai juste besoin de pognon.

– Qui n'en a pas besoin ? Et pas qu'un peu. Dis-moi, tu tombes bien, j'ai justement un truc ce week-end dans le Maryland. Je peux pas me déplacer, Terry non plus. Tu vas aller ramasser de la thune. Si tout y est, je sais que je peux te faire confiance. Tu veux du vin ? Marjorie ! Où t'étais passée, bon sang ? Apporte-nous un verre de blanc, et que ça saute.

– Je préfère de l'eau. »

Bunny lui dit de laisser tomber et de se mettre au boulot.

Il consulta une carte, calcula le nombre de kilomètres et conclut qu'il avait intérêt à donner sa bagnole à réviser. Il la conduisit jusqu'au garage de la Dixième Avenue. On lui changea Durit et plaquettes, on régla les freins, on fit la vidange. Il claqua ses derniers dollars dans un pot d'échappement neuf. Le vacarme que faisait le moteur était gênant partout sauf sur l'autoroute.

Son premier salaire de la compagnie de téléphone, sa mère s'en était servie pour payer le loyer. Avec les deux suivants, il avait investi dans des Sicav. Et il attendait le quatrième, le dernier. Pour la suite, il croisait les doigts. Pourvu que Bunny le paye rubis sur l'ongle. « Tu rentres. T'auras ta part. »

Il faisait très chaud à Baltimore. Les moustiques mordaient au crépuscule. Autant que dans le Queens. Il avait dû remonter ses vitres aux feux rouges en roulant vers le centre-ville. Un nouveau climatiseur, ce serait sa prochaine folie.

Le client de Bunny était un type correct. Au premier abord du moins. Ensemble en denim, cheveux trop longs – style star du porno – mais c'était un pro ; tout marchait comme annoncé. Martin ne s'était pas rendu compte que les billets qu'il devait ramasser étaient de la fausse monnaie. Double peine si jamais il se faisait choper – pour l'avoir réceptionnée et pour l'avoir rapportée. Le type avait un labo photo et une imprimerie offset. Des Ozalid. Deux tables lumineuses. Un ordinateur. Ne manquaient plus que les pinces à linge suspendues à un fil ! Martin balaya plusieurs fois la pièce du regard en écoutant le type.

« Encore deux minutes, s'il vous plaît. Désolé. En général, tout est prêt… »

Bruissement des billets glissant l'un après l'autre dans le fond du tiroir comme des cartes que l'on bat avant une partie de vingt et un.

« Pas de pinces à linge ? s'étonna tout haut Martin.

– On les jette dans le séchoir maintenant, avec des jetons bleus et rouges. Les fibres du plastique chauffent, tout comme les fils de sécurité de l'hôtel de la Monnaie. Mec, on n'arrête pas le progrès. Encore une. »

Il inséra une dernière liasse dans la machine. Passa un élastique autour d'un paquet de billets préalablement comptés, puis d'un deuxième, et aligna le tout dans un petit sac à dos en toile. Ensuite il adressa un bon sourire à Martin. Un sourire pour accompagner le refrain régulier, la ritournelle du comptage du fric, une musique sur laquelle on aurait pu danser et chanter. Martin lui renvoya son sourire avec un hochement de tête.

La dernière liasse emballée, le type tira sur la fermeture Éclair puis tendit le sac à Martin par les bretelles. Un boutiquier stylé.

« Vous voilà fin prêt, dit-il.

– Et on est quitte, non ?

– Ouais. C'est tout ce qui restait à livrer. C'est un mec bien, Bunny. Il m'a promis de me rembourser mes frais. J'attendais le papier. Sans le papier, on est coincés. Crane Company Original. Lin et coton. La firme Levi Strauss leur envoie des tombées de denim. C'est sacré, ce papier. L'inconvénient, c'est que rien ne peut le remplacer. En plus, celui dont nous nous servons pour vous autres doit subir un traitement spécial. Texture, filigrane… Ça prend une plombe. Mais le résultat… » Il embrassa le bout de ses doigts. « … *magnificante*. Enfin, bientôt on n'en parlera plus. Dans une dizaine d'années, le gouvernement va changer la monnaie.

– Comment ça, "changer la monnaie" ? Pour quoi faire ? »

Cette idée dérangeait Martin, Dieu sait pourquoi.

« Ils projettent de fabriquer une super monnaie. Filigranes en relief, watermarks, que sais-je ? On va faire banqueroute pour un temps. Il va falloir retourner à la planche à dessin. Mais on finira par découvrir leurs petits secrets.

– Ils seront toujours verts, tu crois ? »

À la pensée que le dollar puisse devenir aussi multicolore que des billets étrangers, il était écœuré. Comme si l'absence de couleur signifiait qu'aux États-Unis, le grand jeu de l'argent était pris au sérieux.

« Normalement, oui, j'espère en tout cas. Bon Dieu… »

Un temps de pause. Tous deux debout l'un devant l'autre, essayant de chasser l'image hideuse de leur esprit.

Martin contemplant la tenue en jean du petit faussaire. Au même titre que le papier, le denim était manifestement pour ce type un objet de culte.

« Bunny est un type sympa… Dites-lui que j'ai obtenu de plus grandes quantités de papier, d'accord ?

– D'accord.

– Parfait… » Le type regarda autour de lui sans bouger d'un pouce, comme s'ils attendaient encore quelque chose. « C'est tout ce qu'il vous fallait ? » conclut-il.

Martin lui jeta un coup d'œil méfiant. Est-ce que ce type insinuait un truc ? Pourtant il semblait amical.

« C'est-à-dire ?

– Suivez-moi. »

Ils sortirent sur la jetée. La brise lui emplit les narines d'une odeur saumâtre. Le type verrouilla la porte, alluma une cigarette et montra d'un geste les entrepôts qui se succédaient le long du quai.

« Vous voulez acheter des feux d'artifice, des faux Calvin Klein, des caisses de flingues turcs ? Sans blague… Des bestioles exotiques… » Il rit. « Je plaisante. »

Le type remonta le col de son blouson. Il était encore jeune, au fond.

« Non merci, je vais vous suivre jusqu'à l'autoroute, répliqua Martin.

– Cool. C'est pas désagréable de faire du business avec vous. »

Ils se serrèrent la main.

« Vous savez quoi ? ajouta le type. Bunny a encore son resto ? Parce que j'ai un cadeau pour lui. Suivez-moi en voiture comme vous en aviez l'intention, ensuite je vous guiderai jusqu'à l'autoroute. C'est OK pour vous ? »

Martin lui emboîta le pas et ramassa le bonus.

Des crabes.

Deux grosses boîtes isothermes remplies de crabes à carapace molle.

Ça puait tellement dans la bagnole qu'il dut baisser les vitres en dépit des moustiques. Il roula jusqu'à l'autoroute en se donnant des claques et en s'éventant avec sa main.

Bunny ordonna au gérant :

« Dis aux garçons de sortir les glacières de la voiture et de les foutre dans la chambre froide. »

Et à Marjorie :

« Inscris des crabes au menu de demain. »

Dans son bureau, il compta l'argent, ouvrit son coffre, paya Martin mille dollars. Quinze pour cent du deal, calcula Martin. En tout cas, de la partie du deal à laquelle il avait participé. C'était assez pour acheter un cadeau de mariage. Et un smoking.

« Il faut que je commence à me débarrasser de tout ça à partir de demain, fit remarquer Bunny. T'es libre, toi ?

– Le matin, oui.

– À quelle heure tu peux passer ?

– 11 heures.

– Très bien. 11 heures alors. J'avertirai la Terreur.

– Le type de Baltimore dit qu'il a un supplément de papier.

– Combien ?

– Il n'a pas précisé, mais il cherche à fourguer tout ce qu'il a. Incroyable. Il vend de tout, ce mec.

– Je sais. Il me fournit en feux d'artifice pour le mois prochain. Il coupe l'herbe sous le pied de tout le monde là-bas. Ça va mal finir pour lui. C'est la mort ou la taule à vie qui l'attend. »

Martin sourit. Lui assura qu'il serait de retour le lendemain. Traversa la salle du restaurant à présent bourdonnante et songea : Il faut choisir dans la vie. La mort, la détention ou bosser pour cette putain de compagnie de téléphone.

Le personnel de Bunny, le maître d'hôtel, le barman, le saluèrent d'un signe de tête. Respect. Dommage que le quatrième choix ne soit pas de redevenir un enfant. Parce que tous les trois, Bunny, Felix, Terry Hugues, ils étaient adultes maintenant. Et il n'y avait pas de retour en arrière possible.

17

C'était le même tailleur. Martin n'en revenait pas. Cette fois, Felix était accompagné de son propre garde du corps – Vlady, le gorille de la pelouse le soir des fiançailles. Vlady les avait déposés en voiture avant d'aller se garer. Il s'était dépêché de les rejoindre. Lui aussi avait besoin d'un smoking.

Comme la première fois, les mensurations de Martin ne posèrent aucun problème, le tailleur partit seulement consulter son catalogue pour la ceinture et la cravate. Ils l'attendirent pour qu'il prenne celles de Vlady.

« On a un mois entier, déclara Felix. Je veux faire le grand tour. Dublin, Londres, Bruxelles, Amsterdam. Elle, elle tient seulement aux classiques.

– France, Italie.

– L'Italie, tu penses. Elle ne rêve que de ça. Et de Paris, d'Athènes, même de Malte... Partout où il fait chaud.

– Il ne fait pas chaud en France.

– C'est pas Copenhague quand même. »

Vlady se pencha vers eux, l'air agité, murmura quelque chose. Felix l'interrompit :

« En anglais, et plus fort.

– Je peux pas ôter ma veste. »

Vlady avait les yeux qui lui sortaient de la tête. Il ajouta quelques mots en russe.

« Manquait plus que ça, soupira Felix en se tournant vers Martin. Il porte son nouveau holster. C'est pas croyable. Je ne remets plus les pieds ici. J'y étais déjà la semaine dernière. Comme si j'avais que ça à faire. Pourquoi tu t'es pas arrangé pour te caler sur mes horaires ? Rafraîchis-moi la mémoire.

– J'étais avec ton père, argua Vlady. Au boulot.

– Tu le suivais comme un toutou... » Puis, à l'adresse de Martin : « Il a acheté un club à Brooklyn. Il fait passer des entretiens d'embauche aux hôtesses. Vlady reste vissé sur son cul à les mater en bavant comme un bouledogue. Il croit qu'il va tirer son coup.

– Je peux aller le ranger dans la voiture. C'est pas que j'en aie envie, mais...

– Tu l'as garée à au moins six rues. Non, je n'attendrai pas. T'as combien sur toi ?

– Deux cents, je crois.

– T'as besoin de cinq cents, décréta Felix en sortant une liasse dont il tira trois billets de cent. Règle donc les deux, le tien et celui de Quinn, et rapporte-les *downtown*. Tu n'as qu'à rentrer en taxi. Bon, on y va. »

Vlady ajouta encore quelque chose en russe.

« Tu te débrouilles parfaitement en anglais, protesta Felix. C'est pas comme s'ils allaient essayer de te rouler. C'est pas le genre de la maison. »

Mais comme il avait parlé trop vite, Vlady fit une grimace d'incompréhension. Felix ajouta :

« On n'est pas à Odessa. »

Là-dessus, Martin suggéra :

« Et pourquoi il le garde pas dans sa veste ? Il n'a qu'à se cacher dans la cabine d'essayage, flanquer le flingue dans une poche et le holster dans l'autre. Bien plié. Ensuite, il reste plus qu'à tenir la veste bien droite. »

Felix le contempla quelques instants d'un air songeur.

« Bien, fit-il enfin. D'accord. T'as pigé ? »

Il traduisit en russe. Une langue toujours aussi mélodieuse aux oreilles de Martin, même parlée à toute allure.

Vlady se retira dans la cabine. La porte ne s'était pas plus tôt refermée sur le garde du corps que Felix consultait sa montre.

« J'attends pas. Il a pris les trois cents dollars. On se casse. Vlady ?

– *Shtoah ?* »

Vlady passa la tête. Martin lui lança :

« Rien. Vas-y. Change-toi. »

Après un coup d'œil du côté de Felix, le garde du corps referma la porte. Felix n'avait même pas daigné le regarder. Comme Bunny à l'égard de Terry, constata Martin.

« Tu es armé ? demanda-t-il à Felix.

– Ouais. On a tout. On se casse.

– On a tout ? Et moi alors ? »

Felix l'interrogea du regard. Puis gonfla ses joues tout en levant les sourcils.

« J'avais oublié. Pardon. »

Vlady sortit de la cabine, la veste sur son bras. Marcha vers eux. Comme sur des œufs, le Vlady. Gêné. Martin le préférait comme ça. Timide. Plutôt qu'avec ce sourire plein de morgue qu'il associait maintenant à un souvenir précis. L'Allemagne. Les soldats russes. Les sentinelles russes. C'était ce sourire qu'ils adressaient aux GI : « Enfants gâtés d'Amérique. En cas de conflit, vous ne tiendrez jamais un seul jour face à nous. Vous verrez, ça viendra. Ça ne saurait tarder. » Des brochettes de soldats russes, yeux dans les yeux avec eux tandis qu'ils défilaient en camion devant les ambassades, que des Jeep fonçaient devant les baraquements. Un petit jeu international : qui a plus la trouille que l'autre ? Il avait surpris une demi-douzaine de fois cette même lueur dans le regard du Vlady.

Felix les observa tour à tour, puis promena son regard autour de la boutique.

« Merde ! Je vais quand même pas poireauter plus longtemps. »

Se plantant derrière Vlady, il tâta les poches de sa veste et trouva ce qu'il cherchait : le flingue. Se rapprocha de Martin et le glissa dans sa poche.

« Viens. On n'a pas de temps à perdre. J'ai la dalle. Même pas pris de p'tit déj. Toutes ces courses de merde. »

Jetant un coup d'œil par-dessus son épaule, il rappela au Russe qu'il devait régler la note des smokings. Vlady debout. L'air d'un étranger perdu. D'un étranger méchant.

Une fois dehors, Martin insista pour payer la location de son smoking.

« Mais je parie que tu refuses mon fric si je te le donne maintenant, je me trompe ?

– Non.

– Alors je t'invite pour le petit déjeuner.

– Parfait. Allons quelque part où le p'tit déj coûte une blinde. »

Au garage, il se glissa avec précaution dans le Nissan Pathfinder afin de ne pas écarter les pans de sa veste. Une fois dans le flot de circulation, il sortit le flingue, laissa tomber le chargeur et le glissa dans son autre poche. Il ouvrit la culasse et vérifia qu'il n'y avait pas de balle dans le canon.

« Il est clean ?

– Il est enregistré, oui, répondit Felix. Je le lui ai acheté moi-même au Canada. Il s'en est jamais servi, crois-moi. Pas sans le feu vert de mon père. »

Privé de ses munitions, il était incroyablement léger. Noir opaque.

« C'est un Glock ?

– Oui, y a pas la marque ? »

Si, en petit sur le côté.

« J'ai entendu plein de choses sur ce flingue, dans l'armée.

– Et tout est vrai. »

Ils écoulèrent la fausse monnaie en deux jours. Grâce à deux restaurants, un traiteur, quatre pizzerias, une boucherie en gros et un poulailler industriel de Staten Island. Mais, surtout, ils fourguèrent le plus gros à un caïd portoricain de Washington Heights du nom de Crazyhorse. Tout en coupures de cinq et de dix. Voilà pourquoi le faussaire en denim avait toujours besoin de plus de papier, expliqua Bunny. « Personne d'autre ne fait dans la petite monnaie. Ils sont tous là avec les yeux plus gros que le ventre et pressés avec ça. Et je paye le double pour les cinq. Je te jure. Les bénéfices ne sont pas rapides, mais c'est plus sûr. Incroyablement sûr même. Y a pas photo avec un crackhead black qui met son pognon à la caisse d'épargne. »

À la fin du deuxième jour, Martin reçut une autre part. Beaucoup plus juteuse cette fois. Bunny déclara :

« Et si on donnait une petite fête ? » Assis à son bureau, le regard rivé sur son propre paquet de pognon. « T'as la forme, Terry ?

– On va faire la fête chaque fois qu'on ramasse autant ? » s'enquit Terry.

Bunny sourit :

« Sans arrêt. »

Terry pencha la tête de côté pour montrer qu'ils étaient sur la même longueur d'onde.

« Ouais, parce que ça va rentrer un bout de temps comme ça, les mecs, leur assura Bunny. Va falloir que je continue à embaucher. Mais à partir d'aujourd'hui, seulement des Italiens. Vous autres les Irlandais, vous me flanquez le bourdon. »

18

Il ne trouvait pas le sommeil. Se glissa hors des draps en prenant garde de ne pas réveiller Frito. Sortit sur l'échelle de secours. Le ciel était noir. Pas une seule étoile. Sans doute n'y avait-il jamais d'étoiles dans le ciel de New York – New York étant une galaxie en soi. Le World Trade Center tout au bout de Thompson Street. Une lumière rouge clignotait en haut d'une des tours jumelles.

Toute la journée, à sillonner la ville pour récolter du pognon, il avait eu la sensation d'avoir des ailes. Assis à l'arrière de la bagnole, tranquille, laissant le baratin à Bunny. Il n'avait jamais autant pris son pied. Ça, c'était la belle vie. Ses forces lui en paraissaient décuplées. Il avait réussi à rebondir. Le Glock léger, solide, le sien désormais. Jamais plus il ne se laisserait aller à flancher. Et Bunny qui causait, causait. Parfois à la place de Terry : « Terry a dit ci ou ça... est allé par ici, par là... »

Et Terry de garder la tête légèrement tournée vers la fenêtre.

A-t-il ou non conscience de ma présence ? se demandait Martin.

Qui sait ?

Martin lui accordait le bénéfice du doute.

Ils étaient désormais deux sous les ordres de Bunny, songea-t-il.

Bon sang, t'as eu tellement la trouille de lui.

Et le chouchou de Bunny était en passe de changer d'identité.

Mais tu bosseras pas toujours pour Bunny. Profite de lui pour t'en mettre plein les poches et ensuite continue la route tout seul. Ça ne sera pas long, à ce rythme.

Une voiture passa en contrebas. La première depuis qu'il avait mis le nez dehors. La dernière pour le moment. Rien ne venait à l'horizon.

Il retourna à l'intérieur.

Vendredi, un autre voyage dans le Maryland, un autre sac à dos plein – deux fois plus gros cette fois – et samedi matin, direction la banque. Il sortit mille dollars en billets de cent, dans une enveloppe pour le mariage avec des cloches dorées dans les coins et un petit ovale découpé sous le rabat – pour le portrait du fiston. Il savait que ça brancherait Felix. Deux mille dollars dans des Sicav. Il ouvrit un compte sur livret. Dimanche matin, il suivit le Nissan Pathfinder dans sa vieille caisse. Felix et lui se changèrent dans la chambre de Penny. Elle était chez Daniella. Sur la commode trônait une photo de Felix et d'elle. Une crucifixion à la Salvador Dalí ornait la tête du lit. Un lit à une personne. Il se demanda si Felix avait couché dedans.

Une fois dans l'église, il se rendit compte qu'il lui fallait assister à la messe – et communier – sous les yeux de tous. Il fit un rapide *mea culpa* et prit l'hostie dans ses mains. Il la fourra dans sa bouche, se dépêcha de mastiquer, avala. La foudre ne vint pas le terrasser. Il ne fut pas envoyé illico en enfer. *Dis seulement un mot et mon serviteur sera guéri.* Mais pas non plus de miséricorde. Comme quand il était petit. Il y avait si longtemps qu'il n'avait assisté à la messe. Se demanda ce que pouvaient bien ressentir les autres.

Il jeta un coup d'œil à la ronde, aux visages autour de lui. Ceux des demoiselles d'honneur restées imperturbables après le sacrement. L'air tout aussi bêtasses. Avec leurs grands sourires à la con. Il pourrait s'en draguer une après. Penny avait gardé la même expression attentive. Comme si ce que le curé racontait était intéressant, mais qu'elle devait s'assurer que tout se passait bien dans l'ordre. Et Felix paraissait attendre que ça passe. Un des événements jalonnant sa journée. Un petit saut à l'église.

À genoux, debout, petit serment – pour lui, c'était juste marrant. Un bon moment dans la vie.

Attention, on met sur pause.

Par la suite, il l'interrogea à ce sujet, le rejoignant sur la piste de danse après le discours du témoin et l'interminable suite de duos dansants dans la lumière des projecteurs.

« Je me suis converti, mon frère, s'exclama Felix. La prochaine étape, je me fais tatouer comme toi... »

Il lui prit la main et pivota sur lui-même en s'éloignant, puis tournoya en se rapprochant. Le saisit par la taille et le fit basculer d'avant en arrière. Martin se rappela alors ce que Felix lui avait déclaré quand ils étaient plus jeunes. Les Russes sont d'abord russes, et ensuite juifs.

« Et qu'est-ce que ta mère pense de ta conversion ?

– Elle s'en tape, mon pote. Regarde ce qu'elle a gagné en échange », dit-il en tendant la main pour prendre Penny par le bras et l'arracher à ceux d'un de ses cousins.

Ils formaient à présent un trio. Felix l'embrassa, puis l'emmena au milieu de la piste, seul. Il la serra contre lui, fort, et ils se mirent à danser. Felix soulagé d'avoir survécu à cette épreuve. Soulagé de savoir qu'elle voulait de lui. De la part de Martin, ce n'étaient que des suppositions. Il n'en avait pas discuté avec Felix.

Il ne la voyait plus.

Puis, soudain, son visage. Ils venaient de pivoter sur eux-mêmes.

Sa joue contre la joue de Felix. Yeux fermés. Elle leva la main pour caresser ses cheveux.

Martin trouva une demoiselle d'honneur et l'invita à danser. Il passa un bon moment. Puis il dansa avec une autre demoiselle d'honneur. C'était amusant. Une chanson. Deux. Quatre. Se demanda s'il pouvait les emmener toutes les deux quelque part pour la nuit. Ou cela n'arrivait-il qu'au cinéma ? Peut-être aussi dans des soirées comme celle-ci, où personne n'était soi-même, ou plutôt, où tout le monde était plus soi-même qu'il ou elle ne le croyait.

Il ne but pas une goutte d'alcool. Pourtant ce n'était pas l'envie qui lui manquait. Des années qu'il n'avait pas ressenti ce désir de boire.

Il s'efforçait de sourire aux demoiselles. Mais Penny, Penny était toujours là, dans sa robe. Impossible d'y échapper.

Ça allait passer.

Il ne céda pas à la tentation de l'alcool.

Il sortait des chiottes en se séchant les mains, cherchant des yeux une poubelle, avant de retourner dans la salle. Stop. Elle était là. Assise dans la cabine téléphonique. Des cabines à l'ancienne alignées contre le mur en face de la porte des toilettes. Grande jupe débordant de l'espace exigu et qui formait autour d'elle une corolle. Et elle qui regardait fixement le mur devant elle. Qui regardait dans le vide. Mais qui l'attendait, il en était intimement persuadé. Même si elle n'en avait pas conscience. Il tendit la main vers elle. Elle leva les yeux. Se leva. Rétablit son équilibre en se raccrochant à la porte. Mitrailla celle-ci du regard comme si elle faisait exprès de bouger.

« Ça va, Penny ? »

Elle sortit dans le couloir. Large tapis rouge. Sa robe blanche. Pas de réponse. Elle vint à lui – tout près – stop. Elle ramena contre elle sa jupe par-derrière et trébucha. Il la retint d'une main. La posa sur son bras. La peau nue de son bras. Elle abaissa son regard sur sa main posée sur son bras. Puis elle fit un bond en arrière. Elle était ivre morte.

« Me touche pas.

– D'accord. »

Elle attendit qu'il retire sa main. Les yeux obscurs – iris opaque, blanc veiné de rouge.

« T'as l'air de plus tellement tenir debout, dit-il. Mais ça va aller.

– T'es un salaud », déclara-t-elle en retenant sa tête de rouler sur le côté.

À cet instant, il sut, et sut aussi que personne ne pouvait rien y faire.

Sa gorge se serra.

« Qu'est-ce qu'il y a ? lança-t-elle en lui arrachant sa serviette. Qu'est-ce que c'est que ça ? »

Elle l'inspecta comme s'il s'agissait du cadavre d'une bête.

« C'est une serviette. »

Elle la jeta au loin. La serviette voleta un instant avant de se poser sur le tapis. Tache blanche sur rouge, enregistra-t-il du coin de l'œil.

« Laisse-moi passer… »

Les paupières toujours baissées. Le regard vide.

« Salaud. »

Il recula d'un pas, mais resta planté devant elle, n'ayant aucune envie de la voir partir.

« Va-t'en ! hurla-t-elle.

– Très bien, dit-il en faisant un pas de côté. Ne crie pas comme ça. »

Elle passa devant lui en relevant sa jupe.

« Ici, c'est les hommes, lui fit-il remarquer.

– Je sais… ce que c'est. »

Il tendit l'oreille. Sa robe froufrouta sur le carrelage. La porte des cabinets claqua. Elle se mit à dégueuler.

Il retourna danser.

Le mercredi, au coin de la rue à attendre que Bunny passe le prendre en voiture. Le rendez-vous était censé être à 16 heures mais la cloche de Saint Anthony avait sonné depuis un bout de temps déjà. Il songeait à Penny lui tombant dans les bras ivre morte. L'alcool levait les inhibitions. C'était peut-être le signe qu'elle tenait encore à lui. Ou bien elle avait laissé s'exprimer sa haine. Une fille aussi bien élevée, ça n'exprimait pas ces choses-là.

En plus, il avait fait ce rêve pour la deuxième fois. La première ayant été la nuit du mariage, après s'être glissé sous les draps auprès de Frito, et non des demoiselles d'honneur – quel imbécile tu fais, tu t'es pris pour qui ? Puis de nouveau cette nuit. Ce qui signifiait que la question n'était pas digérée. Dans son rêve, elle s'approchait de lui puis s'écriait, furieuse : « Ramasse-la ! » – la serviette, une tache blanche sur le tapis rouge. Son esprit ramenant tout au problème de savoir s'il allait obtempérer ou pas.

Lors du premier rêve, il l'avait plantée là, elle et sa serviette. La nuit dernière, il lui avait tenu tête. Refusant de partir, refusant de lui obéir. « Ramasse-la, Martin, merde ! »

Aujourd'hui, le troisième jour de leur lune de miel.

La voiture de Bunny se rangea le long du trottoir. Il s'y engouffra. Terry au volant. La banquette arrière, vide.

« Qu'est-ce qui se passe ? Tu lui as fauché sa caisse ?

– Changement de programme », annonça Terry.

Ils remontèrent par le côté ouest de la ville. En principe vers Staten Island. Mais il ne posa aucune question, manifestant la plus grande indifférence à l'égard de leur destination. Terry, pour sa part, n'offrit aucune explication. Ils gardèrent le silence jusqu'au Bronx.

À un feu rouge entre deux épiceries dans Washington Heights, Terry sortit un petit pistolet automatique de sa chaussette et le plaça sur le siège entre eux, en déclarant :

« Niggersville. »

Au bout d'une rue transversale, il arrêta la voiture et demanda à Martin de prendre le volant, de le conduire deux rues plus bas puis de tourner à gauche sur l'avenue. Stop devant le magasin de baskets. Terry s'inquiéta de savoir si Martin avait un flingue. Ce dernier répondit par l'affirmative.

« Garde-le à la main. »

Terry planqua son pistolet dans sa ceinture et entra dans le magasin.

Martin chargea le Glock. Que pouvait-il faire d'autre ? Il le posa sur ses genoux. Le doigt sur la détente. Au bout d'une minute, Terry sortit, sourire aux lèvres. Opinant à ce que disait un type sur ses talons. Le Portoricain. Celui à qui ils avaient fourgué la fausse monnaie la semaine précédente. Crazyhorse.

Terry lui indiqua la place du passager. Martin cacha son pistolet entre sa jambe et la portière. Il n'avait aucune idée de ce que Terry cherchait, mais tous les deux riaient – il valait mieux planquer le flingue. Terry ouvrit la portière et le type posa un pied dans l'habitacle, se penchant pour s'installer. En riant. Puis pris de convulsions. Chaque muscle de son torse. Ses épaules remontèrent jusqu'à ses oreilles comme celles d'une marionnette. Il bascula de côté, *paf*, le nez sur les genoux de Martin. Terry riait encore. Sa tête au-dessus de la ligne supérieure du champ de vision de Martin. Il glissa sa chaussure sous la jambe que le Portoricain avait laissée côté trottoir et la hissa dans la voiture. Martin vit alors le Taser dans sa main.

Terry s'assit à l'arrière. Martin repoussa la tête du type et s'éloigna sans se presser, comme un honnête citoyen. Il ne savait pas où ils allaient, mais une chose était sûre : pas question de rester là. Terry se pencha pour filer une nouvelle décharge au bonhomme. Posa le Taser sur les muscles saillants de son cou. Tête chavirée en arrière. Doigts recroquevillés.

« Là, au coin, s'écria Terry. Gare-toi. »

Martin mit la boîte automatique en position parking. Rien aux alentours. Juste des rangées d'immeubles ravagés. Terry ne fit ni une ni deux : il prit le type sous les aisselles et le transporta à l'arrière. Il le cala contre la portière et lui souleva une paupière, sortit des gants de sa poche, les enfila en jetant des petits coups d'œil autour de lui, travaillant vite ; ordonna à Martin de venir tenir le type en joue. « Pas trop près. » Il appuya sur la poitrine du type du plat de la main, sortit un autre objet d'une autre poche, et le serra dans son poing. Une vraie armurerie ambulante, ce mec. Il attendit que le type se réveille. Les yeux rivés sur son visage. Patient.

Martin sentit une boule se former dans sa gorge.

Il cilla, le Portoricain. Iris vacillants. Ouvrit les yeux. L'air d'avoir sommeil. Vit Terry, vit le flingue, Martin derrière.

« Qu'est-ce que…

– T'es réveillé ?

– Ouais, qu'est-ce que c'est que ce bordel ? »

Terry lui envoya son poing. Un craquement étouffé d'os faciaux. La voiture eut comme un sursaut.

Le type resta un instant sans connaissance. Puis revint à lui et se mit à se débattre. Terry frappa de nouveau. L'obligea à se pencher en avant tandis qu'il reprenait ses esprits une deuxième fois en toussant, en bavant du sang et des dents. Terry ramena son buste en arrière.

« Arrête », dit le type en levant une main molle pour s'essuyer la bouche. Terry ne l'en empêcha pas.

« T'as fait tes bagages ?

– Pas au magasin.

– Pourtant tu savais qu'on venait. Que Bunny venait.

– Je pensais qu'on allait discuter. Au magasin, je suis pas armé. Sinon les flics me coffreraient toutes les semaines.

– Il va te fouiller. Si t'as un flingue, je te tue. Tu sortiras de cette bagnole les pieds devant. Je te laisse réfléchir. »

Martin se pencha et fit mine de commencer à le palper.

« Vas-y, marmonna le type d'une voix pâteuse.

– Attends », ordonna Terry sans se retourner.

Martin retira sa main.

« Qu'est-ce qu'il y a enfin ? gémit le type.

– T'as merdé. On pensait pas qu'il fallait te préciser de fourguer qu'aux nègres et aux tiens, mais t'as foiré.

– Tu causes de quoi, là ?

– T'en as refilé à Rocco… Connard.

– À qui ? »

Un nouveau coup. Cette fois au front. Plus une claque qu'un coup de poing. Le type resta étourdi une seconde.

« Rocco DiNabrega, prononça Terry.

– Et alors ? Je t'ai dit de plus me frapper.

– Il va venir te descendre.

– Alors, qu'est-ce que vous foutez là tous les deux ?

– On est passés t'avertir. Et te dire que le fric, c'est un nègre qui te l'a refilé. Je me fous de qui.

– Enculé d'Irlandais. »

Il avait le visage en bouillie lorsqu'ils l'éjectèrent, Terry continuant à lui taper dessus alors qu'il était dans le cirage. En repartant, il descendit sa vitre et déchira le papier du rouleau de pièces de dix cents qu'il sema à tout vent. Tout comme ses gants, qu'il enleva en les retournant à la manière d'un chirurgien.

Personne ne les suivait. Ni course-poursuite style gangster, ni assaut de la police avec gyrophares et sirènes. C'était fini, un point c'est tout. Aussi simplement que l'avait suggéré dès le départ le calme de Terry. Un vrai pro, la Terreur. Il avait du savoir-faire, de la pratique.

« Cette bagnole est dégueulasse, finit par déclarer Terry tandis qu'ils roulaient de nouveau sur la Henry Hudson Parkway. Il va falloir qu'il la change.

– Pourquoi Rocco achète du fric ?

– Il achète pas de billets, il vend de la *yay-yo*. Et cet imbécile lui en a acheté avec de la fausse monnaie. Faut vraiment être trop débile. Il a tout fait foirer… pour quelques heures.

– Et t'es sûr qu'il va pas nous balancer à Rocco ?

– Sûr, dit-il, catégorique, en regardant la rivière. Mais même s'il essaye, ça fait rien. Ça arrivera jamais aux oreilles de Rocco. »

Martin comprit soudain de quoi il s'agissait :

« T'as une taupe chez Rocco. C'est comme ça que t'es au courant.

– Tout le monde le hait, cet enculé. Personne a le droit de garder aussi longtemps le pouvoir. »

Exact. Tout le monde haïssait Rocco. Pas de doute là-dessus. Et il y avait des mecs dans le quartier qui respectaient encore la mémoire du vieux de Bunny. Des mecs qui savaient pas quoi faire d'autre pour gagner leur croûte. Terry avait été l'un d'eux.

« Pourquoi cette expédition alors ?

– Ils vont pas le buter, décréta Terry.

– Il va encore se faire casser la gueule par le mec de Rocco ?

– Le nôtre. Notre mec. Exact. Il aura droit au même traitement. Quel con !

– De ton côté, tu t'es contenté de l'informer que Bunny sait tout.

– Il oubliera pas. Sinon, il gicle. Une balle de mon Sig dans le crâne, voilà tout ce qu'il gagnera. Il nous restera plus qu'à trouver un nouvel acheteur.

– En attendant, on continue à bosser avec lui. »

On... il se comptait donc parmi eux. Cela ne plaisait qu'à moitié à Martin. Terry ne cilla pas cependant. Toujours tourné vers la fenêtre, il déclara :

« Laissons passer du temps. Que les choses se tassent un peu. Tu permets que je regarde ton flingue ? »

Martin le lui tendit. Après l'avoir inspecté, Terry soupira :

« Ils fondent pas ?

– Je crois pas. La culasse est en métal.

– T'as jamais tiré avec.

– Non.

– On devrait l'essayer.

– Je crois pas. »

Martin évita de le regarder, mais il sentait sur lui les yeux de Terry. Ce dernier lui rendit le pistolet. Il le rangea.

« Tu te souviens, quand on était gosses ?

– De quoi ?

– J'avais braqué un flingue sur toi.

– Quoi ? Tu vas enfin t'excuser ?

– Si ça peut te faire plaisir », répliqua Terry.

Martin tourna la tête vers la fenêtre. Il n'avait aucune envie de croiser son regard. En fait, quand ils étaient seuls tous les deux, il l'esquivait dans toute la mesure du possible.

« T'es vraiment un con », déclara Terry.

Ce à quoi Martin s'abstint de répliquer.

« T'as toujours voulu être qu'un demi-gangster.

– J'avais le pognon.

– Aucun gamin de quatorze ans peut faire tourner son propre business de feux d'artifice. Tout le monde se foutait de ta gueule.

– Alors pourquoi me menacer de ton flingue ?

– T'étais un con, j'te dis. Tu nous faisais chier.

– Je vous faisais chier. Mon cul ! s'exclama Martin, néanmoins souriant.

– Je vais essayer de t'expliquer, l'intello. Tu vois, tu me débectes. Pour moi, t'es toujours un chieur. Et un de ces quatre, je vais m'assurer que tu nous causeras plus de souci. Voilà.

– Je m'en souviendrai.

– Comme tu voudras. C'est comme ça. Un fait est un fait, comme disaient les filles autrefois. Ça te rappellera ta jeunesse. »

Ils se turent. Martin conduisit en silence jusqu'au restaurant. Une fois garé au coin de la rue, il coupa le moteur et ouvrit sa portière. À côté de lui, Terry ne bougeait pas. Marmonna quelque chose. Martin se rassit, une jambe déjà dehors.

« Qu'est-ce que t'as dit ? demanda Martin sans se tourner vers Terry.

– J'ai dit qu'un de ces quatre tu vas me raconter ce qu'est arrivé à mon frère.

– Je croyais qu'un de ces quatre t'allais me buter.

– Toi d'abord. Que Dieu me vienne…

– T'es pas tombé sur le bon mec à interroger », lâcha Martin en se levant d'un mouvement brusque, imité aussitôt par Terry.

Ils se regardèrent en chiens de faïence par-dessus le toit de la voiture. Les deux portières ouvertes. Terry le fusillant du regard. Martin sentant ses jambes se dérober sous lui. Terry répéta d'une voix sourde et dure :

« Tu vas me dire ce qu'est arrivé à mon frère… »

Flairait-il la peur de Martin à l'odeur de sa sueur ?

« Tu essayes de m'hypnotiser ou quoi ? Rends-moi un service, tu veux, Terry ? Ferme ta gueule une bonne fois pour toutes, d'accord ? »

Il se sentait au bord de l'évanouissement. Ou de la crise de folie. Bref, à cran. Il n'avait jamais vu Terry hors de lui. Terry restait imperturbable, les paupières lourdes, mais, dessous, ses yeux lançaient des éclairs.

« Et si je te butais tout de suite ?

– Sur Prince Street ? Tu te ferais choper. Ils te tomberaient dessus avant que tu tournes le coin de la rue. T'es pas cap ! »

T'es pas cap ! Comme s'il avait de nouveau onze ans. Et il ne se sentait guère plus vieux. La peur aux couilles. Terry assez cinglé pour passer à l'acte rien que pour avoir le dernier mot.

« Tu vas me le dire ou il faut que je cogne ? Intello de merde, GI de mes deux.

– C'est toi qu'as bossé pour Rocco après, connard, pas moi », riposta Martin en lançant les clés sur le toit de la voiture et en claquant la portière.

Sur ce, il s'éloigna. La démarche un peu chaloupée à cause de ses jambes qui étaient en coton. Il chercha des yeux le reflet de Terry dans une vitrine.

Comment c'était de recevoir une balle dans le dos ? se demanda-t-il. Ressentait-on un choc, une déchirure, votre cerveau tentait-il de vous empêcher de vous écrouler ?

Il tourna le coin de Thompson Street et accéléra le pas. Pour le moment, Terry avait tout l'air d'abandonner la partie.

Les soldats se glissant en catimini hors de leur baraque pour aller taper sur les mous, les cossards, les idiots. Les battant comme plâtre dans le noir. Il repoussa les images qui affluaient. Bon Dieu, y en avait qui le cherchaient, non ? Certains ? Il se tourna dans la cabine téléphonique pour faire face au trottoir.

« Je suis pas un tortionnaire, Bunny. Merde.

– Moi non plus. Où t'es, dans la rue ?

– J'avais besoin de marcher un peu. C'est toi qui l'as envoyé ?

– Bien sûr. C'est du boulot.

– Tu lui as dit de passer me prendre ? On n'était pas censés avoir rendez-vous, toi et moi ?

– Je te répète que je dois embaucher des nouveaux. Sur ce coup, j'avais besoin de deux mecs.

– Je te préviens : je n'irai plus. Pas avec ce cinglé ! Je bosse pas avec lui. Ça vaut pas le coup. »

Silence.

Des voitures passèrent.

À l'autre bout du fil, un grincement : le fauteuil de bureau sous les fesses de Bunny qui s'agitait. Qui cogitait.

« Bon, finit-il par déclarer, t'es pas obligé de le voir pendant quelques jours. Faut que tout le monde se calme. Ce putain de Latino a tout foutu en l'air.

– Je te téléphone bientôt.

– Prends des vacances. Va sur la côte. Profite un peu de ton fric... Va bronzer. Mais sois là dimanche en fin d'après-midi. »

Martin raccrocha. Un coup trop sec, mais rien à battre de Bunny, après tout. Il sortit de la cabine en regardant autour de lui, comme pour voir si par hasard l'état des choses aurait changé. Aurait-il moins les nerfs à fleur de peau ? Au bout de l'avenue, les tours du World Trade Center s'élançaient à la conquête du ciel. Le monde était si paisible dans le bas de la ville. À sa connaissance, aucun truand n'habitait par là. Ni personne qu'il fréquentait.

Pourquoi alors cette furieuse envie de prendre la fuite ? Elle ne l'avait pas quitté depuis qu'il avait planté là Terry. Fuir, courir, se débarrasser de sa peur comme d'une toxine. À présent, il se sentait sans forces, lessivé.

D'une main, il s'appuya à la paroi de la cabine téléphonique derrière lui puis se laissa glisser doucement sur l'asphalte.

Il attendit que le courage lui revienne. Ou au moins la volonté.

« T'appelles d'où, nom de Dieu ?

– J'en sais rien. Ici il fait une chaleur d'enfer. Tous les hommes sont en short.

– Qui c'est ? interrogea sa mère.

– Felix. Il appelle de sa lune de miel.

– C'est bon signe ? s'enquit-elle.

– C'est ta mère ? Bonjour, madame Quinn.

– Il te salue.

– Moi de même.

– Elle dit que c'est mauvais signe que t'appelles pendant ta lune de miel. »

Elle lui donna une petite tape sur l'épaule. Felix riait. Une autre claque.

« Ne fais pas...

– Arrête, dit-il en riant.

– Non, tout se passe à merveille, lui assura Felix. C'est pour ça que je t'appelle.

– Pour me dire où tu es ?

– Non, j'ai de bonnes nouvelles. Excellentes, même. Quand on a débarqué à l'hôtel ici, y avait un télégramme de mon père qui nous attendait. Son cadeau de mariage. Le club à Brooklyn. Ça te dit quelque chose ?

– Oui, avec les hôtesses.

– Oui, les hôtesses.

– Il est à toi.

– Il est à moi.

– Mes félicitations.

– Tu veux le diriger avec moi ? »

Et voilà. Il avait bien prévu que Felix lui ferait cette proposition.

« Allez, insista Felix. On passera des films de Russ Meyer, comme au lycée. »

Il ne répondit pas. Se contenta d'écouter le bourdonnement qui remplissait le silence intercontinental. La sensation d'une nouvelle vie qui lui tombait sur les épaules.

Bunny avait vu juste. Impossible d'habiter à New York sans s'y replonger jusqu'au cou, redevenir un des individus qui réinventaient chaque matin la ville pour tous les autres. Bon Dieu, ça lui avait sacrément manqué ! L'action. Les contacts. Quand il était à la fac, il se disait qu'à son retour il mènerait une existence paisible, retrouverait ses potes au bar. Mais maintenant, il voulait occuper une place, sa place attitrée au bar, sa table attitrée dans l'arrière-salle. Depuis qu'il avait posé les yeux sur elle, sans vouloir l'admettre, il avait été saisi d'une terrible soif de pouvoir. S'il s'était enfui en s'engageant dans l'armée, c'était parce qu'il avait été terrifié par les cahots qui l'attendaient sur la route. Trop jeune pour se prendre en charge, pour construire quelque chose de sa vie. Bien sûr, la peur était la chose au monde la mieux partagée. Il le savait aujourd'hui. Mais il était prêt à reprendre le chantier là où il l'avait laissé, prêt à essayer de nouveau d'être l'homme qu'il avait jadis rêvé de devenir, qu'il était désormais sûr qu'il allait devenir. Même s'il ne devait jamais la conquérir, elle. Même s'il lui faudrait se contenter d'être son meilleur ami.

« S'il te plaît, Quinn, les secondes coûtent cher à cette distance. On peut se passer des pauses.

– D'accord, mon vieux, je suis partant.

– Génial. Il accepte ! »

Penny était donc dans la pièce, conclut Martin. Que portait-elle ? Affalée dans un fauteuil ? Jambes croisées, appuyée du coude sur un genou, à fumer une de ses Parliament ?

« Ouais, j'accepte. Et comment ! »

Martin s'abstint de passer le bonjour à Penny.

« Formidable ! Tu vas aller voir mon père, OK ? Je vais le prévenir. Va le voir tout de suite. Demain.

– D'accord. Merci, Felix.

– C'est moi, vieux. À dans trois semaines. Fais gaffe à Vlady. Le laisse pas t'emmerder. »

« Qui ?

– Lexi Pasko. »

Bunny hocha la tête. Ôta ses pieds de la table. Martin garda les siens dessus. Bunny le regarda. Soudain sérieux.

« Tu y étais ?

– Où ?

– À Washington Heights.

– Bunny, pas de menace, d'accord ? T'as pas écouté.

– Je dis juste que tu y étais.

– Pas de menace. »

Bunny l'enveloppa d'un long regard. Martin sourit :

« Tu m'écoutes ? »

Bunny remit ses pieds sur la table, croisa les chevilles.

« Bon, vas-y. Le nom d'abord.

– Lexi Pasko.

– Connais pas.

– Faut que t'arrêtes de dealer avec de la racaille portoricaine. Lui, c'est un caïd.

– C'est qui ?

– Le chef de la mafia russe. »

Bunny eut l'air de réfléchir, puis laissa tomber :

« OK.

– OK ?

– D'accord, j'achète. D'où tu le connais ?

– J'étais en classe avec son fils. On est potes.

– Dans ce putain de bahut privé ?

– Ouais. »

Bunny dodelina de la tête :

« C'est malin d'envoyer son gosse dans une école de riches. Moi aussi, je ferai ça, si je peux. Mais c'est pas facile d'y entrer, hein ? Quoique, toi, tu y es bien arrivé.

– Bon, je te disais donc que nous allons ouvrir un club et qu'il va y avoir du mouvement. On va ramasser du fric et il faudra bien le dépenser. L'investir. Diversifier.

– D'accord, quand ça ?

– Quand quoi ?

– Quand vous allez diversifier, putain ?

– Faut d'abord qu'on ouvre la boîte.

– Si j'ai bien compris, tu veux plus bosser pour moi et tu me proposes de me rembourser. *La botte piena e la moglie ubriaca.* Tu veux à la fois boire la bouteille entière et soûler ta femme.

– Tu récupéreras la totalité de ta mise. Ta caution.

– Et quel avantage t'en tires ?

– Du fric, mec. Et la liberté. C'est pas pour te vexer, mais je vais pas passer le reste de ma vie à bosser pour toi. Trois semaines, c'est déjà pas mal. J'en ai par-dessus la tête que tu téléphones chez moi.

– Bien, alors tu vas gagner du pognon pour nous deux – moi et le Russe. Tu vas monter une petite affaire.

– Je suis honnête avec vous deux. C'est mon point de vue. Et tout le monde s'en met plein les fouilles. Joue pas les naïfs. Tu continues à construire ton empire et moi je me démerde tout seul. Les Russes font comme en Russie. J'en sais rien.

– Pasko ?

– Lexi Pasko. Il doit rien à personne. Il opère en solo. Pas de famille à qui rendre des comptes. Brighton Beach lui appartient. Et la moitié de Toronto.

– Et comment ça se fait que je le connaisse pas ?

– J'en sais rien. Je suis un peu étonné, je dois avouer.

– Va te faire foutre. Tu t'étonnes pas que j'aie eu du travail pour toi ? Tu t'étonnes pas que je m'enrichisse ici à deux pas du salaud qui a tué mon vieux ? »

Il n'était pas en colère, Bunny. Il posait seulement des questions. Il prenait toujours tout au pied de la lettre. Martin haussa les épaules et fit non de la tête.

« Je parie que je le connais pas parce que le FBI le connaît pas, reprit Bunny. Ce qui veut dire qu'il est inconnu aussi de la presse. Personne ne voit qui c'est. C'est comme ça que ça marche maintenant. Y a tellement de fric dans les scoops que c'en est immoral.

– Ça, c'est bien vrai », opina Martin.

Sachant cependant que Rocco, lui, savait parfaitement qui était Lexi. Et que Bunny se faisait sans doute, et à cet instant précis, la même réflexion.

« Tout le monde arrondit son chiffre d'affaires avec lui, insista Martin. Il a tellement de volets légaux que c'est pas croyable. Inimaginable, le mec. »

Bunny hocha la tête, ouais, ouais, il avait entendu la première fois. Il se pencha en arrière pour remuer le rideau d'un doigt. Regard insistant dans la rue. Au bout d'un moment, il se mit à débiter :

« Les gens ont plus de loyauté de nos jours. Je parle pas de se montrer loyal vis-à-vis de moi. Je suis pas comme ce maboul au coin de la rue. Je veux dire qu'ils ont perdu ce qui vous rend fort. Pendant que t'étais à l'armée, tu sais que quelqu'un a peint par-dessus le drapeau italien sur le mur de handball du parc ? Je l'avais toujours vu là. Ils ont voulu montrer qu'ils avaient le quartier sous leur contrôle. Alors, voilà, en quatre coups de pinceau, on l'efface. De la peinture blanche. Les gars sont tellement pressés de déménager en banlieue qu'ils pensent qu'aux petites annonces. J'ai fait passer le mot et des gosses ont fini par rapporter que c'était l'œuvre d'une équipe rivale de basket-ball du Lower East Side. Je les ai envoyés leur flanquer une raclée. J'ai acheté de la peinture et une échelle et les gosses ont repeint le drapeau. Un joli boulot.

– C'est un drapeau italien, Bunny, moi, j'en ai rien à battre.

– Toi, t'en as rien à battre. Tu rigoles, c'est grâce aux Italiens que t'es ce que t'es. Tu causes comme eux. Tu te fringues comme eux. T'as toujours voulu… »

Martin l'interrompit d'un geste de la main – paume en l'air.

« Je blaguais, Bunny, d'accord ? Termine ton histoire.

– Elle est terminée. Le drapeau est un symbole. D'ordre. De sécurité. Quand t'arrives dans le coin, tu sais que tu peux être tranquille.

– Tranquille ? J'ai des cicatrices qui dat…

– T'as des cicatrices parce que tu les as cherchées. Tu les aurais récoltées sans les chercher s'il y avait eu des nègres dans le coin. Au moins, dans ce quartier, y a pas de nègres.

– Pas de nègres ? Vous me faites chier, tous, là, avec vos nègres. À pisser dans votre froc. T'en connais un au moins ? T'en connais ? Décris-le-moi.

– Ta mère en est une, non ? »

Martin sourit. Bunny regarda de nouveau par la fenêtre. Puis reprit :

« Quand tu vas l'ouvrir, ton club ?

– Je dois lui parler demain.

– Et tu commences tout de suite à ramasser le pognon ?

– Tu sais ce que c'est que la Glasnost ? Gorbatchev ? Tu sais qui c'est ?

– Ouais.

– Il a déclaré aux Russes l'année dernière qu'ils pouvaient quitter le pays quand ils le voulaient. Alors, voilà, ils débarquent par milliers à Brooklyn, qui connaît maintenant un vrai boom économique.

– Et c'est lui qui dirige les opérations.

– Toute la partie russe, oui.

– Pour le moment.

– Sans doute, oui, c'est pas la concurrence qui manque. Il y a des dizaines de milliers de gens qui arrivent chaque année. J'te parle de politique, tu vois. Des deals tellement énormes que personne peut tirer toutes les ficelles. Tout ce qu'on peut faire, c'est procéder à tâtons et en tirer le maximum possible. Ensuite, tu envoies tes mômes dans des écoles privées. Après quoi tu clamses.

– Et tu le vois demain ? questionna Bunny, de plus en plus songeur.

– Oui, qu'est-ce que t'as ?

– Je réfléchis.

– Tu veux que je te rende tout le fric que je me suis fait à Baltimore ?

– Non, merde… garde-le. Et descends tes putains de pieds de ma table.

– Je peux pas, shérif. »

Il soupira, le Bunny.

Il lâchait de plus en plus de lest, le Bunny.

Sachant que ça lui rapporterait gros.

« Ils vont devenir puissants, tu crois ?

– Ils le sont déjà. Il est temps que t'en rencontres. En plus, l'avantage, c'est que je pourrais être ta connexion. Tu vois. T'as tout à y gagner.

– Me dis pas… »

Martin était allé trop loin cette fois. Il n'avait pas à lui dicter ce qu'il devait faire.

Mais il n'avait plus le choix, le Bunny. Sauf celui de tuer. Le bain de sang. Style Michael Corleone. Sa seule façon de montrer qu'il était toujours aux commandes.

« On se verra demain, l'Irlandais. Maintenant, casse-toi. »

Martin descendit ses pieds du bureau.

« Très bien. »

Bunny lui sourit :

« Tu veux dire au revoir à Terry avant de partir ? »

Il eut un entretien avec Lexi et obtint son autorisation, appela Bunny et lui donna quelques dates encore à confirmer. Puis il suivit son premier conseil et se loua un bungalow sur la côte pour un week-end, embarqua Frito et Juliet dans la Plymouth et passa trois jours à la plage, les yeux fermés. À écouter les vagues déferler et les deux tourtereaux gazouiller. Reprit la route à la première heure lundi, ce qui ne l'empêcha pas de tomber sur des embouteillages à l'entrée de New York. Frito et Juliet assoupis tout du long sur la banquette arrière.

Il fit un saut à son appartement et réussit à atteindre Brighton à 10 heures. Ric-rac. En short et lunettes noires, toujours. Il se gara derrière la Continental de Lexi et remonta le trottoir sans se presser, s'assurant que Lexi l'avait vu dans le rétroviseur. Ce dernier sortit, l'inspecta des pieds à la tête. Ils entrèrent.

Des hommes terminaient de poser les plinthes. Le parquet était flambant neuf. D'autres cimentaient des murs de brique pour donner au club un look West Side. Vernissaient des comptoirs, deux en longueur, deux en forme de fer à cheval. Posaient des vitraux en guise de cloison. Suspendaient des lustres. Une enfilade qui n'en finissait pas, comportant coins et recoins, salle après salle. Hautes de plafond, donnant l'impression d'espace par endroits, ou alors vous plongeant dans une atmosphère caverneuse. Lexi lui fit visiter le tout, lui montra les détails, le présenta aux chefs de chantier, lui fit miroiter l'avenir. Il le conduisait en marchant quelques pas devant lui, donnant des explications sur tout.

« Ça, c'est ton bureau », déclara-t-il au bout du couloir à l'arrière du bâtiment.

Martin ouvrit la porte. Une pièce vide. Étroite. Parfaite. Par la fenêtre, au loin, la promenade de planches du front de mer.

« Tu vas passer beaucoup de temps là-dedans, reprit Lexi. Tu es chez toi. Filoushka est capable de travailler dur, mais il aime bien s'amuser aussi. Il va être dehors souvent. Décore-le à ta guise. »

Martin dit : Entendu. Comme si Lexi ne lui faisait pas plaisir, qu'il se contentait de lui fournir d'autres informations à digérer. Pourtant il ne pouvait s'empêcher de songer que le vieux se sentait encore rassuré, même sept ans après, que Felix l'ait choisi comme meilleur pote, lui plutôt qu'un autre.

« On rangera nos dossiers ici ?

– Et vos coffres.

– Je voudrais des boiseries. Au quart de la hauteur sous plafond. Un bureau d'autrefois, comme celui que vous avez chez vous. Royal. La touche tradition. Deux canapés en cuir. Dont un convertible. Des fauteuils.

– Et les tapis ? Persans ?

– En laine à longues mèches.

– Comme dans les années 1970 ?

– On y revient, confirma Martin. Comme aux jeans taille basse, aux pendentifs et aux perruques afro fluo.

– Le personnel va te prendre pour un jeunot.

– Branché… Élégant, le sens de l'humour.

– Ils se diront que tu es quelqu'un de bien et qu'il faut être réglo avec toi.

– Leur erreur, pas la mienne. »

Lexi hocha la tête. Il avait l'esprit vif, Lexi.

Ils continuèrent à contempler la pièce vide. En silence. La visite était terminée, conclut Martin. Il pouvait se mettre au travail.

« Ils seront tous là à 11 heures pour te rencontrer, déclara Lexi.

– La réunion aura lieu ici. »

Il s'y voyait déjà. Appuyé dos à la fenêtre face à eux. Décroisant les bras et s'avançant vers eux d'un pas tranquille. Les traitant comme des soldats dont la vie dépendait de lui.

Il serait convenable de prendre un café avec lui, se dit-il. Histoire de montrer combien il travaillait dur. Leur montrer qu'il s'était pointé longtemps avant eux.

« Allons prendre un café. Avant leur arrivée. Je me suis levé à 5 heures. »

Ils sortirent.

Au bout du couloir, Lexi lança :

« Je parie que c'est bien pour baiser, ce tapis à longs poils. »

Le regard droit devant. Pensant à haute voix.

« Je vous tiendrai au courant », lui assura Martin.

19

Ils allaient ouvrir à l'heure dite. Ce qui n'avait pas été évident la semaine précédente. D'autant qu'ils se portaient sur les nerfs, le vieux et lui. Mais ils avaient réussi, le dernier soir. Juste avant le retour de Felix et Penny. La veille, ils avaient terminé tard. Ou tôt, cela dépendait du point de vue. 4, 5 heures du mat.

Dans le parking, ils s'étaient serré la main avec un sourire. Soulagés. Fiers. Lexi lui lançant :

« Attends une minute ! »

Il ouvrit le coffre de sa voiture, rabattit le tapis et sortit une enveloppe.

« Voilà pour le moment. T'auras un bon paquet dans la poche. Dès le départ. Ça fait partie de la déco.

– Les dernières touches.

– La touche finale. C'est terminé. »

Martin le remercia.

« J'ai envoyé une voiture les chercher à l'aéroport, dit Lexi. Une limousine. Champagne et boîte de chocolats. Des fraises aussi. Pour que leur lune de miel se…

– Prolonge encore un peu. Pourquoi arrêter d'un seul coup ? » offrit Martin en voyant que Lexi ne trouvait pas ses mots, ce qui était rare.

Lexi semblait avoir l'esprit ailleurs. Peut-être remuait-il les souvenirs de sa propre lune de miel. Ou songeait-il au bonheur de son fils.

« Felix va être sidéré, monsieur Pasko. Il va pas en revenir. Sûr qu'il va vous remercier.

– Quand il verra ce qu'on a fait, il va se mettre au boulot comme un fou.

– J'espère. Mais il faudra lui laisser prendre ses marques d'abord. »

Ils sourirent. Chacun se dirigea vers son véhicule. Ils ne s'enquirent pas de leurs destinations respectives, ni ne se proposèrent de prendre le petit déjeuner ensemble. Tous deux sachant qu'ils allaient se retrouver le soir pour l'ouverture. Ce qui avait été le but de toute l'opération, non ?

En sortant du parking, Martin pensa : T'auras de la chance si t'arrives à te réveiller ce soir. Dans un sens, ce n'était pas mauvais qu'ils ne puissent plus se supporter. Un signe de respect.

Il n'avait pas envie d'être le pote de ce mafioso, merde.

De retour à Manhattan, il prit son petit déjeuner dans un snack de la Dixième Avenue ouvert la nuit. En face de son garage. Dès que les portes du local se levèrent, il traversa la rue pour commander un nouveau moteur. Il voulait aussi faire repeindre sa carrosserie. Il laissa un acompte de cinquante pour cent et rentra chez lui avec sa bagnole. Après avoir pris une douche et s'être rasé, il s'habilla avec soin mais de façon décontractée. Un peu plus tard, il acheta un café à emporter et s'assit dans le parc pour le boire. Puis il retourna à sa voiture. Il avait encore une question à régler avant de démarrer sa nouvelle vie.

20

L'agent de mon vieux ? songea-t-il en le regardant. Comment pouvait-on organiser l'inorganisable ?

« Je pensais que tu lui ressemblerais plus, déclara Sugar. Tu lui ressembles, évidemment. Mais tes yeux, ils sont pas pareils. »

Martin haussa les épaules, secoua la tête – il ne savait pas quoi dire.

« Et tu pensais pas que j'étais aussi vieux ? enchaîna Sugar. Exilé à Riverdale. Le pays des retraités. Dis-le carrément : j'ai l'air d'un croulant. »

Ils rirent.

« La dernière fois que je t'ai vu, dit Martin, j'avais dix ans. Je voudrais pas être méchant.

– Mais tu le penses. Y a pas de mal. C'est ce que je voulais savoir. Merci. »

Ils rirent de nouveau. Martin levant les mains comme pour dire : Non, attends, puis déclarant :

« C'est pas un sujet de plaisanterie.

– J'étais déjà vieux quand ton père est venu me trouver. Comparé à lui. J'avais quarante-cinq ans. Lui vingt. T'as combien, vingt-cinq ?

– Vingt-six.

– À vingt-six ans, il marchait du tonnerre. C'est l'âge où il a décollé. »

Martin hocha la tête en fixant le sol. Les comparaisons étaient inévitables dans la tête des gens. À vingt-six ans, son vieux jouait avec Monk et Mingus. Avait sorti son premier album. Les premiers succès à New York et à Chicago. À Paris bientôt. À vingt-six ans, il avait déjà fait une première cure de désintox. Il avait déjà son célèbre tatouage. Une grosse guêpe sur son avant-bras. La tête en forme de balle, les yeux globuleux noirs, le dard disproportionné pointant dans le creux du coude. D'où son surnom « Stinger » : celui qui pique.

C'est à Paris qu'il s'était remis à se piquer. Là-bas, les flics fermaient les yeux et les filles prenaient leur pied à le regarder faire. C'est du moins ce que lui avait raconté sa mère. Ils y avaient vécu trois ans, puis elle était tombée enceinte de Frito et le vieux l'avait renvoyée aux États-Unis avant de faire une deuxième cure de désintox, dans une villa du Midi louée à des « nouveaux riches ». Il retraversa ensuite l'Atlantique pour essayer encore une fois d'être un bon père.

L'infirmière de Sugar frappa à la porte entrouverte. Elle lui tendit son journal. C'était elle qui avait indiqué la chambre à Martin quand il était sorti de l'ascenseur. « C'est l'as des as : le numéro un. » Jeune, hispanique. Moulée à la louche dans son uniforme. Le cou et les poignets étincelant d'or. Les doigts trop boudinés pour enlever son alliance.

« On ne place pas de pari aujourd'hui, Sugar », lui dit-elle.

Il avait déjà chaussé ses lunettes et ouvert la rubrique Sports. Déjà la tête tournée vers la porte quand il avait entendu ses pas couiner dans le couloir. Il rétorqua :

« Non, non. »

Il plia le journal à la bonne page, le posa sur ses genoux. Laissa tomber ses lunettes sur sa poitrine où elles pendirent au bout de leur ficelle.

« Elle croit que je joue pour de l'argent, dit-il avec un clin d'œil à l'adresse de Martin.

– C'est pas bon pour votre cœur. Trop d'excitation. Même quand vous gagnez, ce qui est le cas tout le temps, je sais... » Clin d'œil à Martin, puis de nouveau à Sugar : « Je repasserai vous voir plus tard... »

Elle ferma la porte un peu plus. Couinements de pas dans le couloir. Petites chaussures de tennis blanches. « Bonjour, ma belle... Madame Kelly, votre mise en plis. Comme c'est joli. *Que linda...* »

« Ma copine, déclara Sugar. Elle a vingt-deux ans. Trois gosses. Elle sait que j'ai trente mille dollars cachés dans un coffre en bas derrière la réception. Au cas où ma chance tournerait. Tout ce que j'ai ramassé en trente ans. À cinquante-deux pour cent gagnant. Je lui ai proposé de lui apprendre à placer ses paris au basket-ball. Mais elle veut rien entendre. Dommage... » Il leva ses lunettes afin de s'en servir comme loupe pour lire le journal. Puis secoua la tête : « Ils placent New-York gagnant, mais moi j'en suis pas si sûr... »

Il reposa ses lunettes; contempla Martin. Un sourire. L'air plus détendu tout d'un coup.

« Tu veux que j'appelle ton bookie ?

– J'ai encore quelques heures. Maintenant que j'ai le journal, je me sens mieux. T'as la forme, on dirait. Vingt-six ans. La vie te traite bien au moins.

– J'ouvre un restaurant. »

Sugar ferma les yeux. Hochement de tête.

« Formidable. Je te souhaite toute la chance du monde. Tu es venu me demander conseil, alors ? C'est pour ça que t'es venu me voir après quinze ans ? » Ouvrit les yeux. Attendit. Martin scrutant le plancher. « Trouve qui sont ceux qui touchent dans le coin. C'est la première étape. Va les voir. Comme ça, t'auras pas tous les Ritals qui viendront rouler des mécaniques sur ton paillasson. Surtout, une fois que tu seras assez tranquille pour rentrer chez toi avant l'heure de la fermeture, coupe ton téléphone dès que t'as fermé ta porte. Il faut que ton personnel apprenne à se débrouiller tout seul. Sinon ils vont t'appeler pour un oui ou pour un non, la clé de la réserve d'alcool, on n'a plus de vodka... où est passée leur bite... Le reste ? Tu trouveras tout seul. »

Sugar ouvrit les mains et les doigts.

« C'est tout ? demanda Martin.

– Que veux-tu que je te dise de plus ? Tu t'en sors déjà très bien si t'es sur le point d'ouvrir ta propre boîte. Et si t'es aussi malin que ton père, tu n'en feras de toute façon qu'à ta tête. Sauf si t'as récolté le fric de façon malhonnête. Mais c'est pas ça, hein ?

– Non.

– Alors, tu vois. En plus, je devine que si t'es là, c'est que t'avais envie de me montrer que tu t'en sortais bien. Ça me fait plaisir. Oui. Pour vous, les gosses, et votre mère, ç'a été dur. Elle me tient au courant, tu sais. T'es un brave garçon. Bonne mentalité. Travailleur... »

Sourire.

Martin lui rendit son sourire et imita son geste, mains ouvertes, doigts écartés.

« Quand est-ce que ça vous vient... la sagesse ? demanda-t-il.

– Quand t'arrêtes de baiser. Profite de ton ignorance. »

Rires.

« Sérieusement ? reprit Sugar. L'autre question, c'est où elle se trouve, cette boîte ? Je connais peut-être des gens dans le coin. Je peux t'avoir un bon arrangement pour le ramassage de tes poubelles, mettons. Une promo spécial senior.

– Brighton Beach. À quelques rues du bord de mer.

– Je connais pas un chat par là-bas. Mais je vais te dire une chose. Ce quartier bouge. Enfin ça, tu le sais déjà. Et ils ont des gens à eux. Un style à eux. Spécial. J'étais sur la Côte d'Azur dans les années 1950. Nice, Monaco. J'ai voyagé, un peu... Montpellier, Marseille. Sur le port, je les reconnaissais au premier coup d'œil avec leur borsalino à ruban rouge... » Martin sourit. « Tu m'écoutes ? Ils se serraient les coudes, c'est moi qui te le dis. Des Russes. Mais... attends... dix ans après, je vais à Coney Island. Avec une fille que j'avais rencontrée sur la côte ouest. Elle voulait faire du tourisme, alors je l'ai emmenée au bord de la mer. Ah, je préfère pas les revoir. Petits salopards. Avec leur borsalino à la con. Ça fait presque trente ans, je sais. Mais aujourd'hui le quartier est en plein boum. C'est une idée géniale d'y ouvrir un resto... »

Martin avait du mal à se figurer Felix et lui en borsalino.

« Tu peux rire, mais c'est indéniable.

– Je ris pas. Au contraire. T'es un des seuls qui connaissent leur existence. Mais je suis assez fort. J'ai le feu vert. J'ai grandi avec le fils de l'un d'eux. »

L'héritier présumé du super caïd, compléta intérieurement Martin.

« Alors pourquoi t'es venu me trouver ?

– Tu sais bien... Ma mère me disait toujours qu'elle te tenait au courant. Je voulais te montrer que tout allait bien pour moi, énonça-t-il avec un haussement de sourcils.

– Comme ça, tu lui ressembles vraiment. »

Martin baissa de nouveau les yeux.

« C'est comme ça qu'il est venu me voir la première fois, continua Sugar. J'avais un club. Il voulait me séduire. Vingt ans. Le petit séminariste. Il avait entendu à la radio que mon trompettiste était mort d'une crise cardiaque. Ton père a fait le mur après la messe. Il est venu me supplier de lui faire passer une audition. J'ai rien voulu entendre d'abord. Le chagrin, tu comprends. Et lui, dehors, il continuait de me supplier, le nez collé contre la vitre, les mains jointes. S'il vous plaît. Il me montre son instrument. Je le chasse d'un geste. Alors, il se met à jouer. Et moi, j'entends cette note. Longue, riche, claire. Le genre de note qu'une trompette est faite pour émettre. Il a joué *Round Midnight*.

– Et il s'est mis à pleuvoir. C'est ce que m'a raconté ma mère.

– Comme si sa trompette avait ouvert les cieux. À verse. »

Martin gardant les yeux résolument baissés. Pas supportable de regarder un homme qui avait tant aimé Stinger Quinn.

« Je lui ai ouvert la porte de mon appartement. Il est plus jamais rentré à Brooklyn. Un homme neuf, voilà ce qu'il est devenu. Un génie, du moins pour un temps. »

Martin hocha la tête. Il fallait qu'il passe aux choses sérieuses. Maintenant ou jamais.

« Tu devrais appeler ton bookie », déclara-t-il en se levant avec lenteur, s'attendant à ce que Sugar proteste, mais ce dernier ne réagit pas.

Une fois debout, Martin lui sourit. Un sourire forcé. Douloureux.

« J'étais juste passé te voir, Sugar. »

Sugar le dévisagea. Tranquille.

« Tu lui as pas pardonné, déclara finalement Sugar.

– Quelle importance à présent. Je suis désolé. Mais c'est comme ça... Il y a une autre raison à ma visite. »

Mais Sugar n'allait pas lâcher le morceau. Il ajouta :

« On ne saura jamais ce qui... Voyons, rassieds-toi.

– J'ai plutôt envie de rester debout, si ça te dérange pas.

– Assieds-toi. »

Martin obtempéra.

« Il est rentré de Paris désintoxiqué. Il tenait absolument à être clean au moment de la naissance de Frito. De son point de vue, c'était ce qu'il avait fait de plus formidable. Je comprends pas pourquoi il a raccroché. Je comprends pas pourquoi il s'est tué après ça. Il avait un nouvel album sur le point de sortir. Il vous avait, vous, les garçons. Il avait ta mère. Jamais les choses s'étaient aussi bien présentées pour lui. Mais, dans sa tête, c'était fini, terminé. Comment imaginer un truc pareil ? Comment on peut savoir ce qui se passe dans l'esprit d'un autre ? C'est ce que la mort de Stinger m'a appris. Et à me dire que j'avais de la chance de ne pas souffrir autant que lui.

– Sugar, je... »

Martin se tortilla sur sa chaise. Ne le contredis pas. Ne lui demande pas quel genre d'homme on est quand on s'ouvre les veines dans son bain alors que vos enfants sont dans la pièce voisine.

« Tu l'as connu quand il était encore qu'un gosse. Pour moi, c'était mon père. Alors, je... » Il se leva. « Bon. Il vaut mieux pas parler de ça. Il y a treize ans, ma mère est venue te trouver pour que tu lui donnes de l'argent pour une caution. Cinq cents dollars. Tu lui as offert le double, et ensuite tu as refusé qu'elle te rembourse... » Il récitait plus ou moins par cœur le petit discours qu'il avait préparé. « Je voulais te remercier et te rendre cet argent... »

Main à la poche. Sugar secoua la tête. Non. Et aussi l'air de dire qu'il percevait chez le jeune homme quelque chose de regrettable.

« Martin, on n'offre pas de l'argent à un vieil homme. Ça ne se fait pas.

– Je suis reconnaissant pour tout ce que tu as fait pour nous.

– Mais maintenant, c'est toi qui prends la barre, c'est ça ? Honorable de ta part. Mais la dette est effacée. Ce n'était pas grand-chose, tu sais. Ta mère s'est très bien débrouillée.

– Je voulais juste...

– Je sais... » Il chaussa ses lunettes, souleva son journal. « Repasse me voir un de ces jours. Tiens-moi au courant pour ton restaurant.

– D'accord... »

Martin était embarrassé. Sugar se conduisait comme s'il était déjà parti. Il pointait déjà son crayon sur la feuille de journal. En mouillant la mine du bout de la langue avant de la poser sur le papier.

En bas, Martin s'arrêta à la réception :

« Vous mettrez ça dans le coffre de M. Burton, s'il vous plaît. Il m'a demandé de le lui déposer en sortant. »

Et il tendit au concierge vingt billets de cent.

21

Il se surprit à tenter de lire dans leurs pensées, à les regarder tour à tour comme s'il assistait à un sketch pas drôle : l'histoire de sa vie. S'efforçant d'ignorer Felix pour se mettre au diapason du silence de Penny. Tous les deux continuaient à défaire leurs valises. Béantes sur le lit. Allant et venant du lit au panier à linge sale, ou du lit à la pile destinée au teinturier. Ou du lit aux placards pour ranger chaussures et pulls. Un parapluie. En haut de l'escalier sur la mezzanine pour poser l'appareil photo et les guides. Felix parlait sans cesse. Un vrai moulin à paroles. Il allait désormais passer l'été à Londres, l'hiver en Grèce, prendre sa retraite à trente ans à Monaco. Il saisit Martin par les épaules. « Je blague pas... » Collant son visage au sien. « Tu vas être obligé de venir avec nous. Tu verras, c'est méga génial. » Et elle, un sourire vissé à la bouche. Un sourire un peu fatigué par le long voyage. Souriant à Felix quand il lui arrivait d'écouter ce qu'il disait. Souriant à elle-même quand elle avait l'esprit ailleurs. Mais sans regard en coulisse signifiant : « Tu n'as pas quitté mes pensées un seul instant. Je ne t'ai jamais quitté. » Si bien que, l'espace d'un instant, il se demanda s'il n'avait pas rêvé la scène devant les toilettes le soir du mariage, quand elle avait craqué et l'avait insulté. Ou avait-il compris de travers ? Elle passa devant lui en souriant aimablement. Comme s'il avait été un vieil ami de Felix qu'elle aimait bien.

Cette foutue lune de miel, pesta-t-il intérieurement. Ce voyage que faisaient les jeunes mariés. Ça changeait tout. Il l'avait perdue maintenant. C'était le moment de tomber dans les pommes, non ?

Cette idée lui fit venir un sourire aux lèvres. Son cou, ses épaules, les muscles de ses jambes étaient courbaturés par ses quarante heures de veille. Il repoussa une valise. S'assit au bord du lit puis s'allongea. Contempla le plafond. Vaste étendue blanche et plate.

« Ça fait deux jours que je suis debout. »

Ils s'affairaient autour de lui.

« Ça se voit à ta mine, commenta Felix.

– Dors, dit-elle. On ne nous attend pas avant des heures à Brooklyn.

– Mais d'abord, tiens, regarde, reprit Felix. On t'a rapporté un truc. »

Felix, la tête penchée de côté, extirpa avec mille précautions un objet d'une des plus petites valises.

À la seconde, Martin sut de quoi il s'agissait. Felix déclara :

« On l'a trouvé à Paris. C'est bien ça ? C'est bien lui ? »

Il tourna la pochette dans ses mains afin de lui en présenter le dos, avec la photo. Le vieux au boulot. Stinger Quinn. Debout derrière l'ingénieur du son avec les quatre autres membres de son groupe, les yeux baissés sur la table de mixage. Fumée de cigarette. Sourire sur tous les visages. Satisfaits de la prise. Son vieux. Qui n'avait jamais été vieux. Sur la photo, même pas vingt-six. Même pas son âge à lui. Et pas affalé à plat dos sur un lit, lessivé. Un mec cool, pas mécontent de lui. Col roulé, rouflaquettes. L'air d'avoir dix-neuf, vingt ans. Un air de ressemblance avec Frito. Déjà un fils. Et un deuxième en route.

Il est partout aujourd'hui, ce vieux salaud, se dit Martin. Je suis cerné !

« Merci.

– Ça nous fait plaisir », dirent-ils en chœur.

Elle se dirigea vers les placards de l'entrée. Pour suspendre toute une série de chemises.

Felix se pencha vers lui :

« C'est elle qui l'a trouvé. C'est à elle que tu dois dire merci. »

Martin hocha la tête en signe d'acquiescement.

La remercier, tu parles, songea Martin. Elle l'a trouvé, qu'elle aille au diable !

Il ferma les yeux. Croisa les bras sur l'album comme une écolière serrant sa chemise à rabats contre son cœur. Pas par affection, seulement parce qu'il ne savait pas où le poser pendant qu'ils terminaient leurs rangements.

Il allait s'obliger à dormir. S'autoriser à dormir. Laisser le sommeil l'envahir. Dieu sait comment son existence se présenterait au réveil.

WEEK-END. DÎNER EN VILLE

ANASTASIA'S. 3010 Coney Island Blvd., Brighton Beach, Brooklyn. (718) 555-1224. Assure la triple fonction de club, night-club et restaurant. Cadre confortable avec salons privés aux portes capitonnées et videurs aux muscles rembourrés. On n'en fait pas le tour en une soirée, mais vaut le détour. Bar très bien achalandé en vodka. Excellent service. Les chanteuses sont top et on réécoutera avec délices les vieux tubes de Sinatra, Presley, Neil Diamond... en russe ! Elles ne sont pas farouches et acceptent volontiers un verre après le spectacle. Ensuite, passez côté restaurant. Décor tendance kitsch grandiose ! Menu du même ordre : on n'y compte pas moins de trente entrées ! Goûtez à ces petites crêpes salées que l'on appelle blinis, ou bien au hareng au raifort ou à la crème, à la pastèque confite. Succulent, l'agneau de Géorgie à la coriandre fraîche, ou le filet d'esturgeon dans une sauce aigre-douce à la figue et aux câpres, ou le bortsch de Géorgie au veau, vinaigre blanc et crème. Vaste choix de desserts. Gâteaux, tartes, meringues, mousses, friandises de toutes sortes, sans parler des chocolats, divins ! Et arrosez chaque plat avec de la vodka ! Bouteille glacée comprise au menu ! Buvez ce que vous pouvez et passez côté night-club (entrées séparées sur l'avenue). Toutes les tenues bienvenues, de la plus décontractée aux robes en strass et costumes en peau de requin. Il y a du monde sur la piste gigantesque où on danse au coude-à-coude devant un balcon circulaire bondé lui aussi ! Si la musique est actuelle, les effets de lumière datent un peu – lasers et stroboscopes – mais pourtant ça passe ! Russes en majorité, et en général du coin, Little Odessa, le quartier qui monte, les clients savent s'amuser. On se demande même s'ils ne prennent pas leur revanche ! Faites la fête jusqu'à la fermeture puis filez sur la longue avenue déserte au milieu des cris des mouettes qui saluent le jour nouveau.

ANASTASIA'S
*Cuisine : ****
*Ambiance : *****
Vodka : devinez.

Un ou deux coups par jour chacun, c'était tout ce que leur cerveau pouvait supporter. Mais en fait, c'était assez. Assez pour qu'ils ne pensent à rien d'autre pendant quelques minutes. Tous les mois, l'un d'eux mettait en échec le roi de l'autre, du moins le menaçait. Certaines nuits, quand ils sortaient l'échiquier, Martin aurait juré qu'il n'avait encore jamais vu cette partie. Il ne se rappelait pas comment ils en étaient arrivés là la veille. Il devait retrouver par le raisonnement sa stratégie. Le club lui prenait tellement la tête. Mais là, Felix et lui se taisaient et il n'y avait plus rien d'autre que cette partie d'échecs. Il déplaçait une pièce ou deux. Content d'avoir amorcé une manœuvre ou d'avoir déjoué celle de Felix. Puis ils rangeaient l'échiquier. Sur la petite table à côté du canapé, là où il ne gênait pas. Juste en dessous de la coupure de journal encadrée et de la photo où on les voyait tous les deux debout devant l'entrée du club. La porte sculptée avec, au-dessus, la petite enseigne au néon – « Anastasia's » – en script rose. Le soir de l'ouverture. Felix fier et rieur, et lui riant aussi, quoique l'air de ne pas trop bien piger la blague. Sans doute un effet de la fatigue. Cette image lui plaisait, beaucoup même.

Il s'allongeait pour la regarder sur le canapé, le jeu d'échecs à ses pieds, déjà oublié, et glissait une main derrière sa nuque. Felix assis à son bureau. Ils passaient les problèmes en revue. Les soucis de personnel. Les nouveautés dans le menu et le spectacle. Le quotidien. Toujours un bon sujet de conversation.

Son titre, vis-à-vis des employés, était « directeur général ». Mais son salaire était le même que celui de Felix : il gagnait autant qu'un proprio, se mettant dans la poche trois mille dollars par semaine. Tout en liquide. Tout au noir. Il était le premier arrivé, avant midi, tous les jours, et le dernier à partir chaque matin, juste avant l'aube. Il méritait ce qu'il gagnait. Il se mit à rêver voiture puis entendit parler d'un rez-de-chaussée donnant sur l'esplanade de Battery Cove, tout en bas de la ville. Il déposa aussitôt dix mille dollars auprès de l'agent immobilier. Une semaine après, il était dans ses meubles. Et se contenta de faire poser des fenêtres teintées sur sa Plymouth. Il se paya un nouveau tableau de bord, une stéréo, de nouvelles suspensions et passait au garage pour une révision tous les cent cinquante voyages à Brooklyn, sans compter ses trajets jusqu'au fin fond de Long Island pour ramasser les dettes des pompistes pour le vieux. La bagnole était mieux qu'une relique ; elle s'améliorait. Comme un morceau de son passé qu'il se serait employé à rendre parfait.

Penny disparut dans un cabinet d'avocats que lui avait déniché Felix. Frito se maria.

Autour de Pâques, Vlady se fit coffrer pour avoir battu un mec à mort ou presque. Devant la porte d'entrée du club. Avec un des piquets qui soutenaient les cordes en velours délimitant le passage d'escalier. Avant l'arrivée des flics, Martin fit tout son possible pour empêcher le mec en question de clamser ; il l'assit contre le mur et renversa sa tête en arrière de manière que le sang qui coulait à flots de son nez et de sa bouche ne l'étouffe pas. Vlady restait là à sourire. C'était plus fort que lui. Sidéré par les dégâts qu'il avait causés – le mec tout déglingué comme un grand pantin triste.

« Tu vas aller en taule, connard, lui lança Martin. Tu connais ce mot ? Con...nard ? »

Vlady regarda autour de lui. La foule qui entendait ces paroles. Martin le gifla en ajoutant :

« Regarde-moi quand je te parle, espèce d'enculé... »

Mais déjà Vlady ripostait. Ils roulèrent sur l'asphalte. Coups de tête, morsures, coups de crosse. Tout était bon. Une bagarre en règle. Martin se prit à regretter de ne pas avoir son Glock sur lui pour mieux le cogner. Il savait que Vlady lui en voulait de le lui avoir « fauché » dans le magasin de smokings. Mais, en voyant que ça bardait, prudent, Martin l'avait jeté dans le coffre de sa bagnole.

Le pantin désarticulé s'en alla en ambulance, Vlady en panier à salade. Felix paya sa caution, puis le vira. Un avocat donnant dans l'humanitaire les attaqua en justice. Felix décréta : « T'es personne tant que t'as pas été mis en examen. »

De nouveaux pneus pour la Plymouth. Un nouveau circuit électrique. Frito et Juliet emménagèrent dans un appartement pas loin de chez lui. Martin leur régla six mois de loyer d'avance, parvint à convaincre la mère de Juliet de se porter caution pour le reste. Felix leur acheta une voiture, une surprise. Ne voulut rien entendre. Penny se mit à faire des sauts en soirée au club. En compagnie de gens de son cabinet. Des gens sympas. Bien.

Du temps passa. La vie trépidante et les horaires délirants s'inscrivant à force dans la routine. Le fil de son existence. Il était comme un poisson dans l'eau.

Felix le fit échec et mat. Puis ce fut son tour. Ensuite ils réglaient les problèmes de la boîte, ensemble. Tous les soirs. Ils ne voyaient pas le temps filer.

Sauf pour les quelques heures qu'il passait chez lui, dans son appartement, à contempler par la fenêtre du salon l'étendue de l'esplanade de Battery Cove et les eaux plates de l'Hudson. Il assistait au lever du jour. À ces instants, ses pensées lui appartenaient. Il commençait à avoir du mal à dormir. L'insomnie gagnait du terrain.

Il prit l'habitude de ramener des serveuses chez lui. Des hôtesses. Des danseuses. Il achetait ses capotes par paquets de douze. Parfois il se levait tout de suite après pour prendre une douche. Pour se débarrasser de ces filles pendant qu'elles dormaient. Toutes des Russes. Drôles, gentilles plutôt. Mais leurs corps étaient trop maigres, leurs yeux trop cernés. Elles avaient toutes l'air plus ou moins faméliques. Pourtant coquettes à faire peur. Contentes d'elles, trop sûres d'elles. Si différentes des Italiennes. Tout leur était dû, aux Natasha. Pas question de tolérer les quelques déceptions inévitables de la vie, comme on l'enseignait si sagement aux jeunes filles italiennes.

Parfois, au lit avec elles, il songeait à Penny et à Juliet. Pas à les baiser, seulement à se trouver avec une fille dont il n'avait pas envie de se débarrasser. Une fille à qui il aurait eu le désir de discuter, de bavarder de choses et d'autres. Celles du club, dès qu'il essayait de leur parler, elles lui demandaient de les aider à améliorer leur anglais. Et, dans ces moments-là, tout ce qui lui venait à l'esprit, c'étaient les clichés que l'on trouvait dans la bouche des actrices de films pornos. Alors il se taisait. Presque toujours. Et de plus en plus souvent, le matin, il sentait sourdre en lui une bile noire qui s'infiltrait dans chacune de ses pensées. Et il leur disait : « Répète après moi : Baise mes seins… Prends-moi par-derrière… » Ça ne semblait pas les gêner. Un bon exercice, voilà tout. De braves filles. Il ne les comprendrait jamais.

Parfois son insomnie devenait dévorante. Il n'avait même plus sommeil. Juste peur. La peur le prenait à la gorge. La peur de ne plus jamais dormir. De mourir de manque de sommeil. Alors il la réveillait, cette fille ou une autre, la reconduisait chez elle pour qu'elle termine sa nuit de sommeil toute seule. Il se rendait ensuite au club, se préparait un petit déjeuner dans la cuisine déserte, lumineuse. Mangeait debout. Et se demandait d'où venait tant de laideur.

Il connaissait la réponse, bien entendu. Les gens s'immisçaient dans votre vie et vous la rendaient impossible. Juste assez. De sorte qu'au bout d'un moment, vous perdiez de vue le bon côté des choses pour ne plus voir que le mauvais.

Il y avait d'abord Bunny qui était passé trop vite de la vente de shit et de cachets d'ecstasy dans le club aux deals de coke et de crack et d'acide qu'il avait ajoutés au menu sans même le consulter. Quel culot !

Il y avait les Siciliens que Bunny embauchait, des immigrants de fraîche date. Au début, ils le suivaient comme les filles du quartier quand il était gosse, puis ils venaient seuls pour faire la bringue. « C'est Bunny qui m'envoie. » Qui t'envoie pour quoi ? Pour boire un coup aux frais de la princesse ? Autrefois, dans le quartier, ils appelaient ces gars-là des « zips ». Et ils se foutaient de leur gueule. Mais ils étaient jeunes et armés. Et, un jour ou l'autre, ils faisaient du grabuge.

Il y avait les associés du vieux qui, à peine débarqués de Russie, venaient boire un verre ou dîner. Ils se servaient du bureau pour mettre au point leurs magouilles. Martin se trouvait tout d'un coup envahi par la paperasse des lobbies du pétrole, des fonds d'assurances-maladie, des sociétés de crédit mutuel. Le tout devant aboutir à de belles escroqueries. Afin de les renflouer assez pour leur permettre d'arnaquer plus confortablement les habitants de ce pays tout beau, tout nouveau : leur terre d'accueil.

Il y avait Penny donnant du jour au lendemain sa démission et se mettant à traîner tout le temps dans la boîte. Sans réaction devant sa frénésie copulatoire, hormis un détail, mais qui ne trompait pas : elle avait arrêté de fumer brusquement. Elle voulait un enfant. Felix était plein aux as. Elle allait sur ses vingt-sept ans. Et déjà se dégageait d'elle quelque chose de maternel. Mais peut-être se faisait-il des idées. Peut-être se leurrait-il en croyant que son désir d'être mère tenait à celui de le contrarier.

Et puis il y avait Sunnyside.

Bien sûr.

Puisqu'il avait été témoin du meurtre.

Le plus sévère des revers de la médaille jusqu'ici. La mort d'un type qu'il n'avait vu que deux fois. La première, à l'époque où il était encore au lycée. Lors d'un dîner chez Felix, Lexi leur montre un œuf de Fabergé. Une petite boîte de tabac à priser. Émail bleu serti d'or, petites pattes griffues en or massif. Après les fraises et le thé, Felix, son père et lui, s'engouffrent avec l'objet dans la Lincoln. Destination le Queens. Felix poursuit la conversation du dîner et Martin profite du voyage, tenant contre lui à l'arrière la petite masse compacte et lourde. Lexi l'a enveloppée dans une serviette prise sur la table. Ils se garent devant un complexe d'immeubles en demi-cercle. Le type sort. Après un bref échange en russe, Lexi abaisse la vitre de Martin. Le type avance les deux mains en avant. Façon Boris Karloff. Lexi hoche la tête. Martin lui tend l'œuf. Le type rentre dans son immeuble. Ils retournèrent à Manhattan. Felix parlait toujours.

Et voilà que dix ans et dix Lincoln après, le vieux s'arrêtait devant le club, envoyait un videur chercher Felix et Vlady, sauf que Vlady étant encore à la prison de Ricker's Island, ce fut Martin qui répondit à l'appel. En voyant qu'ils quittaient l'autoroute pour rejoindre le Queens, les souvenirs affluèrent – le poids du bibelot sur ses genoux. Que pouvait-il bien valoir ? Le bavardage de Felix. Le sourire de Lexi. Sauf qu'aujourd'hui personne ne parlait, personne ne souriait. L'intérieur de la voiture baignait dans l'obscurité. Pas de pièce de musée volée introduite clandestinement aux États-Unis. Les pensées de Martin s'obstinaient à se dérober. Quand ils se garèrent sur l'esplanade devant les grands immeubles, Felix le rejoignit en se glissant à l'arrière. Martin haussa les épaules, style : Qu'est-ce que c'est que cette histoire ? T'es pas bien devant ou quoi ? Mais Felix ne le regarda même pas, les yeux fixés sur le type. Le même, en vieux. Qui sortait de son immeuble. La fenêtre côté passager s'abaissa. Le type et Lexi causèrent plutôt normalement. Mais quelque chose manquait, observa Martin. Ils n'utilisaient pas le langage corporel incontournable chez les Russes. Juste un échange de mots.

Une froideur, un éloignement, après dix ans. Sans doute parce qu'à l'heure qu'il était, Lexi s'apprêtait à faire main basse sur un demi-million de dollars en immobilier canadien alors que ce type vivait encore dans son HLM de Sunnyside. Puis ce dernier recula. Vite, si vite que Martin sut que c'était grave. Mais quoi ? Quoi ? La détonation résonna dans la voiture. Le type, lui, avait disparu. Étalé sur le trottoir. Le visage en bouillie. Écumant, bouillonnant. Lexi jeta le flingue sur le plancher côté passager. Démarra sur les chapeaux de roue. Le crissement des pneus comme un bruit lointain derrière le vrombissement assourdissant du moteur. Le capiton du plafond côté passager en flammes. Felix se penchant pour éteindre l'incendie.

« Bordel de merde ! » s'exclama Martin.

Felix et le vieux se tournèrent tous les deux vers lui.

« Mes oreilles », ajouta Martin en écarquillant les yeux et en priant le ciel que sa voix ne trahisse pas son mensonge.

Maintenant, ce souvenir hantait ses rêves. À son arrivée au club, il donnait ses ordres au personnel et organisait le déroulement de la journée, leur disait de le biper s'ils avaient besoin de lui, avant d'aller s'allonger dans son bureau pour piquer un somme. Il fermait les yeux et revoyait la scène. La figure du type éclatée comme une grenade géante. Alors que, merde, il voulait pioncer.

Non qu'il jugeât Lexi. Felix lui avait confié que le type avait foiré un deal quelques jours plus tôt et qu'au lieu d'essayer d'offrir des réparations, il avait paniqué. Il s'était laissé couler au fond de sa peur. Avait convoqué Lexi dans le Queens. S'apprêtait lui-même à le descendre. Alors, il n'y avait pas de problème. Seulement ces images qui lui revenaient sans cesse. La pensée de l'incroyable. L'idée que la vie d'un homme pouvait être anéantie d'un seul geste par un autre homme. Réduite à néant. Écrasée. Soufflée. À jamais irrécupérable.

Un bain de sang aussi élémentaire se devait en principe de présenter en contrepartie un bénéfice, ne pouvait-il s'empêcher de songer. Un contrepoids dans le bien. Mais lequel ? Dieu est amour et aime toutes ses créatures ? Ça, c'était la réponse de l'Église. John Lennon avait trouvé une autre phrase : *Love is all you need.* Et Toni Tennille, pendant l'été 1975, chantait : *Love will keep us together.* Des paroles qui cherchaient toutes à vous réconforter de vous trouver dans un merdier pareil. Seuls s'interposaient donc entre vous et le meurtre l'Église, les Beatles et Tennille.

Le courrier continuait à les envahir. Fonds de pension, compagnies pétrolières. Il connaissait leurs noms. Le nom des arnaques, le nom des arnaqueurs. Le nom de leurs associés, ces demi-frères dans le mal. Il les rencontrait, veillait à ce qu'ils se divertissent agréablement, les Victor Badguy, Ivan Ivanov, Benjy Nayberg, Azarchik, le petit Mongol... Felix passait des élastiques autour des piles d'enveloppes et les rapportait à Lexi à Manhattan. Un meurtre par liasse, se disait Martin. De vieux salauds gisant dans leur sang à Toronto, Chicago, Moscou, Odessa, Omaha, et dans chacun des cinq comtés de New York. Rétamés. Des morts sans visage. Ils ne se promèneraient plus en tee-shirt à col en V et vieille veste en cuir avec des airs rusés. Ils ne vous prépareraient plus votre fête une nuit si vous ne faisiez pas gaffe...

Martin ne parvenait pas à se défaire de cette image. Au point parfois de la trouver intenable. Alors il se mettait à la fenêtre et, les yeux fixés sur la rivière, montait et descendait sur la pointe des pieds en faisant rouler son cou. Il ne lui avait pourtant même pas parlé, à ce type, il n'avait même pas entendu le son de sa voix en anglais. Ni croisé son regard. Il s'en fichait de ce mec, au fond. Et s'il l'avait connu, peut-être n'aurait-il pas pu le blairer de toute façon. Alors, qu'il aille au diable. Bien sûr. Bien sûr, seulement il était trop tard. Trop tard pour savoir s'il aurait souhaité ou non la mort de ce salaud.

Il continuait à ramener chez lui les Russes. Vite au volant de sa voiture. Espérant pouvoir trouver le sommeil après. Ses exigences sexuelles montèrent d'un cran. Quand il traversait le club, les filles posaient les mains sur lui. Parfois il s'en faisait trois dans la soirée. La fille du vestiaire, l'hôtesse, la jolie serveuse. Elles étaient au courant pour les autres mais s'en foutaient. Elles se pliaient à ses désirs.

Felix ferma la porte à clé et lança :

« C'est à toi de jouer, non ?

– Je voudrais qu'on sorte dîner, Felix, un endroit agréable. Toi, moi et Penny. Un resto français.

– D'accord, quand ? fit Felix en posant l'échiquier au coin du bureau.

– Putain... Maintenant ! Appelle-la tout de suite. Ça fait presque un an qu'on a ouvert.

– Aïe, bientôt mon anniversaire de mariage. Il faut que je prévoie. Tu peux mettre ce truc ailleurs ? dit Felix en indiquant d'un mouvement du menton un papier du fisc.

– Tu le fêteras tout seul, celui-là, reprit Martin sans faire mine de vouloir faire de la place. Ce soir, une bonne petite caille, un consommé froid, un petit bifteck à la sauce hollandaise. Allez, appelle-la. »

Felix tendit la main vers l'échiquier :

« On joue pas alors ?

– À quoi ça me sert de toute façon ?

– Tu dis ça parce que t'es en train de perdre.

– Qui sait ? Comme si, toi et moi, on savait où on allait. »

« Tu prendras bien un verre ? » commença Felix.

Martin sentait qu'il allait insister.

« Pour une fois qu'on a quelque chose à célébrer.

– Laisse-le, intervint Penny. Il n'en veut pas.

– Un seul.

– Tu veux que je me mette à cogner le serveur jusqu'à ce que mort s'ensuive ?

– Vas-y, j'te paye pour voir, dit Felix, puis, en imitant l'accent français du garçon : *Nous n'aaavons pas de coutô à steak, monsieur*... Enculé ! Si encore c'était du filet...

– Laisse tomber, s'il te plaît ? Tu veux que je te coupe ta viande ? »

Felix leva les mains en signe de résignation. Presque un peu français, là, l'espace d'un instant.

Martin se détourna, promena les yeux autour de la salle de restaurant. Cela faisait une heure qu'ils y étaient. Quelques minutes d'attente au bar, puis une table s'était libérée. Une table ronde, trop petite, les obligeant à se serrer. Martin les enveloppant tous les deux d'un même regard. Il n'avait pas prévu ça en suggérant cet endroit. Et puis Penny était bizarre. C'était la première fois depuis le mariage qu'il se retrouvait proche d'elle. Elle semblait distraite, contente, mais l'esprit ailleurs.

« Un seul verre... », répéta Felix. Martin se contenta de le regarder. « Allons, Quinn. C'est vrai, tu perds le contrôle ? Ou tu bois pas par principe ?

– Laisse tomber, Felix, répéta Penny en posant la main sur l'avant-bras de Martin. Ne fais pas attention à ce qu'il raconte. C'est toi qui décides... »

Sa main posée sur lui, brûlante. Il soutint son regard.

« OK. »

Ses yeux avaient une expression douce et distante.

Elle ôta sa main. La mit de nouveau sur ses genoux.

Il éprouvait encore des picotements dans le bras. Ou plutôt, ça chantait là-dessous, sous sa manche de chemise, là où elle l'avait touché.

Le serveur imbécile leur apportait une deuxième bouteille. Remplit les verres sans un mot. Martin leva son verre d'eau en disant :

« À une superbe année. Deux beaux mariages. Des affaires mirobolantes... »

Et un tas d'autres choses dont je veux te parler, Felix, ajouta-t-il en son for intérieur.

Ils burent.

« À propos d'anniversaire de mariage, lança Penny. Où tu m'emmènes, Felix ?

– Dans un endroit où il fait chaud... » Felix fit un clin d'œil à Martin en lui avouant : « J'en ai aucune idée.

– Trouve quelque chose, vite, insista Penny.

– Porto Rico ?

– Pour que tu joues au casino toute la journée, pas question. »

Felix se versa un autre verre. Le leva. Laissa son geste en suspens :

« Pourquoi Quinn et moi on partirait pas tous les deux ?

– Pardon ? fit-elle en dévisageant Felix, ou plutôt son profil, car il ne la regardait pas, les yeux fixés sur Martin.

– Regarde comme il a l'air fatigué, reprit Felix en souriant à Martin.

– Tu parles sérieusement ?

– Oui.

– Quand ?

– J'en sais rien. Demain. Ce dîner était son idée. C'est lui qui nous invite...

– C'est moi qui paye ? Tu as pris deux entrées.

– Et demain on s'envole pour Porto Rico. C'est moi qui régale. Mon idée. »

Elle se tourna vers Martin :

« C'est une blague ou quoi ? »

Il ne lui répondit pas. Le bourdonnement dans son bras s'estompait. Lui qui avait espéré le sentir se répandre dans tout son corps. Il n'avait jamais éprouvé une sensation pareille.

« On serait de retour dans quoi... quatre jours ? compta Felix. Je trouverai un plan pour notre anniversaire de mariage là-bas. T'en reviendras pas, tu verras.

– La belle vie, hein ? fit-elle.

– C'est ça, mon amour. On laisse couler le sable dans le sablier. Ainsi s'en vont les jours de notre vie. »

Elle décroisa les bras, but une gorgée de vin. Regarda Martin, les yeux au-dessus du verre, avec une mine perplexe.

« Tu m'en veux ? s'enquit Felix.

– Je t'en prie. »

Non, elle ne lui en voulait pas. Pas du tout.

Tous les couples se mettent sur pause de temps en temps.

Un mauvais signe, dans un sens.

Ou un bon.

Mauvais signe, bon signe, songea-t-il… Quelle différence ?

« On devrait commander du champagne, lança Felix. Où est ce con ? Je vais le tuer.

– Tu te rappelles, à Tours ? » intervint Penny.

Felix fit un grand geste du bras pour attirer l'attention du serveur, puis se tourna vers Penny :

« Tours… ? Ah, oui. Ah !

– On avait un serveur, expliqua Penny à Martin, il s'était fait accompagner du maître d'hôtel pour que celui-ci lui traduise ce qu'on disait. Le français de Felix ne lui revenait pas. Il aurait tout aussi bien pu nous dire : Gardez votre pourboire, je veux pas de votre argent.

– On est partis sans payer, précisa Felix.

– Felix l'a pris à la lettre. Mange ta soupe et tire-toi.

– Sauf qu'on s'est pas tirés, on est partis tranquillement, sous le nez de deux "gendarmes". On leur a dit bonsoir, et voilà. Personne ne nous a couru après.

– C'est bien, approuva Martin. Romantique. »

Silence.

Martin se reprocha de ne pas avoir souri en prononçant cette phrase. Elle leur avait sans doute semblé un peu narquoise.

Et puis merde.

Il n'en avait rien à battre.

« J'ai trop bu, déclara Felix. Tu racontes des conneries, tu sais ?

– Je ne le sais que trop bien. »

Felix regarda par-dessus l'épaule de Martin en articulant :

« Du champagne. Et du Clicquot ! »

Puis de nouveau baissa les yeux, contempla ses mains.

Silence.

Felix et Penny. Ils se regardaient en coulisse. Comme si ni l'un ni l'autre ne se décidait à prendre la parole.

« Qu'est-ce que vous avez ? s'exclama Martin, persuadé qu'ils faisaient des cachotteries à son propos.

– Ah, se contenta d'émettre Felix.

– À la soirée de nos fiançailles », déclara Penny. Seigneur, de quoi s'agit-il maintenant ? songea Martin. « Je suis désolée. »

Martin plissa les paupières. Ses bras étaient glacés. Le froid gagnait ses mains.

« Pour quoi ?

– Désolée de t'avoir insulté. »

Il la dévisagea intensément. Tentant de saisir ce qu'elle avait derrière la tête. Voyant du coin de l'œil Felix qui l'observait.

« Tu te rappelles ? » dit-elle.

Ils attendirent. La suite. Il commençait à voir ce qu'elle faisait. La maligne. Il décida de devancer ses paroles.

« Parce que je suis parti », laissa-t-il tomber.

Elle fit oui de la tête.

« Après… ton père…

– Après la mort de mon père.

– Juste après », précisa Felix.

Martin se tourna vers lui. Felix écarquilla les yeux, regrettant son intervention. S'ils avaient été seuls, il se serait tassé sur sa chaise.

« Je suis désolé, Penny, dit Martin. J'étais jeune, tu vois ? C'est la seule explication que je puisse te donner, petite. »

Elle leva les sourcils :

« Je sais, petit con… »

Ses yeux le vrillaient sur place. Ne voyaient que lui. Sarcastiques, mais obnubilés par lui. Elle sourit. Puis se détourna.

« Elle m'a raconté il y a quelques semaines, prononça Felix. Je lui ai conseillé d'en parler avec toi.

– Tu étais distant, dit-elle. Je l'ai senti. Dans le bureau. Moi aussi. »

Bravo, songea Martin. Bien joué. Tu es couverte maintenant. Elle l'avait sans doute dit à Felix de crainte qu'un jour ça ressorte.

« Je ne veux pas faire d'histoire. C'était ma faute, dit-il. C'est pourquoi je voulais qu'on sorte. Mais c'est fini. On est quittes.

– C'est lui qui a eu l'idée de t'appeler ce soir, Penny, fit remarquer Felix.

– Bon, je n'étais pas contente de cette fausse note », déclara-t-elle, ne s'adressant ni à l'un ni à l'autre, comme si elle se parlait à elle-même, comme si c'était elle qui avait été insultée.

Enferrée jusqu'à la garde, songea Martin.

Elle le regarda, de nouveau avec ce regard lointain.

« T'es pas furieux contre moi, Quinn ? » demanda-t-elle.

Quinn...

Tu vas me payer ça, ma petite.

« Non. Et toi ?

– Non.

– Je suis juste fatigué.

– Trop de baise », décréta Felix.

Le serveur arriva avec un magnum. Il disposa les flûtes avant de servir. Martin fixait Penny. Laquelle lui sourit. Ils levèrent leurs verres. Il lui rendit son sourire en disant :

« L'heure des aveux est passée, Penny, tu peux boire un coup. »

Et il but une gorgée d'eau. Les yeux au-dessus de son verre. Elle ne souriait plus.

Il les suivit un instant du regard dans la rue. Au revoir. La portière du taxi encore ouverte. Felix se penchant à l'intérieur pour lui dire une dernière chose. Des paroles conjugales. Quelque détail domestique. Martin se détourna. Remonta la rue à pied. Jusqu'au moment où ils furent hors de portée de voix. Puis s'arrêta, attendit. Entendit la portière claquer, les pas de Felix le rejoignant tandis que le taxi s'éloignait.

Ils continuèrent seuls tous les deux. Trouvèrent un bar tranquille. Il devinait que Felix lui demanderait encore une fois s'il voulait un verre. Cette fois, il dirait oui. Car la remarque de Felix à propos de sa crainte de perdre le contrôle de lui-même n'était pas totalement à côté de la plaque. En digne fils de junkie, il pouvait se permettre d'anesthésier un peu sa vigilance. S'il avait arrêté de boire quand il était plus jeune, c'était parce qu'il avait foiré de tant d'autres manières. Cette fois, il était déterminé à ne pas lâcher le morceau.

Il commanda un verre de whisky et une bière. Trinqua avec Felix, lequel se contenta d'émettre un « À la tienne ». Prit une gorgée de chaque. Le whisky était bon, la bière trop lourde après le repas. Un effet de détente instantané. Neuf ans de crispation musculaire effacés en un clin d'œil. Il sourit. But une grande lampée de bière. Cela faisait neuf ans qu'il se privait. Il en commanda une deuxième. Neuf ans qu'il avait envie d'une bonne pression.

Le barman revint avec les consommations et la monnaie. Puis il retourna à ses habitués.

« Il y a deux trucs qui me chagrinent, Felix.

– Vas-y.

– Long Island.

– Mmm...

– Penny, à vos fiançailles, m'a dit que l'affaire t'appartenait.

– Ouais, eh bien...

– C'est ce que toi, tu lui avais dit. C'est faux.

– Exact.

– T'en vois la couleur ?

– Pas directement. Je compte pas les biffetons, si tu préfères. Mais je touche un peu. Nous touchons un peu.

– Un peu. D'accord.

– On peut pas laisser tomber, Quinn.

– C'est super chiant.

– Mais c'est comme ça. C'est lui le patron.

– Je sais.

– Tout ce qui est à nous est à lui.

– C'est bien ce qui m'emmerde. »

Felix haussa les épaules. Style : Pense ce que tu veux.

Pourtant c'était vrai. Le vieux tout le temps fourré au Canada. Et eux qui chassaient sur ses terres. Comme le prince et son loyal serviteur.

Mais l'Anastasia's était à eux, non ? Ils y avaient droit. À force de se casser le cul sept jours sur sept comme d'honnêtes citoyens. Heureusement, ils touchaient un bonus grâce au trafic de Bunny.

« Quand est-ce que tout va être à toi, hein, Felix ? Tu te poses jamais la question ?

– C'est déjà à moi.

– Tu comprends ce que je suis en train de te dire ?

– Non, pas vraiment. Qu'est-ce que tu veux, plus de fric ? Ça, je comprends.

– Tu sais bien que c'est pas ça.

– Ramasses-en un maximum. On a un dicton chez nous en Russie. La maison brûle et les aiguilles tournent.

– C'est pas le fric. C'est l'idée de bosser pour quelqu'un d'autre. De remuer la merde d'un autre. T'as l'impression que t'en as partout.

– C'est mon père. »

Martin acquiesça. Contempla ses mains croisées sur le comptoir. Les posa en coupe autour de son verre.

« Je sais. »

C'était donc ça, peut-être.

« Il te considère comme quelqu'un de la famille, Quinn. Tu sais bien.

– Non… » Martin secoua la tête. « A, c'est faux. C'est pas parce que toi tu le penses que lui le pense aussi. Regarde la vérité en face. Il me voit comme ton vieux copain et associé. B, j'ai pas envie. J'en ai pas besoin, d'abord. Et ça sera plus facile pour moi de me tirer.

– Où est-ce que tu vas ?

– Nulle part. Mais je vais pas poireauter éternellement. Il faut bien que je parte, un jour.

– Où tu vas ?

– Mais je vais nulle part, Felix. Je disais juste. T'as fini ? T'en veux une autre ? »

Martin commanda une nouvelle tournée. Tira un billet de vingt de sa liasse.

« Quel est le deuxième truc ? s'enquit Felix.

– Le courrier.

– Le sien ?

– Ouais.

– Tu lui en veux à mort ce soir.

– Le club est en plein boum. Le fisc va nous tomber sur le poil un de ces jours…

– Les comptes sont clean.

– Si l'on veut, je sais. Mais quand même.

– Ils peuvent pas ouvrir le courrier.

– Ils peuvent faire ce qu'ils veulent. Dis-lui de prendre une boîte postale.

– Toi, tu lui dis.

– C'est pas une blague. C'est dans l'intérêt de tout le monde. »

Le barman les servit, apporta la monnaie.

« Et précise-lui que c'était ton idée, ajouta Martin. Il me fout la trouille.

– Comme tu voudras. »

Ils se sourirent. Trinquèrent. Felix déclara :

« On va rien changer pour Long Island.

– Je sais.

– Je vais même pas lui en parler.

– Je sais.

– Il se fait des couilles en or… À moins que ça dérape… »

Martin approuva d'un signe de tête. But une gorgée. La combine était astucieuse, il devait bien l'admettre. Vendre du carburant à prix de gros à des grossistes parce qu'aucune taxe n'était due avant la vente au détail. Puis, faire semblant de vendre ce carburant à un détaillant qui n'existait que sur le papier en prétendant qu'il avait déjà payé la taxe. Pour ensuite le vendre, pour de vrai cette fois, à un prix supérieur au prix de gros, à de vrais détaillants. Et hop, on empoche la différence. Vingt-sept cents le gallon. Moins les deux des Italiens pour qu'ils se tiennent à carreau. Dix millions par an, voilà à combien ça se montait.

Après quoi, les voilà Felix et lui à sillonner Long Island de long en large pour ramasser les reçus des propriétaires de stations-service, toujours prêts à truquer leur pompe pour gagner quelques centimes par rapport au prix affiché. Et quel conducteur allait râler en voyant un tarif qui lui était déjà favorable ? Bref, c'était une espèce de tour de passe-passe.

Mais voler des taxes ? Des taxes sur le carburant ? Qui avait pu concevoir un plan pareil d'ailleurs, s'était-il toujours demandé. C'était comme voler du vent. Une hypothèse.

Les matins où il lui arrivait de dormir, il n'avait pas envie de se lever. Parce qu'il savait qu'il voyait petit.

« Felix, je rigole pas. Comment il a imaginé un truc pareil ? »

Felix haussa les épaules.

« C'est un génie. Ça remonte au temps de la Russie. À l'époque, il vendait du carburant de l'État à des propriétaires de voitures particulières. Ils devaient l'acheter sous le manteau puisqu'ils n'étaient pas censés posséder de bagnole. Il payait les camionneurs qui bossaient pour le gouvernement et faisait des bénefs en roubles. Une centaine de roubles pour un centime...

– C'est ce que je pige pas. Cette patience, dit Martin en faisant signe au barman et en vidant son verre tandis que ce dernier venait voir ce qu'il voulait.

– Ça relève de la vision, déclara Felix.

– Ça a dû prendre une éternité.

– Pas aussi longtemps que tu crois. »

Martin sourit. Dit : Non, sans doute pas. Ils commandèrent une autre tournée. Felix préférant cette fois une sambuca et un café.

« Comme tes protecteurs de Thompson Street. Pour digérer.

– Tu veux dire pour dégueuler.

– Comment va Bunny ? s'enquit Felix. En parlant de Cosa Nostra. Ça roule toujours ?

– Ouais, pourquoi ?

– Je posais juste la question.

– C'est encore un Rital… On le laisse pas faire ce qu'il veut. »

Martin songea à part lui qu'en fait, si, il faisait déjà tout ce qu'il voulait, Bunny, ce connard de Bunny…

« On devrait le surveiller peut-être ?

– Tu n'as qu'à soudoyer un des zips ? suggéra Martin.

– J'y pensais, oui, fit Felix.

– Très bien. Te fais pas prendre. On se fait un paquet avec lui. »

On leur servit leurs boissons. Felix termina son café et repoussa sa tasse sur la table. Un geste d'irritation.

« Pas bon, ton café ?

– Non, je… C'est juste que…

– Qu'est-ce qu'il y a ?

– Y a un truc qui me tracasse, moi aussi. Je voulais t'en parler depuis longtemps.

– Eh bien, vas-y.

– C'est un truc que j'ai fait… Je voulais te demander pardon.

– Eh bien ?

– Je t'ai dit aux fiançailles… pour Monya.

– Oui. Comment il va, au fait ?

– Encore paralysé.

– Bien, je déteste les miracles.

– Je t'ai dit que mon père avait étouffé l'affaire… Bon, mais avant ça, y a eu un incident. Il fallait bien qu'il se défende. Forcément.

– Forcément. Ça s'est passé quand ?

– J'en sais rien. Juste après Monya. Il a conduit jusqu'au club de Staten Island, il est entré avec les mains en l'air et a tout arrangé. *Po ponyatiyam*. Nos codes… Il leur a donné un morceau d'un autre gâteau. Et voilà… »

Felix regardait dans le vide. Ses doigts crispés autour de son verre.

« Et alors ? fit Martin. Qu'est-ce qui te tracasse ? Qu'il ait pu faire ça ? »

Ce n'était pas comme si on n'avait jamais vu une chose pareille, songea-t-il.

« Bien sûr que non.

– Alors, où est le problème ? Je croyais que t'avais un truc à te faire pardonner ? Tu vas m'annoncer que Bunny est mouillé avec ces mecs de Staten Island ? Qu'il faut étouffer son affaire ?

– Peut-être, après tout, mais non, c'est pas la question.

– Alors, quoi ? Pourquoi tu fais cette tête ?

– Je t'ai menti. Nos activités à la boîte, c'est pas *safe*. Je le savais dès le départ.

– J'en ai rien à battre.

– Je sais, mais j'aurais dû te le dire. Pardonne-moi.

– Felix, puisque je te répète que je m'en contrefous. Je suis pas débile. Vlady badinait pas quand il m'a arrêté sur la pelouse. Je l'ai su dès le départ.

– Je tiens à toujours me montrer franc avec toi. Mais... je garde tout pour moi, voilà. Et ils me rendent tous malade. C'est important pour moi que tu comprennes ça, Quinn. »

Martin détourna les yeux en prononçant :

« Felix, merde... sois un peu cool. Je m'en fous. Arrête de faire cette tête de cinglé.

– Tu me pardonnes ?

– Bien sûr, mais change de gueule, je t'en supplie. T'as l'air tellement... sincère. Tu veux me faire chialer ou quoi ?

– Tu veux bien me donner l'accolade ?

– Non.

– Allez. Et me dire que tu m'aimes ? Allez.

– Non.

– Moi, je t'aime.

– Je sais », soupira Martin.

Mais, en revanche, il ne comprenait pas pourquoi les gens éprouvaient le besoin de le dire. Ou de l'entendre. Pourquoi les gens voulaient écouter ces conneries ? Tu sais bien que je t'aime. Ça suffit.

« Quinn, allez.

– Felix... »

Felix se leva, le prit par les épaules, le serra contre lui. Répéta les mots.

« Moi aussi », bougonna Martin en songeant : Dis-le, on verra bien ce qui arrivera.

Mais les mots restèrent coincés dans sa gorge.

Ils commandèrent une autre tournée. Felix fit remarquer :

« J'aime bien cette chanson. »

Felix s'immobilisa pour mieux écouter. Martin ne la connaissait pas. Une mélodie lente. Felix ajouta :

« Non, c'est pas celle à laquelle je pensais. Je connais pas celle-là. Tu sais ce que c'est ? »

Martin fit non de la tête.

« Au fait, ton album ? T'en as jamais parlé.

– Celui de mon père ? Oui, bien sûr.

– Tu l'as écouté ? »

Il l'avait fait, une fois. S'était forcé, du début à la fin.

« Ouais.

– C'était comment ?

– Cool.

– Ah oui ? Bien.

– Voyons, Felix, tu te souviens, au lycée, quand ta mère allait en Europe pour voir les collections, ton père crevait d'être seul ? Il se traînait comme une âme en peine. »

Felix acquiesça.

« Tu trouves pas ça poilant ? reprit Martin. Qu'il puisse pas fonctionner seul sans ta mère ? »

Felix haussa les épaules. Pas envie de répondre.

Et Martin regretta aussitôt d'avoir abordé ce sujet. Un truc d'ado. T'as trop bu, mon pote. Tu racontes n'importe quoi.

Felix prit une inspiration, sonore. Soupira bruyamment. Puis le regarda. Comme si une pensée venait de lui traverser l'esprit.

« Tu sais, toi aussi, tu me dois des excuses.

– Pourquoi ?

– Réfléchis.

– J'ai pas envie. Je suis soûl.

– Moi aussi.

– Alors ?

– Tu m'as jamais dit. Pour ton père.

– J'en parle à personne.

– Pas vrai.

– Penny.

– Exact.

– J'avais dix-sept ans quand je lui ai raconté. Je la draguais.

– Alors, dis-moi.

– Je suis pas en train de te draguer.

– Dis-moi. Tu me dis jamais rien. Tu m'as jamais rien dit. Et tu refuses encore.

– J'essaie de pas y penser.

– Parce que c'est douloureux ? C'est la vie qui est douloureuse. La vie est souffrance…

– T'as les mots qu'il faut.

– Dis-moi, merde. La vie est trop courte.

– Dans deux ans, je serai plus vieux que l'aura jamais été mon vieux.

– Mon frère est mort à seize ans. N'oublie pas. Et moi, je t'en ai parlé quand on était au lycée. C'était pas facile pourtant.

– Tu racontes trop de trucs perso, voilà. Plus… plus, t'aimais même pas ton frère.

– Si, je l'aimais… Va te faire foutre.

– Tu le traitais d'idiot.

– Il était idiot. Mais ça n'a rien à voir.

– Tu le respectais même pas.

– J'avais besoin de lui. C'était mon frère. »

C'est la raison pour laquelle tu t'es accroché à moi ? songea Martin. Et toi, Quinn, c'est quoi ta raison ?

« Alors ? reprit Felix.

– Alors, quoi ?

– Tu respectais ton père ?

– Je le connaissais à peine.

– Il avait quel âge ?

– Vingt-neuf ans.

– Il t'a eu à vingt ?

– Et Frito à vingt-cinq.

– Vous seriez comme des frères à l'heure qu'il est. »

Martin acquiesça. Lui aussi s'était fait cette réflexion, plus d'une fois.

« Pourquoi il a fait ça ? interrogea Felix. Tu sais ?

– C'était un junkie.

– C'était un artiste.

– C'est la même chose.

– Comment ?

– Je sais pas. Peu importe. Il l'a fait avec une lame de rasoir. Dans notre salle de bains. Ensuite on a déménagé. Notre vie a changé. Je suis ici.

– Ton frère est un artiste. On l'a entendu jouer une fois… »

Felix n'avait pas écouté ce qu'il avait dit à propos du rasoir. Trop soûl. Très bien, ça l'arrangeait.

« Cette audition, continua Felix. Il avait dix ans à l'époque, le petit Frito. Il était incroyable. Lui, c'est pas un junkie. T'as dit que c'était la même chose.

– Tu me donnes mal au crâne, Felix. Tu pourrais pas la boucler un peu quelquefois ? »

Felix ouvrit la bouche puis la referma, regarda doit devant lui. Puis déclara :

« Je suis pas un artiste. Quand j'avais dix ans, je pouvais jouer n'importe quoi au piano. Ma mère me prenait pour un génie. Mais c'était pas de la musique. Quand j'ai vu ton frère, ce jour-là, j'ai compris. J'avais eu raison de laisser tomber. Elle pensait que j'étais le prochain Van Cliburn. Tout ça parce que j'avais les mêmes cheveux que lui. Elle croyait que le talent se cachait dans les cheveux. Désolé, Quinn. Pour ton père.

– T'en fais pas.

– Il avait ses raisons, pas vrai ? Il t'aimait beaucoup, je parie.

– Bien sûr.

– C'est bizarre, le suicide, hein ? Dans mon cours de philo, on parlait toujours de quoi les gens sont capables. Ce qui est bon en eux ? Et je disais toujours : Et le suicide ? S'il faut aimer les autres comme soi-même, que se passe-t-il si on ne s'aime pas soi-même ? Il se trouvait toujours quelqu'un pour dire : Le suicide, c'est spécial, il faut être un peu malade mental. Et moi, je disais : Vous venez d'affirmer que dans leur for intérieur, les meurtriers savent que ce qu'ils font est mal. Alors, le suicide ?

– Il faut que je te ramène chez toi.

– À cause de ton père, je me suis toujours fait jeter des cours de philo.

– Toutes mes excuses.

– Penny... » Felix n'entendait plus rien. « Elle a commencé à me raconter pour ton père et puis elle s'est mise à chialer. On était encore à la fac. Elle arrivait même pas à parler. Elle m'a fait pleurer.

– Maintenant, tu sais.

– Tu crois qu'il l'aimait ?

– Qui ?

– Ta mère, qui d'autre ? Mme Quinn. La grande dame.

– Il aimait l'héro. »

Il leva les yeux, Felix. Exaspéré.

« Me fais pas marcher. Il l'aimait. C'est ce que m'a raconté Penny. Elle venait l'écouter dans ce club. Comment il s'appelait ? Dis-le, merde !

– Le Sugar's. Parle pas si fort, à la fin.

– Le Sugar's. Elle venait s'asseoir pour le regarder jouer et, un soir, il l'a remarquée. Il a vu la musique sur son visage. C'est bien ça, hein ?

– C'est comme ça que ma mère le raconte, oui.

– Elle lui tirait la musique d'en dedans. La tirait, oui...

– Bien, je vois que tu connais l'histoire. Alors, stop maintenant.

– C'est tout ce que je sais. À ce stade, elle s'arrête et se met à chialer. C'est ce qu'elle voulait... » Il ferma les yeux fort, Felix. « La musique sur son visage. Un concours de beauté merdique, c'est là que je l'ai rencontrée... »

Martin le secoua par l'épaule, d'une main.

« Fais pas le con... »

Il le secoua de nouveau, plus fort. Felix se leva à moitié du tabouret en vacillant légèrement.

« Qu'est-ce que c'est que ce sentimentalisme à la noix ? reprit Martin. Tu veux te suicider, c'est ça, pour voir si elle parlera gentiment de toi quand tu seras mort ? Tu peux lui donner tout ce que son père, lui, a foiré. Demain, je vais te filer un coup de pied au cul, tu vas voir. Secoue-toi un peu. »

Felix se recula légèrement et sourit :

« T'as la rage.

– Non... Te fous pas de moi, Felix.

– Embrasse-moi.

– Arrête tes conneries !

– Barman, je viens de faire flipper mon meilleur ami. Donnez-lui à boire. Quelque chose de cher.

– Chivas ? » proposa l'homme de l'art.

Felix se leva.

« Bordel de merde ! » s'exclama-t-il.

Felix rit. Répéta :

« Bordel de merde ! »

Avança la main, toucha la joue de Martin. Une claque douce. L'espace d'une seconde, il ressembla à Lexi. Son portrait craché.

Le barman les servit, et Felix resta debout. Demanda à Martin de boire cul sec avec lui. L'entoura de son bras en s'exécutant et posa son verre d'un coup brusque sur le comptoir puis partit aux toilettes.

Martin demeura assis. Les neurones clignotant. Il regarda par-dessus son épaule du côté des toilettes, regarda le bar. Il sortit une pièce de dessous sa liasse de billets et se dirigea vers le Publiphone. Le cadran. Il se concentra sur chaque bouton à enfoncer. Pressa le front contre l'appareil et se l'imagina. Repoussant d'un geste les couvertures. En chemise de nuit blanche en coton. Pieds nus. Se frottant les yeux. Traversant le tapis jusqu'au bureau et au téléphone vieillot couleur ivoire qui sonnait. Trois sonneries. Quatre. Elle décrocha. « Allô ? » Sa voix, il adorait sa voix. Il ferma les yeux. « Allô ? » Il l'entendait lui répéter ces syllabes, encore et encore. « Felix ? » Il les rouvrit. « Felix ?

– Non.

– Martin ? »

Oui.

C'est cela, Penelope.

« Martin ?

– Non. »

Il raccrocha.

Felix à moitié évanoui dans l'urinoir. Appuyé d'une main au mur, l'autre pinçant sa bite. Martin l'égoutta d'un doigt. Lui dit : « Remonte ta braguette. »

Passa son bras autour de lui dans la rue, héla un taxi. Le poussa à l'intérieur, entra derrière. Felix se plaignait : « J'ai mal à la bite. » Les yeux baissés sur son pantalon. Martin haussa les épaules, disant qu'il ne pouvait rien pour lui.

Le reconduisit jusque chez lui. Trouva ses clés dans la poche de son pantalon. Clés de voiture, du club, de la maison de campagne. Titubа avec lui dans le couloir. Trouva au deuxième essai celle de l'appartement.

Penny dans l'embrasure de la porte. Debout. À contre-jour. Elle s'écarta pour leur laisser le passage, Felix marchant en dormant, dormant en marchant. Martin le laissa choir sur le lit et fit basculer ses jambes sur le matelas. Lui enleva ses chaussures.

Le contempla un instant. Pendant trois ans, il avait dormi avec lui dans ce lit. Son odeur forte. Ses jambes grêles, ses bras trop musclés. Des bras qu'il lui arrivait de repousser. Jamais plus il ne ferait ce geste.

Avec elle aussi, il avait couché, dans ce lit. Il se retourna. Elle se tenait toujours dans l'embrasure. Face à lui, l'observant. Bras croisés. L'inspectant. Pas l'air d'être d'humeur aux réminiscences. Tu te rappelles quand on a baisé ici tous les deux, Penny ? Il se rapprocha d'elle. Posa une main sur son épaule. Dit tout haut :

« La sauce hollandaise ne lui a pas convenu. »

Il tapota son épaule, passa devant elle. Se rappela les clés et se retourna pour les lui donner. La regarda à peine une seconde. Elle n'avait pas bougé. Immobile comme une statue, la main tendue, les clés sur la paume. Son bras plié appuyé sur celui qu'elle avait passé autour de sa cage thoracique. Comme s'il y avait autre chose qu'il avait oublié. Mais il ne savait pas quoi. Il haussa les épaules. Elle ne fit pas un geste.

« Penny, dit-il.

« *Il était une fois un jeune homme du nom de Bloom...*

« *Qui dormait dans un grand living-room.*

« *Il se languit toute la nuit*

« *Tout pétri d'ennui*

« *De faire quoi*

« *Et avec quoi*

« *À qui.*

« Bonsoir... »

Après avoir débité cette suite de rimes absurdes, il passa devant elle.

« C'est toi qui m'as téléphoné ? »

Il sourit.

« Quoi ? Quand ça ? »

Elle avait la main encore tendue. Il aurait pu la prendre dans la sienne. La secouer un bon coup.

« Sans doute Felix, ajouta-t-il. Il s'est endormi en pissant. Il est raide.

– Tu m'as téléphoné ?

– Quand ? »

Mais elle se tut, imperturbable. La chemise de nuit retombait en longs plissés ourlés d'ombre. Ses cheveux, une magnifique toison. Il souffla bruyamment par le nez. Attendit. Ne tiendrait pas plus longtemps qu'elle si...

« Bonsoir, Martin.

– Et toi, tu m'as téléphoné ? »

Les yeux de Penny se durcirent. Il fixa le sol. Ses pieds. Les os saillants de ses pieds. Le réseau de veines. Ses orteils.

« M'as-tu jamais téléphoné, merde ? » insista-t-il.

Il la regarda. Le rouge envahissait sa gorge, son cou, son visage. Ses yeux lançaient des éclairs. Ses narines se dilataient.

« Bonsoir, Martin.

– Bonsoir, Penny.

– Verrouille de l'extérieur, sur le bouton de la porte.

– Je sais. »

Elle éteignit la lumière. Le couloir disparut. Il l'entendit marcher jusqu'au lit. Puis s'arrêter. Il attendit. L'écouta en train de l'écouter à travers l'obscurité. Il se dirigea vers la porte, l'ouvrit, la referma. Une minute. Deux. Il patienta. Tous deux l'oreille aux aguets. Il respirait la nuit. Elle ne retournait pas se coucher. Puis elle venait vers lui, le froufrou de sa chemise remontant le couloir.

Et tout baignait. Il avait toujours voulu aller à Porto Rico, mais l'endroit avait été décrété hors limites pendant des années. Depuis le sommet sur le carburant avec les Italiens. La fois où ils avaient obtenu leurs deux cents. Après ça, Lexi avait décidé de blanchir l'opération. Il avait loué à de braves gens – des caves – pendant dix ans. On ne lavait pas plus blanc. Désormais, l'endroit était clean. Une villa pieds dans l'eau à Playa Luquillo.

Ils fréquentaient le casino d'Old San Juan pour éviter la foule. Martin perdit deux mille dollars. Ne but pas une goutte d'alcool. Bronza un peu, prit quelques coups de soleil.

Ne se sentait pas gêné avec Felix. Ce n'était pas avec sa femme qu'il avait couché, mais avec Penny. Il pouvait encore regarder Felix en face, le regarder quand il parlait, écouter ce qu'il disait. Felix et elle étaient deux entités séparées dans son esprit. En plus, c'était elle qui était venue à lui. Elle avait fait son choix. Ne pouvait plus nier la réalité des choses.

Il avait déclaré aux filles de l'Anastasia's qu'il faisait une cure de solitude. Il s'était toutefois aperçu que lorsque Penny et Felix se trouvaient dans la même pièce, il avait du mal à fixer son regard sur lui, si bien qu'il s'obligeait à le regarder, à ne pas détourner les yeux.

Et entre Penny et lui ? C'était du solide. C'était étrange, mais du solide. Au début, ils n'avaient rien eu à se dire. Ils avaient été séparés pendant si longtemps, rien ne les pressait, après tout. La nuit dans le couloir, tout ce qu'elle lui avait soufflé à l'oreille, c'était oui, et désormais partout où il allait il l'entendait. C'était pour lui un oui, elle l'avait attendu. Oui, elle était à lui. Oui, elle l'aimait pour toujours. Cela suffisait.

À l'Anastasia's, le courrier du vieux cessa d'arriver. Ses apprentis, ses fournisseurs, venaient encore, mais les lettres avaient disparu. Ça aussi, ça suffisait. Felix se chargeait tout seul des courses à Long Island, n'en parlait jamais. L'été s'écoula. La moitié des étudiants s'envolèrent vers d'autres cieux et le trafic d'ecsta et de coke de Bunny chuta. « Bunny, lui dit Martin, tu dois considérer la chose sous l'angle démographique. » Bunny lui répliqua de se mettre sa démographie au cul. Ajouta qu'il fallait réfléchir à un autre plan. Qu'il le tiendrait au courant. Martin profita du temps où Bunny réfléchissait. Profita de la tranquillité. S'en foutait du fric qu'il perdait. Se disait qu'il en avait bien assez pour le moment. Il ne fallait pas céder à l'appât du gain. Quoique cela le reprenait chaque fois qu'il était payé. Qu'il se payait.

La mère de Penny versa un acompte pour s'acheter une nouvelle maison à Bronxville. Prit un crédit à court terme. Penny se mit à passer son temps là-bas. Il sautait dans les premiers trains du matin pour monter la voir. Jouait des coudes à contre-courant de la foule qui se déversait à l'heure de pointe à Grand Central, grimpait dans des wagons vides, mais voyageait toujours debout. Trop jeune pour s'asseoir, se disait-il.

Ils ne prirent aucune décision. N'essayèrent même pas. Mais c'était cool. Il la retrouvait sur les parkings de grandes surfaces d'équipement ménager et de décoration. Il l'accompagnait. Elle commandait pour sa mère une nouvelle vaisselle, des rideaux, des meubles de jardin. Il ne lui posa aucune question à propos de l'île de Saint-Christophe. Son voyage avec Felix pour fêter leur premier anniversaire de mariage. Il savait qu'elle savait qu'il ne baisait plus personne d'autre. Elle vient de se marier, se raisonnait-il. Il fallait lui donner du temps. Quoique le mariage, il ne savait pas vraiment ce que cela signifiait.

Ils prenaient leur petit déjeuner dans des *diners*. Du café, un muffin au maïs à partager. Elle gardait les yeux sur la porte puis, tout d'un coup, prenait sa main et l'embrassait avant de la reposer sur la table. Il lui jurait qu'il était heureux.

Un matin, elle le ramena dans un parc dont il se rappelait chaque détail. Un petit lac artificiel aux eaux noires. Elle lui expliqua ce qu'elle avait réussi à comprendre. Comment Felix était encore Felix mais subissait par moments un stress effroyable. Depuis le début, et ça ne s'arrangeait pas.

« Tu seras toujours un obstacle, Martin. Tu l'as toujours été. Quelque part dans ma tête. Dans toutes mes pensées. Je ne peux pas faire semblant que ça n'existe pas, non ? »

Tu n'aurais jamais dû faire semblant que ça n'existait pas, songea-t-il.

« J'ai pensé à toi tous les jours, reprit-elle. Sans exception. C'est fou, n'est-ce pas ? Tu ne trouves pas ça étrange ?

– Sans doute.

– Et je rêve de toi. Parfois de nous… On est ensemble. D'autres fois, tu ne fais que surgir de nulle part. Alors que le rêve n'a rien à voir avec toi.

– Tu vas divorcer ?

– Je vais peut-être être obligée.

– Peut-être ?

– Je suis catholique, Martin.

– Madonna aussi, de grâce !

– Madonna prétend qu'elle ne peut pas voir *Les Anges de la nuit* à cause de la scène d'amour entre Sean Penn et Robin Wright. Style : Ciel mon mari !

– Et alors ?

– Alors rien.

– Je ne vois pas où tu veux en venir.

– Ça signifie que si je divorce, je dois assumer certaines responsabilités.

– Tu ne veux pas qu'il y ait d'autres liaisons après ?

– Oublie l'histoire de Madonna, tu veux. Je te l'accorde, l'exemple était mal choisi.

– Dans ce cas, que plaidez-vous, maître ?

– Rien, je n'ai aucun argument.

– Juste celui du crime.

– C'est possible. »

Ils se turent. Il devinait à quoi elle faisait allusion. Quelle était la nature de son problème. Aux yeux de Dieu et de l'Église, même si elle divorçait, elle resterait quand même l'épouse de Felix.

Aux yeux de Dieu ! Il s'étonnait d'employer encore cette expression, même en son for intérieur.

Des canards glissèrent au fil de l'eau à leurs pieds pour disparaître presque aussitôt dans les hautes herbes de la berge.

« Tu comptes retravailler un jour ? demanda-t-il.

– Sans doute. Je peux plus traîner à la boîte tout le temps.

– On pourrait t'engager comme serveuse.

– Comme ça, tu pourrais me baiser autant que tu veux.
– Hé, mais j'ai été sage. Chaste.
– T'as de la veine de ne pas avoir attrapé une saloperie.
– J'ai fait gaffe.
– Génial. »

Et tout bas, il songea : Combien de fois par semaine vous baisez tous les deux ?

Devant une caméra ? Felix aimait ça dans le temps.

Elle alluma une cigarette.

« Je suis pas jalouse.
– Tu n'as aucune raison de l'être.
– En fait, si, je le suis.
– Je les fous toutes à la porte. Quand est-ce que tu as recommencé à fumer ?
– Je sais pas. J'ai arrêté six mois. C'est déjà pas mal.
– T'as prouvé que t'étais cap ?
– C'est un peu ça.
– Tu essayais d'avoir un enfant ?
– Oui. »

Elle souffla un nuage de fumée. Sans le regarder. Pas étonnée qu'il ait deviné, apparemment.

« Qu'est-ce qui s'est passé ? »

Elle haussa les épaules.

« T'as abandonné ? »

Silence.

« Il tire à blanc ? »

Elle sourit.

« Tu lui as dit de voir un toubib ? De s'enfermer avec un gobelet en verre et un magazine porno ?
– Non.
– Et toi, t'as consulté ?
– Oui. Je suis aussi fertile qu'une tortue.
– C'est bien. »

Elle le contempla. L'air dégoûté, tout d'un coup.

« Ah oui ?

– Oui.

– Je suis contente que tu sois content.

– Bien. Je veux que tu divorces.

– Je vais y réfléchir.

– Bonne idée.

– Je le ferai. »

Elle se détourna de nouveau. Tira une bouffée de sa cigarette.

« On dit qu'il y a un facteur psychologique quand on veut avoir un enfant », avança-t-il.

Mais elle esquiva la question en répliquant :

« Combien de temps vas-tu attendre ?

– T'attendre ? Quelques jours.

– Et ensuite tu vas recommencer à jouer les queutards ?

– Mon Dieu, quel langage dans ta bouche !

– Ça veut dire ce que ça veut dire.

– Peut-être bien.

– Peut-être ?

– Non.

– D'accord, opina-t-elle.

– J'attendrai. »

Silence. Elle termina sa cigarette.

« Et toi ? demanda-t-il.

– Non.

– Quoi ?

– Ne me demande pas ça, Martin.

– J'oubliais, tu es catholique. Tu fais ton devoir.

– C'est un peu ça. De toute façon, c'est pas terrible.

– Va te faire foutre.

– Pardon ? dit-elle.

– Rien !

– Que j'aille me faire foutre ?

– Fais pas attention. »

Elle le conduisit à la gare. Attendit le train sur le quai avec lui. Lança :

« Tu lui en veux quelquefois ? »

Elle ne pouvait pas s'empêcher de penser à Felix. Elle s'était sentie insultée.

« Pas vraiment.

– Tu cherches à te venger ? insista-t-elle.

– Tu rigoles.

– Ce n'est pas une question en l'air.

– Je n'y pense pas, voilà tout. Tu sais bien.

– Sans doute.

– Felix est majeur et vacciné », déclara-t-il.

Ajoutant à part lui : Et il n'a jamais eu beaucoup de respect pour les femmes.

« C'est un amour. Tu le sais. Il est pas méchant pour deux sous, répliqua-t-elle.

– C'est vrai, il n'est ni violent, ni alcoolique, ni drogué...

– J'ai grandi dans la mafia, je te rappelle, Martin.

– Mais c'est quand même un criminel.

– Et toi ?

– Je n'ai rien à dire.

– Mais... Martin...

– Quoi ? »

Elle laissa échapper un soupir sonore. Ça ne voulait pas sortir.

« Quoi ? Tu l'aimes ? Je sais. Moi aussi. Qu'est-ce que ça peut faire ?

– C'est pas seulement la question du divorce. C'est celle du mariage. Quand tu prends une décision, il faut...

– Eh bien, décide de ne pas t'y tenir. C'est pas comme si c'était ton destin, bon sang !

– Oui, mais c'est mon choix.

– Et le libre arbitre, Penny ? Si tu sautes devant ce train, c'est ton choix. Si quelqu'un te pousse sur les rails ? Tu n'avais qu'à pas te tenir si près du bord. C'est ta faute. Il n'y a pas de différence. »

Elle contempla la voie de chemin de fer. Sans toutefois le regarder, le train qui entrait en gare.

Les gens s'avancèrent vers le bord du quai.

« Je vais attendre, Penny. Penny, avec toi, dans ma tête, j'ai toujours dix-sept ans. Tu sais ce que je veux dire ?

– On n'a jamais parlé de toi… » Toujours sans le regarder. « Tout ce temps que tu étais parti. Seulement une fois. »

Quand tu lui as raconté ce qui était arrivé à mon père, songea-t-il.

« Qu'est-ce que tu as dit ?

– Qu'on était ensemble à cause de toi. Parce que tu nous manquais à tous les deux. C'était ce qui nous rapprochait. Nous t'avions… en commun. On te voyait dans l'autre, je suppose.

– Mais ça, c'est passé.

– D'une certaine façon. Ça fait cinq ans qu'on est ensemble. Les choses changent entre les gens.

– Vous pouvez toujours rester amis.

– C'est pas drôle.

– J'ai dit que j'attendrai. Je suis sérieux. »

Il était à moitié dans le train. Le contrôleur les regardait de la portière voisine, patient. Voyant que c'était du sérieux.

« Vaut mieux que tu montes, dit-elle.

– Va parler à un prêtre, Penny. Si t'es obligée. Je blague pas. »

Elle acquiesça.

« Un jésuite… Ils croient en rien », ajouta-t-il.

La portière se ferma devant lui. Le train s'ébranla. La laissant en plan. Elle ne leva pas la tête.

Il entra dans le wagon pour s'asseoir. Pris de nausée. Dégoûté de tout. De toute cette putain de conversation. De cette vie qu'ils menaient.

À Grand Central, il alluma son bipeur. Ce dernier sonna immédiatement, le surprenant au point qu'il faillit le lâcher. Un numéro inconnu s'afficha. Il se dirigea vers un téléphone.

« Martin ?

– Maman ? Où es-tu ?

– J'essaye de t'avoir depuis hier soir… J'ai appelé cent fois au moins…

– J'avais éteint mon bipeur. Où es-tu ? Qu'est-ce qu'il y a ? »

Sa voix chevrotait comme celle d'une vieille femme. Il en avait la chair de poule.

« Martin, on a tiré sur Frito.

– Quoi ? Il est en vie ?

– Oui.

– Qu'est-ce qu'on lui a volé ? Qui a fait ça ?

– Frito était chez toi. Ils lui ont tiré dessus à travers la vitre. De l'esplanade. »

Il nota le nom de l'hôpital et raccrocha. Avant qu'elle ne commence à lui poser des questions. Comme : Pourquoi ?

[illegible]

22

Un flic se tenait dans le couloir. Un inspecteur. Debout pile en face de la porte de la chambre. Il m'attend, en déduisit Martin, qui se dirigea droit sur lui. Se présenta. Demanda comment allait Frito. S'efforçant d'avoir l'air innocent. Choqué, même. Plus sidéré qu'autre chose. Il s'enquit de l'endroit où il pourrait trouver le médecin. Se rendit compte qu'il n'avait pas envie d'entrer dans la chambre, pas encore.

Le type répondit :

« Votre frère va bien. La balle a traversé son épaule. L'os a été endommagé. Il n'a pas perdu beaucoup de sang. C'était un gros calibre. Une carabine. C'est ce que nous pensons, en tout cas.

– Une quoi ? Bon sang ! Vous savez qui a tiré ?

– Pas encore. Il est sous calmant. Il était seul dans l'appartement.

– Ma mère est là ?

– La dernière fois que je l'aie vue, elle dormait. C'est arrivé de bonne heure. Vers 3 h 30 du matin. »

À cette heure-là, il se trouvait à Brooklyn. Au club, où il recevait des gens d'Hollywood qui allaient tourner un film dans la boîte. Il avait tenté de se réserver un rôle de figurant. Il avait coupé son bipeur vers 1 heure du matin, à l'heure où ça commence à chauffer. Ensuite il était allé droit à Bronxville pour voir Penny. Vers les 7 heures.

Depuis combien de temps Frito était-il ici ?

« À quelle heure l'avez-vous trouvé ? demanda-t-il tout haut.

– Il a téléphoné. Mais les flics avaient été alertés par un appel leur signalant des coups de feu. Ils sont arrivés avant l'ambulance.

– Mon Dieu, murmura-t-il. Mon Dieu... Merci, mon Dieu, n'est-ce pas ?

– Vous chassez, monsieur Quinn ?

– Chasser ? Non. Je gère un restaurant.

– Vous possédez une arme ?

– Non. »

Elle était à sa ceinture. Dans le dos. Comme il avait été obligé de se garer dans la rue, il préférait ne pas la laisser dans la boîte à gants.

« Vous connaissez quelqu'un qui aurait une carabine ?

– Non. Pas à première vue. Personne ne m'a jamais parlé d'une carabine. Mais je suppose qu'il y a des gens qui en ont. Pour se protéger, je ne sais pas. »

Felix possédait une carabine. Une 36. Sans permis, comme tout le monde. Il la gardait dans la remise de sa maison de campagne dans le nord de l'État de New York. Felix avait quitté l'Anastasia's vers les 2 heures du matin. Lessivé. Il lui avait donné pour mission de lui décrocher un rôle dans le film, si c'était possible, mais il fallait qu'il aille dormir.

« Je peux le voir ? Mon frère ?

– Vous restez dans les parages, je présume.

– Je ne vais nulle part.

– Vous travaillez à Brooklyn ?

– Oui... »

Il s'employait à garder une expression neutre. Innocente. Il fit mine d'ouvrir la porte, et comprit qu'ils avaient démarré leur enquête. Il s'agissait d'un interrogatoire. Mais il n'avait rien à se reprocher.

L'inspecteur se pencha pour lui ouvrir, tout doucement, et dit : « Votre frère est ici. »

Et il s'effaça pour lui laisser le passage.

Un autre flic se trouvait dans la chambre. Derrière Juliet debout au chevet du lit. Elle ne leva même pas la tête. Frito était dans le coma. Tubes et pansements. Son épaule semblable à un coussin blanc. Sa mère dormait dans le fauteuil de l'autre côté du lit.

Il salua d'un signe de tête le deuxième inspecteur et s'avança. Sa mère ne bougea pas. Il contempla Frito quelques minutes, tenaillé par l'envie de retourner dans le couloir. Il devait parler à Juliet. Il lui chuchota : Viens dehors.

« Il y a une cafétéria au rez-de-chaussée ? s'enquit-il auprès du flic du couloir.

– En mezzanine. »

Il remercia et se dirigea vers les ascenseurs. Juliet marchant à son côté. Le cou ployé, regardant le sol devant ses pieds. Refusant de se tourner vers lui. Elle ne lui avait même pas jeté un coup d'œil. Il appuya sur le bouton et se tourna vers elle. Il devait savoir quelles questions ils lui avaient posées. Il était conscient d'être dans son tort. Mais il était trop fatigué pour mettre des gants.

« Ça va ? fit-il en se rapprochant d'elle. Épuisée, je parie. »

Cette fois, elle le regarda. Le gifla. Ne le quitta pas des yeux.

« Bien », dit-il.

Elle le gratifia d'une deuxième claque. Sans doute pour lui montrer que la première avait été symbolique, songea-t-il.

« Ça suffit », prononça-t-il.

La porte de l'ascenseur s'ouvrit. Vide. Il entra. Elle resta à l'extérieur, les bras croisés.

« Viens, dit-il.

– Tu es un gangster, Martin ?

– Tu peux parler plus bas, s'il te plaît ?

– Je chuchote à peine. »

C'était vrai.

« Viens, monte, dit-il.

– Tu ne me fais pas peur. »

Il bloqua la fermeture automatique.

« Ne fais pas l'idiote... On n'est pas au cinéma, merde. Entre, s'il te plaît, Juliet. »

Dehors, des bancs accueillaient malades et visiteurs. Il y en avait tout au long de la rue. Les patients y recevaient leur famille. Il se dirigea vers celui qui se trouvait inoccupé et la pria de s'asseoir. Elle resta debout. Croisa de nouveau les bras. Cette fois parce qu'elle avait froid. Le fond de l'air était glacial, malgré un beau soleil. Il sortit sa chemise de son pantalon afin de dissimuler son pistolet, puis enleva sa veste pour lui en envelopper les épaules. Elle n'émit aucune objection. Il sentit aussitôt la morsure du froid. Et l'envie de dormir. Ce n'était pas le moment, il avait un problème à régler...

« Que s'est-il passé ? Le flic a dit que Frito s'en sortait.

– Il est en vie. »

Sois patient, se rappela-t-il.

« Il va bien ?

– On lui a tiré dessus.

– Tu étais là ?

– Non.

– Parle, Juliet, parle-moi, s'il te plaît.

– Je veux savoir pourquoi.

– Je finirai par le savoir. Pour l'instant, je n'en ai pas la moindre idée. Où étais-tu ?

– Ensuite tu régleras le problème à ta manière, c'est cela ? »

Cet accent français... D'habitude, il avait l'impression d'avoir devant lui une comédienne. Aujourd'hui, elle avait seulement l'air d'une étrangère.

« Où étais-tu ? Que faisait-il chez moi ?

– On s'était disputés. Il est sorti marcher un peu. Et il n'est pas rentré. Ensuite ils m'ont appelée.

– Qui ? »

Elle prit un air dégoûté.

« La police.

– Pour dire quoi ?

– Qu'on lui avait tiré dessus. Qu'il avait été hospitalisé.

– Et quoi d'autre ?

– Tu n'as même pas de remords ?

– Des remords ? Si tu veux faire un concours de claques, je suis prêt... »

Une lueur s'éteignit dans ses yeux. Elle était enfin présente, là, devant lui.

« Tu as faim ? ajouta-t-il. Tu veux qu'on aille manger quelque chose ?

– Ça va, répondit-elle en s'asseyant, imitée aussitôt par Martin. Tu sais qui a pu faire ça ?

– Non. Qu'est-ce qu'ils t'ont demandé, Juliet ? »

Il l'observa. Lui enjoignit en pensée : Réfléchis, ne loupe pas un détail. Elle fit tout son possible, repassa le film des événements dans sa mémoire. S'exprima avec rapidité, efficacité. Rien ne paraissait révélateur. L'enquête balbutiait encore.

« Qu'est-ce qu'ils voulaient savoir sur moi ?

– Où tu étais. Ce que tu faisais dans la vie, répondit-elle.

– Qu'as-tu répondu ? »

Elle se contenta de le dévisager.

« Que leur as-tu dit, Juliet ?

– Que je ne savais pas.

– Mais tu le sais, pourtant. Je gère une boîte de nuit et un restaurant à Brooklyn.

– Ah, oui, c'est vrai.

– Fais gaffe à ce que tu racontes. Celui qui lui a tiré dessus l'a pris pour moi. C'est tout. »

À moins que ce ne soit Felix. Il s'était peut-être réveillé la nuit où ils s'étaient rejoints dans le couloir. Dans ce cas, ce n'était qu'un début. Jusqu'à ce que Felix soit satisfait.

« Frito est hors de danger maintenant, Juliet. Toi aussi.

– Il ne pourra peut-être jamais plus faire de piano. Il n'est pas hors de danger.

– Il rejouera, lui assura-t-il, jugeant le moment inapproprié pour lui avouer que ce problème ne lui semblait pas pour l'instant prioritaire. Comment va ma mère ? Et toi ? Comment te sens-tu ?

– On va très bien. Merci.

– Tu as froid ?

– Non.

– Je gèle. »

Elle ne fit aucun commentaire. Contempla l'asphalte du trottoir. Remua quelque chose du bout de sa chaussure.

« Je gère une boîte de nuit. À Brighton Beach, Brooklyn, New York. 11235.

– *D'accord* », dit-elle en français.

Sa langue. Elle refusait de le dire en anglais. Mais il avait son accord, c'était toujours ça.

« Je suis désolé, Juliet, mais il va s'en sortir et on va trouver qui a fait le coup.

– Tu vas collaborer avec la police ?

– Oui. »

Peut-être. Il se servirait de ce qu'ils voudraient bien lui apprendre. De toute façon, il allait les avoir sur le dos.

Martin donna une petite claque sur la cuisse de Juliet, pour qu'elle le regarde. Ce qu'elle fit. Il lui sourit. Ses yeux glissèrent par-dessus son épaule. Il se retourna pour voir l'inspecteur approcher d'un pas tranquille. Martin salua d'un hochement poli de la tête puis se tourna de nouveau vers Juliet.

« Vous vous disputiez à quel sujet, tous les deux, Frito et toi, hier soir ?

– Il veut laisser tomber Columbia. Pour devenir peintre. Il veut déménager dans un sous-sol à Williamsburg. Parce que, en ce moment, d'après lui, tout se passe sur les quais de Brooklyn. Je lui ai dit qu'il pouvait prendre des cours de peinture le soir tout en continuant ses études. Mais il n'a plus envie de subir le carcan universitaire.

– Il croit qu'il peut tout faire, commenta Martin. Et c'est vrai… »

Il regretta aussitôt ces paroles, craignant de paraître jaloux. Elle acquiesça. Sans doute l'entendait-elle d'une autre façon. Elle leva les yeux vers l'inspecteur. Martin aussi, lui lançant :

« On a préféré prendre un peu l'air. »

Le type se contenta d'acquiescer.

Martin demanda à Juliet si elle souhaitait rentrer. Il la regarda se lever et ôter la veste d'homme de ses épaules. Il se leva à son tour en prenant soin de garder le pan de sa chemise sur son Glock. Accepta la veste qu'elle lui tendait et l'enfila. Lui promit de la rejoindre à l'intérieur dans une minute.

Tandis qu'elle s'éloignait, il déclara au bénéfice de l'inspecteur :

« Des jeunes mariés. Je lui avais dit qu'il avait encore le temps. Mais elle est super. Ils sont fous amoureux. Que peut-on dire ? J'espère que ça va durer. »

Et l'inspecteur d'acquiescer de nouveau.

« Votre frère a les clés de chez vous ?

– Oui. Mon appartement donne sur l'Hudson. Eux, ils n'ont que des rayonnages de livres et un matelas par terre.

– Vous allez nous aider ?

– Bien sûr.

– Vous appartenez à la mafia russe ?

– Non, je suis juste gérant. Je suis irlandais, par pitié.

– Ah oui. Vous avez un casier ?

– J'ai été arrêté une fois quand j'étais adolescent. Pour coups et blessures, si vous voulez savoir. J'avais cassé la tronche à un gamin qui refusait de baisser le son de sa radio. Il l'a prise sur la figure. C'était il y a longtemps. Un truc d'honneur... »

L'inspecteur branlait du chef sans le regarder. Qu'est-ce qu'il y a ? brûlait de crier Martin. Dites-le-moi !

« C'est vous qui êtes visé, finit par annoncer le flic. À ce stade, c'est tout ce que je peux vous dire. Quelle que soit la raison, c'est vous qui êtes dans le collimateur.

– Très bien, riposta Martin en haussant de nouveau les épaules. Mais venez donc faire un tour à la boîte. Posez vos questions à droite et à gauche. Merde, vous coffrerez des sans-papiers. »

Le type jeta un coup d'œil à sa montre. Sans rien ajouter.

« Je peux aller voir mon frère ?

– Bien sûr. »

Et il planta là le flic. C'était con de l'avoir invité au club, mais il n'avait pas eu le choix.

Il resta un moment assis avec sa mère et Juliet, puis déclara qu'il devait rentrer chez lui. Se changer, prendre une douche. Il appela Felix d'un téléphone public et le réveilla, le mit au courant. Plus inquiet pour l'instant par la réaction du vieux quand il apprendrait qu'il avait invité le flic au club que par l'éventuelle culpabilité de Felix. De toute façon, si c'était Felix qui avait fait le coup, il n'allait pas le lui dire. Felix se mit à chialer, apparemment fou de rage. Il retenait sa colère, mais Martin la perçut dans les tremblements de sa voix.

Ils résolurent d'un commun accord de faire circuler un avertissement, comme quoi tous ceux qui étaient recherchés devaient éviter le club. Felix s'assurerait que rien de compromettant ne traîne dans le bureau. Martin parlerait à Bunny.

Il roula jusqu'en bas de la ville, se gara devant un deuxième téléphone public, appela le bipeur de Bunny. Appuya sur la touche étoile. Bunny le rappela quelques minutes plus tard du Publiphone de LaGuardia Place. Martin lui demanda de garder les zips à Manhattan. Bunny répliqua :

« Quelqu'un t'a tiré dessus ? Chez toi ?

– Ils ont raté leur coup.

– Sans blague ? Chez toi ? Ils ont dit aux nouvelles que quelqu'un avait été emmené à l'hosto.

– Oui. Mon frère. Mais il s'en tire.

– Cheeto ? Dorito ?

– Frito, dit Martin.

– Il n'a rien.

– Ça va.

– Bon.

– Ouais.

– Où il a dégoté ce nom, tu peux me le dire ?

– Bunny, t'as eu vent de quelque chose ? T'as rien entendu ?

– Que dalle. Mais t'en fais pas, ça va venir. C'est pas des manières, ça, de tirer sur la famille. C'est *infamita*, merde. Je parie que c'étaient les Russes. »

Difficile de savoir avec Bunny.

Martin lui dit qu'il l'appellerait s'il y avait du nouveau.

Chez sa mère, il se prépara un sandwich, prit une douche, sortit sur l'échelle d'incendie pour réfléchir. Mais il avait toujours le sentiment qu'il n'était pas en danger. Si quelqu'un lui en voulait, il le sentirait, sûrement. Il y aurait de l'électricité dans l'air. Les gens dans la rue le regarderaient de travers. Mais non, il avait l'impression que tout était comme d'habitude.

Il passa à son appartement vers 18 heures. Deux policiers en uniforme occupaient le salon. Il y avait des bris de verre partout. Du sang aussi, çà et là. Des rubans en plastique jaunes. L'inspecteur à qui il avait déjà parlé se tenait dehors, sur l'esplanade. Dès qu'il vit Martin à l'intérieur, il se rapprocha de la fenêtre cassée. Le crépuscule assombrissait le ciel derrière lui. L'appartement était peu à peu plongé dans l'obscurité. Martin se dirigea vers la fenêtre.

« Vous avez trouvé quelque chose ?

– On interroge les joggeurs », énonça le flic.

Martin s'aperçut qu'il avait oublié son nom. Il n'en aurait sans doute pas besoin, se dit-il. L'enquête semblait déjà bouclée. Qu'est-ce qu'un putain de joggeur pourrait bien leur apprendre ?

« Il y en a trois ou quatre. Ils passent plus ou moins à la même heure.

– Et ils arrivent à garder les yeux ouverts, je parie. À courir aussi tard…

– En principe. »

Martin hocha la tête.

« On a extrait la balle du mur de la chambre, ajouta le flic. Elle l'a traversée de part en part, celle-là. »

Martin se retourna. Il y avait en effet une tache au-dessus du canapé. Elle se voyait à peine dans le jour tombant.

« Une 36 », l'informa derrière lui la voix du flic.

Martin prit une profonde inspiration. Prudent. Se tourna de nouveau vers le type.

« Une carabine ?

– Vous avez été dans l'armée, vous connaissez les armes.

– Je connais les M-16. Je connaissais. On oublie vite ces trucs-là. »

Le type haussa le ton pour crier à l'adresse des policiers en uniforme derrière Martin :

« Allumez l'électricité là-dedans. »

Un des flics marcha sur du verre brisé. Puis la lumière se fit. La silhouette de l'inspecteur s'effaça un instant pour réapparaître aussitôt.

« Vous gérez ce club ? L'Anastasia's ?

– Ouais.

– Votre salaire vous permet de vous payer cet appartement ?

– C'est chiant comme boulot.

– Combien vous vous faites ? Ici, le loyer, c'est vingt et un mille dollars par an.

– Je suis pas salarié. Mes gains dépendent des profits de la boîte.

– Vous tenez des comptes ? »

Martin rit :

« Vous êtes aussi inspecteur des Impôts ?

– Je demandais juste.

– On s'en sort pas mal.

– Tu m'étonnes.

– Vous allez venir nous voir ?

– Oui. »

Martin fourra ses mains dans ses poches et se pencha pour inspecter le chambranle de la fenêtre.

« Je peux appeler un vitrier ?

– Demain.

– Quelqu'un va passer la nuit ici ? Mon alarme ne sert à rien avec ça, dit-il en montrant d'un signe du menton les dégâts. Et il faut que je retourne à l'hôpital.

– Quelqu'un va rester ici.

– Bien... Mon frigo est vide.

– On survivra.

– Il faut que je me change, si vous voulez bien m'excuser, ajouta-t-il en croisant le regard de l'inspecteur dans la quasi-obscurité.

– Faites comme chez vous.

– On se revoit donc à Brooklyn. Tiens, voilà un joggeur... »

Ils se pointèrent deux jours plus tard, celui de l'appartement et son collègue de la chambre d'hôpital. La boîte était sens dessus dessous à cause de l'invasion hollywoodienne. Les tables empilées dans les coins. Des câbles scotchés au sol, aux murs, partout. Des projecteurs perchés sur des échafaudages. Des assistants d'assistants courant dans tous les sens. Et le réalisateur se déplaçant au milieu de son équipe, faisant des suggestions, écoutant les propositions, s'arrêtant, de temps à autre, pour contempler les pièces selon un nouvel angle. Martin se tenait assis à une table, à l'écart, jugeant que l'enquête ne se prolongerait pas plus d'une semaine. Ensuite il reprendrait les choses en main.

Les inspecteurs refusèrent de s'asseoir. Celui de l'esplanade demanda ce que c'était que ce cirque et pourquoi Martin lui avait caché qu'on tournait un film. Martin prétendit que ça lui était sorti de la tête. Il appela le réalisateur pour lui faire préciser la date de fin de tournage. Sachant que la municipalité n'allait pas payer des fortunes pour une fusillade sans mort d'homme. Ils ouvriraient une enquête pour mieux la refermer. La vie reprendrait son cours normal. Peut-être reverrait-il un jour l'inspecteur dont il ne se rappelait plus le nom. Il passerait le voir un soir, si les flics étaient comme au cinéma. Mais il en doutait. Surprenant le regard du réalisateur posé sur les deux inspecteurs, il lança :

« Vous voulez leur donner un rôle ? Et moi alors ?

– On en a déjà discuté, répliqua le petit réalisateur barbichu sans enlever les écouteurs en permanence vissés sur ses oreilles et sans quitter les flics du regard.

– C'est un film sur quoi ? s'enquit le flic.

– Des gangsters russes, répondit la barbiche. Un croisement entre *Le Docteur Jivago* et *Mean Streets*.

– D'avant-garde.

– Personne ne sait rien sur eux.

– Si, nous.

– Mais vous ne savez pas grand-chose, je me trompe ? Vous n'avez jamais joué dans un film ?

– Je joue, là, en ce moment.

– Vous devriez y réfléchir. J'ai tourné mes meilleures scènes avec des personnes authentiques.

– On verra. Mais pour l'instant, j'ai pas mal de choses à dire à M. Quinn. »

Le réalisateur s'écarta. Si préoccupé qu'il se heurta au bar. Son escorte de techniciens s'éloigna avec lui. Deux d'entre eux jetèrent des coups d'œil intrigués par-dessus leur épaule.

« Où est Felix Pasko ? Il est ici ?

– Felix ? Non. Il n'est jamais là. C'est moi qui gère la boîte.

– C'est lui le propriétaire, pourtant.

– Exact.

– Il a vingt-sept ans, lui aussi ?

– Ouais. Son père est plein aux as. Il est dans l'immobilier au Canada.

– Le même nom : Pasko ?

– Oui. Alexander. Ça fait vingt ans qu'il est en Amérique. Il bosse comme un dingue. Je le vois jamais. »

Felix lui avait recommandé, il y avait déjà un bail : « Si jamais on te pose la question, dis-leur juste pour les hôtels. Ils sont blancs comme neige. »

« Vous vous êtes disputé depuis l'ouverture avec des membres du personnel, des clients ?

– Des gangsters ?

– Oui.

– Non. Ici, c'est le paradis pour eux. Je ne vais pas vous mentir et vous raconter qu'ils ne montrent jamais le bout de leur nez dans les parages. Mais ils se tiennent vraiment bien, comme chez eux.

– Vous connaissez leurs noms ? »

Martin sourit. Il faillit lancer à ce type : Vous vous foutez de moi ou quoi ?

Le type le regarda droit dans les yeux, résolu à ne pas en démordre.

« Vous savez, dit-il, le taux de criminalité dans ce quartier de Brooklyn a augmenté de mille pour cent en un an. Cette année.

– Ah bon.

– Si ça commence à sentir mauvais par ici, je peux vous assurer que ça va bientôt puer. Je ne sais pas ce qui s'est passé pour votre frère, mais je vous propose notre aide pour pincer celui qui vous en veut. Nous pouvons peut-être vous protéger… »

Martin fit oui de la tête.

« C'est gentil. Vous voulez manger quelque chose ?

– Non merci. Alors, comme ça, votre club est fermé ? Vous refusez les clients ? »

Confortablement calé dans son fauteuil, sourire aux lèvres, Martin lança d'une voix forte :

« Jusqu'à ce que ces clowns aient débarrassé le plancher. Il faut que tout soit remis en état avant de rouvrir. Je ne veux plus voir un ruban adhésif sur les murs ! »

Il ne revit jamais les inspecteurs.

Ils rappelèrent Juliet à plusieurs reprises. Pour des broutilles, lui assurant qu'ils lui donneraient des nouvelles. Puis les coups de fil cessèrent. Ils avaient interrogé Frito sur son lit d'hôpital. Il ne savait rien.

Martin passait le voir tous les jours. S'asseyait à son chevet, évitant de lui parler avant qu'il ne retrouve son sourire, bavarde, lise, écoute son Walkman. Il lui raconta comment il s'était promené dans l'appartement sans allumer l'électricité. Pour mieux voir la rivière. Un Rubik's Cube à la main, de la musique dans les oreilles, et sa dispute avec Juliet dans ses pensées. Il avait vu la vitre se fendre en dessinant une toile d'araignée avant d'être atteint par la balle. Impossible de se souvenir s'il avait entendu le coup partir, mais c'était peut-être à cause de ça qu'il avait brusquement levé la tête à cet instant. Il était tombé à la renverse sur le canapé sur lequel il avait rebondi pour s'écrouler par terre. Bruit assourdissant du verre brisé explosant autour de lui tandis qu'il tendait le bras en l'air pour attraper le téléphone sur la table. Il n'avait vu personne. Rien entendu non plus. Juste le fracas de la vitre volant en éclats.

Martin demanda à Juliet d'aller chercher à manger. Il rapprocha sa chaise du lit de son frère. Le borda. Cherchant comment lui dire ce qu'il avait à lui dire.

« Regarde, cette perf », articula Frito en levant sa main valide pour agiter le tuyau.

Martin vit le tatouage. Frito vit qu'il l'avait vu.

« C'est bien ce que je pense ? avança Martin.

– Mmm.

– Laisse-moi mieux regarder... »

Frito tourna le bras. Martin se pencha. La guêpe. La tête dirigée vers le poignet. Un corps potelé et un dard démesuré pointant vers le creux du coude. Le tatouage de leur père, le même ou presque.

« Tu l'avais vu ? questionna Martin. Celui de Stinger ? Tu t'en rappelles ? Ou t'étais trop petit ?

– Trop petit.

– C'est le même, à peu près. Joli travail.

– Merci.

– Et il est bien fait. Il a pas coulé. Deux cents dollars ?

– Deux cent cinquante.

– Ça les vaut. Tu te l'es payé avec le fric du prêt ?

– Peut-être.

– T'as pas honte ? »

Frito inspecta le tatouage avec soin.

Il a hérité du talent du vieux, songea Martin, mais ne se rappelle même pas de lui.

« Maman l'a vu ?

– Oui.

– T'as jamais essayé de prendre de l'héroïne ?

– Non.

– T'en as l'intention ?

– Non.

– C'est bien.

– Je suis un bon garçon. »

Martin se mit à pleurer, des pleurs qui gonflèrent sa poitrine. Il crut qu'il allait pouvoir se retenir, puis il s'aperçut que c'était trop tard.

Mais cela n'avait pas d'importance. Il posa son front sur la poitrine de Frito et sanglota, lui demanda pardon. Son frère lui caressa la tête, lui dit de ne pas s'inquiéter pour lui. Il s'était rendormi quand Juliet revint et trouva Martin assis, tranquille, un peu penché en avant, les coudes sur les bras du fauteuil, les doigts croisés. La chambre de nouveau paisible, pour elle. Martin lui fit signe de l'attendre à la porte et se leva pour la rejoindre.

Dans le couloir, il s'enquit de ce qu'elle savait à propos de Stinger. Connaissait-elle l'histoire que racontait leur mère ? Non. Il répliqua que le non-dit était une sale habitude dans la famille et qu'elle devrait être au courant, qu'il lui donnerait les clés pour comprendre ce qui se passait dans la tête de Frito, que celui-ci le veuille ou non.

Felix et Penny arrivèrent dans la matinée, juste après sa mère. Martin sortit avec Felix dans le couloir. Penny resta dans la chambre. La porte à peine refermée, il s'éleva un bruit de voix féminines. Penny n'avait vu Juliet et la mère de Martin qu'une seule fois, au mariage de Frito. Mais ni les unes ni les autres n'avaient l'air gênées. Apparemment les femmes avaient le chic pour se tirer de ces situations merdiques.

« Les flics sont encore ici ? interrogea Felix.

– C'est fini. L'affaire est classée, je crois.

– Cette partie de l'affaire, décréta Felix, sérieux comme un pape, les yeux sur le battant de la porte.

– Qu'est-ce qui se passe ?

– J'en suis pas sûr.

– Dis-moi, Felix.

– Je vois seulement les Italiens de Staten Island.

– Avec qui ton père a des emmerdes ? Mais alors pourquoi moi ?

– J'en sais rien. Un mec furieux que mon père ait liquidé un de ses potes. Sinon c'est plus gros.

– Mais pourquoi moi ?

– Si c'est des gars qui ont agi de leur propre chef, ils auront eu la trouille de s'attaquer à mon père ou à moi. Et si c'était un contrat, alors c'est un avertissement.

– Ton père traite avec eux ?

– À cause de ça ?

– Non, avant. »

Felix lui assura que non.

« Pas que tu saches ?

– Je lui ai posé la question. Tout est clean. »

Martin hocha la tête d'un air dubitatif.

« Quoi ? fit Felix.

– Ça n'a pas de sens. Ils sont déjà venus au club ? Tu me les as jamais montrés du doigt.

– Si, ils sont venus. »

Martin soupçonna qu'il mentait : Felix ne disait jamais rien qu'il ne pouvait pas prouver sur-le-champ. Martin n'insista pas mais prit bonne note.

« Ils m'ont peut-être aperçu dehors, suggéra-t-il.

– Peut-être. Mais ils ont aussi été à l'intérieur.

– La prochaine fois, tu me les montreras.

– Bien sûr.

– Alors, c'est tout ?

– Soit ça, soit un truc qui m'échappe complètement. »

Martin médita un instant la phrase. Considéra l'œil de Felix. Une lueur y brillait, mais pas sournoise.

« Bunny ? avança Martin.

– Peut-être.

– Il n'a aucun mobile.

– Qu'est-ce que t'as fait pour lui ce mois-ci ?

– Ramassé du pognon, secoué les puces à un dealer à Washington Heights.

– Alors, lui, peut-être.

– Ça m'étonnerait. Je n'ai fait que conduire la bagnole. »

Peut-être Terry, se dit-il.

Une éventualité à ne pas exclure.

Il se demanda à quel point Bunny lui était attaché. Et ce que ferait Bunny si jamais Terry venait à disparaître.

Je pourrais tuer Terry Hugues. Facilement.

« Alors, poursuivit Felix, j'en sais rien. On n'a plus qu'à attendre. Achetons des gilets pare-balles. Deux mille dollars pièce. Mais je peux m'en procurer d'occase. »

Des gilets pare-balles d'occasion !?

« Où tu veux en venir ? demanda Martin tout haut.

– T'as qu'à interroger l'*Homo sovieticus*. Et la soixantaine d'apparatchiks qui bossent pour nous.

– Pas encore. On attend que ça se tasse. Cinq ou six mois sans flics. Jusqu'à ce qu'on soit sûrs et certains que c'est terminé. »

Felix haussa les épaules :

« Pas un Russe va te donner un renseignement si tu lui mets pas le couteau sous la gorge. Toute cette affaire va s'enliser et tu sauras rien. Un Russe te révélera jamais rien sur rien, sauf si t'as quelque chose à lui proposer en échange. En général du cash. Car, tu vois, c'est des mercenaires, ces petits salopards.

– On n'a plus qu'à attendre. »

Mais Felix n'était plus attentif. Felix l'insouciant, Felix le désinvolte, Felix de nouveau intéressé exclusivement par sa propre personne.

« Il y a quand même un truc qui cloche, reprit Martin.

– Tu verras, quand le choc sera passé, tout deviendra clair. On va s'en occuper… »

Il croisa le regard de Martin. Felix le gangster sûr de lui. Martin haussa un sourcil. Détourna les yeux.

« On les aura, Quinn. Mais faut que tu patientes au moins un an, même si on les coince avant. C'était trop à découvert, tu vois. Mais tu peux avoir confiance. »

Martin s'abstint de tout commentaire.

23

Ils avaient porté des gilets pare-balles pendant presque six mois, sur les trajets allers et retours du club, puis ils avaient laissé tomber. Martin n'avait pas fait part de ses soupçons à Penny. Mais il avait su dès qu'il était entré dans la chambre ce matin-là, à la voir bavarder en souriant avec sa mère et Juliet, qu'elle ne lui cachait rien, qu'elle n'avait rien à se reprocher. L'idée que Felix pût être le coupable ne lui avait même pas traversé l'esprit. Et lui ? Il ne savait pas non plus. Debout derrière la vitre toute neuve, il interrogeait la rivière du regard. Qui lui avait tiré dessus ? Reviendraient-ils à l'attaque ? Était-il en danger à l'instant même ? Il arpentait l'esplanade et se cachait derrière les buissons pour essayer de deviner le point de vue du tireur, pour se mettre à sa place et mieux le comprendre avec l'espoir que la lumière se ferait. Puis, à mesure que la menace s'émoussait, l'urgence le quitta. L'incident devint un de ces événements dont on se demande s'il a jamais eu lieu. Et si c'était vrai, était-ce si important ? Cela avait-il même encore un sens pour lui ?

La mémoire est une menteuse, de cela il avait conscience. Une éternelle raconteuse d'histoires fausses. Il fallait savoir déchiffrer les silences pour comprendre de quoi il retournait.

Comme : pour quelle raison voulais-tu tuer Felix ?

Pourquoi es-tu allé avec lui à la montagne, pourquoi avoir chargé ton pistolet, enlevé la sécurité ? marché avec lui dans les bois ? sur ses talons pour mieux lui coller le canon de l'arme dans les cheveux et appuyer sur la détente au moment où Felix disait sans se retourner : « Si c'était pas les Italiens, c'était qui ? Qui a tiré sur ton frangin ? »... Comme s'il avait lu dans ses pensées, comme s'il connaissait la raison de sa présence dans ces bois.

Et Felix en avait réchappé, pour quelques minutes. Assez longtemps pour sortir du bois, traverser la clairière et parler, un peu. Pendant que Terry guettait le bon moment. Le moment où il ne risquerait rien.

Sens l'odeur de la pluie.

Et écoute, dans le canapé qui appartient au gouvernement, le rideau d'eau qui balaye le tarmac.

Il se demanda si les fenêtres s'ouvraient. Il aurait voulu poser la question à Corso.

La partie de cartes allait bon train, pour la troisième soirée d'affilée. Trois manteaux trempés suspendus près de la porte, à côté de ceux de Corso et Dolan. Deux des agents étaient moustachus, le troisième était chauve et de haute stature. Il avait dû être blond autrefois. Corso lui avait dit de pas s'inquiéter s'il ne connaissait pas leur nom. Et Martin ne s'inquiétait aucunement. Corso déclarait à présent :

« ... La plupart des gens les trouvent rasoir, ces mafiosi russes. Les Italiens se sucrent sur ce que veulent les gens, les Russes les privent de ce dont ils ont besoin. Ils font pas tellement dans les mœurs. Ils sont plus à l'aise dans le crime en col blanc, escroquerie et fraude en tout genre, racket à tous les niveaux... Fraude à l'assurance, contrefaçon de documents, escroqueries fiscales. N'empêche qu'ils se ramassent des millions. Peut-être même des milliards, déjà. Ce qu'il faut, c'est une redéfinition. Ils n'ont rien à voir avec Cosa Nostra. Moins d'hommes mais plus de dégâts. Et ils sont sournois, en plus, les salauds... » Corso jeta sa mise sur le pot. « En plus, et ça va nous donner du fil à retordre, c'est pas comme s'il n'y avait que les gangsters. Il y a aussi l'immigrant moyen. Le Russe moyen, homme ou femme. Ils ont déposé tellement de demandes de pension d'invalidité auprès de la sécurité sociale qu'on va mettre dix ans à s'en dépatouiller. Et aussi, ça donne matière à réflexion, le directeur de notre putain de bureau du Stationnement veut que le secrétaire général des Nations unies, rien que ça, prie les diplomates russes de bien se tenir et de payer leurs contraventions, parce que depuis leur arrivée ici... il y a trois ans ? ils cumulent en tout deux millions de dollars d'amendes avec les majorations. Ils n'ont pas le moindre amour-propre, ces gens-là. Ils se fichent de la gueule de tout le monde. Ici, pour eux, ce n'est pas le pays de tous les possibles, c'est le pays de cocagne... un système plus facile à rouler que le leur... » Corso jeta quelques pièces supplémentaires sur la table. « Quinn ?

– Qu'est-ce qu'il y a ?

– Pasko, il est totalement blanchi maintenant ou il chapeaute toujours des deals de rue ? Au début, c'était sûr et certain. Il a été le pionnier de toute la bande, déclara Corso comme s'il parlait à la table. Celui pour qui Quinn bossait, on n'avait pas plus tôt appris son existence qu'il était évident qu'on ne pourrait pas l'approcher. Il nous aurait fallu un an pour obtenir un mandat qui nous permette de le mettre sur écoute, tant ses crimes remontaient loin dans le passé. Tout ce qu'on avait sur lui, c'était des ouï-dire. Ces putains de journalistes ont eu les mêmes infos que nous en même temps ! C'est pas vrai, Quinn ?

– Vous comptez les points ce soir ? D'après mon avocat, le procureur fédéral Ferguson n'est même pas encore nommé ! Nos relations ne sont donc pas encore claires. Cette cohabitation n'a rien d'officiel.

– Tout est clair pourtant, croyez-moi. Vous pourrez l'interroger demain. Quand vous signerez les papiers du programme. Je lui ai déjà dit que vous nous seriez utile. En attendant, répondez à ma question, je vous prie. Pasko trempe-t-il dans des histoires de drogue en ce moment ? Ou bien fait-il venir des putes d'Israël ? Des flingues du Pakistan ? Aucun truc dans ce genre ?

– En attendant, vous pouvez aussi répondre à une question. Comment vous m'avez coincé ? Que faisiez-vous dans ce coin perdu ? »

Corso hocha la tête, jeta de la menue monnaie sur la table, tandis que les autres agents regardaient du côté de Martin. Puis de nouveau leurs cartes. Sauf Dolan. Il refusait de lever les yeux. Dolan le coriace.

Corso n'allait pas répondre.

« On attend Ferguson, alors ? dit Martin.

– Ça m'en a tout l'air.

– Et ensuite vous me direz ?

– C'est vous plutôt qui allez cracher le morceau. Dès que vous ouvrirez la bouche, on lance l'opération Red Devil. On procède à des arrestations, on enfonce les portes, on gèle tous leurs avoirs. Je n'ai pas à vous répondre. C'est vous. »

Martin se leva, s'étira puis déclara :

« Charmante conversation. Merci. J'ai beaucoup appris.

– C'est vous qui avez commencé à jouer au plus fin… pour voir ! Qu'est-ce que vous avez ? »

Sous l'œil de Martin, ils abattirent tous leurs cartes. Corso ramassa les enjeux. Pour la troisième fois d'affilée. Il leva un sourcil vers Martin, comme si sa veine avait un sens, pour eux deux. Martin secoua la tête et se dirigea vers la fenêtre en s'étirant de nouveau. Depuis quelques heures, il avait tout le temps envie de s'étirer. Sans doute les effets du manque de morphine dont l'avait averti le médecin. Certains patients présentaient ce symptôme. Il avait su d'avance qu'il compterait parmi ceux-là. Il se sentait fatigué et irritable, s'efforçait d'arrêter le moulin de ses pensées, de faire le vide. Se disait : Peut-être que Stinger avait raison après tout, il avait pris le bon parti. Quelque chose vous fait mal ? Mettez-le dans du coton ! Un truc vous chiffonne ? Mettez-le dans de la ouate ! Un truc vous fait plaisir… ?

« J'ouvre à vingt-cinq cents, déclara Dolan en jetant une pièce.

– Je suis. Vingt-cinq… »

Clink.

« Vingt-cinq… »

Clink.

« Vingt-cinq... »

Clink.

« Vingt-cinq... »

Corso... *Clink.*

Clink.

« Ta mise. Combien de cartes ? »

L'agent à la moustache rouge qui distribuait.

Pourquoi tu voulais buter Felix, au juste ? Allons. Avoue-le, enfin. Un chose est sûre : c'était pas à cause de Frito. Même quand ton frangin était tout môme, il tombait et se faisait mal et, toi, tu ne flippais même pas. Tu pensais, même à l'époque : Et alors, tu es tombé, c'est ce qui t'est arrivé de pire.

Dehors, la pluie s'abattait, de plus en plus violente.

« Corso, ces fenêtres, elles ne s'ouvrent pas ? lança Martin.

– Scellées.

– On pourrait pas ouvrir la porte ?

– Pour quoi faire ?

– Pour que je puisse essayer de me faire la malle.

– Il veut aller jouer dans les flaques, commenta l'agent à la moustache rousse.

– Je vous connais, vous ? »

Il leva les yeux de ses cartes, l'agent, le vrilla de son regard de flic. Sarcastique mais susceptible. Noyé dans un nuage de fumée.

Martin se retourna vers la fenêtre. Indifférent.

Ils continuèrent leur partie.

Dehors, des bourrasques de pluie et de vent.

Dans sa mémoire, il entendait : « C'était pas les Italiens... » Et il resserrait ses doigts sur son Glock.

« Corso, ouvrez cette putain de porte une minute. Vous n'avez qu'à m'attacher quelque part... » Martin regarda autour de lui. « À la poignée.

– Vous rigolez ?

– Je deviens dingue ici.

– Lisez le journal. Ou mettez par écrit ce que vous allez raconter à Ferguson. Faites marcher vos méninges.

– J'arrive pas à penser. Vous vous rappelez ce qu'a dit le médecin.

– Que vous étiez en manque ?

– Je vois pas de petites bêtes partout, mais j'ai la bougeotte, ouais. »

Corso réfléchit. Martin se détourna, préférant ne pas voir son expression pendant qu'il pensait à lui. Qu'il pensait à lui comme s'il était un enfant. Il entendit l'agent se lever puis soupirer : « D'accord. » Il s'approcha de lui. Ce n'était pas un « d'accord » style « pourquoi pas ? » ou « je vous préviens… » mais juste un « d'accord », une décision prise en tout état de cause.

Il attacha les menottes à la poignée, Corso. L'avertit de ne pas faire l'imbécile et ouvrit la porte. Retourna à la table, accompagné par un vent chargé de pluie. Martin ferma les yeux, les rouvrit. Gouttes d'eau glacée sur son front. Son visage brûlant, rouge.

« Quinn. »

De nouveau la voix de Corso. Il se tourna vers lui et battit des cils, les voyant tous là, assis, une image parfaitement nette. Avec leurs cinq revolvers braqués sur lui. Les cartes encore dans leur autre main, tournées vers le sol. Il plongea les yeux vers les ténèbres extérieures. Ils rirent. Bruit de revolvers que l'on pose sur du bois, deux déclics : deux holsters se refermaient. Sans doute ceux de Corso et de Dolan. Sûrement les leurs.

24

Cette longue, bonne période. Tous les autres s'effondraient et lui gardait le moral, pimpant, cool, prenant les décisions à leur place. Grandi par la sensation de sa force qui tranchait sur leur faiblesse. Une sacrée période.

Elle avait démarré avec Bunny. Sans aucun doute.

Frito s'était remis, oui, et le torchon brûlait entre Felix et Penny. Mais quand il avait parlé à Bunny au téléphone ce soir-là, au milieu d'un Brighton Beach en effervescence, avec la rame du métro qui fracassait la voie en surplomb, il aurait pu marquer le calendrier d'une pierre blanche. « L'avenir m'est apparu d'un seul coup tout tracé. » Cela faisait à peine dix minutes que le zip était venu le trouver au bar. Il lui avait serré la main, très respectueux vraiment. En précisant que Bunny lui avait dit de se présenter. Carlo quelque chose. Martin ne l'avait jamais vu. Il s'exprimait dans un anglais lamentable, dont il avait la modestie d'avoir l'air de s'excuser. Ni sur la défensive, ni dédaigneux comme le reste de la bande. Ajouta que ce serait un honneur d'entrer en affaires avec lui. Puis il partit. Refusa poliment un verre et s'en alla. L'entretien n'avait pas duré plus de trois minutes. Puis Bunny avait téléphoné, presque tout de suite après. Demandant si Martin l'avait rencontré. Martin avait répondu : Ouais. Curieux de savoir s'il s'agissait d'un membre de sa famille.

« Sans doute, répondit Bunny. J'en sais fichtre rien. Qu'est-ce que t'as pensé de lui, alors ?

– Pourquoi ?

– Futé ? Poli ? C'est quoi ton impression ?

– Ouais, les deux. »

Un parfait petit lord rital, songea-t-il.

« Bien, je dois m'éclipser une seconde. On se reparle plus tard. »

Martin informa l'hôtesse qu'il serait de retour sous peu et sortit. Il remonta l'avenue jusqu'à la station de métro et descendit l'escalier. Attendit encore deux minutes puis appela le Publiphone de LaGuardia Place. Bunny répondit tout de suite.

« C'est toi ?

– Alors, qu'est-ce qui se passe ?

– C'est un sacré bonhomme. Il est vaguement apparenté à ma famille de Castelvetrano. Il a fait de la taule à Palerme pour un truc qu'il n'avait pas fait. Il avait seize ans. Ensuite ils ont passé l'éponge. Mais il ne leur a rien dit. Quand on lui a demandé ce qu'il voulait faire ensuite, il a déclaré qu'il souhaitait aller aux États-Unis.

– Il a quel âge ?

– Vingt-deux, je crois.

– On lui en donnerait quarante-deux.

– Je sais. Il rigole pas. C'est un salaud comme on en fait rarement. Palerme, c'est pas du gâteau.

– Il a débarqué quand ?

– Hier. Un cousin éloigné à moi m'a téléphoné pour m'annoncer son arrivée et me prier d'aller le cueillir à l'aéroport. Le tapis rouge, quoi. Quand j'ai vu qu'il avait encore de l'acné, j'ai flippé. Il flottait dans un costume trop grand que lui avait donné mon cousin. Je l'ai ramené dîner avec moi au restaurant. Au café, il m'annonce qu'il veut monter un coup. Ce blanc-bec.

– Un truc qu'il a trouvé en taule ?

– Non, un truc qu'il a entendu par hasard le soir de son départ. Tu te rappelles Peter Hugues ? Joe Moon ?

– Ouais.

– De bons businessmen.

– Ouais.

– Carlo le zip prétend qu'il pourrait, avec une mise équivalente à des cacahuètes, nous rendre tous richissimes. »

Une nouvelle rame ébranla la structure métallique au-dessus de sa tête avec un bruit d'enfer.

« Quitte pas, cria Martin dans l'écouteur.

– On se dira le reste de vive voix, proposa Bunny. Penses-y. »

Mais, pour Martin, c'était déjà tout réfléchi : il était partant. Un an plus tard, il devait conclure que c'était ce soir-là qu'il avait cessé d'être obnubilé par celui qui avait tiré sur Frito. Ce soir-là qu'il s'était remis à penser uniquement à lui-même.

« Demain ?

– *Domani*, confirma Bunny. On se parle tôt, ton heure est la mienne. »

Il garda tout pour lui. D'abord juste le coup de fil avec Bunny quand il retourna au club et retrouva Felix, et par la suite, la totale. Alors que l'affaire battait son plein et que Martin ne pensait plus à rien d'autre. Mais il avait décidé d'agir seul et de ne mettre Felix au parfum qu'au moment voulu.

Quand il arriva au club, le lendemain soir, Carlo se trouvait au bar. Il serra la main du gamin et commanda un Coca. Bunny sortit de la cuisine pour les rejoindre. Demanda où se trouvait Terry. Puis lança un « Le voilà » et se leva pour l'accueillir. Martin se tourna vers Terry qui entrait dans l'établissement. Accompagné d'un deuxième zip. Un inconnu, lui aussi. Ils devaient au moins être dix à l'heure qu'il était. Terry enleva sa veste, la tendit au vestiaire pour la reprendre aussitôt, brièvement, et sortir un trousseau de clés d'une des poches en disant quelque chose au zip en italien avant de lui tendre les clés. Le gamin ressortit. Et Terry s'avança vers eux.

« Qu'est-ce que tu lui as dit ? interrogea Bunny.

– De fermer la voiture. J'ai oublié.

– J'avais entendu "ferme-la ordure", fit observer Bunny. Mais je dois avoir les oreilles bouchées.

– Sûrement.

– Il bosse son italien », précisa Bunny.

Martin opina. Terry s'accouda au bar et d'un geste commanda un verre.

« T'es dans le coup, toi aussi ? s'enquit Martin.

– Ouais, et toi ? répliqua Terry.

– J'en sais encore rien.

– Tu lui as dit ? interrogea Terry en se tournant vers Bunny. La totale ?

– Non.

– Quoi, la totale ? fit Martin.

– J'y viendrai », répondit Bunny.

Bunny attendit que Terry ait trempé ses lèvres dans son verre et éloigné le barman d'un geste d'approbation pour ajouter :

« Alors, tout le monde a à boire ? »

Terry fit oui de la tête. Martin leva son Coca pour montrer qu'il était prêt. Et Bunny pria le gamin, Carlo, d'expliquer son plan. Il traduisit à mesure.

Il avait la voix douce, le jeune Carlo. Comme s'il évoquait des événements d'un lointain passé. Comme s'il se confessait à regret sous la pression de Bunny. Les yeux fixés sur le comptoir, ponctuant ses paroles de haussements d'épaules.

« Un nouveau mec a débarqué à la prison de Palerme, juste avant que Carlo soit relâché. D'après ce mec, il y avait un paquet d'héroïne planqué quelque part que les flics n'avaient aucune chance de jamais trouver. Ils l'avaient coffré pour association de malfaiteurs et… ? » Bunny posa une question en italien pour être sûr. « Outrage à la cour, je crois. Parce que ce mec, il refusait de leur dire où la dope était. Parce que son vieux l'avait, quoi… » Il se penchait vers le gamin pour mieux entendre, Bunny. « Il le protégeait. Le paternel était vieux. Presque aveugle. Blablabla… Le baratin habituel sur la loyauté. »

Le zip lui lança un coup d'œil soupçonneux. Se moquait-on de lui ? Bunny l'encouragea à poursuivre.

Son père était néanmoins au courant pour l'héro, dit le gamin. Un vieux de la vieille de la mafia de là-bas. Et d'ici aussi. Expulsé dans les années 1950. Un vrai Mustache Pete, assura Bunny. La Mano Nera et tout le toutim. Jouant les gâteux depuis dix ans mais tirant les ficelles pour son fils dès qu'il le pouvait. Le fils qui arrêtait pas de parler, comme c'est souvent le cas la première nuit en taule. Et Carlo qui avait enregistré tous les détails qui comptaient. Le lendemain, juste avant sa propre sortie, il avait été le trouver. Lui avait proposé de faire sortir la babania de Sicile pour la fourguer aux States et ensuite rapporter le fric à son père, pour que le vieux fasse sortir son fils de ce merdier. Pour qu'il puisse graisser les pattes à qui il fallait. Carlo pourrait-il garder la différence ? Et le type a répondu bien sûr. Sinon, de toute façon, cette héro ne servait à rien ni à personne. Il n'avait plus confiance dans son entourage. Le vieux avait trop peur pour même lever le petit doigt.

Le jeune Carlo haussa les épaules. Désolé devant le triste état de son vieux pays.

« Pourquoi ce type lui a fait confiance, à lui ? » s'enquit Martin.

Bunny traduisit. Le gamin répondit. Deux mots.

« Ils lui ont fait confiance, déclara Bunny en haussant à son tour les épaules, comme si c'était une explication suffisante.

– Pour ainsi dire un cousin, ce gars-là, commenta Terry.

– J'ai bien compris », acquiesça Martin.

Il songeait que plus qu'un autre univers, la Sicile était un autre siècle. Quand on merdait, on faisait de la taule, et il y avait toujours une autre petite frappe dehors pour prendre votre place. Les considérations de loyauté passaient forcément avant toute organisation selon un plan. On obtenait la victoire par usure des troupes.

Il continua à écouter.

Le gamin avait pris contact avec le vieux dès sa sortie de taule et lui avait assuré qu'il allait trouver une solution. Ils tombèrent d'accord sur un prix. Sur la filière. Sur les passeurs. De vieilles connexions qui ne demandaient qu'à être réactivées.

« C'est tout ce qu'il a dit ? s'étonna Martin.

– Ouais.

– Fichtre.

– Et que tout ce qui lui manquait maintenant, c'étaient les biffetons, déclara Bunny. Tu lui donnes vingt, il t'en donne cinquante.

– Ou vingt ans, ironisa Martin.

– On parle pas de ça, merde », intervint sèchement Terry, les yeux sur les étagères du bar.

S'il y retournait, en cabane, Terry, il n'allait pas en sortir jeunot. Il écoperait du maximum, quel que soit le chef d'accusation.

Sauf que ce n'était pas dans ce sens qu'il avait causé. Plutôt du style : Ferme ta gueule, trouillard, y a rien à craindre de ce côté-là.

« De toute façon, dit Bunny, il faut prendre une décision.

– Pourquoi ? Qu'est-ce qu'il a dit d'autre, Terry ? »

Bunny appela le barman d'un geste. Une nouvelle tournée. Il leva son verre, voulut trinquer. Tchin-tchin à la ronde. Martin obtempéra mais le surveillait du coin de l'œil. Dans l'expectative. Puis Bunny déclara :

« J'ai vu Rocco la semaine dernière. Il m'avait envoyé cet enculé de Charlie Mirra pour me convoquer. J'ai dû me taper le déplacement pour sa gueule, moi ! »

Bunny se tut et, pensif, posa son verre sur le comptoir, indiqua d'un mouvement de l'index au barman qu'il en voulait un autre. Attendit que le barman se soit éloigné. Il faisait montre de sang-froid, Bunny, de self-control. Son visage se renfrognait de seconde en seconde.

C'était la première fois de sa vie que Martin le voyait en colère.

Il faut dire qu'il y avait une chance pour que ce soit Mirra qui ait fait la peau à son vieux, il y avait vingt ans de cela.

Bunny sirota, plia sa main, contempla ses ongles et souffla :

« Il m'a déclaré qu'à partir de maintenant, il touche sur toutes mes entreprises. Il me laisse les monter seul mais se prend un pourcentage. Il est mon skipper. »

Quel pourcentage ? se demanda Martin. Il n'osait pas poser la question. Sûrement plus de cinquante.

« Mais il est pas au courant pour notre ami Carlo, n'est-ce pas, Carlo ? » s'exclama Bunny.

Le gamin approuva de la tête.

« Et la famille de Carlo, reprit Bunny, a des démêlés avec celle de cet enfoiré depuis je ne sais combien de générations. Alors, tout baigne. »

Martin opina, but un peu de Coca. Rongeant son frein. Les oreilles grandes ouvertes.

« Tout baigne, répéta Bunny.

– Je viens de lui faire son premier versement de merde, précisa Terry.

– Un sac plein, dit Bunny. On a dû aller à la banque. Il réclame des paiements rétroactifs.

– Il cherche à se faire descendre », laissa tomber Martin.

Pour le regretter aussitôt.

Le genre de paroles à ne jamais prononcer devant des Italiens.

Peut-être à cause de leur nature superstitieuse, ou de leur hypocrisie, ou parce qu'ils avaient peur des écoutes, il n'avait jamais su vraiment. Mais c'était une règle non écrite. Qu'il avait parfois du mal à retenir.

Seul le zip leva les yeux, fugacement. S'assurant qu'il avait bien entendu, supposa Martin.

Quelques secondes s'écoulèrent puis Bunny s'enquit :

« T'es avec nous ?

– Pour quoi ?

– Ces Irlandais, soupira Bunny en hochant la tête. Killer Quinn. Y a que le fric qui compte. Ce que t'as dit tout à l'heure, j'ai pas entendu. Terry non plus. Et le jeune Carlo pas plus.

– Vingt mille ? avança Martin en contemplant le fond de son verre sans relever la boutade sur les Irlandais car, si on y réfléchissait bien, il avait sans doute raison, Bunny.

– Vingt.

– Quand ?

– Dans une semaine.

– Et le retour ? »

Bunny posa la question au gamin.

« Deux mois », traduisit-il.

Martin baissa le nez puis redressa la tête.

« Tu pourras couvrir ta part en attendant ? ironisa Bunny.

– Je me débrouillerai.

– Je te fais confiance.

– Et toi ?

– J'ai de quoi », dit Bunny.

Et Rocco ? se demanda Martin. Combien de temps va-t-il lui falloir pour se rendre compte que tu ne vas pas faire faillite pour ses beaux yeux ? Combien de temps avant qu'il ne t'envoie Mirra dans les pattes ?

Mais peu lui importait. Cela ne le concernait pas. Bunny mettait au point un plan qu'il mijotait depuis qu'il était petit. Il cherchait à triompher de Rocco par des voies détournées, sans doute. Puis il irait trouver la Commission. Se mettrait en règle, malgré lui. Ça allait lui coûter des millions, à Bunny. Mais ce n'était pas son affaire. Les manœuvres politiques des arrière-salles de la vieille Europe. Rituels où l'on prête serment en échangeant son sang, où l'on brûle des images pieuses dans les sous-sols vétustes des Ritals. En banlieue.

En plus, il avait cette idée qui lui trottait derrière la tête depuis quelques mois. Elle lui revenait à l'esprit à présent. Juliet debout dans le couloir de l'hôpital, refusant de le suivre dans l'ascenseur, disant : « Tu es un gangster, Martin ? »

Bon sang, si elle savait dans quoi il se lançait, elle demanderait à s'asseoir. Un vrai de vrai Rital, un Rital de New-York, un tueur à moitié rital… Et lui, l'Irlandais du club qui allait sauter à pieds joints dans un deal d'héro.

Killer Quinn. Kid Quinn. Suzy Q. J'aime ma vie.

Il regrettait que Felix ne soit pas là juste pour ça. Pour qu'il puisse lui dire : « J'aime ma vie. »

Et ta femme.

Il sourit et leva son verre pour boire, pour noyer son sourire.

Ils restèrent silencieux, un moment, tous. Puis ils burent.

25

Le gamin, Carlo, fut en fin de compte le seul à disparaître, trois mois après le lancement de l'opération. Il n'avait pas plus tôt eu sa part en poche qu'il avait filé en Floride chez un contrebandier sicilien pour ne jamais ressurgir. Pas un coup de fil, et il n'avait même pas laissé un mot. Bunny envoya Terry dans le Sud pour interroger le fameux contrebandier. Terry rentra en annonçant que Carlo était retourné en Sicile. Il était allé faire la peau au type à cause duquel il avait été en taule six ans plus tôt. Il était rentré pour défendre son honneur, dans le plus pur style mafia sicilienne.

Il allait peut-être se laisser pousser une moustache, songea Martin. Et il cessa de poser des questions à son sujet.

C'était un rapport en bonne et due forme que Terry avait rapporté de Floride. On pouvait se demander s'il n'avait pas torturé le pauvre bougre pour lui soutirer la vérité. À moins qu'il ne s'agisse d'une fable, Carlo étant en train de se faire déchiqueter par un crocodile quelque part au fond d'un marécage. Ou alors Terry n'était pas du tout descendu en Floride pour la bonne raison que Bunny avait éliminé le gamin après le deal et jugeait plus sage de laisser Martin dans le noir.

Il n'y avait pas de gros coup sans cadavre. Preuve en était le courrier du vieux.

N'empêche, ses vingt biffetons s'étaient bel et bien transformés en cinquante.

Il se contenta donc de dire :

« J'espère qu'il aura ce mec d'il y a six ans.

– T'as qu'à lire la presse italienne, répliqua Bunny. Moi, j'en ai rien à battre. »

Après avoir quitté Bunny, il avait roulé jusqu'au club et était retourné dans le bureau. Il avait souri à Felix en attendant qu'il raccroche. Puis il avait sorti la liasse qu'il avait préparée – cinq mille dollars – et l'avait jetée sur le buvard.

« Qu'est-ce que c'est que ça ? » s'étonna Felix.

Il la ramassa et la feuilleta. La soupesa, devina juste.

« Big Harry, Felix. »

Felix parut interloqué.

« Éléphant.

– Big Harry l'éléphant ? dit Felix. C'est une vraie personne de ta connaissance ? »

Le sourire de Martin s'élargit.

« Scat. Schmeck.

– Héroïne », traduisit Penny.

Elle était debout dans l'embrasure de la porte de la salle de bains. Martin ne s'était pas rendu compte qu'elle était là.

« *Caballo*, mon frère.

– Arrête ce petit jeu, c'est énervant, lui lança Felix.

– T'es trop étranger pour savoir. Tu peux citer les séries mais dès qu'on jacte un peu d'argot, t'es à l'ouest. »

Elle s'enquit de l'origine de l'argent. Felix se tourna vers elle puis vers Martin. Curieux, lui aussi.

« Bunny a casqué.

– Avec quoi ? interrogea Felix.

– Meuh, dit-il.

– Héroïne ? » suggéra Penny.

Il n'avait pas prévu de lui en parler, sauf contraint et forcé. Mais il se sentait trop bien pour s'en formaliser.

« En plein dans le mille.

– Quand ? fit Felix.

– Il y a trois mois. Et il m'a payé il y a trois semaines. Je me suis assuré qu'il y avait pas de vague. C'est ta part. Ton tribut, Don Pasko.

– De la part de Bunny ?

– De la mienne. Pour que tu sois sûr que c'est du béton. »

Felix considéra la liasse. Penny de son côté regarda un instant Felix puis se tourna vers Martin, l'air pensive. Il allait en entendre parler.

« Qu'est-ce qu'il y a ? lança-t-il à l'adresse de Felix. T'en veux pas ?

– C'est bizarre, tu trouves pas ?

– C'est toi qui m'as fait entrer dans cette boîte, mec. Grâce à toi, j'ai pu réunir vingt mille dollars. Ce que je te donne là, c'est dix pour cent de ce qu'on m'a rendu. Pas une fortune. C'est symbolique. Histoire de te montrer qu'on t'apprécie.

– Bon, d'accord... » Felix scrutait encore la liasse. « Merci.

– Merci ?

– Oui, merci.

– De rien. Tiens, rends-le-moi, dit Martin en tendant la main.

– Mais, pourquoi ?

– J'aime pas ton attitude.

– De quoi tu parles ? Qu'est-ce qui te prend ?

– Tu crois que j'ai agi derrière ton dos ?

– Non. Mais merde, qu'est-ce...

– Je n'ai pas voulu te faire courir de risque.

– Ce n'est pas du tout ce que je suis en train de dire, protesta Felix.

– Mais, Martin, intervint Penny. Et... »

Ce fut tout. Toujours debout dans l'embrasure de la porte, accotée de l'épaule au chambranle. Plongeant son regard dans le sien.

« ... Et ton père ? termina-t-elle.

– Mon *quoi* ?

– Oui, approuva Felix. C'est ce que je voulais dire.

– Et alors ? »

Et ton père à toi, Penny ? songea-t-il. T'as épousé un autre putain de gangster.

Il soutint son regard. Se retenant de prononcer ces mots, sachant qu'elle savait qu'elle était allée trop loin.

« Oublie ce que je viens de te dire, laissa-t-elle finalement tomber en détournant les yeux. Excuse-moi. Ça ne me regarde pas. »

Ils restèrent figés dans leurs postures respectives. Lui, la main tendue et les yeux sur elle. Elle, les yeux sur le tapis et les bras croisés. Et Felix sur le point de se lever, la liasse serrée dans son poing.

Martin replia le bras.

« Le fric est à toi, Felix. Tu m'as mis le pied à l'étrier. Je voulais juste te remercier.

– D'accord, bien sûr, acquiesça Felix, la bouche tordue, en se levant tout à fait.

– Pas d'embrassade. Je suis sérieux.

– Juste une petite ?

– Non. »

Le téléphone bourdonna.

Felix n'esquissa pas un geste, le regard toujours fixé sur Martin. Il fronça les sourcils. Une idée lui était venue.

« De l'héroïne, hein ? souffla-t-il toujours sans décrocher le téléphone qui sonnait une deuxième fois. Tu l'as fabriquée toi-même ou quoi ? T'étais nul en chimie.

– Nous étions nuls. Tu copiais sur moi. »

Felix cueillit le récepteur à la troisième sonnerie. Mit sa main sur le micro.

« Tu l'as fabriquée ? répéta-t-il dans un murmure.

– T'es dingue », chuchota à son tour Martin.

Felix s'assit pour répondre au téléphone. En russe. Penny s'éclipsa ; elle passa devant eux et sortit. Martin tira son Glock de sa ceinture et le posa sur le bureau, puis s'assit. Observa Felix du canapé. Quelque chose dans sa voix l'intriguait. Il parlait à son père, mais il y avait autre chose. Les yeux de Felix attachés aux siens. L'appel les concernait tous les deux.

Penny revint avec des rafraîchissements. Tendit un verre à Martin, se planta debout à côté de Felix. Ce dernier raccrocha, ne lui jeta pas un regard. Il prit le verre qu'elle lui tendait, ne but pas une goutte.

Allait-elle poser sa main sur son épaule ? Elle se tenait à quelques centimètres de lui.

Mais elle le regarda, lui, assis sur le canapé.

Martin se concentra sur Felix. Lui demanda ce qui se passait.

« Je dois aller dans ton ancien quartier demain.

– Nous, tu veux dire.

– Tu connais Rocco DiNabrega ? Tu bossais pour lui autrefois.

– Je le connais.

– Mon père et moi, on va dîner dans son resto.

– Ah, bon, pourquoi ?

– J'en sais rien. Mon père dit que Bunny est hors jeu. »

26

Ils tournaient un film dans le quartier. Comme Thompson, Prince et Spring étaient fermées à la circulation, ils durent se garer dans Grand Street et marcher. Ils eurent toutefois la chance de trouver une place pour les deux bagnoles, l'une en face de l'autre, de part et d'autre de la rue. Penny était montée avec lui. Mais, ensuite, ce soir, elle devait sortir avec Felix. On lui avait demandé de venir afin de le mettre au courant des détails à transmettre le plus vite possible à Bunny avant de le virer. Felix et son père seuls dans la voiture... parce qu'ils avaient des choses à se dire. Quoique, les voyant marcher devant lui et Penny à présent, ils avaient l'air plutôt silencieux. Tous les deux les mains dans les poches, à croire qu'ils s'étaient disputés. Gardant leurs distances. Pour sa part, il n'avait pas beaucoup parlé à Penny non plus. Même s'ils n'avaient pas eu l'occasion de communiquer plus de dix minutes depuis des semaines. Depuis que sa mère avait terminé la décoration de sa maison. Et puis cette histoire avec Rocco le tracassait.

Il se tourna vers Penny et lui lança une œillade. Elle sourit et lui rendit son coup d'œil. Elle le laissait respirer. Sa femme.

Thompson Street était inondée de lumière sous l'encre noire du ciel par-dessus les immeubles. Il la conduisit dans le parc où ils s'assirent sur un banc à l'écart. Une bande de mômes jouaient autour du bassin. Se poussaient dans l'eau. Des ados s'alcoolisaient doucement sur le terrain de handball en écoutant une radio.

« J'ai passé la moitié de ma vie sur ce banc », déclara-t-il.

Elle sourit, le regard perdu dans Thompson.

« Tu as eu des nouvelles du film qu'ils ont tourné à l'Anastasia's ? Tu sais quand il sort ?

– L'année prochaine, peut-être. Je compte même pas aller le voir. Je les ai regardés tourner quelques scènes. Un énième film sur la mafia. D'accord, avec des Ivan et des Boris. Mais quelle différence ?

– Tu es vexé parce qu'ils n'ont pas voulu t'embaucher.

– Tout juste. Ils pouvaient pas me trouver un rôle de barman ou de je ne sais quoi ? »

Elle le poussa doucement de l'épaule en murmurant :

« T'es bête. »

Il regarda autour de lui. Du côté de Sullivan Street, la cage à poule reluisait, ses barres en métal jetant des feux de toutes les couleurs de l'arc-en-ciel.

« Comment va le travail ?

– Nul. Inutile.

– Trouve autre chose à faire.

– Comme quoi ?

– J'en sais rien.

– Et voilà. »

Il ouvrit les mains, haussa les épaules.

« T'as déjà embrassé une fille sur ce banc ? reprit-elle.

– Sans doute, oui. Sûrement, même.

– Tu veux, maintenant ? demanda-t-elle sans le regarder.

– T'es devenue folle !

– Tu me manques.

– Ça, c'est ton problème.

– Je réfléchis toujours. »

Il le savait. De toute façon, ce n'était pas comme s'ils pouvaient vivre ensemble.

« Comment va Frito ? s'enquit-elle.

– Bien. Il s'est remis au piano. Mais il n'a pas repris ses études à Columbia. Il s'accorde un an, pour voir.

– T'as changé.

– Pas vraiment.

– Un peu, non ?

– Je peux pas t'expliquer.

– Tu sais jouer du piano ?

– Sans doute.

– Sans doute... Qu'est-ce que ça veut dire ?

– Ça veut dire que je ne serais pas étonné si c'était inné chez moi, le piano. Une sensation. Mais une chose est sûre : comme je ne vais jamais essayer, je ne le saurai jamais. Écoute, qu'est-ce que Felix mijote pour Bunny ? Tu lui as parlé hier soir ?

– Pas vraiment.

– Il s'en fiche ?

– Il a tellement de choses en tête.

– Comme ?

– Oh, les choses de la vie.

– T'es enceinte ?

– Non.

– Tu essayes toujours ? »

Depuis quelque temps, il n'était plus aussi attentif. À cause du deal de Palerme. Et puis elle arrêtait et reprenait la cigarette tout le temps.

« Je n'ai plus beaucoup d'espoir.

– Ce qui signifie ? »

En guise de réponse, elle secoua la tête, puis changea de sujet :

« On pense que Lexi a une liaison.

– Le vieux ? Comment tu peux savoir ? C'est sûr ?

– Felix lui a posé la question. C'est oui.

– Hou, là, là ! »

Il était sidéré. Un souvenir lui revint : Lexi errant comme une âme en peine dans l'appartement chaque fois que sa femme séjournait en Suisse. Il lui était dévoué. Qu'est-ce qui faisait que les gens changeaient ?

« Chaque fois qu'il rentre du Canada, ils se disputent. On les entend crier dans l'autre appartement. Felix a interrogé sa mère, puis il a affronté son père.

– Qu'est-ce qu'il a répondu ?

– Il se sent seul. Elle est toujours fourrée dans ses spas. Ou lui est toujours au Canada.

– Elle fait trois séjours en Suisse par an. Il se cherche des excuses.

– Je sais.

– Il lui ment. Je suis étonné que Felix ne m'en ait pas parlé.

– Il est bouleversé. Ça se voit pas, mais...

– Il te raconte tout maintenant. À moi, plus rien. Motus.

– T'as de la chance.

– Je sais. Il est bavard quand il s'y met, le salaud. Ça dure depuis combien de temps, cette liaison de Lexi ?

– Une année, au moins.

– Bon sang. La même bonne femme ?

– La même.

– C'est pas de bon augure.

– Non. Il l'avait rencontrée en Russie. Il y a de cela trente ans.

– Pas bon du tout.

– On est bien placés pour le savoir, tous les deux. Qui ça va être ? Quel couple va divorcer le premier ? » lança-t-elle d'une voix guillerette, comme si c'était un jeu radiophonique.

Qu'est-ce qui fait que les gens changent ? se prit-il de nouveau à songer. Et pourquoi un vieux se sentirait-il obligé de se chercher des excuses au même titre qu'un jeune ?

Quand un homme, n'importe quel homme, était-il assez mûr pour ne pas trouver l'herbe plus verte ailleurs ?

« T'as le droit de me raconter tout ça ? objecta-t-il soudain.

– Je crois.

– Il t'a donné le feu vert pour me parler ?

– On s'est disputés.

– Tu lui diras que tu me l'as dit. N'oublie pas. »

Elle acquiesça en précisant :

« Leurs relations, au père et au fils, ne sont plus au beau fixe. »

Il répliqua que cela ne l'étonnait pas.

« Ça va saigner pour nous, si Felix lui tient tête, fit-elle remarquer.

– Tu crois qu'il va lui confisquer le club ?

– J'en doute. Mais, quand même, ça va plus être pareil.

– Je vais garder l'œil ouvert.

– Comme nous tous. Alors, tu veux qu'on rattrape un peu le temps perdu, oui ou non ?

– T'es pas possible. Où, grands dieux ?

– Ta mère est à la maison ? dit-elle.

– Sans doute.

– Bon, mais tu es dans ton quartier ici, à toi de trouver une solution. »

Il l'emmena au coin de Hudson et de Leroy. Ils comparèrent l'heure à leur montre. Cinq minutes de différence. Il recula la sienne. Ils se réservèrent vingt minutes. Pour se rouler une pelle comme des ados. Puis allèrent attendre devant chez Rocco. Appuyés à une voiture, côté caniveau. Pendant qu'un peu plus loin, le tournage du film se déroulait, ponctué toutes les deux minutes de plages de silence. On entendait une voix aboyer : « Moteur ! », puis, quelques secondes plus tard, un « Coupez ! » suivi du soupir de soulagement de la foule. Martin se tournait vers le restaurant chaque fois que la porte d'entrée s'ouvrait. Penny ne se donnait même pas cette peine. Elle lui avait tenu la main depuis Hudson jusqu'à la Sixième Avenue.

Finalement, le trio sortit. Lexi et Rocco arborant un large sourire, Felix les cherchant du regard, Penny et lui. Comme s'il avait hâte de les rejoindre plutôt que de rester là… au sommet, se dit Martin. C'était clair. Trois figures de la pègre, voilà à quoi ils ressemblaient. Contemplant le monde d'un œil indifférent, ce monde qu'ils pouvaient, s'ils le voulaient, tenir au creux de leur main. Et Felix, là-dedans, l'air d'un gamin. Comme si l'altitude lui donnait le vertige. Flottant dans le costume en soie acheté pour l'occasion, choisi un peu trop grand.

Oh, merde, il y avait peut-être vraiment un problème.

Bunny allait-il être hors circuit ?

« C'est peut-être pire que ce qu'on croit ? » murmura-t-il à Penny sans tourner la tête vers elle.

Elle ne répondit pas. Considéra le trio ouvertement. Menton haut. Consciente de sa place. À l'aise.

Lexi l'appela. Elle s'approcha de lui. Sûre d'elle. Prit la main que lui offrait Rocco, lui tendit la joue, cueillit son baiser. Martin se détourna. Tenta de se concentrer sur autre chose. Sur la silhouette familière de la boutique de bonbons, de la boulangerie. Mais son esprit bouillonnait. Vont-ils m'ordonner d'aller le trouver et de le descendre ? Au milieu de ce putain de tournage ? Tirer dans la vitrine ?

Tout à fait le genre de nuit qui s'y prêtait, pensa-t-il. Une nuit où tout semblait irréel, comme un rêve.

À présent, ils se disaient bonsoir. Tous les quatre.

Il décolla de la voiture à laquelle il se tenait appuyé et les rejoignit, s'arrêta lorsque Lexi ralentit le pas pour regarder le tournage. Rocco l'appela. Par son nom de famille. Avec un coup de glotte sur le Q, vulgaire à crier. Il se retourna et marcha vers lui. Les mains dans les poches. Rocco alluma une clope et la tint dans sa main droite, fourra la gauche dans ses vêtements. Sourit.

« Rocco. Comment va ?

– Bien.

– Alors, quoi de neuf ?

– T'es quoi maintenant, un garde du corps ou un caïd ?

– Ni l'un ni l'autre.

– Le chauffeur de Lexi ? »

Martin sourit. S'interdisant de fermer les yeux sous l'insulte. Les écarquillant au contraire.

« Alors, t'es de la partie ? Tu surfes sur la vague rouge ?

– Je m'en sors pas trop mal.

– Je pense que t'es chauffeur.

– Crois ce que tu veux.

– Ah, ah, on joue les durs, à ce que je vois ? Répète un peu.

– Je dois partir.

– Attention. Quand j'avais ton âge, j'avais déjà trois ou quatre encoches à la crosse de mon flingue. Toi, tu cherches qu'à te défiler.

– Je m'en vais.

– Ouais, parce qu'ils t'ont lâché, les autres, tes associés. Ils ont déjà tourné le coin de la rue. »

Martin se retourna. Penny, Felix, Lexi... Ils avaient disparu. Il entendit la porte du restaurant se refermer dans son dos.

Ils s'étaient arrêtés à quelques mètres sur Thompson. Penny se tenant en arrière, et le vieux et Felix proches l'un de l'autre. Face à face.

« Tu obéis à ses ordres, accusait Felix.

– Il travaille pour moi, rectifia Lexi, en anglais, sans doute au bénéfice de Penny, se dit Martin.

– Tu obéis à ses ordres », répéta Felix.

Lexi agita son index sous le nez de son fils.

« Tu as des yeux pour voir et un cerveau pour comprendre.

– Je te répète que Bunny, il faut compter avec dans ce quartier. S'il est dans le coup, on ne peut rien faire.

– Bunny n'est qu'un gamin, comme toi. Tu as des yeux pour voir...

– Tu vas m'écouter, merde ? »

Lexi le frappa à la poitrine, un coup sec, puis lui pinça la joue et rapprocha son visage jusqu'à le toucher.

« C'est pas à moi de t'écouter, mon coco. Écoute-moi bien plutôt. Ce Rital, Rocco, il m'écoute. Il bosse pour moi. Comme toi. Alors, tu bosses pour qui, Fila ? Je viens de te le dire. Pour moi ou pour Bunny ? »

Felix détourna la tête, la bouche toute tordue par la pression de la main paternelle.

Lexi le lâcha. S'éloigna.

Felix resta planté là. L'air perdu. Le costume en bataille. Penny croisa les mains dans son dos et s'appuya au mur. Martin s'avança vers Felix, comme sur des œufs. Lui demanda ce qu'il devait transmettre à Bunny.

« Dis-lui qu'il n'est plus dans le coup.

– T'es sûr ?

– Fais ce qu'on te dit.

– Je te repose la question.

– Merde… Pourquoi ? Pourquoi tu me harcèles ?

– Elle m'a dit pour la pute au Canada.

– Et alors ?

– Il va falloir que tu prennes une décision. Tout seul, pour toi.

– Ne me…

– Il ne va pas te reprendre le club.

– Ah, tu crois ?

– Ça m'étonnerait.

– T'en sais rien.

– C'est quoi la magouille avec Rocco ? »

Felix secoua la tête comme pour dire : Quel rapport ?

« C'est quoi la magouille ?

– Une histoire de fric.

– Viens avec moi dans le parc. Dis-moi, quel fric ?

– Il va nous couper les vivres, merde !

– Je ne crois pas que…

– Si, il en est capable, Quinn… Tu te…

– Fais ce qu'il te demande, Felix », intervint Penny.

Ils se tournèrent tous les deux en même temps vers elle. Elle réitéra son injonction.

« Qu'est-ce que ça signifie ? s'étonna Felix. Qu'est-ce qui vous prend ?

– Viens dans le parc, reprit Martin, et dis-moi quel fric. Allez. Felix. »

C'est ce soir-là qu'elle avait démarré. Même si, au départ, Felix n'avait pas été d'accord.

Cette longue bonne période.

27

Martin lui demanda une foule de détails. Repassa dans sa mémoire tout ce qu'il avait jamais su et entendu à propos de Rocco. Tenta d'établir des connexions. Les coups dont la presse avait parlé, ou bien les gens du quartier. Cercles de jeu. Sociétés d'usure. Trafic de drogue. Prostitution. Contrefaçons. Spéculations immobilières. Manipulations syndicales. Périodes d'accalmie. Périodes de scandale. Périodes où les mafiosi glandaient sans souci dans la rue, périodes où ils disparaissaient pour un temps. Périodes où l'on comptait les têtes : qui avait ressurgi une fois l'affaire retombée, qui était mort, qui en taule. Felix lui raconta l'histoire de Lexi et de Monya. Martin continua à chercher à mettre les choses en rapport. Comme quand on joue, enfant, au Mémo. On retourne une carte : une fraise. On la cache. Cinq cartes plus tard, une autre fraise. Où était cette putain de première fraise ? Dans le coin en haut à droite ? Merde ! Il prononça tout haut :

« Tu vas trop vite. Répète. »

Et Felix de répéter.

« Alors c'est Monya qui les a présentés ?

– Oui. Pour les affaires.

– Alors c'est Monya qui est arrivé le premier ?

– Oui. Dans les années 1960. Sans papiers tout ce temps-là. C'est pour ça qu'il ne porte pas le même nom que mon père.

– Pourquoi ?

– Il a pris le vrai nom de mon grand-père.

– Et Pasko ?

– C'est un nom catholique polonais. Mon grand-père a arraché son identité à un soldat mort dans la Forêt-Noire. Staline n'aimait pas les juifs. »

Manhattan avait dû sembler un paradis à Lexi, songea Martin. Un jeu d'enfants. La cour de récré de la maternelle.

Il se détourna de Felix. Le parc était vide. L'équipe de tournage pliait bagage sans bruit. Projecteurs éteints, enfin. Le quartier était de nouveau à lui. Il prit une grande inspiration. Souffla.

« Il est venu tout droit ici, Monya ?

– Il a d'abord travaillé en France.

– À faire quoi ?

– Marché noir. Barcelone et Alger.

– Où habitait-il ? s'enquit Martin dont les souvenirs parisiens remontant à sa petite enfance étaient pourtant bien lointains.

– À Marseille. Je crois. »

En fait, il savait ; ça se voyait sur sa figure.

« Marseille, Felix ? Dans les années 1960 ?

– Oui, je sais.

– À l'époque, la French Connection battait son plein.

– Je sais.

– C'était ça, ses affaires, à ton oncle ?

– Peut-être.

– Peut-être, répéta Martin. À mon avis, tu le sous-estimes. Et je pense que ton vieux est impliqué.

– Mais *French Connection*, c'est un film, intervint Penny.

– Et la réalité. L'opium d'Asie du Sud-Est transitant par Marseille. Cela a duré je ne sais combien de temps. Dix, quinze ans… Ensuite de nouvelles filières se sont constituées. »

Felix approuva d'un signe de tête.

« Alors ? insista Martin. Tu es au courant ?

– Oui.

– La Pizza Connection ?

– D'Asie en Sicile puis en Floride.

– Pas seulement en Floride, répliqua Martin, au Brésil, à New York. Cleveland. Saint-Louis. On l'a appelée comme ça parce que cette filière utilisait un réseau de pizzerias new-yorkaises comme couverture... Une douzaine de gars d'ici et de Little Italy ont disparu. On les a jamais revus. En moins d'un mois.

– C'était quand ? s'enquit Penny.

– Il y a quelques années. Pas très longtemps. Moins de dix ans.

– Et Lexi était impliqué... ? Felix ?

– Non, répondit ce dernier.

– Et aujourd'hui ?

– J'en sais rien.

– Si, tu le sais, accusa Martin. Moscou connaît un grave problème d'héroïne en ce moment. Pourquoi Monya s'est fait tirer dessus ?

– C'était personnel. Ça n'a rien à voir.

– Où est-ce que Moscou se fournit ?

– En Afghanistan.

– Putain ! s'exclama Martin. Je peux te dire quelle filière il suit. Kaboul, Moscou, Castelvetrano, pour aboutir à Brighton Beach, États-Unis.

– Il veut juste éliminer Bunny, indiqua Felix. C'est juste que ça devient trop gros. Rocco a peur d'une vendetta.

– Il ne veut pas éliminer Bunny, il veut mouiller ton père. S'il avait peur d'une vendetta à cause de ce qu'il a fait au père de Bunny, il l'aurait déjà liquidé, tu penses. Qu'est-ce que Lexi t'a raconté ? Qu'est-ce qu'il t'a dit sur le deal avec Rocco à partir d'aujourd'hui... ? Felix ?

– Il m'a dit que je ne le verrais plus. Que je ne le connaissais pas. Rocco voulait juste me rencontrer. Me dire de vive voix, respectueusement, qu'il souhaitait que je cesse de traiter avec quelqu'un. »

Martin secoua la tête.

« Ah, ils sont malins, soupira-t-il, estomaqué.

– Et cupides », ajouta Penny en se levant et en s'éloignant un peu avant de revenir sur ses pas.

Mais elle ne se rassit pas. Croisa les bras, appuya la pointe des fesses sur le dossier du banc.

« Un milliard de dollars, articula-t-elle. En l'an 2000, c'est ce que lui aura rapporté l'immobilier.

– Et il deale de l'héro ?

– Oui, acquiesça-t-elle.

– Ne sois pas si naïve, lui lança Martin pour mettre un point final à la conversation.

– Tu oublies la cupidité, Martin, va te faire foutre ! »

Mais elle évita de croiser son regard. Elle savait qu'il avait raison.

« L'héroïne a de nouveau le vent en poupe en ce moment, énonça Martin. C'est aussi simple que ça. Les Ritals vont toujours là où il y a du pognon à prendre. L'eau minérale. Le gangsta rap… L'héro est de retour ? Chouette ! Le marché avait un peu souffert ces dernières années à cause du sida. Mais maintenant que tout le monde se remet aux tatouages et aux piercings sur le bout des seins, alors pourquoi ne pas reprendre un peu de poudre ? Les Russes ont la meilleure filière ? On vous serre la main, camarades, on fait des affaires ensemble, voilà comment fonctionne un Rocco DiNabrega. Je te parie tout ce que tu veux. »

Felix allongea un bras sur le dossier du banc. Croisa les jambes, cheville sur le genou, façon gentleman. Lui qui s'était tenu aussi immobile qu'une statue depuis vingt bonnes minutes.

« Y a un truc qui te dérange, Felix ? lança Martin.

– Je me disais juste que Joe Kennedy avait trafiqué de l'alcool pendant la prohibition.

– Tu peux pas être président, t'es pas né ici.

– Mes enfants, si. »

Martin jeta un coup d'œil à Penny. Mais cette dernière évitait son regard. L'air de ne pas écouter. Il contempla les profondeurs de Thompson Street.

« Le premier chef des armées juif, j'ai hâte de voir ça, commenta-t-il.

– Catholique, le deuxième président catholique, rectifia Felix.

– J'oubliais, t'es un papiste. Tu peux me nommer les jours saints ?

– Les quoi ?

– Qu'est-ce qu'on fait pour Lexi ? intervint Penny, toujours la mine dégoûtée, peu encline à plaisanter.

– J'ai ma petite idée, déclara Martin.

– Alors, dis-la.

– On les double. Avec l'aide de Monya. On se sert de Bunny et de notre fric, et des contacts de Monya.

– T'es pas un peu taré ? s'écria Felix.

– Au contraire. T'as qu'à te baisser pour te servir. Tu le vois pas parce que c'est sous ton nez. De quoi t'as peur, merde, Felix ?

– On va se faire prendre. Voilà de quoi j'ai peur. Et je pense pas que c'est pour rien. Et toi ?

– Le soir où on s'est soûlés, avant de partir pour Porto Rico, t'as dit qu'on avait besoin d'un plan, de voir les choses en grand. Eh bien, voilà.

– Tu parles. Copier sur eux ! Tu sais même pas de quoi tu parles. On est encore que des gamins.

– Bonté divine, Felix ! intervint Penny. Tu avales donc tout ce que te serine Lexi ?

– On est encore jeunes.

– N'importe quoi, rétorqua-t-elle.

– Rocco a pris le contrôle de ce quartier quand il avait vingt et un ans, fit observer Martin. Lucky Lucciano…

– Lucky Lucciano ?

– C'est ça. T'as oublié l'histoire du gangster en gants blancs ?

– Il ne s'est pas fait descendre ?

– Déporter. Il est mort de vieillesse.

– Une exception.

– Ton père a déjà été en taule ?

– Tu connais la réponse.

– Eh bien, Rocco non plus.

– Je suis pas dans le coup, Martin. »

Elle susurra :

« Felix…

– Et toi, dit Felix en se tournant vers Penny. Je préférerais que tu ne t'en mêles pas pour l'instant, d'accord ?

– Tu préférerais… ? J'en ai rien à foutre.

– T'en as rien à foutre ?

– S'il vous plaît, une autre fois, d'accord ? » intervint Martin.

Felix la fusilla du regard. Une fraction de seconde. Puis consulta sa montre à son poignet, décolla sa main du banc de quelques centimètres. Déclarant :

« Je refuse. Je te prie de dire à Bunny qu'il est grillé. Maintenant. Ce soir.

– Je vais te faire un aveu, Felix. Ton père le prend pour un gamin, mais quand je vais lui annoncer qu'il n'est plus dans la course…

– Qu'il aille se faire mettre. Qu'il essaye…

– Je lui dirai. Ça risque de saigner, pour nous… pour toi… »

Felix haussa les épaules.

« … Et j'ajouterai pour ta gouverne, Felix… Ce deal avec Rocco va foirer. Ton père t'a manipulé ce soir. Un pion sur son échiquier. Un geste pour prouver à ce salaud qu'il a confiance en lui. Je te rappelle que c'est Rocco qui avait demandé à te rencontrer. Sa façon de dire : J'ai besoin de toi, Lexi, mais je reste quand même le genre de mec qui peut te priver de ton gosse. Tu risques gros, Filoushka, et à cause de ton père. Même si c'est parce qu'il estime n'avoir rien à craindre. Il pense que Rocco bosse pour lui. Il t'a manipulé. Alors, quand je t'encourage à prendre un risque par toi-même, pour toi-même, c'est pas idiot. Ton père sera jamais blanc comme neige, crois-moi. Jamais il ne se rangera complètement. Il est obligé à cause de ses liens avec les Italiens. Au niveau le plus sale. Sinon, ils ne lui feront plus jamais confiance. Et eux, ils le lâcheront jamais. Ah, autre chose…

– T'as le vent en poupe.

– Ton vieux s'en foutrait s'il découvrait que tu montais un coup ? On ferait flotter son drapeau dans ce putain de marché. Il serait fier, au contraire. Fier que tu te sois taillé une part du gâteau. »

Il se taisait, Felix. L'air un peu secoué, cette fois. Martin l'observant.

« Vous êtes malades, tous les deux, déclara Penny.

– Pourquoi ? lui lança Martin en se tournant vivement vers elle. Je croyais que t'étais l'âme du projet ?

– Tous les deux malades, répéta-t-elle.

– Qu'est-ce que tu veux dire, Penny ? » s'écria-t-il.

Felix le regarda.

Qu'est-ce que ça peut foutre, se dit Martin. Il continua à la dévisager.

Elle ne lui répondit pas.

Il mentit carrément à Bunny pour gagner du temps. Lui raconta que les flics tournicotaient de nouveau dans la boîte au sujet de Frito et qu'ils avaient des dossiers sur certains mecs. Pas sur lui, Bunny, personnellement, mais bon, « Tiens-toi à carreau. Je t'appellerai. » Il piqua une carte de bibliothèque dans un portefeuille des objets trouvés du club et emprunta tous les bouquins en rayon sur l'héroïne. Les rapporta au bureau et s'installa sur son canapé pour les consulter. Lut à haute voix les passages intéressants, peu lui importait si Felix écoutait ou non. Agita sous son nez des photocopies d'articles sur microfiche. LES CHINOIS RÉTICENTS À OCCUPER LES PLACES LIBRES DANS LE TRAFIC D'HÉROÏNE, UN MAGNAT TURC TUÉ AU BÉLARUS, LES MOUDJAHIDIN DÉTOURNENT LES FONDS AMÉRICAINS VERS LE TRAFIC D'OPIUM…

« C'est mûr, Filoushka, disait-il. Je te parle pas de prendre le pouvoir. Juste de glaner quelques fruits. On fait pas main basse sur le verger.

– Il te laissera même pas un canapé pour poser ton cul.

– Je m'en payerai un.

– Il te laissera pas ton cou pour poser ta tête. Je me fais du souci, Martin.

– Ça ne m'étonne pas de toi. Moi, je ne m'en fais aucun.

– À moi, il se contentera de me flanquer une raclée. Mais à toi… ?

– J'en ai les dents qui claquent. Je peux reprendre ma lecture ?

– Combien y en a que tu connais qui sont plus de ce monde à cause de l'héro ? Tu excuseras ma franchise.

– Dont mon père ? Un camion plein. Je ne les compte plus. Qu'est-ce qui vous fait gagner le plus de fric dans ce putain de monde ? »

Felix le dévisagea sans un mot. Il connaissait la réponse.

« Qu'est-ce qui, plus que n'importe quoi, fait pleuvoir le pognon ? reprit Martin.

– La guerre, dit Felix.

– Ouais. Pour le coup, c'est par camions pleins qu'ils en crèvent. On n'a rien pour rien. Tu connais la chanson ?

– Qui tu veux convaincre, Quinn ? Toi-même ?

– J'essaye de te convaincre toi, un jeune homme fortuné. J'ai besoin de ton argent. Si Bunny, toi et moi, on s'y met à trois, il nous faudra un demi-million de dollars en cash pour commencer, et peut-être plus après. Avec ce genre de deal, on peut multiplier par huit notre mise. Avec seulement un demi-million au départ. On peut le trouver maintenant si on veut.

– Dis à ton pote de faire une proposition.

– On peut les trouver maintenant si on veut. Toi, moi… avec lui.

– On peut faire un tas de choses.

– Mais ça, c'est possible. Tu dois bien l'admettre.

– On peut faire un tas de choses.

– Douze fois notre mise si on suit l'affaire jusqu'au bout, si on descend dans la rue. Au petit dealer. Ton père a bien démarré là. Le racket, la contrebande d'essence, les putes. Je lui ressemble plus que toi, j'ai l'impression. Ça me paraît de plus en plus clair.

– Vraiment ?

– Oui.

– Tu peux toujours courir. »

Le ton de chacune de leurs conversations à l'époque. Après quoi, Felix retournait à ses activités. Il fallait lui faire miroiter de plus en plus d'argent. Ça au moins, c'était clair.

Et la politique consistant à le comparer à son vieux s'avérait payante.

La preuve en fut apportée à Martin par un événement imprévisible.

Une aide tombée du ciel. Ou plutôt les retombées positives du malheur des autres. Même s'il devait, le moment venu, s'interdire cette pensée en se disant qu'il ne souhaitait pas une chose pareille à son pire ennemi. Le cancer. Même s'ils l'avaient diagnostiqué tôt. Et elle l'avait mal pris, la mère de Felix. Le moral à zéro. Mais cela ne fit qu'améliorer encore les perspectives pour lui – Felix passant ses journées auprès d'elle ainsi qu'une bonne partie de ses nuits ; le vieux disparaissant parfois une semaine entière, au Canada, pour ses affaires, disait-il ; et puis Penny descendant « faire des courses » en ville. Le taxi la déposait derrière son immeuble, le matin. Elle se glissait par la porte de service, prenait l'ascenseur au sous-sol. Et puis, dans son lit. Ensuite, elle se promenait, nue, dans l'appartement. Contemplait la rivière. Revenait s'allonger auprès de lui, un moment, à bavarder, avant l'heure pour lui de partir au club veiller au grain. Elle ne travaillait pas. Elle était heureuse. Sans une once de remords. Lui non plus d'ailleurs. Il l'interrogea à ce sujet.

« *Mea culpa* », répondit-elle.

Fin de la conversation.

« *Ego te absolvo* », rétorqua-t-il.

Elle lui grimpa dessus, s'assit sur lui. La pièce inondée de lumière. Chaude. Sa chair tendue sur son ventre.

« Tu ne ressens rien ? interrogea-t-il.

– On ne dort même plus ensemble. C'est fini.

– Comme ça ?

– Non, mon gros loup, on ne se parle presque pas. On est comme des amis.

– Des potes ?

– Même pas.

– Tu m'as avoué un jour que c'était nul avec lui.

– Quoi ?

– Ça, avant.

– Le sexe ?

– Oui.

– Dis-le.

– Le sexe.

– Encore.

– J'ai rêvé ou pas ?

– Non. T'as bonne mémoire. Tu m'as répliqué d'aller me faire foutre.

– Pourquoi c'était nul ? Qu'est-ce qui va pas ?

– Rien. Il était juste trop… respectueux. Moche, non ? C'est difficile à expliquer. Il avait un complexe de la vierge/pute.

– *Madonna mia.*

– Mais ça lui est passé.

– C'était quand la dernière fois ?

– On l'a fait. Y a pas longtemps. Lui, en tout cas.

– Putain ! Mais ça veut dire quoi ?

– Ça veut dire que maintenant que sa mère est malade, je suis devenue la pute.

– Ça suffit.

– Tu n'aurais pas dû demander.

– Bien », soupira-t-il en se détournant.

Du coin de l'œil, il vit qu'elle tirait le drap au-dessus de sa tête et s'en enveloppait comme d'une guimpe de religieuse. Elle se mit à chantonner. Tout doucement. *Je vous salue Marie.*

Son érection, commencée sous elle alors qu'elle l'obligeait à répéter le mot « sexe », n'avait pas fait long feu. Il se demanda si elle l'avait remarqué.

« Les hommes sont trop bêtes, commenta-t-elle en laissant glisser le drap sur son corps. Ma mère vous méprise tous autant que vous êtes. »

Elle pressa ses seins l'un contre l'autre, puis les relâcha. Tournicota les poils autour du nombril de Martin.

« J'ai beaucoup réfléchi ces derniers temps, reprit-elle. À comment se présenterait notre vie si tu n'étais pas parti. Si seulement je pouvais la voir. L'entrevoir.

– Tu verrais le parloir de Sing Sing. »

Elle haussa les épaules, toujours tête baissée.

« Le jour où j'ai presque battu ce type à mort, reprit-il après une pause. C'était le jour des funérailles de ton père, ton père qui avait reçu sans doute deux fois moins de coups que celui que j'ai cogné. Ç'a été comme un signe. Je me suis dit : il est temps de me casser. »

Il souleva la mèche qui voilait le visage de Penny. Puis laissa retomber sa main quand il vit qu'elle refusait de lever les yeux.

« C'était le signe que tu devais rester », dit-elle.

Il se tut.

Que pouvait-il ajouter ?

« Tu te rappelles Marco Duomo ? dit-elle, concentrée, toujours en jouant avec ses poils. Le type qui m'avait accompagnée au bal de fin d'études au lycée ? Le type qui a tué mon père ?

– Oui.

– Il est sorti de prison.

– Comment tu sais ça ?

– Je le sais, un point c'est tout.

– Tu le fais surveiller.

– Peut-être.

– Pourquoi ?

– Mettons que je l'ai vu.

– C'est vrai ?

– Oui. Il faisait des courses avec sa maman au Mall de Cross County. Il lui portait ses sacs.

– Comme un bon fils. »

– J'ai demandé à Felix de le tuer. »

Là, elle leva le nez. Les yeux écarquillés. Tira sur les poils entre ses doigts.

« Tu rigoles ? Qu'est-ce qu'il a dit ?

– Que j'étais folle. Ce qui est faux, énonça-t-elle en le défiant du regard.

– J'ai rien dit, se défendit-il.

– D'après lui, je serais la première à être suspectée.

– Il a sans doute raison.

– Je lui ai dit d'attendre que le vieux Duomo fasse de nouveau parler de lui dans la presse. Pour égarer les soupçons.

– Aussi simple que bonjour, hein ?

– Tout le monde s'en bat l'œil quand un gangster meurt. Crois-moi.

– Je te crois, dit-il en lui pinçant tendrement la cuisse.

– Les flics ont posé les mêmes questions cent fois à ma mère pendant un mois. Ensuite on ne les a plus vus. Ils ont classé l'affaire. En attendant éventuellement que quelqu'un se mette à table. Alors ils rouvriront le dossier.

– L'*omerta*.

– Qu'ils se la mettent au cul, leur loi du silence, bande de sales hypocrites. »

Elle s'allongea sur lui, posa sa tête sur l'oreiller, le visage tourné sur le côté. Il se demanda à qui elle faisait allusion : aux flics ou aux gangsters ? Peu importait. De toute façon, il n'avait jamais compris son point de vue.

« Tu as toujours ce projet ? s'enquit-il en soulevant la mèche de Penny qui lui chatouillait la bouche. De le buter ?

– Non, pas vraiment.

– Je pourrais m'en charger. Trouver quelqu'un.

– Je n'y pense plus. Je ne lui en veux même plus… »

Martin opina, soulagé.

« À ce bal, il m'avait draguée, Marco. Je l'avais repoussé. Alors, je me suis toujours demandé, si j'avais dit oui, peut-être mon père…

– Non, Penny », lui assura-t-il avec une sensation de déjà-vu.

Où était-ce ? Oui. À l'enterrement de son père. Sur le parking.

« Il aurait peut-être gravi des échelons. Aurait gagné plus de pouvoir. Au lieu d'être le genre de type à se faire descendre parce que ça arrange tout le monde… Qu'est-ce que ça aurait fait de moi ? Une pute. À dix-sept ans. Tu imagines ? »

Silence.

Un long frisson parcourut le corps de Penny.

« Tu as demandé à Felix de le faire personnellement ? Pour Marco ?

– Je ne me rappelle pas.

– Il n'a jamais tué personne.

– Sans doute.

– Sans doute ?

– Non, jamais, je le sais.

– C'est pas comme si tu lui demandais d'aller t'acheter une boîte de Tampax. »

Il devina qu'elle souriait.

Silence. Puis elle reprit :

« Et si on remettait ça ? On peut ?

– S'il le faut. »

28

« Martin ? C'est Penny. »

Un ton neutre, froid. Quelqu'un se trouvait avec elle dans la pièce.

« Penny Pasko ? Comment ça va ?

– Tu peux venir chez ma mère ? À Bronxville ?

– Ça va ?

– Tout va bien. Felix et moi, on veut te parler.

– À propos ? »

Silence.

« Penny ?

– Prends la Henry Hudson Parkway, direction Cross County. Sortie Bronxville Road. La maison est sur la rue du même nom, au 366. Sur la droite.

– Tu vas me dire, enfin, si ça va ?

– Bien sûr que oui.

– Oui, tu vas bien ?

– Oui. »

Martin passa une deuxième fois devant la maison pour vérifier. Le tableau était le même. Le Nissan Pathfinder de Felix dans l'allée, derrière la Buick de la vieille. Les portes du garage grandes ouvertes. Le garage, vide.

Il fit le tour du pâté de maisons. Pas âme qui vive. Ni piéton ni voiture. Personne même garé dans la rue. Toutes les voitures rentrées sagement au garage ou parquées dans l'allée à côté de leur maison.

Après s'être garé au bout de la rue, il s'avança doucement vers la maison. Gravit les marches à pas de loup. Jeta un œil sur le côté, dans le petit jardin. Scruta les ombres de la terrasse. Tout était si tranquille. Trop tranquille. Il sonna. La vieille répondit. Il la suivit. Dans le salon. La main sur son flingue dans la poche de sa veste, l'autre dans la poche vide. Felix assis au fond la pièce. Un pansement sur le nez. Les deux mains bien en évidence, toutefois. Posées sur les bras du fauteuil. Penny sur le canapé, assise de biais face à lui. Dos droit. Mains croisées sur les genoux.

Il resta debout dans l'encadrement de la porte. Patient. Attentif à leurs moindres gestes. La mère agita la main en l'air, passa devant lui.

« Je suis dans la cuisine, déclara-t-elle.

– Merci, maman. »

Martin regarda Penny, assise sur le canapé. Elle lui adressa un sourire forcé, se tourna vers Felix.

Felix le regarda à son tour. Le visage gonflé. Les yeux bouffis, noirs, furibonds.

« Qui t'a arrangé comme ça, chef ?

– Lexi.

– Quoi ?

– Il m'a cassé le nez.

– Ton père ?

– Hm-hm.

– Quand ? »

À cause de Bunny ? se demanda Martin.

De moi ?

« Ce matin. Dans la chambre d'hôpital. Ils l'ont de nouveau hospitalisée. »

Sa mère. Le cancer.

« Ça va ?

– Ça ira, peut-être.

– Mammectomie, prononça Penny.

– Je suis désolé.

– Il m'a cassé le nez.

– Pourquoi ?

– Parce que j'ai voulu lui parler. Je lui ai dit que j'allais le foutre dehors s'il continuait à la voir.

– Celle du Canada ?

– Han-han.

– Et il t'a frappé ?

– On a d'abord échangé quelques mots. »

Malgré tout, Martin avait quand même l'impression qu'il n'était pas étranger à l'altercation. Il les regarda tour à tour. Penny sans expression. Felix, juste laid.

« Mais ça va ? lança Martin.

– Oui. Ça s'est passé à l'hôpital. Ils l'ont redressé tout de suite... Je voudrais que tu appelles Bunny. Que t'organises un rendez-vous.

– À quel sujet ?

– J'ai déjà causé à Monya. Appelle-le tout de suite.

– Tout doux, souffla Martin, toujours en proie à une peur insidieuse. Je suis désolé. Mais attends. Il faut que j'aille aux toilettes. Je suis venu directement.

– Le téléphone est à côté de toi », indiqua Felix.

Martin se tourna vers l'appareil bleu pâle que lui et Penny avaient choisi.

« Une minute. D'abord les toilettes.

– Sur ta gauche, dit Felix. Au bout du couloir. D'où tu viens. »

Il rebroussa chemin. Trouva les toilettes. Ouvrit la lumière. Ferma la porte. Le ventilateur se mit en route. Il sortit son flingue – précautionneux –, mit le cran de sécurité. Assis sur le siège des WC, il ouvrit la culasse, retira la balle qui était dans le canon, enleva le chargeur. Remit la balle dans le chargeur en poussant les autres balles et referma la culasse. Maintenant, il fallait qu'il réarme pour s'en servir. Il rangea le flingue. Tira la chasse. Fit couler de l'eau dans le lavabo. Se regarda dans le miroir. Se regarda respirer. Rouvrit le robinet, glissa sa main en coupe sous le filet d'eau, but.

Mon Dieu ! songea-t-il.

Ils finirent par acheter Monya, ou tout comme. Pour cent mille dollars. Mettre la main sur son carnet d'adresses. Le soudoyer. « C'est moi qui offre », déclara Felix. Sous-entendu, il se chargeait de régler l'addition et n'allait pas entamer le demi-million qui leur était nécessaire pour finaliser le deal. Sa première transgression de l'autorité paternelle. La première claque dans la gueule de son père. Complicité avec l'ennemi.

Ce n'était pas ce qui motivait Monya, l'envie de se venger d'Alexi pour avoir refusé de prendre son parti contre les Ritals puis l'avoir laissé moisir sur son fauteuil roulant dans un appartement sordide de l'Avenue U. « Je ne pourrais plus participer même si je le voulais », avait décrété Monya. Ce qui le motivait, c'était ce fric qui semblait lui tomber du ciel. C'était tout ce qu'il demandait. Il n'avait aucune velléité de démarrer une deuxième carrière. Il était crevé tout le temps, à l'entendre. Pouvait à peine s'occuper de lui-même. Il avait besoin d'un appartement plus confortable, de s'inscrire dans un club de remise en forme, avec une gentille pour venir le dorloter, faire un peu de ménage, peut-être lui offrir ses seins à sucer s'il demandait comme il faut. D'après lui, depuis que Felix l'avait engagé, il avait passé les douze premiers coups de fil de son propre chef. Histoire de reprendre contact, de mettre en confiance. « Mon neveu est un dur. Mais c'est quand même mon neveu. Soyez réglo avec lui. » Après quoi, il avait déclaré à Felix : « Les autres appels te reviennent. » Prétendant qu'il fallait au moins dix coups de fil aller-retour pour ferrer un deal d'héro. À la fin, ils en comptabilisaient la moitié d'un millier. La morphine-base provenait désormais du Pakistan, annonça-t-il; les frontières de l'Afghanistan étaient fermées.

Dans le couloir de son appartement, alors qu'ils se dirigeaient vers la cage d'escalier, Martin murmura :

« Ça y est ? On n'a plus besoin de lui ? »

Il se demanda si Monya cachait un chapeau mou dans son placard. Avec un ruban rouge.

Felix parcourut de nouveau la liste des numéros de téléphone, puis la fourra dans sa poche :

« Une fois que je lui aurai apporté sa part, je te parie qu'on le verra plus jamais. »

Martin s'abstint de tout commentaire.

Pourtant l'idée lui plaisait bien.

Il affichait un grand sourire. Content.

L'appartement puait la pisse. Et Monya puait pire encore. Et il n'avait pu s'empêcher de penser que si les choses tournaient mal, ils allaient tous finir comme ça.

Ils dévalèrent l'escalier.

Ils réussirent, sans trop de peine non plus, à convaincre Bunny. Ce dernier avait fait montre de quelques réticences. Exprimées par des petits gestes, comme quoi rien n'était jamais gravé dans le marbre. Le genre effarouché. Je-veux-que-tout-le-monde-me-regarde. Style écolière. Style mafioso. Mais quand Martin le quitta, il avait l'impression qu'il marchait sur une corde raide. Tout ce qu'il voulait, c'était arriver jusqu'au bout alors qu'en bas… il se foutait pas mal de ce qu'il y avait en bas, il n'avait pas l'intention de tomber. Trois heures après le début de la réunion, tandis que la salle à manger se remplissait tout d'un coup de serveurs préparant le service du soir, ils s'étaient mis d'accord. Il n'y avait plus rien à expliquer ni à ajouter. Bunny avait haussé les épaules, Felix attendu, Penny souri.

« OK, conclut Bunny en s'adressant à Martin. La balle est dans ton camp. »

Felix lui prit la main. Bunny tendit l'autre à Penny. Qu'elle prit.

« J'ai jamais conclu d'affaires avec une nana », déclara-t-il.

Elle répliqua en italien. Il sourit. Dit quelques mots dans la même langue. Elle lui plaisait. Il voyait bien qu'elle était futée.

« Tu vas mettre Terry sur le coup ? s'enquit Martin.

– Tu l'as vu ici quelque part ? riposta Bunny.

– Bien. »

Mais Terry n'était pas loin, songea Martin, comme toujours. Un détail à ne pas négliger.

« Le soldat Quinn ici présent ne s'entend pas très fort avec mon bras droit, et ça date pas d'hier, lança Bunny au bénéfice de Penny.

– Et pourquoi ? s'étonna-t-elle.

– Le frère aîné de Terry, Peter, paix à son âme, adorait le Quinn. Il avait fait de lui un vrai petit caïd quand il avait quinze ans. Alors qu'il n'en avait rien à foutre de Terry. Du coup le petit frère, il le détestait. Les Irlandais sont comme ça, pas vrai ? Ils savent pas ce que c'est que la loyauté familiale. Ils aiment ceux qu'ils aiment, un point c'est tout. Et ensuite, ils les oublient.

– Ton bras droit est irlandais ? continua à s'étonner Penny.

– À moitié sicilien, précisa Bunny en lui adressant un clin d'œil.

– Ça gaze, alors ? avança Martin qui ne songeait qu'à partir.

– Ça gaze.

– Ça gaze, dit Felix en se levant. Il faut que nous allions au club. Il est tard.

– Ça manque bien à mes gars, fit remarquer Bunny. Ils parlent que de ça, des belles nanas russes.

– On engage les meilleures, proclama Penny.

– Ah, oui, c'est toi qui les engages ?

– Il me consulte quelquefois. »

Bunny lui sourit, un large sourire. Puis regarda Felix.

« C'est elle qui t'a fait ça ? interrogea-t-il en soulevant sa main de la table pour indiquer de l'index le nez de Felix.

– Je me suis cogné à mon volant, mentit Felix.

– Essaye la ceinture », répliqua Bunny en montrant encore plus de dents.

Penny disparut aux toilettes.

Felix se dirigea vers le bar pour téléphoner à sa mère, du moins c'est ce que supposa Martin, un peu irrité de voir que ces petites circonstances personnelles devenaient aussi encombrantes. Dans son esprit, soit on discutait affaires, soit on n'avait rien à foutre ici. Bunny se leva, se planta à côté de lui. Observant Felix. Disant qu'il n'aimait pas ça.

« Ça quoi ? s'enquit Martin.

– Ce que tu viens de me fourguer.

– Mais tu as dit au contraire que t'étais partant, tu viens de le dire.

– J'ai le temps. On en a tous. Ça prendra bien quatre ou cinq mois à rassembler, tout ce pognon. Ce mec, je le connais à peine. Lui me connaît pas. On a le temps.

– Moi je le connais. Depuis toujours.

– Il trahit son propre père. Je donne pas cher de sa loyauté, dans un an.

– Son père lui a cassé le nez.

– Tu déconnes ? fit Bunny.

– Devant sa mère. Et Penny.

– Tu déconnes ?

– Ils se causent plus. Ça fait longtemps que ça couvait.

– OK, opina Bunny. C'est un élément dont je tiendrai compte. »

Il s'échappa et courut jusqu'au Publiphone de l'autre côté de Brighton Beach Avenue. Un nouveau rouleau de pièces plus le « masque » à voix au fond d'une poche, le Glock dans l'autre. La feuille des numéros codés devenue duveteuse sur les bords à force d'être pliée et dépliée. Il n'avait jamais vécu à ce point sur les chapeaux de roue. Sur les nerfs. Aussi frénétiquement. Ce *bizness*.

29

Les appels semblaient au départ une vraie galère. Un truc hyperchiant. Mais, ensuite, ils se procurèrent des capsules de microphone pour masquer les micros des Publiphone, auxquels ils donnèrent des noms, qu'ils inscrivirent. Avec leurs adresses codées. Sur une antisèche dont ils reçurent chacun une copie. Des noms stupides faciles à citer au cours d'une conversation. Des voitures qu'aucun d'eux ne conduisaient. Des plats qu'aucun d'eux n'aimaient. Des filles qu'ils ne connaîtraient jamais. Audi, Spaghettis aux boulettes, Miranda, etc. Et Penny se chargea de conduire au fin fond de la banlieue pour télégraphier les premiers paiements à l'étranger.

Ensuite ils attendirent. Le prochain round d'appels. Comme Monya l'avait prédit.

La routine du feu vert. Pas de nouvelles pendant un mois, puis la livraison s'amorçait et on franchissait une étape, tandis qu'un nouveau lot d'intermédiaires montait sur le pont. Vous voilà passant la moitié de votre temps pendu au téléphone près de l'escalier sous le métro aérien. Ou dans les rues ténébreuses du bas de Broadway. Des gorges profondes entre les immeubles que le soleil ne semblait jamais effleurer.

Quatre mois de ce régime. Avec ses heures de récréation passées à la bibliothèque. Il avait tout lu sur le sujet. Fabrication. Histoire. Folklore. C_{17} H_{17} N_0 $(C_2H_3O_2)_2$... Plus soluble dans les graisses. Moins de temps à atteindre le système nerveux central. Devenait de la morphine une fois dans le sang... Thaïlande, Afghanistan, Turquie... Elle tenait tous ces pays sous son emprise, les couvrait d'un tapis de fleurs. Des dizaines de kilomètres sans interruption… Les Britanniques avaient réussi à intoxiquer la moitié de la population chinoise au XIXe siècle. Leur avaient coupé les vivres afin qu'ils fassent grimper la demande mondiale. Martin songea à Judy Garland. Bella Lugosi. Keith Richards. La sensation de se diriger vers un but. L'impression d'avancer à la rencontre d'un demi-frère, un enfant que son père aurait eu avec une autre femme, avant sa naissance.

Penny partageait son temps entre la maison de sa mère et son appartement à lui. Transportant désormais un téléphone cellulaire au cas où Felix l'appellerait. Ce qui n'arrivait jamais. Ce dernier passait sa vie au chevet de sa propre mère. Lui tenait la main. Lexi déménagea. Dans un gratte-ciel quelque part en haut de la Troisième Avenue.

Martin se faufila à toute allure entre les voitures qui encombraient la chaussée jusqu'au Publiphone sous le métro. Avec ses pièces, ses numéros codés, son pistolet. Se disant : Tu t'en souviendras.

L'appel tant attendu finit par arriver. Livraison dans les deux semaines en Floride. Il perdit le sommeil. Envisageait tout ce qui lui restait à faire. Préparer le terrain, ne pas risquer de contretemps. Pour sa part, il comptait rectifier le passé pour ouvrir la voie à l'avenir. Trouver qui avait tiré sur Frito, au moins essayer. Fermer cette boîte-là, le mieux possible, avant que Juliet n'ait des enfants et lui interdise sa porte. Il téléphona à Bunny de la rue, lui confia que, d'après les flics, le tireur avait quelque chose à voir avec le club. Peut-être un membre du personnel. Une plainte qui avait mal tourné. Ses mains étaient liées ; il ne pouvait même pas les questionner.

« Tu peux demander aux zips ? Ils connaissent les filles. »

Il remit le divorce sur le tapis avec Penny. Mauvaise idée.

« Qu'est-ce que tu crois, Martin, qu'il faut nettoyer tes écuries pour pouvoir accueillir tous les bons trucs qui se préparent ? »

Elle le connaissait si bien. Elle ajouta :

« Dis-lui toi-même. Un aveu dans les grandes largeurs. »

Il protesta que ce n'était pas ce qu'il avait voulu dire.

« J'aimerais juste avoir une idée de ce qui va se passer après. La prochaine étape. Si on devient riches, on n'aura pas la patience d'attendre. Il va falloir que tu lui parles. »

Elle s'habillait, au pied du lit. Enfilait ses chaussures. Sur le départ, presque. Cela faisait un bout de temps qu'ils avaient résolu de ne plus se voir. Jusqu'à l'arrivée de la cargaison et, à ce moment-là, il faudrait passer à l'action.

« Pourquoi tu réagis comme ça, Penny ? On va plus se voir pendant un moment. Tu ne facilites pas les choses. »

À quoi elle répliqua :

« Tu crois que tu me facilites les choses, à moi, avec cette pression pour que je demande le divorce ? »

Et voilà pour la tentative de Martin de redresser son existence avant le jour J.

Côté pratique, restait encore à mettre le fric en sûreté. Ils avaient décidé de régler cet ultime détail à la dernière minute. Mais son idée de départ semblait toujours la meilleure. Compte tenu que, d'une part, il n'était pas question de le déposer à la banque et que, d'autre part, des consignes fleurissaient un peu partout. Et si la cargaison débarquait au milieu de la nuit ? Les consignes présentaient l'avantage de rester ouvertes vingt-quatre heures sur vingt-quatre. Il y en avait une à quelques rues de son immeuble. Lorsqu'il rentrait en voiture du club, avant l'aube, seule la luminosité du Plexi de la guérite du gardien et les réverbères lointains du quai éclairaient ce bout de rue.

Ils louèrent celle dont la taille était la plus modeste. Achetèrent un cadenas, prirent une clé chacun. Chacun bourrant un sac en toile de billets. Une fois la porte verrouillée, Bunny se planta devant le casier et le bénit d'un signe de croix. Ils se dirigèrent ensemble vers les ascenseurs.

30

Il ne parvenait pas à dormir. Il sortait marcher. Passait devant la consigne. Revenait sur ses pas. Il y avait quelque chose qui lui plaisait dans ce voisinage. Les quais jetaient des lueurs laiteuses sur le Plexi de la guérite au pied de l'immeuble noyé de ténèbres. Plongé avec ses habitants dans un sommeil paisible, sous bonne garde. Comme à l'époque où les Italiens faisaient le guet sur Thompson Street toutes les nuits pendant qu'il rêvait dans son lit.

Il remonta la rampe. Traversa le quai jusqu'à la guérite. Sourit au jeune gardien à l'intérieur.

Le gamin posa son livre. Repoussa une mèche de cheveux.

« J'ai besoin de voir une pièce d'identité si vous n'avez pas votre carte, dit-il en appuyant sur une touche d'ordinateur.

– Je me demandais seulement... Ça me plaît bien, votre façon de fonctionner. Mes associés et moi, nous louons déjà un casier, mais j'en aurais voulu un pour moi tout seul. Est-ce que ça prête à confusion, est-ce que quelqu'un pourrait se tromper ?

– Ouvrir le vôtre ? Aucun risque. Un casier, c'est confidentiel.

– J'ai encore rien à y mettre. Mais je m'informe. C'est très tranquille par ici.

– Je sais, répliqua le gamin. C'est bien d'avoir un endroit où ranger ses affaires en sécurité. Quand vous aurez quelque chose à y mettre. »

Martin hocha la tête.

« En effet. »

Le gamin hocha à son tour la tête. Lentement et fermement. 5 heures du matin, et tout semblait normal. Comme si le soleil n'allait jamais se lever, les quais ne jamais grouiller d'activité. Comme si le monde allait cesser de tourner.

« C'est bien ce que je me disais. C'est pourquoi je vous ai posé la question.

– Oui, c'est super d'avoir le sien. »

Ils continuèrent un moment à hocher la tête.

« Vous savez quoi ? dit Martin en palpant ses biffetons. Vous m'avez convaincu... Vous auriez quelque chose de pas trop loin de celui qu'on a loué avec mes associés ?

– Je vais voir... » Le gamin contempla son écran. Appuya sur une autre touche. Attendit. « C'est quoi votre numéro actuel ? »

Les mains en suspens au-dessus du clavier. Un peu comme Frito avant d'attaquer un morceau au piano.

31

L'hôtesse du brunch se maria. Aucune des filles de nuit n'acceptait son créneau horaire. Il engagea Masha Kofman. Une fille agressive, ravissante. Une petite arriviste, s'il y réfléchissait à deux fois. Elle lui mit le grappin dessus dans la semaine. Mais il s'était laissé faire. Elle l'avait peut-être séduit dès son premier entretien.

C'était pas une affaire au lit.

Après ça, leurs relations restèrent strictement professionnelles.

32

« T'es dingue ou quoi ? » s'exclama-t-elle en essayant de croiser son regard, comme si Felix allait arrêter de faire sa valise si seulement il se tournait vers elle et voulait bien la regarder.

Mais Felix continuait à arpenter la chambre.

« On revient dans deux jours. Peut-être demain. On a encore une semaine, dit-il en choisissant un pull dans le placard.

– Sept jours, dit-elle, peut-être moins.

– C'est à deux heures d'ici. T'as qu'à nous téléphoner.

– Martin, dis-lui. Ne partez pas. Pas tous les deux, au moins.

– On ne sera qu'à deux heures d'ici, Penny.

– Alors vous êtes complices ?

– Complices de quoi ? fit Martin. C'est seulement à deux heures de route.

– On y va. On revient. Quinn ouvre le casier. Et voilà, on est pleins aux as », énonça Felix d'une voix neutre, comme si cette perspective ne lui faisait pas plaisir.

Felix qui ne s'était pas fendu d'un sourire de toute la journée.

Une poignée de caleçons. Des chaussettes. Hop, dans le sac.

Felix l'avait bipé, l'avait appelé à la rescousse alors que Martin se promenait dehors, incapable de dormir. Il avait tout de suite su que c'était du sérieux.

« Fais pas ça, supplia Penny.

– Penny, répliqua Felix. Je deviens fou. Je dois aller m'aérer un peu, respirer l'air de la forêt. Voir si j'arrive à sentir l'odeur de l'herbe avec mon nouveau nez. Je deviens barjot. Je ne dors plus.

Je suis obsédé par ce qui va se passer après le deal. Quinn et moi, on va devoir s'éloigner l'un de l'autre. Et bien d'autres choses encore. J'ai les nerfs à vif. Tout le temps. Je dors plus…

– Et moi ?

– Va voir ta mère. De toute façon, tu y passes ta vie. Ou alors, va…

– Va voir ta mère ! T'as un de ces culots.

– La mienne est malade de maladie, la tienne de solitude. C'est pas la même chose. Bref, va la voir. Ou regarde la télé, mange tout ce qu'il y a dans le frigo comme t'en as pris la bonne habitude. J'ai toujours rêvé d'avoir une grosse Sicilienne comme épouse.

– Je pars, déclara Martin en battant en retraite dans le couloir.

– Je viens avec toi. Penny, regarde, je suis prêt… » Il remonta la fermeture Éclair de son sac. « Je pars. »

Elle ne dit rien.

Martin ouvrit la porte, la tint pour Felix. Ils se dirigèrent vers les ascenseurs.

Felix le déposa chez lui pour qu'il prenne ses affaires. Il devait d'abord passer au club ramasser la caisse de la veille pour aller la déposer avant de partir. Ensuite il repasserait le prendre après avoir acheté des beignets en chemin. Le téléphone sonnait quand Martin rentra chez lui.

« C'est à cause de cette poufiasse de Masha ?

– Quoi ?

– Felix m'a dit que tu l'avais baisée. Je crois qu'il est jaloux, tu te rends compte ?

– Reprends-toi, Penny. Réfléchis un peu. J'y vais seulement pour tenir ton mari à l'œil. »

Ton mari que tu peux baiser quand tu veux.

« C'est faux. Je sais que c'est faux.

– Il est en train de tout foutre en l'air. Je ne peux pas le laisser partir tout seul.

– Mais si, Martin, tu peux, je t'en prie, n'y va pas.

– Je suis obligé.

– J'ai la trouille.

– Penny, le seul que je devrais surveiller vraiment, c'est Bunny. Je devrais garer ma voiture en face de son resto et le filer partout où il va... jusqu'à l'arrivée du paquet-cadeau. Merde... » Il s'assit au bord de son lit. « C'est à ça que j'emploierais mon temps si Felix n'était pas venu tout foutre en l'air. Ça me plaît pas du tout. Je n'arrive plus à penser.

– J'ai la trouille.

– Arrête tes conneries.

– Laisse-moi ta clé. T'as qu'à raconter à Felix que t'as oublié ton portefeuille ici. Et reviens me la déposer.

– C'est de la folie. Si l'appel arrive quand on est dans le nord de l'État ? Qu'est-ce qu'on fout, il faut repasser par chez vous ? D'abord j'oublie mon portefeuille, ensuite mes clés ?

– Prends celle de Felix.

– Alors c'est seulement moi qui accuse réception. Moi, qui ai mis le moins et qui récolte le plus gros risque. »

Et le plus gros magot, se disait-il ces temps derniers. Il n'avait jamais vu autant de fric de sa vie.

Ils lui en avaient laissé la responsabilité avec une attitude du style : Pauvre garçon, de toute façon il ne saurait pas quoi en faire. Et, d'une certaine manière, il n'était pas loin de partager cet avis. Mais s'il se sentait responsable de sa bonne garde et de son transport, c'était aussi à lui de décider comment s'y prendre.

Bon Dieu, comme il détestait travailler pour des gens ! Il avait déjà largement donné, mais s'il se faisait prendre et s'il prétendait opérer en solo, il tirerait cent ans.

Il se prit le front, se taisant, n'ayant rien à ajouter. Il était juste préoccupé par le fric.

« Rien ne s'est passé avec Masha, Penny. »

Pourquoi avait-il menti ? C'est trop bête. Alors qu'il y avait tant d'autres choses en jeu.

Silence à l'autre bout du fil.

« Il faut que je l'accompagne, Penny. Il me met peut-être à l'épreuve. Si je le laisse partir seul, j'ai perdu. On ne peut jamais savoir chez lui s'il est candide ou calculateur. Je dois être prêt pour les deux. »

Ils raccrochèrent.

Il prépara un sac, vérifia le Glock, pissa. Le téléphone sonna de nouveau. La voix de Bunny :

« Bonjour. C'est ton jour de chance.

– Où es-tu ? questionna Martin, alerté par l'absence de bruit de rue.

– C'est pas ce que t'imagines.

– Quoi, alors ?

– Va te faire foutre. Si tu prends ce ton-là, je te dirai rien.

– En réalité, Pasqualito, c'est pas mon jour. Et pourtant il est même pas encore 10 heures du matin. Alors pousse pas. Qu'est-ce qu'il y a ?

– J'accepte tes excuses. Un des premiers gars que j'ai envoyés m'a rapporté un truc. Paraît qu'un certain Vlady s'est vanté auprès d'une danseuse d'avoir exécuté un contrat pour quelqu'un. C'est pourquoi il a disparu depuis un bon moment. Ça te semble logique ? Avec une carabine. Comme Oswald, qu'il lui a précisé, ce connard. C'est ce qu'il y a de plus dur. La danseuse a tout raconté à mon gars. T'es toujours là ? »

Martin avait le souffle coupé. Il rouvrit les yeux – il ne s'était pas aperçu qu'il les avait fermés.

« Oui.

– Mon gars sait pas où il est. Tu m'entends, oui ou merde ?

– Ça va. Ça fait rien. Tout va bien.

– Pourquoi ? Pourquoi ça fait rien ?

– Ça fait rien, un point c'est tout. »

Sa voix résonnant comme celle d'un étranger dans la chambre.

« Tu sais pour qui il bosse ? T'as eu des ennuis avec eux ?

– Je connais quelques-uns des types pour qui il travaille.

– Un mobile ? »

Baiser sa femme.

« Vaut mieux que tu saches pas.

– Attends, l'Irlandais. Fais pas le con. C'était parole de pute. Sans compter que pour l'instant tu n'y peux rien. Jusqu'à... Noël. Quand on se sera tous distribué nos cadeaux...

– Je sais.

– Rappelle-moi. Je sors manger des spaghettis aux boulettes.

– Je t'appellerai pas.

– Ça se fait pas. Ce à quoi tu penses. Tu comprends ce que je suis en train de te dire ?

– N'appuie jamais toi-même sur la détente.

– Bien. Bon, je raccroche. Attends donc après Noël. »

Ils raccrochèrent. Martin resta immobile et figé sur son canapé neuf. Le trou au-dessus de sa tête avait été rafistolé et repeint plusieurs mois auparavant. Il se leva pour regarder par la fenêtre.

Felix avait viré Vlady quelques mois avant l'attentat. Il avait dû aller le repêcher. Le seul tueur qui n'avait plus rien à voir avec son paternel. Felix lui avait peut-être fait miroiter quelque chose. Comme la possibilité de s'établir quelque part. Au Canada, par exemple.

Quoi qu'il en soit.

Peu importait.

Il contempla la nouvelle fenêtre. Son reflet. Écœurant. Felix se servant d'un garde du corps contre un autre garde du corps. Un valet contre un autre valet.

Il sortit, se rendit au pas de course à la consigne. Il devait assurer ses arrières. Enterrer le trésor. Éliminer ses ennemis. Puis recommencer à zéro. Une fois de plus. Tu veux faire poiler Dieu ? pensa-t-il. Alors parle-lui de tes projets.

Il ouvrit la fermeture Éclair du sac, tentant de calculer sa part. À peu près un cinquième de ce qui restait. Ce qui se montait à quoi ? Combien restait-il au juste ? Il referma le sac, transporta le tout dans son propre casier. Il n'en avait pas pour longtemps.

Que Bunny aille se faire foutre s'il ne pigeait pas. Il n'avait qu'à pas venir fourrer son nez partout.

Et, merde, tant pis si Bunny n'était pas content en apprenant qu'il n'avait plus qu'un associé avec qui se partager le magot !

Il remit le cap sur son appartement. À moitié courant, à moitié marchant. Une fois chez lui, il attendit. Au bourdonnement de l'Interphone, il sortit. Ouvrit la portière du Nissan Pathfinder et le dévisagea.

« Jette tes affaires derrière, lui dit Felix, je t'ai pris un fromage-échalotes. Ça te va ? »

Il souriait. Son premier sourire de la journée.

Quatorze ans.

« C'est parfait. »

Martin jeta son sac à l'arrière. Ajusta sa veste avec soin autour de lui et grimpa dans le véhicule.

33

Ils déposèrent leurs sacs dans la maison. Felix de nouveau en appétit. Ils retournèrent au Nissan Pathfinder. Roulèrent jusqu'en bas de la côte pour une halte à l'auberge. Crêpes et saucisses, le menu de Felix. Œufs, tomates, toasts. Café. Jus de fruits. Felix demanda à la serveuse si elle pouvait leur apporter la carte des desserts. Il avait l'air en vacances. Martin prit un café et un sandwich. Lorsqu'elle vint débarrasser, Felix jeta sa serviette sur la table. Étendit ses jambes dans la travée. Don Yuppie, se dit Martin. Ou une étoile montante au bord de la chute.

« Quelque chose te tracasse, Felix ? »

Il leva des yeux étonnés :

« Rien. J'ai l'estomac plein, enfin.

– Pourquoi t'as voulu venir ici ?

– Pour m'échapper. Nulle autre raison. Pourquoi ?

– C'était pas le moment.

– C'est à deux heures de route. Tu l'as dit toi-même.

– C'était quand même pas le moment.

– Et alors ? Tu te rappelles Porto Rico ? C'était parfait.

– J'ai perdu deux mille dollars.

– J'ai été moi aussi pas mal rétamé, mais tu t'es bien marré. Il faut bien qu'on rigole un peu. Notre vie va être chamboulée après ça… »

À ces mots, son regard se voila.

Felix s'inquiétait à nouveau à la pensée qu'ils ne seraient peut-être pas meilleurs amis toute la vie ?

Ou peut-être était-il seulement effrayé à l'idée de damer le pion à son paternel.

Confie-moi ce qui te tracasse comme ça, Felix. Je vais devoir te tuer bientôt. Pourquoi se taire ?

« Il s'en foutra pour ça, lui assura Felix. C'est la famille. Tout est pardonné, tu le sais ?

– Je sais.

– Ce qui le dérangera le plus, je crois, c'est que ça vole si bas. Tu vas me répondre que lui aussi y est jusqu'au cou mais, lui, c'est pour la bonne cause. Il est sur le point de blanchir ses affaires de carburant. Le reste de sa fortune est investi dans des hôtels au Canada. Il achète des tankers. Des puits de pétrole, des raffineries. Il vend ses parts de banques russes et d'usines de cigarettes. Il a l'intention de disparaître dans les hautes sphères. Il laisse la rue aux parrains rouges. À tous ces *mafiyatchiks* qui se déversent tous les jours dans Brooklyn. Ils n'auront plus rien à lui verser. Il compte changer encore une fois notre nom, disparaître dans l'anonymat. Tu sais ce qu'il dit ? Y en a en ce moment qui veulent devenir célèbres, qu'on écrive des bouquins sur eux… Eh bien, ils pourront les lire en taule. »

Martin hocha la tête.

Pendant les neuf mois qu'il avait passés à suer dans ces puits de pétrole, curieusement, il ne lui avait jamais traversé l'esprit que quelqu'un puisse en être le propriétaire. Il avait seulement été reconnaissant à celui qui les dirigeait de lui avoir donné un emploi que la plupart des hommes n'arrivaient pas à tenir plus d'une semaine. Lui l'avait supporté neuf mois ! Mais qu'une personne puisse posséder un puits de pétrole ! Comment coller un visage à une telle créature ?

« Il va s'appeler comment ?

– Pashley.

– Parce que tu trouves que ça ressemble à un nom ?

– Il l'a trouvé dans le bottin à Londres.

– Et toi, tu vas changer le tien ?

– Tout dépend de comment les choses tournent.

– S'il te pardonne pour avoir fait fortune, tu veux dire.

– Mmm.

– Enfin, ça reste en famille, n'est-ce pas... On passe l'éponge.

– Mmm. »

Il n'avait pas l'air convaincu. Ce qui allait très bien à Martin. Autant qu'il ne soit pas sur ses gardes.

« Comment va ta mère ? Ils vont divorcer ?

– Non. Il l'aime. Cette pute, c'est... autre chose. Il avait vingt ans quand ils se sont connus. C'est tout. Ça passera.

– Comment elle va ? Ta mère ?

– Pareil. Mieux. On attend, y a plus que ça à faire. Elle peut très bien s'en tirer, d'après eux. C'est ce qu'ils ont dit l'autre jour.

– Bien.

– Ouais.

– Il reviendra, lui assura Martin. Tu verras. Bon... »

Haussement d'épaules.

« Si elle veut bien, c'est ça ? » répondit Felix.

Martin sourit.

Le tuer devant la maison et l'enterrer, c'était ce qu'il avait envisagé pendant le trajet en voiture. Jeter le Nissan Pathfinder dans un fossé et prendre le car pour rentrer. En prétendant qu'il avait disparu. « Il m'a planté là. T'as vérifié le fric ? T'as été au casier ? » Un plan excellent. L'enterrer et redescendre chercher le pognon à New York. Il ne pouvait pas se contenter de le buter et de rentrer chez lui. Fallait qu'il joue le grand jeu. Passer prendre Penny. Meurtre, vol et délit de fuite. Et par la suite, s'il le fallait, il supprimerait les témoins encombrants.

Non, pas par la suite, tout de suite. Bunny. Monya. Tout le monde s'en foutrait pour Monya. Et la mort de Bunny resterait à jamais un mystère. Aucun flic n'a jamais trouvé le meurtrier d'un gangster dont personne n'a jamais entendu parler.

Il y avait eu un film sur ce sujet. Ce type déclarant que pour chaque personne que vous butez, il faut en tuer deux autres pour pas se faire gagner de vitesse...

« ... la tabatière ? disait Felix.

– Quoi ?

– La tabatière Fabergé. Tu connais l'histoire ?

– Sunnyside ? La nuit où on est allés là-bas ? »

Le capiton au-dessus du siège du passager prenant feu. En flammes. Les petites langues de feu.

« Non. Ça, je t'en ai parlé. Mais la tabatière elle-même. Où mon père l'a eue.

– Non.

– C'était à ma mère. Un cadeau de mariage d'un vieil ami de son père, en Russie... Un an après leur mariage, mon père était à court de cash. Il avait trop investi dans trop de choses différentes à la fois. Comme aujourd'hui, avec les tankers. Mais il y a trente ans, il était coincé. Il avait pas assez pour tenir sa part d'un deal qui devait rapporter gros sans risque. Alors il s'est dit : J'ai besoin d'un truc comme garantie provisoire. Et il a pris la tabatière. Il l'a donnée au type. Comme garantie. Sans rien dire à ma mère. Il m'a avoué que ces trois jours ont été les plus longs de sa vie. Il faisait tout son possible pour l'empêcher d'entrer dans le salon, pour la bonne raison que tout ce qu'il voyait, alors qu'ils croulaient sous les bibelots, c'était le trou sur la cheminée, là où la tabatière manquait. Mais au bout du compte, il a fini par obtenir son cash. Il a repris la tabatière et l'a remise sur la cheminée. Ce deal lui avait rapporté gros, je sais pas ce que c'était. Mais, vingt ans après... Voilà... Une nouvelle vie, un nouveau continent... Ma mère prend la tabatière sur le piano et déclare : "Tu sais, Alexi, j'ai toujours détesté cette tabatière. Pourquoi tu la vends pas ?" Et c'est ce qu'il a fait. Il me l'a dit. Parfois tu prends une décision parce que ton instinct te souffle que tout le monde en bénéficiera. Depuis, il n'a jamais plus remis en question la sagesse de son instinct. »

Martin haussa un sourcil.

« Tu crois qu'elle était au courant ?

– Il est habile. J'en sais rien.

– Alors, tu penses que le fait d'agir dans son dos, ça va passer ?

– Tu te rappelles que tu as dit toi-même qu'il sera fier ?

– Oui.

– Eh bien, sinon, je lui jette cette histoire à la figure et je prends mes jambes à mon cou.

– Achète-toi de bonnes baskets. »

Felix sourit en secouant la tête, comme si tout ça était idiot.

Martin songea : T'as raison, mon vieux.

Mais faut quand même que je te tue.

Ils n'échangèrent pas une parole dans la voiture. Felix bâillait. Un soleil oblique frappait le pare-brise. Sur la pelouse, les longues herbes folles fouettèrent leurs chaussures. Il se dit : Éloigne-toi de la maison. Le regarda en ajoutant en son for intérieur : Pourquoi t'as engagé Vlady qu'une seule fois ? Felix déclara :

« J'ai besoin d'une petite sieste. Trop bouffé. »

Martin hocha machinalement la tête. Il ne s'était pas attendu à ce qu'il parle du tout. Un peu comme s'il avait oublié le son de sa voix.

« Ça te dérange pas ? continua Felix. Après, on fera quelque chose de campagnard. Une promenade ou une petite partie de chasse.

– De chasse ?

– Ouais, dans les bois, histoire de se dérouiller les jambes. Et si on voit du gibier, eh bien, tant mieux. »

Il s'enferma dans la chambre au bout du couloir, Felix. Martin marcha de long en large dans le salon, puis s'assit sur le canapé. Enleva sa veste, l'allongea à côté de lui. Renversa la tête en arrière, contempla le plafond. Du temps passa. Les souvenirs se déroulèrent en volutes successives. Il ferma les yeux. Ils déferlaient en lui comme des vagues.

Felix le réveilla. Il préparait déjà du café.

Martin s'aperçut qu'une couverture était posée sur lui.

Il balaya la pièce du regard, vite. Et puis chercha des yeux sa veste. Accrochée au dossier du fauteuil.

« T'as dû t'endormir avant moi, cria Felix de la cuisine. Ça fait des heures que tu pionces. »

Martin se redressa sur son séant et repoussa la couverture. Demanda à Felix s'ils avaient reçu l'appel. Non. La question lui avait brûlé les lèvres.

« Juste Penny, répliqua Felix. Je dormais à moitié. Je crois qu'elle m'a raccroché au nez. Dieu sait ce que j'ai pu lui dire. J'ai téléphoné à Bunny avant de m'écrouler pour l'informer qu'on n'était qu'à deux heures de route. Je lui ai raconté que j'étais obligé, pour mes parents, de vérifier si la baraque était pas squattée par des gens du coin.

– Le café est prêt ?

– Ouais. Si le téléphone sonne, réponds pas. C'est sûrement elle.

– Et si c'était Bunny ?

– Je lui ai donné mon numéro de portable. Je l'ai coupé. Il laissera un message. Viens, bois ton café. La journée sera bientôt finie et on n'aura rien fait. »

Martin cueillit sa veste sur le fauteuil et se dirigea vers la cuisine. Felix tenait son flingue sur ses genoux, la carabine qu'il avait sortie de la remise.

« Tu veux le flingue, Quinn ? dit-il en couchant l'arme sur la table.

– Non. »

Même pas en rêve !

Martin se versa du café. But une gorgée. Se demanda s'il lui faudrait essuyer le sang sur les arbres.

Comment on s'y prend pour faire ça, putain ?

« T'es prêt ? fit Felix.

– Le temps de pisser.

– Tu pisseras dans les bois.

– Ça n'attend pas. »

Malgré une réelle envie, pas une goutte ne sortit. Il tira la chasse puis sortit son Glock, qu'il arma. Il sentit le tressaillement de la balle sautant dans le canon. Enleva le cran de sécurité. Remit le pistolet dans sa poche.

Felix déverrouilla la remise en lui proposant une fois de plus la carabine avant qu'il ne la range. Savait-il que Penny savait s'en servir ? Martin fit non de la tête, la bouche trop sèche pour articuler.

« On était montés pour le week-end. À l'époque où on était encore à la fac. Elle rencontrait mes parents pour la première fois. Et mon père, séducteur comme pas deux, lui demande si elle veut tirer à la carabine. Bien sûr, qu'elle répond. Alors on va derrière la maison, on aligne quelques cannettes et il lui explique comment ça marche. Bien, dans tous les détails. Il lui recommande de porter un casque pour se protéger les oreilles. Elle prend le flingue. Nous reculons. Elle le soupèse, l'épaule. Vise. Soupire. Et *bang*, la cannette se volatilise. Et tu sais ce qu'elle fait ? »

Martin montre que non.

« Elle s'exclame : "Whou ! En plein dans le mille. T'as vu ça ?" Et elle pivote sur elle-même pour nous regarder. Avec la carabine encore braquée… sur nous. On s'est jetés à terre. Mon père à plat ventre. Il a mis dix minutes à retrouver son souffle. Et elle qui dit : "Qu'est-ce qu'il y a ? Mais qu'est-ce qui vous prend ?" »

Martin se contenta d'acquiescer.

« Tu trouves pas ça marrant ?

– Plutôt, oui.

– Mais tu ris pas.

– C'est marrant.

– Je trouve aussi, prononça Felix en le dévisageant. Allez, viens, on va voir si on trouve du gibier. »

Au bout de quelques mètres, Felix se figea et déclara, les yeux par terre, comme s'il n'osait pas le regarder en face :

« J'ai une question à te poser. Pas que j'en aie quoi que ce soit à foutre. »

Martin l'observa. Ôta ses mains de ses poches. Felix tenait son fusil – le fusil de chasse sorti de la remise – par la crosse. Ce n'était pas le moment.

« Je suis désolé, mais...

– Quoi ?

– T'as couché avec elle ? quand vous êtes sortis ensemble ? Je suppose que oui, non ? »

La seule chose qu'il n'ait pas réussi à lui soutirer, songea Martin.

Cette fois Felix le regardait, attendait. Il s'excusa de nouveau.

Vas-y, mens, se dit Martin.

« Trop catholique. La réponse est non. Et c'est pas faute d'avoir essayé. »

Felix contempla de nouveau le sol.

« Il y a un mois environ, non, deux, elle m'a fait un aveu. Tu te rappelles ce mec, Marco Duomo ? Le mec du bal, et de ce qui est arrivé à son père ? Elle avait couché avec lui. C'est lui qui l'a déflorée. Je peux pas m'empêcher d'y penser. Je peux plus la toucher. J'ai pas pu faire l'amour avec elle depuis qu'elle m'a dit.

– ... Normal, articula péniblement Martin, la gorge sèche.

– Sans doute.

– Ça passera.

– Sans doute. »

Felix n'avait pas mentionné le fait qu'elle l'avait prié de buter le mec. Ça, c'était privé. Banal, au fond, ordinaire, quotidien. Felix devenait un mafioso ordinaire, oui.

Pourquoi t'as pas fait une nouvelle tentative ? songea Martin. Pourquoi ne pas avoir de nouveau envoyé Vlady me liquider ?

Felix sourit. Une idée soudaine.

« Comment va Masha ?

– L'hôtesse ? Ça va.

– Ouais ?

– Oui.

– Tu l'aimes encore ?

– Masha ?

– Non, pas Masha.

– Qu'est-ce que tu as, enfin, Felix ? »

Presque en riant, Felix répliqua :

« Ça va, Quinn. Je sais ce qu'il en est.

– Tu sais rien. T'es con, c'est tout.

– Non, je suis lucide. J'ai bien dormi.

– Tu sais plus où t'en es. Avec cette histoire de Marco.

– Puisque je te dis que tout va bien. Je comprends. Tu l'aimes telle qu'elle était il y a douze ans.

– Tu...

– Écoute. Je l'ai épousée. Toi, t'as juste un sentiment pour elle. Basé sur un truc qui n'existe pas. Un truc qui pourra jamais se produire. Je l'aime, mais surtout je suis marié avec elle. Le mariage ça change pas mal la donne.

– Tu vas te planter avec elle, Felix. Tu vas la perdre. Et elle, c'est quelqu'un de... »

Martin n'arrivait pas à trouver le mot juste.

Bien. Sublime. Parfaite.

« Je sais, c'est la meilleure. Mais tu comprends pas. Je t'envie. Tes souvenirs resteront sans tache. Douloureux, mais sans tache.

– Felix, merde, puisque je viens de te dire...

– C'est toi qui m'écoutes. Il vaut mieux souffrir que ne rien avoir. Crois-moi. Je te souhaite que ça te fasse mal. J'ai beaucoup pensé aux autres ces derniers temps. Aux femmes. À toi... avec toutes ces gonzesses que tu te tapes au club. Une chaque soir. Tu t'en rends pas compte, mais ça t'entame. »

Martin savait que ses coucheries avaient gêné Felix. Sans doute d'ailleurs était-ce une des raisons qui l'avaient poussé à persévérer dans cette voie aussi longtemps.

« Et cette pute de Masha Kofman, ajouta Felix. Elle est canon.

– Une vraie peste.

– Moi, elle me botte.

– Alors, qu'est-ce qui t'empêche ?

– Tu viens de me dire de faire gaffe à mon mariage.

– Au point où j'en suis, je peux te dire n'importe quoi. »

Felix eut l'air embêté.

« Excuse-moi. »

Il fit sauter le fusil dans sa main. Prêt à sortir.

« T'as encore un conseil ? lança-t-il à Martin. Non ? Alors, allons-y. »

Martin lui emboîta le pas en songeant : Mais pourquoi, alors ? Pourquoi t'as fait ça ? Parce que tu l'as fait. Et maintenant je dois te tuer. Je vais te tuer. Un putain de gangster va te tuer.

Les brindilles craquaient sous leurs semelles.

Ils baissèrent la tête pour s'enfoncer dans les bois. La lumière de la clairière s'estompait peu à peu. Une pénombre verte les enveloppait, silencieuse. Martin ne quittait pas des yeux Felix. Sa tête. La souplesse de sa démarche. Ces cheveux épais qu'il aimait tant. S'interrogeant : Quoi, tu t'es senti mal après, Felix, parce que Vlady avait foiré ? Qu'il avait tiré sur le mauvais Quinn ? La fatalité a tranché la vie de ton frère, ensuite, presque, du mien, et ça suffisait comme ça ? T'as cessé de la provoquer.

Ou bien tu voulais tuer Frito ? Pour que j'aie autant besoin de toi que toi de moi. Les deux meilleurs amis aux frères morts ?

Et pourquoi avoir choisi Vlady ? Bon sang, quelle gifle ! Tu sais combien je hais cet enculé.

La tête de Felix montait et descendait entre les branches.

Martin sortit son pistolet et le tint dans son dos, le bras tendu. Glissa le doigt sur la détente. La tête de Felix montant et descendant. Il tirerait pendant la descente.

Réponds-moi. Je vais te mettre une balle dans le ventre pour que tu souffres, pour que tu me supplies de te sauver ou de t'achever. Alors peut-être tu me diras pourquoi. Il a fallu que je l'apprenne par ouï-dire d'une putain ?

« Tu m'entends ? » disait Felix.

Ainsi il était en train de lui parler.

« Quoi ?

– C'était pas les Italiens.

– Quoi ?

– Qui ont tiré sur Frito. »

Ils s'arrêtèrent. Il tenait son fusil d'une main lâche, Felix. Il se retourna. Vit le Glock.

« Tu vas tirer sur une cible mobile avec un pistolet, Annie Oakley ?

– Quoi ? »

Annie Oakley... La meilleure tireuse d'élite de tous les temps... La Buffalo Bill en jupon...

Felix baissa les yeux, de nouveau disposé à se confondre en excuses.

« C'était Vlady. »

Martin crut que son cœur allait exploser dans la poitrine.

« Je suis désolé, mon vieux, désolé », répéta Felix.

Tire, se dit Martin. Dans le ventre. Il parlera. Il suppliera que tu l'achèves.

« Il s'en est vanté auprès d'une des danseuses, continua Felix. Au pieu. C'est elle qui m'a raconté, il y a deux jours. D'après elle, il y avait des gens qui s'étaient mis à poser des questions, tout à coup. Elle avait la trouille. On ne l'avait jamais interrogée, à cause de toi. Tu avais dit d'attendre que les flics soient partis. Mais après, t'as jamais remis le sujet sur le tapis. Comme tu devais avoir une bonne raison, je me suis tu. C'est comme ça les frères entre eux, parfois, bizarres. Je me disais des fois que tu savais qui était le tireur. Après tout, ça me regardait pas. Mais quand on a commencé à faire pression sur elle, la fille est venue me trouver. Pour que je la protège. Vlady te détestait. Tu aurais dû lui rendre son pistolet. »

Martin contempla Felix.

Tu rigoles ou quoi ?

Felix sourit. Une esquisse de sourire.

« Sans doute son seul mobile. La haine. Et pour l'avoir traité d'enculé. »

Martin entrevit une possibilité. Vlady revenu se venger, style enfant du ruisseau, foirant et préférant aller voir ailleurs. Un nervi se plantant honteusement. Il en avait entendu des douzaines dans le quartier, des histoires de ce genre. Un fait divers banal.

« Mais, tu sais, reprit Felix. Je n'aurais jamais dû lui permettre de traîner autour de nous. Je... Ce que je cherche à te dire, c'est que je suis désolé et que tu ne dois plus te faire de souci. Il est mort... » Felix leva les yeux. « Je l'ai tué... » L'œil fixe, puis cillant. « J'ai trouvé son repaire et je suis allé le trouver. La danseuse m'avait confié qu'il avait été engagé sur un nouveau contrat, alors je suis allé lui poser tout de go la question. Sous le prétexte de savoir de quel flingue il s'était servi. Si c'était un des nôtres. J'ai fait semblant de me foutre royalement du reste. Qui ? Où ? Pourquoi ? Ça, je voulais pas savoir. C'était son affaire. Mais il a nié en bloc. En plus il avait la pétoche. C'est comme ça que j'ai su que c'était lui.

– Tu...

– Quoi ?

– T'aurais dû me mettre au courant. Me laisser agir.

– J'avais tellement honte...

– C'est moi qui aurais dû le faire », rétorqua Martin d'une voix soutenue par les seules forces qui lui restaient.

Mais il allait recouvrer le reste bientôt. Déjà l'air regonflait ses poumons. Son cœur battait fort, régulièrement.

« J'avais honte. C'était un de mes employés. Je me sentais responsable. »

Tu peux pas comprendre ça ? avait-il l'air de dire alors qu'une semaine plus tôt seulement, il se serait effondré en larmes.

Felix avait changé.

Il avait brisé ses entraves. Pris de la bouteille. S'était endurci.

À moins que ce ne soit du bluff.

Qu'est-ce que ça peut me faire ? Que t'importe, Martin Quinn ?

Que dalle.

S'il avait tenté de me tuer, je lui rendais la pareille. On était quittes. S'il peut laisser tomber ses plans, moi aussi.

Martin regarda le Glock, le pointa vers les bois, le tint immobile. Songeant un instant à le tourner vers Felix. Pourtant il fallait le reconnaître. Il n'y avait pas d'autre vérité. Il serait toujours un cœur loyal, Felix. Tu ne vas pas le tuer.

« Pourquoi t'as voulu venir ici ? lança Martin.

– Je flippais un max, mon vieux.

– T'aurais pas pu choisir un meilleur moment ? Tu sais combien de fric on a laissé à New York ?

– J'en ai beaucoup plus que ça. Toi, non. Mais je veillerai toujours à ce que tu ne manques de rien. Tu crois que Bunny faucherait notre butin ?

– Je crois pas. Avec ce qu'il a en tête, il a besoin de plusieurs millions. Il voudra plus jamais se contenter de quelques milliers. »

Il maintenait le pistolet braqué sur les bois. Pointé sur tout et sur rien. La vision brouillée. Les arbres plongeant dans l'obscurité

Felix attendit.

Martin mit le cran de sécurité d'un coup de pouce, puis abaissa l'arme.

TROISIÈME PARTIE

34

Ils posèrent toutes les questions possibles, Davis et lui, et obtinrent les réponses attendues. Relurent en vitesse les feuillets et demandèrent une minute pour se consulter. Davis ne lui apprit rien.

« Donnez-moi votre stylo, maître... » Martin tendit la main. « J'aurais préféré voir Ferguson lui-même.

– Il est procureur fédéral. Trop occupé, répliqua l'avocat.

– Ce type est un con. »

Davis sortit son stylo de la poche de sa veste. Martin commenta :

« Je suis vexé... »

Puis il retourna à la table du substitut du procureur.

« Ici ? fit-il.

– Là où il y a des X, indiqua le type. Sur chacun des six feuillets. »

Martin signa. Tourna la page, signa. Leva les yeux vers Corso et Dolan, et sourit.

« Alors, comme ça, j'en ai fini avec vous deux ? »

Tourna une autre page. Trouva le X. Signa.

« Bientôt.

– Quand ?

– Demain.

– Bien. Alors je déménage ?

– Oui.

– Bien. Envoyez une femme, cette fois.

– Une quoi ?

– Une femme. Une nana. Vous en connaissez ?

– Un agent ?

– Oui. Je parlerai plus facilement à une femme. Rien qu'à vous regarder, j'ai envie de la boucler. Une agente qui fume pas. J'en ai marre de trouver des mégots flottant dans les chiottes. »

Dolan se fendit d'un sourire. S'assit. S'alluma un clope. Souffla un nuage de fumée. Son sourire s'élargit. C'était la première fois que Martin le voyait content. Pour une fois qu'il ne regardait pas la télé.

Le substitut du procureur sortit.

Corso prit le téléphone.

« Voilà qui est fait », énonça Davis.

Martin lui trouvait une attitude un peu bizarre. Une lueur dans les yeux. On n'est pas vraiment des amis, songea-t-il. Davis ajouta à son adresse :

« On garde contact. S'ils me le permettent.

– Ouais, surveillez la presse », soupira Martin en se laissant choir sur le canapé.

Davis debout devant lui.

« Vous devriez compter sur...

– Votre mallette est posée à côté de votre bloc-notes, le coupa Martin.

– Pardon ?

– Ce bloc-notes jaune où il n'y a rien d'écrit dessus, il est à vous, non ? Alors prenez-le. »

Il fronça un peu les sourcils, Davis. D'accord.

« C'est cool, dit Martin. Je vous jure.

– Bien.

– Qu'alliez-vous ajouter ?

– Rien. Comptez une année à partir de maintenant. Mais je ne vous apprends rien.

– En effet, fit Martin en se levant et en lui tendant la main. Merci. Soyez sage, maître.

– Vous aussi, répliqua l'avocat. Vous rendez un sacré service. Grâce à vous, on va mieux respirer dans les rues.

– C'est vrai, ça. Bande de malfrats. »

Davis ouvrit sa mallette pour ranger son bloc-notes. Se dirigea vers la porte. Attendit que Dolan lui ouvre. Et disparut.

Corso raccrocha ; Martin lui lança de son canapé :

« L'affaire est close pour vous ?

– Pour le moment. Ça reprendra avec le début du procès.

– Ils vont vous décerner une médaille ? Vous augmenter ? Non, hein ?

– C'est mon boulot.

– Vous voulez mettre quelqu'un à l'ombre ?

– Qui ?

– Un gros. Un gorille. Un Russe. Quelqu'un dont Ferguson n'a rien à foutre.

– Un tueur ?

– Sans doute.

– Dont Ferguson ne voudrait pas ? Pourquoi pas ?

– Un règlement de comptes. Ça a ébranlé pas mal de riches habitants d'un quartier riche. Mais si vous le prenez en filature une semaine, vous finirez par le coincer, parce qu'il finira par faire un faux pas. Les flics n'ont pas l'ombre d'un indice. Ils croient le coupable porté disparu ou mort. En fait, il est sans doute au Canada. Ce qui rend l'affaire fédérale, non ?

– Peut-être.

– Mais en échange, j'ai un service à vous demander.

– Pas possible ?

– J'ai besoin de voir quelqu'un. En privé.

– Cette liste sur la table… Vous les connaissez vraiment tous ? interrogea Corso. Comme vous l'avez assuré à cet imbécile du bureau du procureur ?

– Certains mieux que d'autres.

– La personne que vous voulez voir figure-t-elle sur votre liste ?

– Elle ne devrait pas.

– C'est Penelope Pasko ?

– Exact.

– Bien. Eh bien… Peut-être.

– Vous pouvez organiser ça ?

– Quand ?

– Maintenant. Vous êtes dessaisis demain, non ?

– Qu'est-ce que t'en penses, Kevin ?

– Je serais enchanté de la rencontrer », ironisa Dolan.

Martin se leva aussi sec, cap sur le téléphone.

« Attendez, fit Corso. Et ce tueur ?

– D'abord, je veux savoir si je peux organiser une rencontre.

– Qu'elle vienne ici.

– Vous rêvez ! Elle vit dans l'appartement à côté de celui du père de Felix. Elle ne le fera jamais.

– Alors, quoi ? Vous voulez la retrouver dans un supermarché ? Les toilettes d'un cinéma ?

– Vous faites vraiment ce genre de choses, vous, les gars ?

– Où ça, alors ? insista Corso.

– Pas loin de chez sa mère. À Westchester. »

Il s'accorda une seconde de réflexion, Corso. Puis :

« Entendu. En fait, c'est sans doute idéal. »

Martin appela son portable. Quand elle comprit que c'était lui, elle se tut.

« Ici Martin Quinn. »

C'était trop. Mais nécessaire.

« Je suis en garde à vue. Sous protection fédérale. Ça va ? »

Silence.

« Je l'ai pas tué. »

Silence.

« Je suis désolé. »

Il n'arrivait pas à prononcer son nom.

Corso s'éloigna.

« Penelope, articula-t-il d'une voix monocorde.

– Qu'est-ce qui s'est passé ?

– Terry Hugues. Je t'en avais parlé, de quand j'étais môme. Il nous a suivis à la montagne. Il m'a tiré dessus. Ensuite je lui ai tiré dessus. Je sais pas encore pourquoi. Pourquoi il est venu. T'es là ? »

Silence.

« Allô ?

– Oui.

– Il faut que je te parle. Tu me diras ce qui s'est passé pendant notre absence. C'est tout. Si tu as remarqué quelque chose.

– Martin...

– Pas au téléphone. Ils vont nous laisser nous voir. Ils ont un cœur, ces agents du FBI, finalement. »

Silence.

« Quand ? fit-elle.

– Demain ? Tu vas voir ta mère ?

– Je suis chez elle.

– Encore mieux. Tu me retrouves dans le parc ? Le petit lac ? Le matin ? À 9 heures ?

– Bien.

– Tu fumes encore ? s'enquit-il avec un rire forcé.

– Quoi ?

– Bien. Prends tes cigarettes. On bavardera tranquillement. D'accord ? »

Qu'elle comprenne à demi-mot...

« D'accord.

– Comment vas-tu ? Tu tiens le coup ?

– Mmmm.

– Bien. Demain, 9 heures. »

Certains détenus, paraît-il, cachaient des lames de rasoir dans leurs joues, vingt-quatre heures sur vingt-quatre. Creusaient des pochettes dans le gras humide de leur chair. Entre sa joue et sa gencive, c'est tout ce qu'il put faire. En se regardant dans la glace, il prononça plusieurs phrases. Il fallait la remonter tous les dix mots environ. Heureusement que ce n'était qu'une toute petite clé de cadenas.

Il leur avait rendu son portefeuille et son trousseau de clés. Retourné ses poches. Enlevé ses chaussures. « On y va ? s'écria Corso derrière la porte. On va se taper tous les embouteillages. On se grouille ! » Il tira la chasse, fit couler l'eau au lavabo. Sortit. Une dernière fouille. Dolan palpa sa poitrine, ses aisselles. Explora du bout des doigts sa ceinture. Puis ses poches, toutes. Son entrejambe. Son trou du cul. Cuisses, mollets, chevilles. Et, encore une fois, les chaussettes.

Martin glissa ses pieds dans ses chaussures. Se pencha, les laça. Corso lui tendit le pull militaire et le blouson d'aviateur. Il les enfila, puis peigna ses cheveux avec ses doigts, au-dessus du pansement, soigneusement. Sous l'œil attentif de Corso qui lança :

« Vous couchez avec elle. J'en suis sûr maintenant.

– Menottes ? dit Martin.

– Devant.

– Béni soit votre cœur d'Italien », rétorqua Martin en tendant les mains.

Il demanda s'il pourrait les enlever quand il parlerait avec elle.

Corso fit non de la tête.

« Ça va la traumatiser, argua Martin.

– Quel dommage… » Sans lever les yeux. Fermant le bracelet gauche. « Elle n'aurait pas dû épouser un gangster.

– Il était étudiant en droit quand il lui a demandé sa main.

– Ah bon… » Ferma la droite. « C'est toujours non.

– Quand vous la verrez, vous me les ôterez. »

Il s'installa tout seul à l'arrière. Corso sortit la camionnette du hangar et Martin les aperçut, au loin. Nettes et propres, de métal froid, légèrement penchées dans les rayons du soleil.

« Ah, les voilà, fit Martin en se courbant entre les sièges pour mieux les voir à travers le pare-brise.

– Quoi ? fit Corso.

– Les tours jumelles. Pour moi, elles sont New York. J'étais tout gosse quand ils les ont construites. Mon vieux me hissait sur ses épaules et on allait se promener par là pour que je voie les fondations. Les trous. Ces deux gigantesques cavernes. Des gouffres sans fond. Vous vous rappelez, non ?

– Vaguement.

– Et vous, jeune homme ? Vous étiez encore en Oklahoma, sans doute. Étiez-vous né, d'ailleurs ? »

Corso sourit. Dolan s'abstint de répondre. Ne daigna pas corriger l'erreur grossière concernant son État d'origine.

« On est partis en France pour un an et, quand on est rentrés, il y avait ces énormes buildings. Ils étaient pas aux trois quarts terminés, mais grimpaient, grimpaient... Mes parents me demandaient : Tu te rappelles New York ? Mais moi, je me souvenais que des tours. Pour moi, c'étaient encore que des trous que je regardais du haut des épaules de mon père.

– Que faisiez-vous en France ?

– Mon père était musicien. John Quinn. Vous n'avez jamais entendu parler de lui, je parie. Il a enregistré un album qui a eu pas mal de succès là-bas. Alors, on est partis. Mon frère a été conçu à Paris. »

D'où son goût pour l'accent français. Juliet. Sans doute un goût acquis dans le ventre de sa mère.

« Celui qui s'est fait tirer dessus ?

– Oui.

– Vous avez d'autres frères et sœurs ? Non, hein ?

– Juste lui. Christopher.

– Et votre père ?

– Mort. Une maladie de cœur. Il était né avec.

– Génétique ?

– Non.

– Bien. On voudrait pas que vous nous claquiez entre les doigts.

– Comme votre tueur sicilien.

– Vous avez bonne mémoire.

– Non, je suis fort comme un cheval, déclara Martin en continuant de scruter le paysage. Qu'est-ce que c'est que cette réserve naturelle ? »

Des champs d'herbes folles. Des arbres. Mouillés. Comme lors de leur arrivée.

« Comment je saurais ?

– Je parie qu'il y a des douzaines de cadavres enterrés là-dedans. Vous devriez essayer d'y planter une pelle pendant que vous y êtes. »

Il songea à Vlady. Se demanda où pourrissait son corps. Quelque part dans le nord de l'État, sans doute. Felix était un malin. Quelques heures dans une journée ordinaire, quand on savait s'organiser.

Felix, lui aussi dans la terre quelque part maintenant. Comme Terry Hugues. Ils reposaient en paix. Des jeunes gens tranquilles.

« Voilà, comme promis, votre petite sortie, lui jeta Corso. Profitez de la vue.

– Vous avez découvert qui était Floyd Bennett ? interrogea Martin.

– Oui, puisque vous posez la question. C'est le saint patron des indics. Ironique, non ?

– Très drôle. »

Martin se cala dans son siège.

« Vous le prenez pas mal.

– Je sais encaisser.

– C'est sûr. »

Corso ne savait pas à quel point.

« Quel genre de gamin vous étiez, Corso ? lança-t-il.

– Moi ?

– Oui, vous.

– Un gamin correct.

– Vous vous faisiez malmener dans la cour de récré ?

– À la Holy Name School ? Bien sûr que non, c'est moi qui la tenais.

– Et vous, jeune homme ? Vous étiez bon à l'école ? Capitaine de l'équipe de foot ?

– LaCrosse, prononça Dolan.

– La quoi ? »

Pas de réponse.

« Ils vous permettaient de fumer entre les matchs ?

– Oui.

– Bravo. Eh bien, moi, j'étais un brave gosse. Ils vous destinaient à être curé, Corso ? Les bonnes sœurs et tout le toutim ?

– Bien sûr.

– Moi aussi. Et à la fac, j'ai envisagé de devenir avocat. Et puis, un jour, j'ai lu dans un article qu'on serait plus d'un million en l'an 2000.

– Alors vous vous êtes converti à la mafia ? Histoire tragique.

– J'ai dit ça ? Vous savez, vous croyez que vous savez tout, mais vous en savez très peu, en réalité. Toute ma vie, depuis mon retour de France, je l'ai passée au milieu de la mafia. Elle était sur le trottoir en bas de chez moi. Au lycée. J'ai rencontré Felix au lycée. Sur Park Avenue ! Je savais même pas que ça existait, la mafia russe. »

Il songea : Même Penny faisait partie de la pègre.

Ensuite ils s'étaient serré les coudes.

Le seul genre de gens avec qui les uns et les autres se sentaient à l'aise. En confiance.

« Je parie que vous avez l'impression de tomber tout le temps sur des flics ? continua Martin. Regardez autour de vous dans la foule, en faisant vos courses de Noël, et vous en repérez un dans la seconde. Déguisé en père, en mari. Mais vous, vous savez que c'en est un. Eh bien, c'est la même chose avec les mafiosi.

– Sauf que nous on repère les deux.

– Vous croyez que nous, non ? Je vous en prie. »

Il se mordit les lèvres. Avait-il commis une bourde ? Il n'était pas en position de jouer les impertinents.

« Alors, elles sont confortables, ces menottes ? interrogea Corso. Vous pouvez les repérer, elles ?

– Allez-vous jamais me dire pourquoi vous nous suiviez ?

– Et vous, pourquoi vous avez descendu deux personnes ?

– Vous le savez bien… » Martin se pencha de nouveau. Corso ne tourna pas la tête. « Ça me pose un problème, je vous l'avoue. Si vous me croyez capable de tuer de sang-froid, comment pouvez-vous être aussi calme devant moi… ?

– On en a déjà discuté.

– Et vous me parlez tous les jours comme si de rien n'était…

– C'est mon boulot, fiston. Combien de meurtriers vous avez fréquenté tous les jours ?

– Mais, alors, vous allez me laisser filer, ou presque. Je vous dis ça comme ça. Si je les avais tués, je devrais pas être libéré.

– On procède selon l'offre et la demande, déclara Corso.

– Qu'est-ce que ça signifie ?

– Tout a un prix. »

Martin se renfonça dans son siège. Observa le profil de Corso et se dit : Il y a une conscience dans cette tête de bois.

« Vous vous sentez dans votre tort, déclara Martin. Eh bien, vous méritez que je vous fasse un aveu : je suis innocent.

– Très drôle, commenta Corso comme à part lui. Je ne me sens pas dans mon tort, mais sous-informé.

– Quand vous aurez tous les détails, vous verrez, vous aurez des remords.

– Dites-moi. L'héroïne. Elle est toujours en route ?

– Quelle héroïne ?

– Oui ou non ? Quand allez-vous vous désolidariser ? »

Martin sourit.

« C'est fait. Le deal est annulé.

– Pas de colis en route ?

– Pas encore. Ça prend des mois. Vous savez bien.

– Il venait d'où ?

– Vous savez pas ? Merde alors. Posez la question à Ferguson dans un mois.

– Ça va, les menottes ? interrogea Corso en le regardant dans le rétroviseur.

– Donnant, donnant ? dit Martin.

– On verra d'après le genre de l'endroit quand on arrivera », répondit Corso en jetant un coup d'œil par-dessus son épaule, les mains sur le volant.

C'était du tout cuit. Corso verrait qu'il n'y avait aucun risque. Un petit lac, des arbres. Une seule route.

« Elle venait du Vietnam, précisa-t-il. Depuis combien de temps vous nous colliez au train ? Une semaine ? Un mois ? Pas depuis trop longtemps, hein ?

– Vous voulez savoir où vous avez merdé ?

– Il n'y a qu'un nom sur la liste du procureur qui colle pas. Un Portoricain, Crazyhorse. Il n'a jamais été à l'Anastasia's, il n'a pas de lien avec moi sinon très lointain. Je me trompe ? C'est un dealer de coke ? De crack, sans doute, entre autres saloperies. J'ai vu Terry lui casser les dents un jour. Ça vous va ? »

Dolan regarda Corso. Cela n'eut pas l'air de lui plaire. Dolan se tourna de nouveau vers la vitre.

« Ça m'a été refilé par un type des Finances, indiqua Corso. Une sombre affaire de fausse monnaie, mais comme il s'était rendu compte que le mec était vraiment pourri, il me l'a refilé.

– Ç'aurait été plus malin de tomber sur le poil de Terry Hugues, fit observer Martin.

– Il était le plus clean d'entre vous, d'après ce qu'on a pu constater pendant les quelques semaines où on vous a filés.

– C'était un criminel.

– Alors vous nous avez débarrassés d'un vilain. »

Martin se tut. Ça suffisait comme cela.

Il regarda par la fenêtre, brûlant de demander à Corso si lui avait déjà tué quelqu'un. S'il savait que ça puait après dans votre tête, une odeur que vous étiez seul à sentir. Et qui ne s'en irait plus jamais. Il en était de plus en plus persuadé.

Son reflet le contemplait dans la vitre. Il voyait Felix aussi. Le regard apeuré, le visage ruisselant de sang.

« Et cette putain d'empreinte est celle de Terry, je suppose, reprit-il. Celle sur mon Glock. Non ? C'est pourquoi vous l'avez gardée sous silence. Vos rats de labo la tiennent depuis une semaine. »

Le Sig de Terry présentait des empreintes partielles, avait-il appris par son avocat, Davis. Terry ne s'était pas attendu à ce qu'on inspecte d'aussi près son arme. Son plan avait été tellement parfait.

« Elle appartient sans doute à Hugues, énonça Corso. Sûr à quatre-vingt-cinq pour cent. Alors, comme ça, vous lui avez montré votre arme un jour. Et après ? Vous n'arriverez quand même pas à convaincre un jury, si on s'y oppose.

– C'est ce que vous dites », soupira Martin en fermant les yeux.

Il ne prendrait plus que deux ans ferme à présent, avait-il calculé. Ils n'avaient rien contre lui. Il ajouta :

« Mais vous me croyez toujours pas ? Que je l'ai pas tué ? »

Il rouvrit les yeux.

« J'attends de voir à quoi ressemble l'épouse. »

Ils traversèrent Houston Street. Martin scruta par la fenêtre. Thompson Street, Saint Anthony, Sullivan Street. Puis ils remontèrent Bedford jusqu'à Hudson. Il ne se donna pas la peine de regarder en arrière.

« Vous croyez que je peux récupérer quelques affaires chez moi avant qu'ils me déménagent ?

– Ça m'étonnerait. Si nous envoyons quelqu'un, il risquerait de se faire suivre.

– Dommage. »

Il avait posé la question histoire de dire quelque chose. Par pure curiosité. Tout allait comme il le voulait. Il passa sa langue sur le côté de la clé.

Davis avait glissé la lettre dans le bloc-notes. Il la transmettrait à la mère de Juliet aux Nations unies. Frito la recevrait d'ici une semaine. Il avait oublié de demander pardon à Juliet dans cette lettre. Un regret. Pour l'avoir obligée à interrompre ses études. Ça allait toujours être dur pour elle. Faut que j'achète une nouvelle voiture... Merde ! Ses pensées tournaient à cent à l'heure. Il avait le trac.

« Que va devenir ma voiture ? s'enquit-il.

– Elle va sans doute être vendue par adjudication. Qu'est-ce que c'est ? Je me rappelle plus. Je l'achèterai peut-être.

– Une Gran Fury.

– Une Plymouth ? C'est ce qu'on nous refilait autrefois au FBI. Je fais de mon mieux pour les rayer de ma mémoire.

– Elle est en bon état, pourtant. Moteur neuf, tout est neuf. J'allais refaire l'intérieur. Tout. Quand je pense qu'elle va être conduite par un ado de Long Island, ça me rend malade. Le moteur gonflé et tout. Sa première bagnole. "Merci, Papa." »

Il remonta la clé avec sa langue. Son « merci » avait été un peu zozotant.

Ils longèrent la rivière sur la Henry Hudson Parkway. Il regarda les bateaux.

« Je peux vous poser une question ? » reprit Corso.

Martin attendit la suite.

« Vous m'avez dit que vous étiez sortis chasser.

– Oui.

– On a retrouvé les empreintes de Pasko sur le fusil et la carabine de la remise. Il n'avait pas d'arme sur lui, mais ses empreintes sur les deux. Les vôtres, en revanche, ne se trouvaient que sur le Glock. »

Et les empreintes de Felix sur l'arrosoir rose bonbon ?

« J'aime pas la chasse.

– Mais vous allez nous expliquer ça : Pasko portait un col roulé en cachemire et des chaussures à quatre cents dollars. »

Martin sourit.

« Vous pouvez nous expliquer ?

– Non. »

Alors que si, bien sûr.

« Ouais, dans les bois, histoire de se promener un peu. Et si on voit du gibier, eh bien, tant mieux. » Sa voix. La voix de Felix.

Il était comme ça, Felix.

Martin contempla l'Hudson qui roulait des eaux grumeleuses. Profondes.

À la hauteur de la Cross County Parkway, le téléphone sonna. Dolan répondit. Au bout d'une minute, il laissa tomber :

« Dis-le à Paul. »

Puis passa le portable à Corso.

Pendant que ce dernier écoutait, Dolan alluma une cigarette, entrouvrit sa vitre.

« Merci, fit Corso en raccrochant. Tu peux rayer Rocco DiNabrega de la liste. Deux balles dans le buffet alors qu'il montait dans sa caisse. Le garage qui fait le coin de Grand et Sullivan. Zéro témoin. »

Martin prononça silencieusement un nom : Bunny.

Ç'avait donc été seulement une question de temps. Il jouait à présent ses coups d'affilée, pour se bâtir son empire. Qu'avait dit Terry, déjà ? « Personne ne peut rester aussi longtemps au pouvoir... »

Ils prirent la sortie de Bronxville Road. Martin leur indiqua la route. Se demanda si Bunny avait opéré seul en dépit de ses bonnes paroles au téléphone, comme quoi il ne fallait jamais commettre un meurtre de ses propres mains. Peu importait d'ailleurs. Une seule chose avait pu le pousser à ces extrémités, avait pu le pousser à bout : il n'avait pas trouvé le fric.

Il resta avec Corso dans la voiture. Dolan fouilla Penny, vérifia la Buick de sa mère. Elle se tenait à l'écart, ne regardait pas dans sa direction à lui, Martin. Elle portait la veste en cuir. Les manches roulées. Une écolière qui aurait mis le blazer de son père. Elle l'avait emportée un matin de pluie, en rentrant directement de chez lui chez sa mère. Il avait oublié.

Il l'observa. Depuis leur arrivée, elle n'avait pas jeté les yeux vers lui une seule fois. Elle restait là, debout, les mains croisées devant elle. Comme sa mère, sans doute.

Dolan revint. Corso sortit de la voiture pour échanger quelques mots avec elle. Elle l'écouta avec attention. Respectueusement. Elle hocha la tête. Oui, elle comprenait. Fixant Corso des yeux.

Vraiment attentive. La voiture sentait de plus en plus fort la fumée. Martin essaya de baisser sa vitre. Verrouillée. La sécurité enfant. Demanda à Dolan de l'ouvrir.

« Complètement, cette fois, c'est possible ? »

Dolan l'entrouvrit un peu plus.

Penny continuait à hocher la tête dehors.

C'était insupportable.

« Dolan, dit-il. Vous m'entendez ?

– Je suis là, répondit l'agent.

– Seamus et Seaneen sont deux célèbres truands. Ils s'évadent. Mais au bout d'un moment, alors qu'ils errent dans la campagne, ils ont faim. Ils se cachent donc dans des buissons. Arrive un fermier du nom de Paddy, avec son âne. Seaneen dit alors à Seamus : "Regarde-moi, je vais voler l'âne de ce cave. Suis-moi." Il se faufile jusqu'à la route et dénoue la corde autour du cou de l'âne que mène Paddy pour la glisser autour de son propre cou et marcher au même pas que la bête. Une fois Seamus loin avec l'âne, il s'arrête. Paddy se retourne et s'exclame : "Qui êtes-vous, par tous les saints ?" Et Seaneen répond : "Monsieur, je suis votre âne. Voyez-vous, autrefois, je buvais et rentrais tard à la maison. Une nuit, ma mère a essayé de me jeter dehors. Je l'ai bastonnée et elle a prié le Seigneur de me punir. Et voilà comment je me suis transformé en âne. Je suppose qu'elle a dû aujourd'hui de nouveau invoquer le Tout-Puissant pour qu'il me délivre de ce mal." À quoi Paddy rétorque : "Monsieur, à la grâce de Notre-Seigneur, pardonnez-moi tous les mauvais traitements que je vous ai infligés toutes ces années." Alors Seaneen lui serre la main et ils vont chacun leur chemin. Paddy rentre chez lui et raconte l'histoire à sa femme, qui s'effondre en larmes et sanglote : "Dieu va nous punir pour avoir traité un de nos semblables de façon aussi cruelle." Paddy et elle prient donc. Puis, au bout d'une journée ou deux, elle dit : "Tu sais, Paddy, je pense que le moment est venu de prendre un nouvel âne et de retourner travailler." Paddy se rend donc au marché et inspecte les animaux à vendre. Et tout d'un coup, ne voilà-t-il pas qu'il reconnaît son vieil âne. Il le regarde sous toutes les coutures. C'est lui, sans l'ombre d'un doute. Il se rapproche de son oreille et lui dit : "Ainsi, tu bois et tu bats de nouveau ta mère, hein ? Eh bien, si tu crois que je vais te racheter, tu te trompes." »

Dolan essaya de ne pas rire. Mais sa tête branla. Martin se renfonça dans la banquette. Satisfait. Puis se pencha de nouveau pour regarder Corso qui indiquait de la main le banc en bas de la pente tout en posant une question à Penny. Style : Ça ira là-bas ? Elle fit oui de la tête et descendit vers le banc. Corso revint vers la voiture. Ouvrit la portière pour laisser sortir Martin. Ce dernier resta debout devant Corso, de manière à être hors de vue de Penny si jamais elle se retournait.

« C'est une brave petite », déclara Martin.

Corso l'air méfiant. D'une gravité presque inquiétante.

« Écoutez-moi bien, dit-il. Ce que je fais là, c'est pour faire de vous un meilleur témoin. Mais, au moindre faux pas, je n'hésiterai pas à vous descendre. Quitte à devoir remplir ensuite une tonne de paperasse. Alors, vous êtes prévenu.

– Compris.

– Oui ? »

Martin leva à la hauteur de sa taille ses mains entravées.

Corso le dévisagea encore une fois puis sortit ses clés.

« Vous vous asseyez à un bout du banc. Elle à l'autre. Je tiens à ce que vous soyez assis. Je ne serai pas loin, près de cet arbre là… »

Martin regarda par-dessus son épaule.

« L'arbre à côté du banc ?

– Non, l'autre. À votre droite. »

À cinq mètres environ du banc.

« Vous ne l'avez pas menacée ? s'assura Martin. Vous ne lui avez fait peur d'aucune manière ?

– Non.

– Sinon, elle ne me dira rien.

– Vous me prenez pour un imbécile, répliqua Corso en agitant son trousseau. Ne gâchez pas tout, Quinn. Si tout roule comme prévu, vous vous retrouverez tous les deux un de ces quatre.

– Vous me croyez toujours pas.

– Encore moins maintenant que je l'ai vue. C'est le genre de fille pour qui on commettrait volontiers un meurtre ! »

Il rangea les menottes. S'écarta d'un pas en lançant :

« Allez-y ! »

Martin marcha, les yeux fixés sur le dos de Penny. Le bruit des pas de Corso froissant la terre derrière lui, à bonne distance. Penny se retourna, le regarda. Il s'assit. Dit : Salut.

« Salut. »

Ils se penchèrent l'un vers l'autre. Un bonjour poli.

« Ils ne savent rien », commença-t-il.

Elle fit un petit geste du menton, comme si elle répondait qu'elle allait bien, merci.

« C'est toi qui dois parler surtout, continua Martin. Raconte n'importe quoi si tu veux. Comme si j'étais en train de te poser des questions. T'as apporté tes cigarettes ? »

Elle répondit par l'affirmative. Mais ne fit pas mine de sortir son paquet. Elle attendait les instructions, la jouant à la cool. Pourtant elle avait peur, cela se voyait dans ses yeux.

Bon Dieu, qu'il était content de la voir.

« Je te dirai quand en allumer une, reprit-il. Parle seulement pour le moment. »

Son cœur s'emballait. Il avait commencé à cogner quand il avait descendu la côte. Il allait devoir agir bientôt.

« Tu es si pâle..., prononça-t-elle.

– Pas de ça. Et fais pas cette tête. Je t'en prie, parle.

– Frito...

– C'est ça, parle.

– Il m'a appelé. M'a dit que ça allait pour toi. Les journaux disaient que tu étais en taule. Que tu avais été poignardé au tribunal. Que t'étais dans le coma.

– Je sais. J'ai vu les articles. Mais tout va bien. »

Elle fit oui. Elle le laissait maître du jeu.

Mais elle allait comprendre dans une minute.

« Il y a eu l'enterrement.

– J'ai la clé de la consigne. »

Froncement de sourcil, éphémère cependant. Elle renifla.

« Elle est dans ma bouche. Le casier a changé. C'est le 821.

– Tu…, commença-t-elle pour suspendre sa phrase aussitôt.

– Parle, je t'en supplie, Penny. »

Mais elle hocha la tête.

C'était bien ce qu'il craignait. Il lui fallait une explication. Et il était obligé de lui en fournir une.

« À la montagne, Terry nous a suivis. Pour nous tuer. Sur l'ordre de Bunny. Je crois que tout a été organisé par lui, Bunny. Il nous a obligés à passer au crachoir pour mieux ramasser le pactole. Il avait déjà fait le coup à un de ses cousins, Carlo. C'est minable, mais je lui en veux même pas. C'est vrai. Je suis en vie. Tu es en vie. Le fric est au chaud. Au début, j'étais furax contre lui. Puis je me suis raisonné. Mais, l'autre nuit, je me suis rendu compte que le seul truc qui me rendait vraiment triste, et furieux, c'était Felix. S'il était là, c'était la faute de Lexi. Lexi nous a tous poussés dans cette voie, toute notre vie, c'est le mal incarné, cet homme. Sans lui, Felix n'aurait jamais vécu comme ça.

– Mais quand est-ce que tu…

– J'ai fait un deal avec les costards-cravates. Je leur ai promis de leur présenter des centaines de truands sur un plateau, et des pistes pour des milliers d'autres. En échange de l'immunité. Mais, en fait, tout ce que je voulais, c'est te voir. Je leur donnerai seulement Lexi. Pour les autres, je les lancerai sur de fausses pistes. Alors, comme ça, je tirerai qu'un an. Deux pour les avoir menés en bateau. Au fait, Rocco est mort. Voilà, tu sais tout. Maintenant, c'est ton tour. Dis-moi… »

Il savait que c'était lourd à ingurgiter. Il lui sourit, essaya de se montrer encourageant.

« Ma mère s'est acheté une nouvelle antenne satellite. Et elle plante des rhododendrons... » Il se détourna. Même pas envie de sourire. Sa mère, cette femme si vaillante. « Roses, blancs... Tout le monde en raffole à Westchester. Qu'est-ce qui est arrivé à Rocco ?

– Bunny. »

Il jeta un regard derrière elle.

« De gros buissons... Elle me les fait porter puis enfouir dans les trous que j'ai creusés. »

Il lui fit un clin d'œil, sachant combien cela devait lui coûter de ne pas le bombarder de questions.

« Courage ! 821... »

Une pause, courte, d'une seconde à peine.

« Parle-moi... »

Après mûre réflexion, elle dit :

« Il y a eu l'enterrement. J'ai vu des gens que je n'avais pas vus depuis des années. Depuis la fac. Ils avaient tous lu l'avis dans le journal. Mais personne ne m'a rien demandé. Je les entendais qui murmuraient dans mon dos. C'était d'un bizarre... Humiliant, en fait. »

Il leva la main, comme pour s'excuser. Fit semblant de tousser.

Ça faisait un mal de chien, merde ! Il n'avait pas prévu ça. Une douleur fulgurante le transperça.

Quand il rouvrit les yeux, il s'aperçut qu'il avait entouré son torse de son bras. Il se pencha, cracha la clé dans l'herbe, entre eux, à leurs pieds.

« 821. Prends-la.

– Ça va ?

– Ça va. Vas-y. Tu la vois ? »

Elle fit oui. Ne regarda pas la clé.

« Ils ne me demandaient rien à cause de ce que les journaux racontaient sur le club. Et qui était Terry Hugues, ses liens avec...

– Il faudra faire gaffe à la consigne. T'aurais pas un petit cousin à y envoyer ?

– Non. Je peux le faire.

– Il aurait rien à craindre, tandis que toi, si. Attends à deux rues de l'immeuble…

– Je peux le faire », répéta-t-elle, en colère subitement.

Sans doute à cause des interruptions.

Ou de sa faiblesse.

Ses côtes cassées l'élançaient atrocement. À tel point que c'était gênant.

« Il va falloir ouvrir l'œil, pour Bunny. Alors, si tu envoies quelqu'un…

– Elle refait aussi la terrasse, ajouta-t-elle. Elle n'aime plus la brique… »

Le regard inexpressif.

« Sors une cigarette. Laisse tomber ton briquet. Ramasse la clé. Mets-la dans le paquet.

– Elle veut mettre du marbre à la place… » Sortant son paquet et, avec un petit sourire du côté de Corso, l'agitant en l'air. « Je crois qu'il a posé sa main sur son pistolet.

– Désolé. J'avais pas pensé à ça.

– Ça va. »

Elle piqua la cigarette entre ses lèvres. Tourna maladroitement son briquet entre ses doigts et le regarda rebondir sur sa cuisse et atterrir sur l'herbe.

« Importé. De Ravenne. »

Elle tendit la jambe et ramena le briquet avec son pied, se pencha pour ramasser les deux objets. Repoussa une mèche de son visage, alluma la clope. Rangea le briquet.

« Dans le paquet », indiqua Martin.

Elle tourna vivement la tête vers lui et repoussa la même mèche, sur sa bouche. S'essuya les lèvres.

« Pas dans la poche. Ils vont te refouiller. »

Elle le contempla. Prit une bouffée, souffla la fumée. Sans l'avaler.

La clé était dans sa bouche.

« Faut que tu avales la fumée quand même. »

Elle croisa les mains sur ses genoux. Attendit qu'il dise quelque chose pendant qu'elle ajustait la clé.

« À un moment donné, dans un an, deux ans, ils vont me libérer. Je prendrai contact avec toi. Donne du fric à ma mère et à Frito. Garde le reste. Autant que tu peux. Je leur ai envoyé une lettre. Ils vont t'appeler. Puis, dans un an ou deux… » La revoilà, cette petite phrase qui lui déplaisait tant. Irrésistible. Signe de son impuissance. « On s'en sortira. On se retrouvera. Tu devrais la fumer… » Elle laissa ses mains là où elles étaient. « D'accord ? C'est clair ? »

Elle croisa les jambes. Regarda le lac. La cigarette brûlant entre ses doigts.

« D'accord ?

– Puisque c'est ton plan.

– Pourquoi, t'en as un autre ?

– Envoyer un petit cousin voler l'argent de la mafia.

– Penny. Il y a presque un million de dollars là-dedans », précisa-t-il en indiquant sa bouche d'un mouvement du menton.

Elle avait les mâchoires trop serrées. Il faut dire qu'elle se sentait un peu perdue. Et triste, bien sûr. Mais elle se remettrait, avec le temps.

« C'est dangereux. »

Elle détourna la tête.

« Tu le sais. Ne reste pas comme ça. Regarde-moi, je t'en prie. On ne devrait pas parler de ça.

– Je me suis garée en face de chez Bunny quand vous êtes partis à la montagne. Je conduisais la voiture de ma mère.

– Ah, fit Martin en se disant : Bonne idée. Et ? Tu peux pas me regarder ? Qu'est-ce que t'as vu ?

– C'est lui qui m'a vue. »

Elle prit une autre bouffée. Juste au bord des lèvres. Souffla la fumée. Se tourna vers lui. Son regard.

Il avait cessé de respirer.

« Attention à la tête que tu fais, lui recommanda-t-elle en secouant ses cendres. Il est devenu méfiant. On est allés voir la consigne. »

Seigneur Dieu, songea-t-il. Ils l'ont torturée…

Il la dévisagea intensément. Mais n'y décela aucune douleur.

« Il m'a menacée.

– Rien d'autre ?

– Non. »

Il plongea son regard dans le sien, scrutateur. Il y avait quelque chose qu'elle taisait.

« Tu peux me le jurer ?

– Le casier était vide. Tu comprends ?

– Oui.

– Vraiment ?

– Oui.

– Tout le fric s'était envolé, Martin. Tu m'as fait ça. Tu l'as bougé… » Martin ferma les yeux. « Regarde-moi… Mais moi j'ai pensé que tu l'avais volé. Merde, Martin. Regarde-moi. »

Ainsi c'était en partie sa propre faute. Terry les filant, Bunny trouvant le casier nettoyé. Bunny appelant Terry pour lui dire de nous liquider. Bunny avait trouvé la consigne vide et appuyé son pistolet sur la nuque de Penny. Avait téléphoné à Terry sur place, sur son téléphone cellulaire. Ne lui laisserait pas le temps de lui faire commettre une autre erreur.

En partie sa propre faute.

Pas tellement sa faute. Penny avait été négligente.

Pauvre Penny.

« Regarde-moi », répéta-t-elle.

Difficile de le lui dire en face.

« Je suis désolé. »

Et il s'esquiva. Répétant :

« Désolé, Penny. »

Elle continuait à le dévisager cependant. L'œil fixe. Peut-être voulait-elle ajouter quelque chose ? Ou rien ? Tout était dit.

Il n'en savait rien.

Mais Terry les aurait-il descendus ? Sans tenir le magot ? Pourquoi Bunny aurait-il donné l'ordre de les tuer ?

« Penny ? dit-il, toujours en évitant de croiser son regard. Je suis bien obligé de te croire, quand tu me dis qu'il ne t'a rien fait. Mais... Tu as entendu ce qu'il a dit à Terry quand il l'a appelé ?

– Quoi ?

– Quand vous avez trouvé le casier vide. »

À son tour, elle se détourna.

Ce n'était pas important pour elle, ce n'était rien que des détails, mais pour lui, si. Il fallait qu'il sache.

« Tu as entendu ce qu'il lui a dit ? Désolé de te demander ça.

– Non.

– Non ? Mais il lui a bien téléphoné, non ? Sur-le-champ. Je me trompe pas ?

– C'était ton idée que je le surveille. »

Il se tut. Attendit.

« Quoi ? finit-il par dire.

– C'était ton idée. Tu m'as ordonné de le suivre partout. Parce que c'est ce que tu ferais, tu m'as dit.

– J'ai dit ça ?

– Tu as oublié ?

– Je... Bon Dieu... Je suis désolé. »

Il comprenait. Il avait compris. Ils l'avaient passée à tabac !

« C'est pas la peine, rétorqua-t-elle.

– Je... »

Mais sa gorge ne laissait passer aucun son. Il était au bord des sanglots.

« C'est pas la peine, répéta-t-elle.

– On va s'en sortir. Peut-être deux ans. Comme ça, ça paraît beaucoup, mais on a déjà tellement attendu. »

Elle prit une nouvelle bouffée de cigarette. Cette fois en avalant la fumée. La souffla. Elle avait quelque chose à ajouter, il le voyait bien. Et il n'allait pas pleurer.

« J'attendais devant la fenêtre, reprit-elle. Le soir où tu es revenu. Le soir de mes fiançailles. Je t'ai regardé remonter la rue. Tu n'avais pas changé. Ou en mieux. C'était un homme qui marchait vers moi. Moi, j'avais changé aussi, dans le même sens que toi. J'ai attendu dans cette pièce, je te savais dans la maison. Je n'arrivais plus à respirer. J'ai attendu jusqu'au moment où j'ai su qu'il allait venir me chercher. Et ça, c'était insupportable, tu vois. Je me suis forcée à respirer normalement. J'ai fait semblant de ne pas m'être aperçue de ta présence. »

Elle ne lui apprenait rien. Il y avait en lui une fibre plus avisée que celle de l'espoir tout bête. Quand il l'avait vue entrer et foncer droit sur ses amies, il avait deviné que c'était du bluff.

« Deux ans seulement, Penny.

– Quand tu es parti... Quand mon père est mort...

– Je suis désolé.

– Non, c'est pas ça... » Elle rit. Un bruit sec, laid. Du dégoût. « Ce n'est plus ça. »

Elle prit une longue bouffée. Et alors, il sut ce qu'elle s'apprêtait à lui dire maintenant. Le secret que tout homme soupçonne que lui cache sa femme. Il ne détourna toutefois pas le regard. Il pouvait bien lui accorder ça.

« J'étais enceinte. »

Il entendit les mots. Mais ils ne pénétrèrent pas en lui. Ils étaient déjà là.

« Je suis désolé, dit-il.

– J'ai dû commettre l'impensable...

– Je suis désolé.

– Et je t'aimais. Je l'aurais gardé... »

Elle laissa sa phrase en suspens. Il se répéta.

« Arrête. Ne parle pas comme ça », rétorqua-t-elle.

Il baissa les yeux.

Un enfant, songea-t-il. Il y avait dix ans de cela. Comment serait-il ? Blond comme eux ? Heureux ?

Ou mélancolique. Certains enfants étaient tristes.

« Je me suis garée en face de chez Bunny, reprit-elle. Et j'ai attendu. J'avais conduit jusque-là parce que tu m'avais quittée. J'ai garé la voiture et j'ai pris mon téléphone pour t'appeler. Puis, j'ai eu un coup de fatigue, je ne sais pas, j'allais raccrocher, quand Felix a répondu. Bien sûr. Alors que je n'avais en fait rien à dire. Enfin, je l'ai presque supplié de rentrer. Et puis, brusquement, j'ai raccroché. Tu vois, j'avais eu une espèce de vision. Ma mère, la nuit où mon père n'est pas rentré. La nuit qu'on avait passée ensemble. Je l'ai trouvée à la table de la cuisine. Elle n'avait pas bougé depuis 23 heures. Et je me suis rendu compte – là, dans cette voiture, après vous avoir appelés – qu'elle savait qu'il ne rentrerait pas. Elle n'a pas cru en m'entendant que c'était lui. Non. Si elle était assise à la cuisine, ce n'était pas parce qu'elle était inquiète à son sujet. Du tout. Elle s'inquiétait pour nous. Elle avait fumé des cigarettes toute la nuit en se demandant comment on allait survivre. C'est à ce moment-là que Bunny a découvert ma présence. Au moment où j'étais dans le cirage. Je me disais que c'était ma faute si je dépendais de l'argent de mon mari. Et du tien, quand le deal serait fait. J'ai levé les yeux et il était là, devant moi. Il m'a demandé de baisser ma vitre. Je ne faisais même plus attention. Il nous avait laissées sans rien, mon père.

– Penny, dis-moi s'il t'a maltraitée. S'il te plaît. Je sais pas si je vais pouvoir le supporter, mais dis-moi la vérité.

– Il ne m'a rien fait, Martin.

– Bien... » Il ferma les yeux et hocha la tête, montrant qu'il cessait de la tanner avec ça. « D'accord, je suis désolé de te...

– Il m'a menacée un peu. Mais il n'a même pas eu besoin. »

Cette fois, il la considéra d'un air interloqué.

« Je crois que, de toute façon, je lui aurais dit comment te trouver. »

Il la fixa plus intensément. La pria de s'expliquer.

« Je lui ai dit, Martin. Je ne voulais pas que tu me quittes encore une fois. Le casier était vide. Je me suis retournée. Il attendait.

J'ai pensé que tu l'avais volé. Je lui ai dit où te trouver. Et Terry était là, avec nous. Il ne vous a jamais suivis. C'est moi qui lui ai indiqué la route. »

Martin secoua la tête. Comme s'il pouvait se réveiller de ce cauchemar.

« L'argent s'était envolé. C'est ce à quoi s'attendait Bunny en me trouvant en train de l'espionner. Il pensait que je le surveillais pendant que tu lui piquais...

– Tu... tu nous as tués.

– Je ne savais pas.

– Tu nous a tués.

– Je n'avais pas...

– Felix, Terry, moi, Rocco. Tous morts...

– Tu t'es tué toi-même. Je suis enceinte. De nouveau. De toi. »

Elle tira sur sa clope. Fit tomber un peu de cendres. Se tut.

Martin l'observait. Parce qu'il se rendait compte qu'il ne pouvait rien faire d'autre.

« Ferme ta bouche », dit-elle en soufflant un peu de fumée.

Il obtempéra.

Elle regarda par-dessus l'épaule de Martin. Puis le fixa de nouveau. Prit une autre bouffée, contempla le lac.

« Cet agent sait mot pour mot ce que je viens de te dire. »

Sur ce, elle jeta son mégot au loin.

« Ouais. »

Il ne savait pas pourquoi il avait prononcé ce « ouais ». En fait, il s'en foutait.

« Le casier était vide, j'ai dévisagé Bunny et tout de suite j'ai su. C'était toi et Felix, ou ce deuxième bébé. »

Elle haussa les épaules, sans doute pour signifier que le choix avait été simple.

« Bunny a proféré les menaces d'usage. Je lui ai avoué que je t'avais parlé au téléphone. Que tu n'avais pas disparu. Que tu étais là où tu avais dit que tu serais. Je lui ai suggéré que tu l'avais peut-être soustrait à la convoitise de Felix. Pour le calmer un peu. Il a annoncé qu'il allait envoyer Terry chercher le magot. Ce qui semblait logique. Je lui ai indiqué le chemin en pensant que soit vous vous en sortiriez comme les preux chevaliers que vous étiez, soit... bon... tout se cassait la gueule. Et après ? Qu'est-ce que ça pouvait faire, de toute façon ? si tout se cassait la gueule ? »

Il fit mine de comprendre.

« Mais je te jure, Martin. Pour quelle raison vous aurait-il tiré dessus ? Je l'ai entendu ordonner à Terry de vous ramener ou de ramener le fric. C'était logique. Il voulait juste savoir où il se trouvait. Pourquoi est-ce qu'il vous tirerait dessus ?

– J'en sais rien. Terry a surgi du coin de la maison... »

Martin haussa les épaules. Terry avait surgi en hurlant « À genoux ! »... Et j'ai sorti mon pistolet pour me défendre.

Mon Dieu.

Il venait chercher le pognon et, moi, je sors mon flingue.

Il voulait nous voir à terre pour la bonne raison que j'étais armé. Se figurait que Felix l'était aussi. Il voulait seulement nous désarmer. Il pétait de trouille. Allait nous demander où se trouvait le fric, mais je ne lui en ai pas donné le temps. Je l'ai jouée à la Billy le Kid avec lui. Je pétais autant de trouille que lui.

Oh, Seigneur.

« Merde ! J'ai tout fait foirer ! »

Il ferma les yeux. « Tu fous tout en l'air », lui avait sorti Terry avant que Martin ne l'achève.

« C'est tout ce que tu trouves ? *J'ai tout fait foirer* ? »

Il ne leva pas les yeux.

« Tu devrais prier, Martin, prier de ne jamais avoir à prendre une décision comme celle que j'ai prise. »

Ils se turent.

Elle alluma une autre cigarette. La contempla de telle façon que Martin sut que ce serait la dernière. Croisa les jambes et posa son coude sur sa cuisse, les yeux fixés sur l'extrémité brasillant devant son visage. Des yeux presque méditatifs.

« J'ai pensé à un truc l'autre jour, reprit-elle. Il y a quelques mois, il m'a demandé si j'avais jamais couché avec toi, et je lui ai répondu que non. Je lui ai raconté que j'avais perdu ma virginité avec Marco Duomo... » Elle rit de nouveau. Un son encore plus laid. Du fin fond de sa gorge. « Mais ça a marché. Il ne m'a plus touchée après ça. C'est pourquoi je suis si sûre que le bébé est de toi. »

Notre enfant, songea-t-il. Il abaissa son regard sur son ventre. Sous ces vêtements, il y avait une chair chaude. Pouvait-il le toucher ?

« Puis je me suis rappelé qu'il m'avait déjà posé la question. À l'époque où on sortait seulement ensemble. À la fac. Et je me suis dit que si je lui avais confessé la vérité à l'époque, il ne t'aurait sans doute jamais invité à cette soirée. Et rien de tout ce qui est arrivé ne serait arrivé.

– Penny, on peut encore. Deux ans. Garde tout le fric. Frito trouvera du boulot.

– Si je retourne avec toi... Si Lexi va en taule, si je quitte la mère de Felix pour te retrouver dans un coin perdu, si on part refaire notre vie... Alors Frito est mort, Martin. Nous sommes morts. Ma mère. La tienne.

– Je suis ton mari, Penny. Quand tous ces problèmes seront réglés, il n'y aura plus que nous deux. Comme depuis toujours.

– Lexi veut un héritier.

– Lexi est sur le chemin de la taule.

– Et ma mère a un crédit sur sa maison.

– Et alors ?

– S'il va en taule, je suis fichue. Voilà.

– Et s'il reste libre, qu'est-ce que je deviens ?

– J'en sais rien.

– Qu'est-ce que tu me chantes ? Que je me débrouille tout seul ? Que je t'appelle quand il sera mort dans vingt ans ? Que...

– Ma mère a un crédit sur la maison. C'est notre enfant.

– Quoi ? Tu ne veux pas faire ta vie avec moi ? Me rejoindre avec mon fils ?

– Ma mère...

– Qu'elle aille se faire foutre, ta mère.

– Non. Pas encore une fois. Et puis tu ne sais pas si ce sera un garçon. Les gangsters ont des filles, parfois. »

Il souffla doucement, conscient que s'il ne faisait pas gaffe, ce serait la dernière conversation qu'ils auraient. Ce serait la dernière fois qu'il la verrait. Ses côtes l'élançaient.

« Penny...

– L'argent m'appartient.

– Bien.

– Au titre de veuve, de mère, de plaignante. C'est mon assurance, ma pension alimentaire, mon versement compensatoire après la mort de l'époux. Tu me dois les trois...

– Ne fais pas ça. Je te parle pas de l'argent. Je m'en fous, du fric. Ne me quitte pas.

– Si seulement je pouvais. Et si toi, tu ne m'avais pas quittée. Cela suffirait.

– Ne fais pas ça. »

Il posa les yeux sur le bout de sa cigarette. Le bout qui rougeoyait dans la brise.

« Tu déclareras au juge. Oui, tu lui diras : Non, Votre Honneur, je ne connais personne. »

Il leva les yeux sur elle. Elle souriait presque.

« Tu peux mentir, Martin. Et vivre avec. Ça fait onze ans que je mens.

– Ne fais pas ça. »

Elle jeta sa cigarette, lui prit vivement la main, l'embrassa. Elle pleura. Elle s'essuya les yeux avec sa main à lui, puis la lâcha. Ses larmes brûlant ses doigts.

Il ne la suivit pas des yeux quand elle s'éloigna.

Ni quand elle remonta la pente en toute hâte jusqu'à sa voiture, ignorant Corso qui s'égosillait :

« Mademoiselle. Madame Pasko, ne... Merde ! »

Il la poursuivit jusqu'en haut de la colline, Corso. La portière de la voiture s'ouvrit, claqua.

« Elle rentre chez elle, prononça Martin sans se donner la peine de se retourner tandis que le moteur de la voiture se mettait en marche. Elle rentre juste chez elle. »

Corso cria à Dolan :

« Suis-la ! »

Autre démarrage. Puis le bruit des moteurs s'estompant.

Elle allait se débrouiller.

Sans doute avalerait-elle la clé, pour plus de sécurité. Ou la jetterait-elle dans un endroit où elle pourrait facilement la récupérer. Mais elle s'en sortirait. Elle était du genre à devenir plus démerdarde en vieillissant. Elle s'en tirerait.

Il se leva. Pivota sur lui-même. Corso le regardait du haut de la pente.

« Bougez pas », lui enjoignit l'agent en se tournant vers la route puis de nouveau vers Martin.

Six mètres au moins les séparaient. Et il avait l'air sacrément contrarié, l'agent Corso.

« Bougez pas, merde ! »

Martin, haussant les épaules, leva les mains en l'air, bras pliés au coude, paumes verticales.

« Bougez pas. »

Corso, en avançant de quelques pas, plongea la main dans sa poche, en sortit les menottes.

« J'ai rien, lui assura Marin.

– Quinn… »

Corso s'arrêta. Il ne voulait pas changer de procédure. Il ne voulait pas dégainer son flingue.

« J'ai rien, je vous jure.

– On rentre à Brooklyn. Bougez pas. »

Corso avança d'un pas.

Plus que quatre mètres.

« Mon père était de Brooklyn.

– Bien. Bougez pas. On va rentrer.

– Il avait tout. Et moi j'ai rien. »

Martin secoua la tête et laissa tomber ses mains. Regarda le sol. Corso avança vers lui à grands pas, tout à coup.

Martin se mit à courir. L'arbre fut le premier obstacle à se dresser entre eux. Il vit Corso ralentir, un quart de seconde, puis se reprendre, se lancer à sa poursuite.

Martin continua à courir. Il mit entre eux les arbres à l'orée du parc, les longeant côté lac, puis il coupa à travers la colline, traversant devant Corso, un Corso qu'il ne voyait d'ailleurs plus, tant il l'avait laissé loin derrière.

Il prit de la vitesse sur la route, força l'allure, puis entendit Corso se rapprocher. Alors il sut qu'il allait tirer. Il sauta par-dessus une haie et traversa un jardin. Vit son propre reflet flou, fugace, sur le battant d'un portail. Sauta encore une haie. Il était de nouveau dans la rue. Une rue de banlieue. Des clôtures partout. Un longue et haute rangée de piquets en bois collés les uns contre les autres. Pas la moindre ouverture. Il vérifia chaque interstice sans cesser un instant de courir. Pas de rue transversale en vue avant une trentaine de mètres.

Martin courait dans le caniveau quand il entendit de nouveau Corso derrière lui. Il traversa la rue d'un bond, puis sauta sur une barrière, et sentit quelque chose se déchirer dans son corps.

Il hissa ses jambes, se propulsa, bascula de l'autre côté, tomba. Ses jambes ne le soutenaient plus. Elles s'effondrèrent sous lui.

Il se remit debout. Se rua en avant. Mais il ne pouvait pas lever les bras. Il courut les bras ballants en regardant autour de lui. Une vaste cour. Fermée de tous les côtés par une clôture. Des arbres immenses. La maison semblait reculer à mesure qu'il avançait en ralentissant peu à peu le pas. La clôture dans son prolongement disparaissait sous une profusion de fleurs. Elle était sûrement moins haute que les autres. Il se dirigea vers elle. Tenta de lever les bras. Allait être obligé de la sauter sans l'aide de ses membres supérieurs, sur son élan.

Corso heurta la clôture, derrière lui, de l'autre côté de la cour. Des deux pieds à la fois, sans doute. Il l'escaladait à la manière d'un gosse, se cassant le corps en deux. Martin entendit un bruit de chute. Corso l'interpella. Une pause pendant qu'il visait. Martin sut qu'il lui donnait le temps de s'arrêter. Qu'il pouvait s'arrêter. S'arrêter et tomber à genoux, se coucher lentement.

Malgré la douleur, il leva les bras en l'air et sauta – devant la section de la clôture entre les buissons. Il resta suspendu, sans force. Corso tira.

Une douleur foudroyante. Martin tomba.

Elle se répandit en lui, cette douleur, se joignit à l'autre, à toutes les autres. Rien que de respirer était un supplice.

Qu'est-ce qu'elle avait dit ? Qu'elle ne pouvait pas respirer ? Elle savait qu'il était dans la maison pour ses fiançailles et elle ne pouvait pas respirer ?

Des fleurs se penchaient vers lui. Roses et blanches. En buissons. Les siennes ? Celles qu'elle avait plantées ? Se trouvait-il chez elle ?

Mais non, il le savait bien. Chez quelqu'un d'autre. Il ne tourna pas la tête pour vérifier. Sa maison était à l'autre bout du quartier, et ces buissons étaient bien trop gros. De vieux buissons. Surchargés de grappes de fleurs. Quoique cette impression tenait peut-être à son point de vue. À l'angle qu'il avait, de là où il était. Par terre, couché. Ces buissons auraient pu être les siens.

« Appelez une ambulance… ! » Corso traversait la cour en courant. Sa voix tremblante à cause des secousses. « Oui, vous, derrière la fenêtre. Faites le 911. Dites-leur qu'on a tiré sur un officier de police. Connard… » Aussitôt il se pencha sur lui. L'inspectant de tous les côtés en faisant une drôle de tête, paniqué. « Mon Dieu, j'ai tiré dans le haut, non ? Où vous a frappé la balle ? Mon Dieu… »

Les yeux fous.

« Non, en bas, je crois. Dans le dos. »

Corso s'agenouilla auprès de lui.

« Et ce sang sur votre ventre ? C'est là où la balle est sortie ? Pouvez-vous remuer vos orteils ? »

Il fit un essai. Réussi.

« Oui, ils bougent, dit Corso. Arrêtez maintenant. Je crois que vous allez vous en tirer. Qu'est-ce que vous en pensez ? Vous allez vivre ? »

Corso le dévisageait en souriant. Puis l'inspecta de nouveau, les yeux scrutant ici et là le corps de Martin.

« Ouais, ça va.

– Ah, ouais, ça va… ? »

Un sourire dans la voix. Constatant. Cherchant.

« Ça va. »

REMERCIEMENTS

L'auteur remercie John Vernon, le Thayer Fellowship in the Arts et Nat Sobel.

CET OUVRAGE
A ÉTÉ ACHEVÉ D'IMPRIMER
SUR ROTO-PAGE
PAR L'IMPRIMERIE FLOCH À MAYENNE
EN AOÛT 2022

N° d'impression : 100892
S84951/01
Imprimé en France